A Rosa do Inverno

Patricia Cabot

A Rosa do Inverno

tradução
Cecília Gouvêa Dourado

3ª reimpressão

Planeta

Título original: Where roses grow wild

Coordenação editorial: Débora Guterman
Preparação e revisão: Tulio Kawata
Imagem de capa: Jerry Driendl/ Getty Images
Foto da autora: Ann Harwood
Capa e projeto gráfico: Renata Milan

Dados Internacionais de Catalogação na Publicação (CIP)
(Câmara Brasileira do Livro, SP, Brasil)

Cabot, Patricia
A rosa do inverno / Patricia Cabot; tradução Cecília Gouvêa Dourado. – São Paulo : Editora Planeta do Brasil, 2008.

Título original: Where roses grow wild.
ISBN 978-85-7665-365-3

1. Romance norte-americano I. Título.

08-03507 CDD-813

Índices para catálogo sistemático:
1. Romances : Literatura norte-americana 813

2011

Editora Planeta do Brasil Ltda.
Avenida Francisco Matarazzo, 1500 – 3º andar – conj. 32B
Edifício New York
05001-100 – São Paulo-SP
www.editoraplaneta.com.br
vendas@editoraplaneta.com.br

Para Benjamin

Capítulo um

Inglaterra, 1860

Lord Edward Rawlings, segundo e único filho vivo do falecido duque de Rawlings, não estava nada satisfeito.

Não apenas porque Yorkshire não era o lugar mais agradável para passar o inverno, onde havia semanas inteiras em que o sol nunca brilhava. Tampouco porque *Lady* Arabella Ashbury, cujo marido possuía a propriedade vizinha ao Solar Rawlings, estava naquele momento excessivamente absorvida consigo mesma para distingui-lo com sua prodigiosa atenção.

Não, Edward estava insatisfeito por razões que não conseguiria expressar em palavras, mesmo que quisesse fazê-lo, e não queria, já que a única pessoa por perto era a viscondessa de Ashbury. A viscondessa era conhecida em toda a Inglaterra por muitos dos seus excelentes atributos, inclusive a pele clara e os tornozelos delgados e elegantes, mas um ouvido compreensivo e solidário não estava entre suas qualidades.

"Diga à sra. Praehurst encomendar *foie gras* suficiente para cinqüenta pessoas", disse *Lady* Ashbury, fazendo anotações numa lista dos diversos itens de última hora sobre os quais ela queria que Edward falasse com a governanta antes de seus amigos chegarem de Londres para uma caçada de fim de semana em Yorkshire. "Descobri que no campo nem todos gostam de *foie gras*. As Herbert não sabem a diferença entre *foie gras* e manteiga."

Edward, estirado em uma *chaise longue* em frente ao fogo no Salão de Recepções Dourado, soltou um bocejo. Tentou segurar, mas escapou; não teve jeito. Felizmente, *Lady* Ashbury, pouco acostumada com homens bocejando em sua presença, não estava prestando atenção.

"Não entendo por que você tem de convidar as Herbert", continuou *Lady* Ashbury. O tom dela não era petulante, mas também não era de quem estava brincando. "O pai delas pode ser o seu administrador, mas, na minha opinião, não posso dizer que ele lhe tenha trazido algum benefício, Edward."

Edward inclinou-se para a frente na *chaise longue*, servindo-se de mais um pouco de conhaque da garrafa colocada ao alcance da mão na mesa lateral. Ele já estava bêbado e pretendia ficar ainda mais antes de a tarde se tornar noite. Um dos melhores atributos da viscondessa era não se incomodar com esse tipo de comportamento. Ou, pelo menos, nunca tocar no assunto.

"Afinal de contas, Edward", continuou *Lady* Ashbury, "se não fosse pelos 'incansáveis esforços' de *Sir* Arthur Herbert no interesse da propriedade Rawlings, o duque agora seria você, e não aquele moleque, filho do seu irmão."

Edward se recostou, deu um gole no conhaque e ficou olhando fixamente para o alto. O teto do Salão de Recepções Dourado era pintado de amarelo-claro, combinando com as pesadas cortinas de veludo das janelas. Ele limpou a garganta ruidosamente e disse com a sua voz mais grave, aquela que deixava os meninos dos estábulos do Solar Rawlings morrendo de medo: "Todos parecem esquecer que o filho de John é o herdeiro legal do título e da propriedade".

Lady Ashbury fingiu não notar o tom de advertência da voz dele. "Mas ninguém nem mesmo sabia o paradeiro do menino até *Sir* Arthur começar essa busca intrometida..."

"A meu pedido, lembra-se, Arabella?"

"Oh, Edward, não me trate como se eu fosse boba." *Lady* Ashbury jogou a pena que tinha nas mãos e se levantou da mesa de trabalho de tampo de marfim, o roçar da saia de seu vestido de pálido cetim azul-claro fazendo frufru. Dirigiu-se a passos largos para a *chaise longue*; a pele pálida e as madeixas loiras, quase brancas, formavam uma imagem bem bonita contra as cortinas amarelas fortes do fundo. Era esse, naturalmente, o motivo por que a viscondessa sempre fazia questão de que eles se sentassem ali e não no Salão Matinal Azul, que era mais confortável, porém menos favorável à sua figura.

"Teria sido a coisa mais fácil do mundo se você simplesmente dissesse ao duque que o filho de John também estava morto, como a mãe e o pai dele, e assumisse você mesmo o título", declarou Arabela.

Edward levantou uma sobrancelha na direção dela, zombeteiro. "A coisa mais fácil do mundo, Arabella? Mentir para o meu pai no seu leito de morte? Ele passou os últimos dez anos amaldiçoando John por se casar com a filha de um vigário escocês, impedindo que o seu filho órfão viesse para Rawlings, apesar de ser, de fato, o verdadeiro herdeiro do título. E daí, quando o duque cede e se arrepende, no último momento... Ora, Arabella! Teria sido abominavelmente desonroso da minha parte pelo menos não *tentar* atender o desejo do velho no leito de morte."

"Oh, dane-se a honra!", exclamou *Lady* Ashbury. "Você nem viu o menino ainda!"

"Não", concordou Edward. Ele tinha terminado o quarto conhaque e se serviu do quinto. "Mas vou vê-lo quando Herbert voltar com ele, amanhã." Sorrindo para si mesmo, Edward refletia. "O que parece que você não consegue enfiar nessa sua adorável cabecinha, Arabella, é que eu não quero ser duque. Ao contrário de você e, tenho certeza, da sua mamãe, cuja maior ambição na vida foi agarrar para você um marido com título de nobreza, eu ficaria perfeitamente satisfeito em não ser um aristocrata, em ser meramente um cidadão comum."

Lady Ashbury soltou um som exasperado. "E como, faça-me o favor de dizer, você teria condições de manter os cavalos de raça dos seus estábulos com o salário de um mero homem sem título ou propriedade, *Lord* Edward? Ou a casa em Park Lane, em Londres? Para não falar dessa monstruosidade cheia de correntes de ar que você chama de solar. O único homem sem título de nobreza que conheço que pode manter tudo o que você tem é o sr. Alistar Cartwright, e, como você bem sabe, a riqueza dele é herdada, tanto quanto a sua. Não, Edward, você é um filho de duque e, portanto, tem os gostos de um filho de duque. A sua única infelicidade é não ter nascido antes do seu desgraçado irmão John."

Edward olhou-a, com uma sobrancelha ironicamente levantada. "Que diabos, Arabella! Você realmente acha que eu gostaria de ser um duque? Preocupar-me com questões da propriedade o dia todo? Ser sempre perseguido por homens como Herbert, que adorariam ocupar todo o meu tempo com contabilidade? Ter que negociar com os arrendatários, providenciar que o sapé dos tetos de suas casas seja trocado todos os anos, que seus filhos recebam educação e suas esposas estejam satisfeitas?" Levantou os ombros largos com um estremecimento de desagrado. "Esse tipo de vida fez do meu pai um velho, matou-o antes do tempo. Não vou permitir que isso aconteça comigo. Que o moleque do meu caro falecido irmão tenha o diabo do título. Herbert providenciará para que Rawlings não seja totalmente destruído por uns tempos e, dentro de dez anos, quando o menino sair de Oxford, ele pode voltar para cá e assumir o lugar que lhe é de direito nestes sagrados salões."

"E o que você pretende fazer da sua vida, Edward?", indagou Arabella, mal disfarçando a irritação. "Você só pode caçar de novembro a março, e Londres é abominável no verão. O que você precisa, meu querido, é de uma ocupação."

"O que você acha que eu sou, um americano?", riu Edward, de forma pouco agradável, enquanto secava o copo. "Adoro quando você se digna a me aconselhar, Arabella. Sempre me faz lembrar da nossa diferença de idade. Diga-me, o seu marido não se incomoda de você estar sempre correndo e cruzando o pântano para visitar um homem com a metade da idade dele e uma década mais jovem que você?"

"Você tem que beber tanto?", retrucou a viscondessa de Ashbury. Edward, com um suspiro resignado, mentalmente subtraiu um item da lista de atributos dela. "É de dar desgosto ver alguém tão comparativamente jovem ficar tão inchado e barrigudo."

Edward abaixou os olhos, passando pela sua gravata plastrão branca com o nó perfeito sobre o colete que vestia o vigoroso peito. "Barrigudo?", ecoou ele, sem acreditar. "Onde?"

"Você tem bolsas debaixo dos olhos." Arabella deu um passo para a frente e arrancou o copo de conhaque da mão dele. "E dá para ver que está começando a ficar com papadas, como o seu pai."

Edward soltou uma praga e se levantou com um pulo do assento, um tanto instável devido ao conhaque. Com mais de 1,90 m, Edward sempre fora uma figura imponente, mas no Salão de Recepções Dourado do Solar Rawlings, ele parecia muito mais alto. Sua grande estrutura contrastava com a delicada mobília dourada e de veludo verde, e seus pés, calçados com botas de montaria pretas bem lustradas, pisavam firme sobre os tapetes persas cuidadosamente escovados.

Dirigindo-se a passos largos até um espelho chanfrado pendurado em uma das paredes, Edward examinou o seu reflexo, procurando sinais de obesidade.

"Pelo amor de Deus, Arabella, não sei do que você está falando. Que papadas?", disse ele.

Ele tinha certeza de que não era por vaidade que não via qualquer sinal de dissipação. Sem dúvida, se as papadas existissem, ele teria notado. Edward não era tão interessado assim na sua aparência, mas sabia, porque muitas mulheres lhe tinham dito, que era agradável. Porém, estava consciente de que, apesar da roupa bem cortada, parecia deslocado em qualquer salão de recepções, dourado ou não. Ele tinha a compleição trigueira e melancólica de um pirata ou bandoleiro, sem falar no cabelo negro como azeviche, que tendia a se enrolar rebeldemente em contato com a gola do casaco. Em contraste marcante com *Lady* Ashbury, que era tão clara quanto um carneirinho, em Edward apenas os olhos eram claros, de um cinza que parecia refletir a névoa que emanava incessantemente do pântano em cuja margem o Solar Rawlings estava localizado.

"Eu não quis dizer exatamente que você tem papadas agora", disse a viscondessa de Ashbury, de repente muito ocupada com algo sobre a mesa de tampo de marfim. "O que eu disse foi que, se você não tomar cuidado..."

"Não foi isso o que você disse."

Edward não tinha certeza sobre o que o deixava mais consternado: o fato de que ela o tinha alarmado a ponto de fazê-lo se levantar da *chaise longue* ou o fato de que, agora que já estava de pé, poderia muito bem ir para o andar de cima. Poderia ficar infeliz com mais tranqüilidade no conforto da sua biblioteca ou mesmo na sala de bilhar, onde poderia fumar e beber à vontade, sem nenhuma mulher implicante para lhe fazer advertências quanto a panças.

Antes, porém, de ter uma chance de inventar alguma desculpa para apaziguar a suscetível viscondessa, com quem já tinha compartilhado algumas horas de prazer em um quarto de hóspedes do terceiro andar naquele dia, Evers entrou na sala e limpou a garganta ruidosamente.

"*Sir* Arthur Herbert está aqui para vê-lo, *my lord*." O mordomo, que havia servido ao pai de Edward por cinqüenta anos e, sem dúvida, serviria ao novo duque de Rawlings por mais vinte, não levantou uma sobrancelha diante do óbvio estado de embriaguez do patrão, ainda no começo da tarde.

"Herbert?", repetiu Edward, sem acreditar. "O que ele está fazendo de volta tão cedo? Não o esperava antes de amanhã ou depois. O moleque... ãã, Sua Graça, o duque, está com *Sir* Arthur, Evers?"

O olhar de Evers não se afastou de um ponto acima da cornija de mármore verde da lareira. "*Sir* Arthur está só, *my lord*, e, eu poderia acrescentar, em um estado de considerável agitação."

"Diabos!", Edward levantou o braço e esfregou o queixo que, apesar de ainda não ter passado muito tempo depois do meio-dia, já estava áspero devido à barba que despontava. Se Herbert estava sozinho, isso só podia significar que a informação recebida de Aberdeen era falsa, como todas as outras. E Herbert tinha jurado que a fonte era confiável! Agora Edward precisaria despender mais esforços — e dinheiro — na busca do herdeiro do ducado de Rawlings. Como era possível que um menino de dez anos virtualmente desaparecesse da face da Terra?

"Diabos!", repetiu Edward irritado. "Traga-o então, Evers. Traga-o para cá."

A viscondessa soltou um suspiro exagerado no minuto em que o mordomo se afastou o suficiente para não poder mais ouvi-la.

"Ah, Edward, tenha dó. Você tem mesmo que receber aquele homem asqueroso aqui? Não podia fazê-lo esperar na biblioteca? Não me agrada ficar ouvindo vocês dois tagarelando sobre aquele moleque imprestável."

"Sim, imprestável!", *Sir* Arthur, corpulento e expansivo como sempre, entrou rapidamente na sala, mal dando tempo a Evers de abrir totalmente as portas antes de passar apressado pelo mordomo, que o olhava com suas sobrancelhas arqueadas. "Oh, uma criança extremamente imprestável, de fato, *Lady* Ashbury! Nunca foram ditas palavras mais verdadeiras!"

Sir Arthur estava tão perturbado que nem havia permitido que o lacaio lhe tirasse a capa e o chapéu, de forma que a neve caía dos ombros daquele homem de meia-idade. Evers pairava indeciso por perto, o rosto parecia uma máscara de aflição diante das manchas molhadas que cresciam sobre o tapete debaixo das galochas do advogado.

"Deus do Céu, homem!", Edward deixou escapar, chocado com a aparência desleixada do seu administrador. "O senhor acaba de chegar da Escócia ou do inferno?"

"Desse último, *my lord*, desse último, posso lhe garantir."

Antes de Evers poder detê-lo, *Sir* Arthur afundou-se na *chaise longue* de veludo verde que Edward tinha acabado de deixar vaga.

A neve caiu nas profundas almofadas e começou a derreter imediatamente. "Nunca, em todos esses meses de busca pelo herdeiro do seu pai, encontrei qualquer coisa tão desagradável, *Lord* Edward."

A viscondessa, que vinha observando os acontecimentos com os lábios levemente curvados e as sobrancelhas delicadamente arqueadas, olhou de relance para o mordomo. "Evers, creio que *Sir* Arthur precisa de um conhaque."

"Não, não!", exclamou *Sir* Arthur, levantando uma mão gorda. "Não, obrigado, *my lady*. Eu nem chego perto de destilados antes do meio-dia. *Lady* Herbert não aprovaria, nem um pouco."

"Mas, *Sir* Arthur", o sorriso de Arabella era indubitavelmente zombeteiro, "já passa da uma, afinal de contas."

"Ah. Nesse caso...", Evers já estava ao lado do cotovelo do administrador, com um copo cheio na mão. "Oh, obrigado, Evers, meu caro. Ah, isto sim!... E não há necessidade de Virgínia saber, não é mesmo?"

Edward, que quase sempre tinha vontade de destruir alguma coisa toda vez que estava na presença do conselheiro de maior confiança do seu falecido pai, perguntou, com os dentes cerrados: "Devo entender, pela sua total falta de serenidade, que fomos enganados novamente?".

Sir Arthur levantou os olhos do seu conhaque, o rosto rechonchudo e insípido quase comicamente surpreso. "O quê? Enganados? Oh, não, *my lord*. Nem um pouco. Não, trata-se do jovem mesmo. Ah, sim, finalmente pegamos o jovem certo." Soltou um suspiro trêmulo, tão dramático quanto barulhento. "O que realmente é uma pena."

Sir Arthur estendeu uma mão trêmula na direção da garrafa que estava sobre a mesa lateral dourada, com intenção de se servir de mais um conhaque, e tanto Evers quanto Edward deram um passo à frente para detê-lo, o mordomo por se sentir ofendido em seu senso de dever e Edward de pura frustração. Edward não estava tão bêbado para não levar a melhor sobre um cinqüentão, pai de cinco filhas, ou sobre um mordomo de setenta anos. Ele se apoiou sobre um joelho ao lado da *chaise longue*, os dedos fechados ao redor do gargalo da garrafa de conhaque. Era tão alto que apenas de joelhos poderia fitar os olhos de *Sir* Arthur, que estava sentado, e foi o que fez, sem saber que os seus próprios olhos cinza tinham um perigoso brilho de raiva reprimida.

"O que...", Edward disse, articulando as palavras com cuidado, "aconteceu... na... Escócia?"

Sir Arthur parou de contemplar com pesar para o fundo do copo, o olhar fixado no brilho ameaçador dos olhos de Edward. "Bem, eu... ããã...", gaguejou o administrador. "Bem, o senhor vê, *my lord*, é ele. O duque, *my lord*. O jovem Jeremy de Rawlings."

"O senhor o encontrou?", o alívio de Edward era palpável. "Graças a Deus." Mas o alívio logo se transformou em impaciência. "Mas, se o encontrou, por que diabos não o trouxe de volta consigo para Rawlings?"

"Recusou-se a vir", disse *Sir* Arthur simplesmente, encolhendo os ombros.

Edward não tinha certeza de ter ouvido direito. "Desculpe, *Sir* Arthur. O senhor pode repetir?"

"Recusou-se a vir", disse *Sir* Arthur novamente. "E foi absolutamente inflexível, *my lord*. Recusou-se a sair do lugar sem..."

"Recusou-se a vir?", urrou Edward. Ficou de pé de um salto, os punhos cerrados ao lado do corpo. Notou que Arabella estava olhando fixo para ele, um pouco alarmada, mas não conseguia controlar a sua súbita compulsão de andar de um lado para o outro da sala, como um animal enjaulado.

"Recusou-se a vir? O menino foi informado de que é herdeiro de uma fortuna, dono de uma propriedade que é a jóia de Yorkshire e que ele é, na verdade, um duque, e *se recusa a vir*? Essa criança é *idiota*?", berrou Edward, assustando Evers, que tentava retirar a já vazia garrafa de conhaque. É bem típico de John ter um herdeiro idiota, pensou Edward, furioso.

"Oh, não, *my lord*", disse *Sir* Arthur, assustado. "Pelo contrário. Saudável como um pônei, com dez anos, todo endiabrado. Jogou um ovo na minha cabeça no momento em que desci da carruagem."

Edward se esforçava para não perder totalmente a paciência. "Então por que ele se recusou a vir com o senhor?"

"Bem, não era tanto o menino, *my lord*, mas a tia."

"Tia?" Arabella levantou os olhos, interrompendo o minucioso exame de suas cutículas. "O menino tem uma tia?"

"Sim, *my lady*. Ele é órfão, como a senhora sabe, devido ao falecimento prematuro de *Lord* John, há dez anos. Acredito que a mãe dele, a infeliz esposa de *Lord* John, expirou pouco depois. O duque vem sendo criado pela irmã da mãe e pelo avô materno, que também morreu há cerca de um ano, acho. Morte terrível, pelo que eu soube. Caiu morto no púlpito. Um vigário, como a senhora sabe."

Edward começava a achar que era a única pessoa naquela sala, com a possível exceção de Evers, que ainda tinha algum senso de realidade. "O que me diz dessa tia?", interpelou, tentando direcionar a conversa de volta ao ponto que interessava. "A tia se recusa a deixar que o menino venha?"

"Não precisamente, *my lord*. O menino se recusa a vir sem a tia. Muito dedicado a ela. Realmente é tocante ver, hoje em dia e naquela idade, um menino tão afeiçoado à sua..."

"Para o inferno, Herbert", trovejou Edward. "Por que o senhor não disse à maldita tia que ela também podia vir com o menino?"

Sir Arthur pareceu surpreso. "Eu disse, *my lord*. Na verdade, insisti com ela. Estendi a ela o convite para viver no Solar Rawlings por quanto tempo quisesse. Pelo resto da vida, se o desejasse." O administrador interrompeu o que ia dizendo e, inesperadamente, começou a tirar sua capa. "Está quente aqui, sr. Evers? Acho que o fogo está forte demais."

"E então?" Edward tinha parado de andar de um lado para o outro e estava de pé, com um cotovelo sobre a cornija. Ele não achava que o fogo estivesse nem um pouco quente demais. "Bem, o que a mulher respondeu?"

"Oh, ela recusou com muita determinação o meu convite, *my lord*. Não quis nem ouvir falar no assunto. E, naturalmente, o menino não sai de lá sem ela." Herbert estremeceu. "E, portanto, aqui estou eu."

"Recusou o seu convite?", Edward realmente tinha vontade de lançar o punho contra alguma coisa. Evers tinha acabado naquele momento de colocar uma tela de proteção contra o fogo entre Herbert e a lareira, de forma que ele descontou a sua raiva nela, jogando no chão a delicada tela pintada à mão com um golpe forte.

Arabella soltou um gritinho, assustada, e Herbert parecia atordoado. Apenas Evers se manteve calmo; pegou a tela, endireitou-a e deu a seu patrão um olhar rápido de desaprovação.

"A *tia* é uma idiota?", interpelou Edward.

"Oh, não, *my lord*, muito pelo contrário." *Sir* Arthur tinha começado a suar em bicas, ou devido ao calor do fogo ou ao nervosismo diante do comportamento de Edward. Talvez pensasse que um daqueles grandes punhos poderia ir na direção dele em seguida. De qualquer forma, reagiu rapidamente, o rosto largo e brilhante de suor: "Não, *my lord*, não é uma idiota. É uma liberal."*

Se o corpulento administrador tivesse cuspido no assoalho, Edward não teria ficado mais atônito. "Uma *o quê?*", perguntou ele em voz baixa.

"Uma liberal."

Sir Arthur sorriu agradecido para Evers, que tinha dado um passo para a frente e estava tirando a capa e o chapéu do monte molhado no qual o administrador os tinha empilhado sobre a *chaise longue*. "Muito antimonarquista, *my lord*. Não quer ter nada a ver com a aristocracia. Diz que os nobres são os responsáveis pela falta de reformas que ajudariam o povo. Diz que são os conservadores que mantêm as massas na pobreza abjeta, de forma que 1% da população possa desfrutar de 99% da riqueza. Diz que os donos de terra como o senhor não são nada além de imprestáveis e desocupados, que não pensam em mais nada além de caçar e se envolver com prostitutas..." Interrompendo-se, constrangido, *Sir* Arthur olhou rapidamente para a viscondessa. "Minhas desculpas, *Lady* Ashbury."

Arabella levantou uma única sobrancelha e não disse nada.

Edward escutava *Sir* Arthur sem acreditar no que ouvia. Aquilo não podia estar acontecendo. Simplesmente não podia estar acontecendo. O herdeiro do duque de Rawlings fora encontrado, mas o menino se recusava a vir porque a sua tia lunática era uma *liberal*? Como isso era possível?

"Não entendo", disse Edward, lutando para manter a calma. Temia se descontrolar novamente. Não havia sobrado nada para

* Simpatizante do Partido Liberal, que defendia redução do poder da Coroa em favor do Parlamento e reformas sociais. (N. T.)

golpear, a não ser o rosto sorridente e gordo de *Sir* Arthur; Edward realmente gostava do velho falastrão e não queria machucá-lo. Pelo menos não muito. "O senhor está dizendo que essa mulher recusou um convite para viver em uma das maiores casas da Inglaterra devido às suas *convicções políticas?*"

"Exatamente, exatamente", disse *Sir* Arthur, com uma risadinha. "E o menino não vem sem ela."

"E essa..." Edward engoliu em seco. "Essa mulher. Ela não tem um marido a quem se possa apelar em nome da racionalidade?"

"Oh, não, *my lord*. A srta. MacDougal não é casada."

"Srta. MacDougal?"

"Sim, *my lord*. Pegeen MacDougal. Vivem em um chalé perto da casa paroquial desde que o pai morreu — ela e o menino. Acredito que sejam sustentados por uma pequena renda deixada pela mãe dela. Deus sabe que o vigário não deixou nada para eles."

"Uma solteirona", sibilou Edward entre dentes. "Contrariado e frustrado por uma tia solteirona com inclinações liberais. Que diabos, homem!" Edward estava a ponto de arrancar o próprio cabelo, mas, em vez disso, berrou com o seu administrador, alto o suficiente para assustar até o impertubável Evers.

"O senhor não conseguiu convencer uma tia solteira que sobrevive com uma ninharia de que o melhor para o seu amado sobrinho seria deixá-lo viver em esplendor em um solar em Yorkshire?", interpelou-o Edward, sem acreditar. "O senhor é um tolo, homem? O que poderia ter sido mais simples? O senhor não sabe *nada* sobre as mulheres? O senhor não poderia suborná-la? Cativá-la? Conquistá-la com elogios? Não há nada neste mundo que a maldita mulher queira e possamos lhe dar em troca do menino?"

Sir Arthur tinha se reclinado o máximo possível na *chaise longue*, mas mesmo assim não conseguia escapar do olhar ameaçador que o queimava mais do que qualquer fogo. Pondo um dedo gordo debaixo da gravata plastrão, puxou-a, ofegante.

"Mas, *my lord*, eu já lhe disse! Ela não quis conversa comigo! Expulsou-me da casa, foi o que fez. Até jogou uma panela em mim!" *Sir* Arthur estava à beira das lágrimas. "E o menino, *my lord*! Não tem nada de educado, é um desordeiro. Ele pôs furtivamente uma horrível doninha no meu bolso e uma rebarba de metal debaixo do arreio de um dos cavalos da carruagem. Cheguei a pensar que nunca voltaria inteiro para *Lady* Herbert!"

Abruptamente, Edward se afastou do advogado, os ombros largos caídos. Bem, era óbvio o que precisava ser feito naquele momento. O erro havia sido enviar um agente para uma tarefa que poderia ser realizada mais adequadamente por ele mesmo. Bem que o seu pai sempre dizia que era, invariavelmente, mais simples fazer um trabalho você mesmo do que explicar a um assalariado como ele deve ser feito! Era um exemplo clássico disso. O que sabia *Sir* Arthur sobre mulheres, apesar das suas cinco filhas? Ele tinha cortejado e se casado com a primeira mulher que o poderia aceitar e Virginia Herbert, apesar de ser uma boa criatura, sem dúvida não representava nada parecido com um desafio para aquele cavalheiro desajeitado.

Não, só havia uma coisa a ser feita. E ele mesmo teria de viajar até Aberdeen e pegar o menino, assim como a maldita tia.

Uma liberal! Deus o livre das mulheres com excesso de instrução! O que tinha aquele vigário na cabeça ao deixar a filha ler jornais? Ela não deveria nem saber a diferença entre liberais e conservadores. Não era de surpreender que fosse uma solteirona e estivesse condenada a continuar assim, se o que ela havia despejado nos ouvidos de Herbert era um exemplo da sua técnica de conversação.

Evers limpou a garganta, já na porta da sala. "Com licença, *my lord*, se o senhor não precisa mais de mim..."

Edward, que estava de pé diante do fogo, com as mãos atrás das costas, virou-se repentinamente.

"Não, ainda preciso de você, Evers. Diga a meu valete que vamos partir para a Escócia imediatamente. Preciso de camisas suficientes para uma estada de não menos que três dias. Mande Robert trazer a carruagem leve. Parto tão logo as malas estejam prontas."

Arabela, que estava à mesa de trabalho, baixou a pena com que escrevia. "Edward, você perdeu o juízo? Não pode estar pensando em ir ver essa mulher horrível."

"Esta é exatamente a minha intenção", declarou Edward. "Por quê? Você acha que não tenho os poderes de persuasão necessários? Uma solteirona escocesa liberal está acima das minhas capacidades?"

Lady Ashbury riu. O riso dela, Edward já havia notado, era um som frio e tilintante como o de uma sineta, sem ressonância e muito cansativo. "Oh, não, *my lord*. Nós todos sabemos quão persuasivo o senhor pode ser quando põe alguma coisa na cabeça." O olhar da viscondessa passou rapidamente por ele e Edward não deixou de notar os belos olhos se abrirem em sinal de apreciação ao se fixarem sobre a sutil protuberância na frente das calças dele. "Mas você deve estar desesperado, querido, se vai até a Escócia com um tempo como este. Qual é a pressa? Sabemos onde o abominável menino está e obviamente ele não vai a parte alguma."

"Quero resolver essa questão", disse Edward calmamente, virando-se novamente para o fogo. "O meu pai está morto há quase um ano e Rawlings vem definhando sem um duque todo esse tempo. Já é tempo mais que suficiente, na minha opinião."

Arabella riu novamente. "E desde quando você se importa com Rawlings? Realmente, *Sir* Arthur, o senhor é uma má influência sobre Edward. Quando a gente menos esperar, ele vai querer inspecionar as campinas das ovelhas!"

Sir Arthur parecia horrorizado com a proposta dessa viagem de Edward à Escócia. "Eu lhe imploro, *my lord*, deixe isso para lá! Espere um pouco. Talvez dentro de um ou dois meses, quando tiverem uma chance de se acostumar com a idéia, eles apareçam. O senhor sabe, a srta. MacDougal estava absolutamente convencida da total indiferença do seu pai para com o menino e ficou surpresa ao descobrir que o duque não o havia cortado do testamento..."

"Eu não tenho paciência para esperar um mês, *Sir* Arthur", respondeu Edward. "Vou partir hoje e aposto que conseguirei os dois — o menino e a tia solteira — abrigados em segurança aqui em Rawlings dentro de uma quinzena."

"Se você está planejando fazer alguma aposta, é melhor acordar o seu colega, o sr. Cartwright", observou secamente Arabella. "Ele está dormindo na biblioteca, se recuperando do jogo de sinuca de ontem à noite. Você o leva com você, Edward? Você sabe o quanto ele gosta de se insinuar com uma solteirona escocesa."

Edward rosnou: "Não vou precisar dos questionáveis serviços de Alistair para essa viagem. Você pode mantê-lo aqui, Arabella, para diverti-la enquanto estou fora. Fique de olho para que ele não quebre nada de muito valor ou, se quebrar, terá que cobrir o prejuízo."

"My *lord*, realmente tenho de implorar que o senhor reconsidere." Tão agitado estava *Sir* Arthur com os planos de seu patrão que se levantou da *chaise longue* e foi para o lado de Edward. "Temo que o senhor não esteja a par de quão volátil é o humor dessa mulher. Ela despreza resolutamente toda a aristocracia e se recusa de todo a..."

Edward riu e pousou uma mão pesada no ombro do cavalheiro. “Herbert, meu velho, vou lhe contar uma coisa sobre as mulheres. Elas são todas iguais.” O olhar rápido que lançou à viscondessa era de zombaria. “Todas elas querem alguma coisa. O que temos de descobrir é o que a srta. MacDougal quer e lhe dar isso em troca do seu sobrinho. É muito simples, na verdade.”

Sir Arthur não parecia satisfeito. “O problema, *my lord*, é que acredito que o que a srta. MacDougal quer é...“

“Sim, Herbert?”

“A sua cabeça, *Lord* Edward. Espetada em uma vara.”

Capítulo dois

Pegeen embalou o recém-nascido nos braços, balançando-o de leve e falando baixinho enquanto ele choramingava.

"Calma, calma", disse ela, a respiração se condensando imediatamente no ar gelado. "Está tudo bem. Sei que é muito mais desagradável aqui fora do que lá dentro, mas você vai ter que se acostumar, entendeu?"

Na cama, que na verdade não passava de uma pilha de trapos e palha molhados, a mãe do recém-nascido levantou os olhos com um sorriso fraco. "Ele parece bem, não é, srta. MacDougal? Todos os dedos dos pés e das mãos?"

"Dez e dez", respondeu Pegeen com muito mais animação do que realmente sentia. "Qual o nome que a senhora vai lhe dar, sra. MacFearley?"

"Oh, meu Deus! Não sei!"

"Já gastou todos os nomes?", disse a sra. Pierce, a parteira, se aproximando e deixando atrás de si um triste simulacro de fogo que ela e Pegeen tinham passado uma hora tentando fazer pegar, sem muito sucesso. Sem carvão e alimentado apenas por alguns poucos pedaços úmidos de turfa, o fogo não dava muito calor. Os MacFearley, porém, tinham mais sorte do que alguns dos seus vizinhos, cujas cabanas, pouco mais que telheiros, nem mesmo tinham chaminés. "Não posso dizer que estou surpresa. Ele é o seu décimo sexto?"

A sra. Mac Fearley fez que sim, toda orgulhosa. "Oitavo filho homem, sem contar os três que saíram mortos." Pensar nos bebês natimortos obscureceu por um momento o rosto exausto da mulher e ela murmurou: "Seria errado, srta. MacDougal, dar a ele o mesmo nome de um dos mortos? Gosto demais do nome James, mas o último, que morreu, era para ser James....".

Pegeen olhou para a trouxinha que mexia as mãozinhas vermelhas e chorava nos seus braços e, de repente, não conseguiu agüentar mais. Parecia que as paredes da cabana de um único cômodo, enegrecidas pela fumaça, se fechavam sobre ela e o cheiro, que normalmente era uma mistura desagradável de repolho e excremento humano, estava dez vezes pior, com o fedor da placenta e membranas expulsas após o parto.

Pegeen sentiu o mingau que havia tomado como café-da-manhã subir-lhe à garganta e, com um pequeno gemido, pôs o bebê às pressas nos braços estendidos rapidamente pela parteira e correu para fora.

Andando cegamente pela neve, Pegeen conseguiu chegar até um montinho de lixo antes de vomitar. Ao terminar, agarrou-se à estaca do varal, encostando a face na madeira fria e tosca, de olhos fechados contra o brilhante sol de inverno. O cheiro não era muito melhor fora da cabana, mas pelo menos ela estava longe daquele rosto lívido e do corpo magro e acabado de tantos partos.

A porta da cabana se abriu e a sra. Pierce saiu carregando um balde cujo conteúdo soltava um vapor no ar frio. Pegeen rapidamente pôs a mão na sua bolsinha, em busca de um lenço, limpou a boca com ele e com um pouco de neve limpa que pegou do chão.

A sra. Pierce se aproximou de Pegeen e do monte de lixo, resmungando consigo mesma. Ao chegar perto o suficiente para ver a sujeira que a jovem havia deixado sobre a neve, ela estalou a língua em sinal de desgosto.

"Não sei por que insiste em vir comigo toda vez", declarou a parteira, "se isso faz a senhorita passar mal."

A sra. Pierce virou o balde, esvaziando o conteúdo sobre o vômito. Pegeen, reconhecendo o odor da placenta e das membranas, sentiu o estômago virar mais uma vez e rapidamente agarrou-se à estaca do varal, como se isso a protegesse da náusea. Apertou o lenço contra os lábios.

"Oh, sra. Pierce", Pegeen suspirou tristemente. "É tão horrível! Como a senhora consegue agüentar isto? Aquela mulher vai se matar tendo um bebê por ano. Alguém tem que falar com os homens desta aldeia. A senhora não pode fazer isso?"

"Não estou em posição de fazer isso e a senhorita sabe disso, srta. MacDougal", declarou a sra. Pierce, em tom de censura. "É o dever do vigário. E se a senhorita pensa que o nosso novo vigário vai sujar as mãos com gente como Myra MacFearley, a senhora é tão maluca quanto o seu pai."

Pegeen não ficou ofendida com a referência da sra. Pierce à excentricidade do pai e limitou-se a suspirar, enfiando o lenço de volta na bolsa. "Acho que a senhora está certa. É só que parece tão injusto! Dezesseis filhos em dezesseis anos e um terço deles nascidos mortos. E a sra. MacFearley só tem trinta anos, sra. Pierce! Aquela mulher ali tem apenas dez anos a mais que eu, e parece..."

"Tão velha quanto eu?", acrescentou rapidamente a sra. Pierce, piscando, com um sorriso. "Nem um dia mais do que cinqüenta?"

"A senhora sabe o que eu quero dizer." Pegeen olhou, de mau humor, para as suas botas e a bainha do vestido de lã marrom, úmidos de neve. "Talvez se *eu* falasse com o sr. Richlands", ela sugeriu, sem grande esperança.

"A *senhorita*?" A parteira jogou a cabeça para trás e riu. O som da risada era estranhamente abafado naquele pátio sujo e entulhado. "A *senhora* falar com o vigário sobre a prostituta da aldeia? Oh, isso é ridículo, srta. MacDougal!"

Pegeen fechou a cara. "Por que é tão estranho? Afinal de contas, somos dois adultos. É dever do sr. Richlands falar com os seus irmãos sobre essas coisas. Deus sabe que o meu pai tentou."

"O sr. Richlands ficaria com o rosto verde e vomitaria o café-da-manhã se a senhorita lhe falasse sobre uma coisa dessas." A sra. Pierce balançou a cabeça. "Não, meu bem. Não é certo que uma mulher jovem e não casada fale com um homem solteiro —mesmo um vigário — sobre coisas assim. Especialmente uma mulher como a senhorita."

"O que a senhora quer dizer com isso, uma mulher como eu?", interpelou-a Pegeen, instantaneamente ofendida.

"Não leve a mal", riu a sra. Pierce. "Eu quero dizer uma mulher com sua aparência. Ora, a senhorita é mais bonita do que qualquer uma das atrizes que aparecem nos jornais. Uma bela mulher como a senhorita tentando falar com um homem como o vigário sobre coisas que a maioria das senhoras não menciona na frente de seus próprios maridos... Ora, simplesmente não é decente, srta. MacDougal, mesmo para a senhorita. Creio que o seu pai não gostaria, apesar dos livros extravagantes que ele sempre fez a senhorita ler..."

Sentindo-se um pouco melhor, Pegeen soltou a estaca do varal e balançou a cabeça com tristeza. "Não sei do que a senhora está falando, sra. Pierce. É melhor eu voltar agora. Jeremy deve chegar daqui a pouco para o almoço e ainda não pus nada no fogo. Por favor, diga à sra. MacFearley que volto mais tarde com um pouco de sopa e pão para ela e as crianças."

"Isso eu faço, meu bem." A sra. Pierce pestanejou novamente, batendo no ombro de Pegeen. "Isso eu faço."

Não era uma caminhada longa do extremo da vila, onde viviam as famílias mais pobres, até a propriedade paroquial, se ela pegasse um atalho pelo cemitério. Foi o que fez Pegeen, que não era nem um pouco supersticiosa, concentrando-se na caminhada para não pensar no frio extremo. Na pressa em chegar ao chalé dos MacFearley antes do parto, Pegeen tinha esquecido o gorro e agora só tinha o seu cabelo castanho-escuro solto para aquecer as orelhas. Mantendo os braços dentro da peliça puída, ouvia o som de seus pés esmagando a neve. Ia lendo ao acaso os epitáfios, que praticamente sabia de cor, por ter vivido na mesma aldeia a vida toda.

Aqui descansa Enid, dizia uma inscrição em um túmulo que sempre tinha perturbado Pegeen. *Minha Esposa, Meu Amor, Minha Vida*. O que seria, Pegeen freqüentemente se perguntava, gostar assim de alguém? Ela não conseguia imaginar amar desse jeito um homem tanto. Ela amava Jeremy, era verdade, e não tinha dúvida de que, se fosse preciso, daria a própria vida por ele. Mas gostar de um homem — alguém fora da sua própria família — a ponto de considerá-lo a sua própria vida? Era assustador amar alguém com tanto ardor! Sentiu pena do pobre marido de Enid, que ficara tão desolado com a perda da esposa. Não seria muito mais sensato para ele ter, talvez, amado um pouco menos?

"Srta. MacDougal!"

Pegeen ficou paralisada, no meio de um passo. Ah, meu Deus! Não podia ser!

"Srta. MacDougal!"

Mas era. Ela o viu pular de trás de uma lápide particularmente grande, tirando a neve dos joelhos com as mãos. O que estava fazendo ali? Teria ele visto Pegeen passar pela casa paroquial e a esperara voltar? Homem odioso. Pensou em apertar o passo, fazendo de conta que não o vira, mas ele estava ao seu lado e ela teve que forçar um sorriso.

"Bom dia, srta. MacDougal!"

O sr. Richlands tirou o chapéu alto e fez uma mesura com cômica presunção, mas Pegeen fez o possível para não rir. Afinal de contas, ele era o substituto do pai dela e o líder espiritual da comunidade. Não era culpa dele se, às vezes, fazia Pegeen lembrar-se de uma marionete, com o seu corpo desajeitado e movimentos atrapalhados.

"A senhorita parece muito bem nesta manhã fria de inverno", disse o vigário efusivamente, a respiração saindo da boca em grandes baforadas brancas.

Pegeen manteve o sorriso falso grudado no rosto. "Bom dia, sr. Richlands. Gostaria de ter tempo para conversar, mas preciso voltar ao chalé para preparar o almoço para Jeremy."

"Então a senhorita deve permitir que eu a acompanhe", declarou o vigário, estendendo o braço para que ela o tomasse. "O caminho é escorregadio e não vou permitir que a senhorita corra o risco de cair e torcer um tornozelo."

Pegeen não gostou de ouvir o vigário mencionar os seus tornozelos. Ele era um jovem alto — Pegeen chegava apenas ao seu ombro — e, apesar de desajeitado, tinha boa aparência, com olhos azuis e cabelo ruivo. Porém, ao contrário de todas as outras solteiras da vila, Pegeen não se sentia atraída por ele e não entendia por que havia tanto rebuliço ao seu redor.

Vendo que não poderia recusar o braço do vigário sem ser mal-educada, Pegeen deslizou a mão enluvada na curva do braço dele e permitiu-lhe acompanhá-la pelo cemitério. Enquanto caminhavam, o sr. Richlands falou longamente sobre as mudanças que tinha feito na casa em que Pegeen havia crescido; casa que, depois da morte do seu pai, tinha sido entregue ao novo vigário. Apesar de estar bem satisfeita com o seu pequeno chalé na extremidade da propriedade da igreja, Pegeen não conseguia evitar se sentir um pouco dona da casa paroquial e ficou irritada ao ouvir que o sr. Richlands tinha mandado pôr um novo papel nas paredes da sala de estar. Homem tolo. Ele não sabia que a chaminé soltava fumaça e que deixaria imundo o papel dentro de um ano?

A conversa fiada continuou até quase o portão do cemitério. Pegeen, que vinha pensando em outro assunto durante o percurso, subitamente deixou escapar: "Sr. Richlands, estou voltando da casa dos MacFearley, do outro lado da aldeia, onde ajudei no nascimento do décimo sexto filho de Myra MacFearley...".

Antes de terminar, ela sentiu o sr. Richlands ficar tenso e se afastar dela, atônito.

"O quê?", exclamou ele, parecendo assombrado. "A senhorita está brincando? Se esse for o caso, devo dizer que é uma brincadeira de muito mau gosto."

Pegeen levantou os olhos para ele, de cara fechada. "Não é uma brincadeira, sr. Richlands. Estive conversando com a sra. Pierce, a parteira, e achamos que é o seu dever, como vigário, falar com os homens de Applesby. Eles devem ficar longe da sra. MacFearley por pelo menos um ano. Caso contrário, nesse ritmo, ela nunca recuperará a saúde. E temos de suplementar a renda que ela vai perder, da melhor forma que pudermos, com a coleta."

"Srta. MacDougal!" O rosto pálido do sr. Richlands ficou um tom mais pálido e estava quase da mesma cor da neve que os rodeava. Pegeen percebeu, com o coração apertado, que a sra. Pierce tinha razão. Ela chocara o vigário e agora ia ter que agüentar.

"Estou atônito, realmente atônito, de ouvir que a senhorita, uma mulher jovem e não casada, ajudou em um parto! Nunca ouvi falar numa coisa dessas! E bem no nascimento de uma criança bastarda, filha da prostituta da aldeia! O que a parteira tinha na cabeça ao permitir que a senhorita fizesse uma coisa dessas? Tenho a intenção de falar com essa mulher. Uma coisa dessas é tão infame que eu — bem, eu mal sei o que pensar!"

A lembrança do rosto lívido de Myra MacFearley ainda estava fresca na cabeça de Pegeen, assim como o cheiro irrespirável da placenta e membranas expelidas depois do nascimento. Ela bateu um dos pés, impaciente, com raiva pelo fato de o vigário ficar obcecado com a falta de decoro de ela ajudar em um parto quando havia questões muito mais sérias com as quais ele deveria se ocupar.

"Ora, sr. Richlands. Jovem e solteira eu posso ser, mas não sou uma criança e tampouco ignorante. Sei como os bebês são feitos e como servir de parteira e estou pedindo que o senhor, como vigário da paróquia, ajude a sra. MacFearley."

"Não vou fazer nada disso!", exclamou o sr. Richlands. "Eu não me rebaixaria para ajudar uma mulher tão devassa que não pode manter as pernas fechadas o suficiente para se recuperar de um parto."

"Mas é seu dever fazer isso! Meu pai..."

"O seu pai! O seu pai! A senhorita tem uma idéia, srta. MacDougal, do quanto estou farto de ouvir falar do seu pai? O seu pai não era exatamente o pensador iluminado que a senhorita aparentemente acredita que ele foi. Se era tão avançado, por que deixou a senhorita e o seu sobrinho sozinhos no final, com apenas a caridade da igreja — a minha caridade — para mantê-los fora do asilo?"*

Pegeen fitou-o, piscando, os olhos subitamente cheios de lágrimas que ela afastou com raiva. "Se é assim que o senhor se sente, sr. Richlands", disse, com uma voz apertada que ela mal reconhecia como a sua, "passe bem."

Virando-se, Pegeen se afastou a passos largos e tensos. A audácia! Mantida fora do asilo pela caridade *dele*! Então ele estava cansado de ouvir falar do pai dela? Ora, não teria que ouvir nem mais uma palavra sobre seu pai, nem uma palavra a mais. Pegeen nunca mais falaria com aquele homem odioso. Podia esperar para ver!

O vigário a chamou, com extrema agitação na voz, e saiu correndo atrás de Pegeen, aos tropeções. A moça não parou e ele subitamente pôs as mãos enluvadas nos ombros dela, virando-a e forçando-a a encará-lo. Pegeen ficou surpresa com esse gesto. O vigário sempre havia evitado cuidadosamente tocar nela, mesmo nos eventuais bailes a que os dois tinham ido nas casas de vizinhos bem-intencionados, que queriam que a atraente filha do falecido vigário e o bonito novo vigário chegassem a um acordo.

"Srta. MacDougal", disse o sr. Richlands, ofegante; ela sentia os dedos dele através do tecido da peliça. "Peço desculpas por ofendê-la, mas, por favor, ouça o que tenho a dizer. Faz muito tempo que acho que o seu pai, apesar de ser um bom homem, era liberal demais nos seus procedimentos com a paróquia e, em particular, na sua criação."

---

*Abrigo para pessoas incapazes de se sustentar, onde os fisicamente aptos, adultos ou crianças, eram obrigados a trabalhar. (N. T.)

Enquanto Pegeen juntava fôlego para contradizer isso, o vigário continuou, apressado: "O que pode ser inadequado para uma jovem saber, porém, é, em última instância, um conhecimento essencial para a esposa de um vigário, de forma que estou disposto a deixar passar essa falta de bom gosto revelado pela senhorita..."

Pegeen olhou fixamente para ele, surpresa. "Sr. Richlands", ela conseguiu dizer, ofegante. "O senhor está...?"

"Sim, estou. Suponho que não seja uma grande surpresa para a senhorita o fato de que há algum tempo eu a admiro mais do que apenas como uma amiga. Espero que a senhorita me dê a honra de se tornar minha esposa."

Pegeen ficou tão surpresa que quase caiu na risada, mas conseguiu se controlar a tempo. Santo Deus, ela tinha acabado de receber a primeira proposta de casamento da sua vida e a sua primeira reação tinha sido rir! Muito inadequado.

O rosto do sr. Richlands estava muito sério, mais preocupado, pensou ela, com o assunto introduzido por ela anteriormente do que em saber se ela ia ou não aceitá-lo. E, naturalmente, isso era algo que Pegeen não tinha a menor intenção de fazer.

Levantando as mãos para tirar os dedos do vigário dos seus ombros, Pegeen disse: "Sr. Richlands, o senhor está enganado se pensa que eu alguma vez suspeitei da verdadeira natureza dos seus sentimentos por mim. Peço desculpas se de alguma forma o fiz acreditar, equivocadamente, que os meus sentimentos não eram apenas de amizade. Mas só sinto amizade pelo senhor, de forma que temo não poder aceitar a sua generosa proposta. Agora, por favor, me solte".

Diante da aparente determinação dele em não a soltar, ela começou a se mexer. "O senhor me ouviu. sr. Richlands?"

"Chame-me de Jonathan", disse o vigário, inclinando-se para beijá-la. "Pegeen."

Pegeen se surpreendeu tanto quando a boca dele pousou sobre a dela que, por um momento, ficou como que paralisada, consciente da secura quente daqueles lábios e da umidade da língua, que pretendia entrar através dos seus lábios firmemente fechados. A reação seguinte de Pegeen não foi nem de longe tão passiva. Deu um passo atrás e deu um pontapé na canela do vigário.

Ele a soltou com um uivo, e Pegeen, segurando as saias nas mãos, saiu em disparada como um potro, correndo pela alameda do cemitério o mais rapidamente que as suas pernas esguias permitiam. Apesar de ouvi-lo chamá-la, Pegeen continuou correndo, derrapando sobre a superfície gelada da neve. Não ousava desacelerar por medo de que ele a alcançasse e pedisse desculpas. Mesmo tendo ficado de estômago vazio depois de passar mal naquela manhã, ela achava que poderia vomitar de novo se isso acontecesse.

Pegeen continuou correndo, o vento frio atravessava a peliça aberta e deixava os seus olhos cheios de lágrimas. Ela quase colidiu com a sra. MacTurley, mulher do padeiro, em uma rua da aldeia, mas não parou, limitando-se a gritar "Desculpe!" sobre o ombro. Não se importava se toda a aldeia visse os seus tornozelos e panturrilhas. O mais importante era fugir. Pegeen passou correndo pela casa paroquial, pelo portão do seu próprio jardim e teria chegado até a porta de entrada de sua casa se não fosse detida por um grande obstáculo. Ela se lançou contra ele com toda a força e ouviu um "Uf" surpreso.

Atordoada, Pegeen teria caído devido ao impacto, mas mãos fortes se estenderam para firmá-la e a mesma voz grave que havia soltado o "Uf" dizia, rindo: "Olá, minha querida. Onde você acha que vai, tão apressada assim?".

Esforçando-se para recuperar o fôlego, Pegeen fez um gesto para tirar dos olhos o cabelo escuro e despenteado pelo vento e olhou para cima...

E deu com o rosto mais maravilhoso que já tinha visto.

Olhos cinza-claros riam para ela, emoldurados por ruguinhas na pele levemente bronzeada que instantaneamente a fizeram pensar em dias de verão, de urze roxa ondulando na brisa suave da noite. Contrastando fortemente com os olhos de cor clara, o cabelo bem preto ondulava ao redor de um rosto cinzelado e nitidamente triste, com sobrancelhas escuras e lábios sensuais. Fitando, sem fôlego, essa aparição vulcânica, Pegeen acreditou, por um momento, que o homem era um pirata saído dos livros que Jeremy sempre lhe pedia para ler. Percebeu que estava muito consciente e interessada nos braços fortes que a mantinham de pé, nos ombros largos debaixo do manto preto — tão largos que bloqueavam a vista de tudo ao seu redor —, do cheiro masculino que parecia emanar do colete dele, cheiro de couro, tabaco e, levemente, de cavalo.

Pegeen de repente se deu conta do olhar cinza que se dirigia sem disfarce para a sua peliça aberta, por onde apareciam a cintura fina e o belo busto, que ainda subia e descia na tentativa de recuperar o fôlego. Balançando a cabeça, ela recuperou o juízo. O que estava fazendo ao permitir que um completo estranho a segurasse assim, depois de chutar as canelas do vigário que acabara de tentar o mesmo? Com um suspiro, Pegeen fez um movimento súbito para se libertar e o estranho, rindo, imediatamente a soltou.

"Fugindo de algum incêndio, querida?", perguntou ele, movendo as sobrancelhas ironicamente. "Ou está sendo perseguida por algum balconista apaixonado?"

Pegeen virou a cabeça para cima e olhou-o nos olhos, ainda sem fôlego para falar. Sabia que seu rosto estava muito vermelho e ficou contente porque, naquele frio, o desconhecido não poderia pensar que ela estava corando, o que, de fato, era o que estava acontecendo. Era o homem mais bonito que ela já vira. Como poderia não ficar ruborizada?

"O que está acontecendo, menina? O gato comeu a sua língua?" Ele riu, olhando-a, e ver aqueles lábios se abrirem de forma tão alegre fizeram o coração dela dar saltos.

"Estou aqui há algum tempo, tentando despertar a sua patroa", continuou ele. "Se ela não está em casa, você poderia pelo menos me deixar entrar para que eu me aqueça enquanto espero? Acho que peguei um resfriado ficando tanto tempo aqui fora, batendo à porta..."

Pegeen ouviu alguém chamá-la da rua. Ficou na ponta dos pés, olhou por cima do braço do cavalheiro de cabelo escuro e viu o sr. Richlands, mancando na direção deles e acenando com o chapéu.

"Ah, não!", ela resmungou.

O visitante deu uma olhada indiferente por cima do ombro e disse, com uma voz profunda. "Aquele homem está à sua procura."

"Eu sei", gemeu Pegeen. "É esse o problema." Ela se jogou contra a porta, que nunca estava trancada, e entrou na casa, aos tropeções. Correndo para dentro da sala, desamarrou os laços que prendiam a sua peliça com uma mão e, com a outra, jogou de lado a sua pequena bolsa.

"Haja paciência!", murmurou Pegeen, mal notando que o estranho de ombros largos a havia seguido para dentro e examinava o sr. Richlands pela janela. O pároco havia parado no portão do jardim, parecendo de repente perceber que a sua presença não era desejada. "E Jeremy deve chegar a qualquer momento!"

"Aquele homem a está aborrecendo, meu bem?", perguntou o desconhecido. "Porque, se estiver, eu a livro dele sem problemas."

"Oh", gemeu Pegeen, colocando a peliça sobre as costas do banco de madeira e, em seguida, pondo uma das mãos na testa, como se quisesse se livrar de uma dor de cabeça. "O senhor não vai conseguir se livrar dele. Acredite, eu bem que tentei."

O homem alto olhou pela janela mais uma vez. "Eu não brigo com ninguém pelo menos desde o tempo da universidade, mas ele não parece um grande adversário. Pode ter a juventude como vantagem sobre mim, mas não mais que isso. Como você acha que ele se sairia com pistolas ao raiar do dia?"

Pegeen olhou para ele e riu — um som claro e borbulhante que parecia transbordar dela. Ela não tinha idéia de onde isso tinha vindo. "O senhor não pode estar falando sério! Ele é o sr. Richlands, o vigário."

"Falando tão sério como a morte. Pouco me importa que ele seja o Arcebispo da Cantuária.* Ficaria feliz em matá-lo para você. É só dizer."

Ela viu os olhos cinza passearem rapidamente pela sala mobiliada de forma agradável, ainda que pobremente, e depois se voltarem para ela. Pegeen de repente ficou constrangida devido ao seu vestido de lã marrom molhado, com a bainha suja de neve e a cintura apertada.

"Pensando melhor", disse o estranho, "em vez de matá-lo, o que pode ofender alguém e envolver muita gente, por que nós simplesmente não damos um susto nele, fazendo-o ir embora, e depois você e eu podemos acender a lareira e nos sentar para nos conhecer melhor. Pelo menos até a volta da sua patroa."

---

*Líder espiritual da Igreja Anglicana. (N. T.)

"Minha patroa?", repetiu Pegeen. "Do que o senhor está falando?"

Naquele momento, a porta foi aberta com um empurrão e o vigário entrou mancando na sala. Jogando os ombros para trás, o sr. Richlands disse, com dignidade ferida: "Perdoe-me por me intrometer, mas creio que me deve desculpas, srta. MacDougal".

"Srta. MacDougal?", repetiu o estranho, olhando alerta para Pegeen.

Antes de ela poder responder, o sr. Richlands continuou: "É costume, acredito, que as jovens rejeitem a primeira proposta de casamento de um cavalheiro, de forma que não vou levar a sua rejeição muito em conta. Vou lhe pedir outra vez e, pode ter certeza, mais outra e mais outra, até que me dê a honra de se tornar minha esposa".

A essa altura, Pegeen estava sem dúvida corando. Nunca tinha ficado tão aflita na vida. Como poderia o vigário continuar com aquilo na presença de um completo estranho?

"Garanto-lhe, sr. Richlands", começou Pegeen a dizer, veementemente, "que não importa quantas vezes o senhor peça, a minha resposta sempre será a mesma. O senhor acha que sou alguma jovem tola que brinca com os sentimentos dos homens como se fossem troféus? Nesse caso, o senhor está pensando errado." Com um dedo soberbo, Pegeen apontou na direção da porta. "Eu agradeço se o senhor deixar esta casa."

O sr. Richlands começou a obedecer, mas parou subitamente e encarou o estranho alto.

"E posso perguntar o que traz este cavalheiro ao seu chalé?" A voz do vigário era queixosa e emocionada. "É indecoroso da sua parte, senhor, visitar sozinho uma mulher jovem e desacompanhada como a srta. MacDougal."

O homem de olhos cinzentos pareceu excessivamente chocado e foi apenas então que a própria Pegeen começou a se perguntar o que ele queria. Ela e Jeremy nunca recebiam visitas, a não ser umas poucas mulheres da paróquia com quem Pegeen fazia obras de caridade. Quem poderia ser esse estranho tão bonito? Consternada com a proposta do sr. Richlands, não tinha ocorrido a Pegeen pensar nisso antes.

O cavalheiro estava extremamente surpreendido. "Parece que houve algum engano", disse, por fim. "Engano?", perguntou Pegeen olhando fixo para ele. O homem estava bem arrumado, coberto pelo manto de melhor qualidade que ela já tinha visto e as botas estavam bem brilhantes, tendo sido muito bem polidas. A gravata plastrão era de um branco imaculado e o nó era perfeito. Era um homem extraordinariamente atraente, mas, de súbito, Pegeen começou a ver que havia algo familiar nele. Alguma coisa relativa àqueles olhos cinza...

"Estou procurando a srta. MacDougal", disse ele vagamente. "Mas a srta. MacDougal que eu procuro é tia de um certo Jeremy Rawlings..."

Pegeen sentiu um peso súbito no meio do peito. "Sim, sou eu", suspirou ela, e os seus ombros caíram, cansados. "O que Jeremy aprontou agora? Seja o que for, juro que nós o compensaremos. Alguém ficou ferido, senhor? O senhor não imagina o quanto eu lamento..."

"Ah, não, a senhorita não me entendeu bem." O estranho olhou diretamente nos olhos dela, a inquietação estampada no rosto, e disse: "Creio, madame, que sou seu concunhado, Edward Rawlings".

Capítulo três

Por um instante, Edward pensou que a moça fosse desmaiar.

Toda aquela cor radiante abandonou seu rosto, deixando-a tão pálida quanto uma escultura de mármore, e ela parecia oscilar um pouco sobre os pés. Movendo-se rapidamente até seu lado, pronto para pegá-la nos braços caso ela caísse, Edward praguejou em voz baixa, desejando ter matado Herbert quando tivera chance. De todas as idiotices, a maior tinha sido deixá-lo pensar que a tia do menino era uma velha solteirona ressecada quando, na realidade, era a mulher mais bonita que Edward já tinha visto em, digamos, muito tempo!

E achara que ela não era mais do que uma criada atraente quando se jogou contra ele como uma bala de canhão! Com aquela figura miúda e bonita e a compleição de mármore, sem dúvida era mais bonita que as empregadas domésticas mantidas por seus amigos em Londres. Mais bonita, mas não mais velha. Ele deveria ter visto desde o momento em que ela abriu a boca que não era nenhuma criada comum, porque não tinha o tradicional sotaque escocês. O inglês dela era tão refinado como o de qualquer moça instruída. Maldito Herbert! E quando ela levantou aquela juba de cabelo escuro despenteado e Edward viu aqueles olhos verdes, bem, tinha agradecido à sorte por ela ser apenas uma criada porque, caso contrário, ele estaria correndo um grave perigo.

Mas não era uma criada. Era a sua concunhada. E essa informação aparentemente a estava fazendo desmaiar. Mas ela não desmaiou. Em vez de cair nos braços de Edward, que estavam à sua espera, a moça caiu sentada no banco, mergulhando o rosto nas mãos com um gemido.

"Ah, não!", exclamou Pegeen, com aquela voz gutural que Edward tinha achado muito atraente — até descobrir quem ela era. "Alguém me acorde. O dia de hoje está se tornando um pesadelo."

Tentando disfarçar o quanto estava ofendido por ser chamado de pesadelo — e se perguntando por que isso o incomodava tanto —, Edward baixou os olhos para ela.

"Perdão, madame, mas... quer que eu chame a sua criada?"

"Criada!", exclamou o vigário, desdenhoso. "Ela não tem criada nenhuma. Apenas uma faxineira que vem uma vez por semana para ajudá-la com o serviço pesado e mesmo assim porque sou eu quem pago, do meu próprio bolso!"

Edward baixou os olhos para aquela cabeça inclinada, tentando obter um vislumbre do rosto escondido atrás da cortina de cabelo castanho-escuro. "Nenhuma criada? O senhor quer dizer que ela e o menino vivem aqui sozinhos?"

"Totalmente sozinhos", respondeu Richlands, com o deleite de um alcagüete nato. "Nem mesmo uma mulher para cuidar deles à noite. Mas ela não aceita ninguém, apesar de eu ter oferecido os serviços da minha cara tia viúva, a sra. Peabody. A srta. MacDougal disse que não tinha espaço e que não gosta de receber ordens. Mas a srta. MacDougal sempre foi assim, muito pouco convencional, meu senhor, e da forma mais inconveniente. É uma vergonha, eu disse desde o começo. Uma jovem solteira vivendo sozinha! Não dá para imaginar quais as idéias que os homens da aldeia podem estar tendo..."

"Não", disse Edward, dando ao jovem de cabeça ruiva um olhar maligno. "Não dá para imaginar, não é mesmo? Ora, eles podem até estar pensando em se impor à força a ela, exigindo que ela se case com eles porque pagaram uma faxineira para vir uma vez por semana." Teve a satisfação de ver o jovem arrogante enrubescer, furioso. Voltando a sua atenção para Pegeen, Edward indagou, gentilmente: "Há alguma coisa que eu possa fazer pela senhorita? Sais de cheiro, talvez?".

"Sais de cheiro?" Pegeen levantou a cabeça, uma mecha do cabelo castanho caindo sobre um dos olhos. Olhou-o fixamente, sem acreditar no que ouvia. "Sais de cheiro? O senhor deve estar brincando. Uma dose de uísque seria mais adequada, não acha?"

Espantado diante da temeridade dela, Edward levantou as sobrancelhas. "Uísque?" E então, ao ver pela expressão dela que Pegeen não estava brincando, perguntou, resoluto: "Onde a senhorita guarda o uísque?".

"Srta. MacDougal!", exclamou Richlands, naquela voz medrosa que já havia provocado tanta aversão em Edward. "Imploro que a senhorita pense duas vezes. Os destilados nunca são a resposta..."

"Ora, afastem-se de mim, os dois."

Levantando-se, a moça saiu da sala a passos largos, com expressão de desagrado, os saltos das botas fazendo um barulho alto sobre o assoalho de madeira. Edward fitou o vigário, tomado por sentimentos assassinos.

Era evidente que ele não poderia ter visitado a srta. MacDougal em ocasião menos oportuna. Talvez se tivesse chegado em outra manhã, quando pretendentes não desejados não estivessem declarando-lhe amor, a moça fosse mais receptiva a ele. Sem dúvida, antes de saber quem ele era, tinha sido afável — até amistosa, poder-se-ia dizer. Ele estava convencido de que tinha visto admiração no olhar dela e, por que não? Sem dúvida ele era um magnífico espécime de homem. Ou, pelo menos, melhor do que esse vigário farisaico.

Mas Edward de forma alguma iria embora antes do outro homem e o tolo apatetado não parecia nem um pouco pronto para sair.

Richlands olhou para Edward desafiadoramente e disse: “Não sei quem pensa ser, mas o senhor deve saber neste mesmo instante que tenho intenção de me casar com a srta. MacDougal, e se o senhor tiver qualquer, digamos, intenção menos honrosa em relação a ela, sugiro que vá embora”.

“Já lhe disse quem eu sou, seu janota chorão”, rosnou Edward, tendo o prazer de ver o homem, que era menor que ele, ficar pálido diante do tom ameaçador de sua voz grave. “Sou concunhado dela e a minha única intenção é levar o meu sobrinho embora daqui e investi-lo na posição de décimo sétimo duque de Rawlings.”

O vigário limpou a garganta. “Se é essa a sua intenção, senhor, então uma decepção o espera. A srta. MacDougal nunca permitiria que alguém levasse o jovem Jeremy para longe dela. Ela o ama como se fosse o seu próprio filho. Eu, naturalmente, estou disposto a criá-lo como meu próprio filho, desde que ela concorde em mandá-lo estudar em um internato.”

“Quanta nobreza da sua parte”, disse Edward, cheio de sarcasmo, “em pôr os desejos dela à frente dos seus. O que o senhor é dela?”

O rapazote — pois era assim que Edward pensava nele, apesar de o homem provavelmente ter quase a sua idade —, foi tomado de surpresa. "O que eu sou da srta. MacDougal? Ora, o que o senhor quer dizer com isso?"

"O senhor disse que paga a faxineira dela." Edward sentia um gosto desagradável na boca. "Ela é sua amante?"

"Meu senhor!" Richlands ficou vermelho como uma romã. "Como o senhor ousa? O meu pedido de casamento para a srta. MacDougal é totalmente honroso. Se não fosse pela generosidade da igreja, da *minha* igreja, senhor, ela e o detestável menino estariam agora em um asilo e não vivendo neste luxo relativo."

Edward deu uma olhada pela sala que, apesar de acolhedora, era bem fria e cheirava a pobreza de gente distinta. "O senhor chama isso de luxo?", perguntou ele com um sorriso malicioso. "Ora, eu já estive em túmulos mais quentes que isso. O senhor não lhe fornece carvão suficiente para aquecer esta maldita cabana?"

"Meu senhor!" O vigário de lábios finos parecia prestes a ter um ataque de apoplexia. "Eu poderia perguntar ao senhor, que afirma ser concunhado dela, por que não achou adequado fornecer à srta. MacDougal um único tostão para o sustento do sobrinho dela! Se eu tivesse a menor idéia de que ela tinha familiares em tão boa situação financeira, sem dúvida teria feito um apelo para que a srta. MacDougal lhe escrevesse falando da sua pobreza!"

Enojado tanto pelo tom da voz de Richlands como pelo fato de que tinha de, aparentemente, agradecer-lhe por manter o seu sobrinho todo esse tempo, Edward pôs a mão no bolso e tirou uma bolsa. "Quanto?", perguntou ele, conciso.

"Desculpe-me, mas o que o senhor disse?"

"Quanto, no total, a igreja gastou com a srta. MacDougal e o seu sobrinho desde a morte do pai dela?" O vigário pareceu confuso. "É difícil até começar a calcular. Não se pode pôr um preço, meu senhor, na caridade cristã."

"Diga-me quanto foi, maldito, ou torço esse seu pescoço piedoso."

O jovem bateu o pé, irritado. "Dezessete libras e três centavos, senhor."

Edward contou o dinheiro e deu um passo à frente. Pegando Richlands pelo colarinho do casaco com uma das mãos, ele deixou cair as moedas no bolso do vigário com a outra.

"Pois bem", disse Edward rispidamente, percebendo que estava gostando demais daquilo. "Se não sair desta casa até eu contar dez, vou arrastá-lo para fora e espancá-lo até o senhor estar a um passo da morte. Estou sendo claro?"

Richlands ofegou. "O senhor sabe com quem está falando? Eu sou o Honorável Jonathan Richlands, vigário da aldeia de Applesby, e estou profundamente ofendido com as suas..."

"Um", rosnou Edward.

"... vis ameaças..."

"Dois."

Richlands começou a parecer preocupado. "Eu não seria um cavalheiro se deixasse um homem como o senhor sozinho com a srta. MacDougal."

"Três. O senhor não é um cavalheiro, Richlands. Se fosse, não estaria tentando fazer chantagem com uma moça inocente."

"Chantagem? Do que o senhor está falando?"

"O senhor lhe diz que ela está em dívida com o senhor pela sua caridade e daí lhe pede a mão. Para mim, isso é chantagem." Levantando uma sobrancelha, com ar zombeteiro, Edward o interpelou: "E o que o senhor quer dizer com um homem como eu?".

"Ora, o senhor obviamente faz parte da aristocracia. Já ouvi falar o que homens como o senhor fazem com moças bonitas e indefesas como Pegeen. Acham que, só porque possuem um título de nobreza e um pouco de terra, têm o direito de sair a galope pelo interior, corrompendo toda mulher que encontram. Bem, o senhor não vai ter Pegeen. Vou... vou lutar por ela. Vou sim! Lutei boxe no seminário e era muito bom."

"Quatro." Edward tinha que admirar o homem por tentar. "Então o senhor também é um liberal, não é?"

"Sem dúvida. Sempre lutarei pelo bem do povo, do cidadão. Especialmente contra conquistadores e homens lascivos como o senhor."

"Dez", disse Edward, porque estava louco para esfregar o chão com o rosto daquele infeliz ignorante. Mas Richlands não possuía a força das suas convicções, pois ficou pálido como um coelho e correu em direção à porta, pedindo ajuda aos gritos.

Edward o seguiu até o portão, mas estava bem claro que o sr. Richlands não tinha a menor intenção de se deixar pegar. Derrapando desajeitadamente pela rua coberta por uma fina camada de gelo, o vigário saiu correndo até chegar à segurança de sua casa. Dando de ombros filosoficamente, Edward voltou para o chalé.

Um exame rápido da mobília da sala de estar, enquanto procurava a sua anfitriã a contragosto, comprovou a suposição de que a srta. MacDougal, apesar de orgulhosa, estava vivendo à beira da pobreza. Mesmo que seus pais houvessem lhe deixado algo — e Edward não podia imaginar que fosse mais que umas quarenta libras por ano —, não havia dúvida de que ela não era independente financeiramente. O chalé era de propriedade da igreja e sem dúvida lhe havia sido oferecido a um aluguel baixo pelo fato de o pai ter morrido subitamente, deixando-a sem ter para onde ir. Os móveis eram bem conservados e de boa qualidade, mas velhos, provavelmente doados por algum paroquiano há muito morto. Um exame mais cuidadoso da peliça da moça revelava que ela tinha sido usada em mais de dez invernos, sem dúvida por uma dona anterior. Mesmo os jornais, que Edward encontrou dobrados cuidadosamente ao lado do banco, tinham mais de uma dobra, o que revelava que outra pessoa o tinha lido antes.

Depois dessa inspeção, Edward sentiu de forma ainda mais aguda o quão extraordinário era o fato de a moça ter rejeitado tanto a proposta feita por Herbert quanto o pedido de casamento do vigário. Edward não conseguia imaginar um marido mais imprestável do que o farisaico sr. Richlands, mas Pegeen MacDougal não tinha muito a oferecer como dote, além do rosto bonito e do corpo atraente. E ela ainda tinha o encargo do sobrinho. Provavelmente não havia muitos homens em Applesby dispostos a se casar com uma noiva sem um tostão, ainda que bonita, que trazia consigo um menino de dez anos. O sr. Richlands poderia muito bem ser sua última esperança. Mas ela o havia rejeitado tão completamente quanto havia rejeitado Herbert. O que havia de errado com a moça? Edward nunca conhecera Katherine, mulher de seu irmão, mas só poderia supor que a demência estava no sangue do clã dos MacDougal.

Ele a encontrou na cozinha, aquecendo uma panela com algo que tinha um cheiro delicioso, fazendo bastante barulho ao jogar os talheres sobre a mesa, que estava ostensivamente posta para dois. Ela havia puxado o cabelo para trás e amarrado um avental disforme ao redor da cintura fina, mas não havia nada que pudesse fazer para se tornar menos atraente, se é que era isso que tinha tentado fazer. Olhando-o zangada, Pegeen disse: "Lembro-me muito bem de lhe ter dito para ir embora".

"Onde aprendeu esses bons modos?", perguntou Edward, apoiando-se despreocupadamente no batente da porta. "Um parente vem de longe, de Yorkshire, fazer uma visita e você nem mesmo lhe oferece uma xícara de chá? Que coisa feia!"

"O senhor não é meu parente", declarou ela. Pegeen tirou pão preto de uma gaveta e começou a fatiá-lo com uma faca muito grande. “Nunca o vi na vida. Como vou saber se o senhor é mesmo quem diz ser? O senhor pode ser algum estranho que passou pela rua e quer levar Jeremy para obrigá-lo a trabalhar em Londres.”

“Você olhou pela janela?” Edward se aproximou de Pegeen. Ela estava trabalhando diretamente em frente da janela. Através da camada irregular de gelo que cobria a vidraça, a carruagem dele estava bem visível.

“Aquilo é uma carruagem com o símbolo dos Rawlings na porta”, disse Edward. Como ela ainda estava de costas, toda tensa, ele apoiou as suas duas grandes mãos na mesa sobre a qual Pegeen cortava o pão, cada uma de um lado da pequena cintura dela, prendendo-a no meio de seus braços.

“Os lacaios sentados lá em cima na carruagem usam fardas com as cores dos Rawlings, verde e dourado”, continuou ele, amistosamente, consciente de que estava tão próximo dela que a sua respiração agitava os cabelos finos da nuca da moça. “E os cavalos são todos baios, perfeitamente combinados. Você não encontraria cavalos melhores do que esses em toda a Escócia e não estou dizendo isso para fazer pouco de ninguém. Eles lhe parecem cavalos de um explorador de crianças?”

Ela virou-se e levantou a cabeça, olhando-o, e Edward viu que seus expressivos olhos verdes eram cercados de cílios escuros encurvados. Tinha um cheiro muito agradável, de sabonete e mais alguma coisa. Violetas, talvez. Seu pescoço era tão fino que ele pensou que poderia envolvê-lo com uma só mão. Como ela reagiria, perguntou-se Edward, se ele pusesse os lábios na brancura daquele pescoço, bem abaixo do lóbulo da orelha de curvas tão delicadas?

Pegeen deu por si curiosamente abalada pela proximidade de seu concunhado. Sentia o calor dele às suas costas e uma olhada ao redor mostrou que as mãos colocadas a cada um dos lados de seu corpo tinham dedos bronzeados e fortes, devido a cavalgadas e caças, mas não tinham calos, pensou ela, desconfiada, decorrentes de qualquer tipo de trabalho *verdadeiro*. Uma imagem inesperada e espontânea daquelas mãos no seu corpo fez com que o seu rosto ficasse bem vermelho. Santo Deus, o que ela tinha na cabeça? Tinha conhecido o homem havia pouco mais de uma hora e já estava tendo fantasias sobre...

Os dedos de Pegeen apertaram o cabo da faca. Maldito seja ele! Então esse era seu jogo!

Como Edward tinha freado o seu impulso de beijar Pegeen, ficou bastante surpreso quando ela inesperadamente cravou a faca a uns dois centímetros do dedo indicador dele. Vociferando, ele tirou o cutelo da mão dela e a girou pelos ombros, forçando-a a olhá-lo de frente.

"Sua endiabrada!", exclamou, olhando-a com fúria. "Você poderia ter cortado o meu dedo!"

"A sua intenção, *Lord* Edward", interpelou-o Pegeen calmamente, "é seduzir-me bem aqui na minha própria cozinha? Porque, se for isso, vou adverti-lo neste minuto que tenho muitas outras facas como esta e não tenho nem um pouco de medo de usá-las."

Surpreso, Edward viu a moça dar um sorriso depreciativo.

"Vejamos se consigo adivinhar como as coisas se desenrolaram." Os brilhantes olhos verdes o olhavam com perspicácia. "O pobre e infeliz *Sir* Arthur voltou ao Solar Rawlings todo lamuriento pelo fato de que a cruel tia do pequeno duque não permitiu que ele fosse restituído à sede da família. O senhor repreendeu severamente o pobre e infeliz *Sir* Arthur. 'O quê?', imagino que o senhor tenha dito. 'O senhor deixa uma mulher simples lhe dar ordens? Isso não vai ficar assim.' Conseqüentemente, chegou aqui em Applesby esperando encontrar uma bruxa horrorosa e rabugenta, que o senhor estava disposto a enfrentar com o seu tremendo intelecto e ainda mais tremenda bolsa. O que o senhor encontrou, porém, fui eu, e o senhor foi forçado a mudar de tática. De manipulação para sedução, não acertei?"

Edward estava tão bravo que só conseguia falar coisas desconexas. Que tipo de filha de vigário era essa, que bebia uísque e o ameaçara com um cutelo? Edward não tinha a menor idéia sobre como reagir. Não conhecia moças, com exceção das cinco filhas de Herbert, e todas elas pareciam evitá-lo sempre que possível. Suspeitava que faziam isso por advertência de *Lady* Herbert, devido à sua reputação de libertino e degenerado. De fato, nenhuma das bem-intencionadas senhoras da sociedade se apressava a jogar suas filhas virgens na sua direção. E, mesmo que fizessem isso, Edward não conseguia imaginar nenhuma daquelas pálidas moças brandindo uma faca de pão.

Mas essa mulher de mau gênio e olhos verdes tinha feito isso muito despreocupadamente, como se se tratasse de um hábito adquirido na infância. Para os diabos!

"Não estou tentando seduzi-la", mentiu Edward, a voz tão baixa que parecia um resmungo.

"Ah, não estava? Pensei ter ouvido o sr. Richlands acusá-lo disso um pouco antes de o senhor o afugentar desta casa."

Edward fitou-a, aborrecido. Mulherzinha bonita, mas irritante! E como havia adivinhado direitinho a essência da sua conversa com Herbert? Isso era tudo do que ele precisava, uma bruxa como concunhada. O que John tinha na cabeça ao se casar e entrar para essa família ridiculamente excêntrica? Mas admitia, se Katherine tivesse pelo menos metade da beleza de sua irmã, ele podia entender a atração. No entanto, não era de estranhar que o duque tivesse riscado o nome de John do testamento.

Pegeen se virou abruptamente, dando-lhe as costas de novo e continuou a cortar o pão preto. "Vamos deixar de fazer joguinhos, está bem, *Lord* Edward? Eu sei por que o senhor está aqui..."

"Sabe mesmo?" Edward não conseguiu abafar um sorriso diante do tom de autoridade dela.

"Não sou uma tola." Ela largou a faca. Cruzando os braços sobre o peito, Pegeen se virou e o encarou. "O que não entendo é o porquê."

"Por quê?" O sorriso rapidamente virou uma carranca. "O que você quer dizer com 'por quê'?"

"Com certeza teria sido bem simples assumir o senhor mesmo o título. Por que o senhor se deu a todo esse trabalho para encontrar Jeremy? Estou certa de que, se o senhor tivesse dito que era impossível encontrar o menino e que ele estava presumivelmente morto, todos teriam acreditado. Ninguém teria questionado o seu direito ao título. Portanto, por quê?"

"Por quê?" Edward balançou a cabeça com irritação. "Todos me perguntam isso. Ninguém parece compreender que não posso assumir, com honra, um título que, por direito, pertence a outro!"

As finas sobrancelhas de Pegeen se levantaram. "Honra? Essa é uma virtude inesperada em uma pessoa da sua classe. Pensei que a honra, como a bravura, tivessem morrido com os cavaleiros da Távola Redonda."

"Tem uma visão muito sombria da, como você a chama, minha classe", observou Edward. "Posso lhe perguntar o que um de nós algum dia lhe fez para merecer tanta censura?"

"Não fez nada. Este é o problema. Os senhores têm toda a riqueza e o poder, mas não fazem nada pelos milhares de pessoas como eu, que não têm nada."

Edward se empertigou. "Ora, veja bem..."

"Não negue. Não consigo vê-lo na Câmara dos *Lords* lutando por reformas. Não consigo vê-lo trabalhando pelo bem do cidadão comum. Aposto que o único motivo de o senhor querer encontrar Jeremy tenha sido para poder continuar a levar a sua vida hedonista, sem ser perturbado por irritantes assuntos relativos à propriedade."

Edward ficou tão surpreendido que mal conseguia falar. Nunca na sua vida alguém lhe falara daquele jeito, muito menos uma mulher que, além de tudo, era dez anos mais jovem do que ele e de posição social tão inferior. Pouco importava que o que ela havia dito tivesse um pouco de verdade. Ele ficou profundamente ofendido pela referência ao seu suposto hedonismo.

"Muito bem, então, srta. MacDougal", disse ele, tenso, cruzando os braços, inconscientemente imitando a postura dela. "A senhorita disse que não quer joguinhos. Acho que está na hora de discutirmos o seu futuro, não acha?"

Pegeen olhou-o como se ele tivesse ficado demente. "O que disse? Como assim?"

"O seu futuro. O seu e o de Jeremy. A senhorita já pensou no que vai acontecer quando o dinheiro da sua mãe acabar, não pensou?"

As sobrancelhas finas e escuras desceram rapidamente. "O que o senhor sabe sobre o dinheiro da minha mãe?", ela o interpelou.

"Sei que não há muito e que não vai durar para sempre. Sejamos francos, srta. MacDougal." Ele lhe deu uma olhada de cima para baixo, com rudeza deliberada: "A senhorita já me mostrou que é boa nisso".

Edward nunca imaginou que isso fosse possível, mas, de repente, ela corou. Uma cor quente inundou aquelas faces sedosas e ela abaixou o olhar, fixando-o nas botas dele. "Bem colocado", admitiu ela, sem sorrir.

Ele ficou encantado ao descobrir que tinha algum poder sobre ela, finalmente. "Tudo bem. A senhorita já recusou a proposta do meu advogado e pelo menos uma proposta de casamento. Quais são exatamente os seus planos para o futuro? A senhorita pretende viver da caridade da igreja para sempre?"

"Certamente que não", disse ela, torcendo o nariz. "Isto é uma situação temporária."

"Temporária? Então a senhorita está esperando outras propostas de casamento mais lucrativas?"

Ela empinou o queixo pontudo. "Claro que não", disse ela novamente. "Não vou me casar nunca."

"Ah!" Ele levantou a mão e esfregou a mandíbula, estudando-a. "Isso porque odeia os homens?"

"Eu não odeio os homens", declarou ela. "Apenas alguns homens. Mas não é por isso que nunca vou me casar. Nunca vou me casar porque as leis que governam esta ilha na qual vivemos faz das mulheres casadas nada mais que um bem pessoal e subserviente dos maridos. As mulheres casadas não podem ter propriedade, não podem se divorciar, mesmo no caso de maridos que as desrespeitam, agridem ou abandonam, e a custódia dos filhos que porventura houver dessa união é dada ao marido, por mais salafrário ou grosseiro que ele possa ser..."

"Entendo." Edward não conseguia evitar um sorriso. "Aos seus olhos, o casamento é realmente uma perspectiva muito sombria."

"Não apenas aos meus olhos, *Lord* Edward. Aos olhos de muitas mulheres aqui na Inglaterra, assim como no exterior. Ora, qualquer pessoa que tenha lido *Em defesa dos direitos da mulher*, de Mary Wollstonecraft, pode lhe dizer..."

"Tudo isso é muito bom, srta. MacDougal", interrompeu-a Edward. A última coisa que ele queria ouvir era uma preleção sobre os direitos da mulher. No que lhe dizia respeito, as mulheres na sua vida estavam perfeitamente satisfeitas e, quando não estavam, ele lhes comprava uma jóia ou uma casa e isso as fazia fechar a boca. "Mas acredito que estamos discutindo Jeremy e não os seus pontos de vista sobre a instituição do casamento. A senhorita já pensou o que, precisamente, vai fazer em relação a ele quando o dinheiro da sua mãe e a caridade da igreja acabarem?"

Pegeen hesitou. Sem dúvida, ela não havia pensado.

"A verdade, srta. MacDougal, é que a senhorita tem liberdade para ficar por aí condenando as injustiças feitas à humanidade, mas não podemos nos esquecer de Jeremy."

Pegeen parecia estar com muita raiva. "Eu nunca me esqueço de Jeremy, *Lord* Edward! Ao contrário de *algumas* pessoas..."

"Jeremy é herdeiro de uma grande fortuna", interrompeu Edward. "Não há nada que a senhorita possa fazer quanto a isso, srta. MacDougal, seja quais forem as suas inclinações políticas. Ele deve, e vai, assumir suas responsabilidades como o décimo sétimo duque de Rawlings."

"É mesmo?"

Ele deveria ter previsto que aquilo não ficaria assim, que ela não ficaria quieta, humildemente ouvindo-o dar um sermão. Mas Edward não tinha percebido os sinais de advertência enquanto tagarelava na cozinha, depois de despreocupadamente girar uma cadeira e se sentar, rudemente, como que montado em um cavalo, sem lhe pedir permissão ou lhe oferecer a cadeira primeiro.

"É isso mesmo, srta. MacDougal", disse ele, divertindo-se imensamente.

"Então me diga, *Lord* Edward", disse ela, pronunciando a palavra "*Lord*" em tom mordaz. Os braços que antes estavam cruzados em frente ao peito agora tinham caído e as mãos estavam nos quadris. "Se Jeremy é o duque de Rawlings, onde estava essa grande fortuna até agora? Eu não vi nem um tostão da magnífica Casa de Rawlings. Meu pai e eu criamos Jeremy desde que era bebê e neste último ano fiz isso sozinha, da melhor forma que pude. Mas o senhor tem a ousadia de se sentar aí e me acusar de não pensar nele!"

Edward começou a perceber que talvez tivesse sido precipitado. "Srta. MacDougal, não tive a intenção de sugerir que a senhorita não..."

"Como o senhor explica a sua negligência dos últimos anos?", ela o interpelou. "O senhor é tio dele, tanto quanto eu sou sua tia. E, no entanto, onde o senhor estava?"

Edward se mexeu um pouco na cadeira, desconfortável. Ele era um homem grande e a cadeira era projetada para uma pessoa muito menor. "A senhorita sabe perfeitamente..."

"Eu sei perfeitamente que, quando é conveniente para o senhor, Jeremy é o duque de Rawlings. Quando é conveniente para Jeremy, porém, não ouvimos nem um pio da sua parte."

"Não é nada disso e a senhorita o sabe", apressou-se Edward a dizer. "Meu pai eliminou os pais de Jeremy do testamento. Quando soube que eles estavam mortos, ficou, lamento dizê-lo, contente. Apenas quando o velho estava ele próprio morrendo é que cedeu e concordou em reconhecer Jeremy como o herdeiro por direito..."

"E, por causa da amarga decepção do seu pai porque seu irmão se casou com a filha de um vigário escocês e não com alguma dama da sociedade londrina, Jeremy tem que dormir comigo todas as noites, desde a morte do meu pai, porque não podemos comprar carvão para duas lareiras." A voz dela era dura. "Ele tem que vestir roupas doadas, porque não temos dinheiro para lhe comprar as suas próprias botas e calças..."

Edward começou a se levantar da cadeira. "Srta. MacDougal..."

"Ele tem que comer mingau como café-da-manhã todos os dias há um ano porque não posso comprar mais do que dois ovos por semana e nós os comemos no almoço porque a carne está muito cara..." A voz dela falhou e Edward ficou surpreso ao ver que lágrimas ameaçavam correr daqueles olhos que mais pareciam jóias. "E ele teve que sofrer a piedade de pessoas odiosas como o sr. Richlands! E o senhor tem o total descaramento de pensar que, depois de agüentar tudo o que agüentou, ele deveria se ajoelhar e lhe agradecer por lhe entregar um ducado? Que, depois de tudo o que a sua família o fez passar e fez os pais dele passar, ele deve sentir *gratidão* para com o senhor? O senhor há pouco falou de honra. O senhor acha que Jeremy não tem nem um pouco de honra? Ele tem, *my lord*, e posso lhe garantir que ela foi comprometida da forma mais constrangedora nesses últimos meses. Não há ducados suficientes no mundo para recompensá-lo!" Para surpresa de Edward, a moça se virou, com um soluço. "Ah!", exclamou ela. "E o senhor não entende por que eu apoio os liberais?"

Edward ficou completamente perdido. Nunca lhe ocorrera que ela tinha ressentimentos contra a sua família pela forma como sua irmã e sobrinho foram tratados, mas, é claro, ele deveria saber disso. O que mais ela poderia sentir a não ser ressentimento? A família Rawlings tinha levado ao clã MacDougal nada além de problemas.

"Srta. MacDougal, não tenho como manifestar o quanto lamento..."

Pegeen, porém, virou-lhe as costas e ficou de pé, os ombros trêmulos, apoiada na mesa. Ela não acreditava que estava chorando na frente dele, mas não conseguia parar. A última coisa que queria fazer na frente desse homem arrogante e cruelmente bonito era mostrar qualquer fraqueza, mas lá estava ela, soluçando, quase histérica, como se as mágoas contidas no seu peito havia mais de um ano finalmente tivessem transbordado. Ela murmurava, através das lágrimas, e frases desconexas flutuavam na direção dele. "Velho desprezível... crianças sofrerem pelos erros de seus pais... espera que nós simplesmente restabeleçamos relações e vamos com o senhor como se nada tivesse acontecido..."

Edward jogou a cadeira para o lado e ficou de pé. "Srta. MacDougal, por favor, acredite em mim, eu não tinha a menor idéia. Nós nem sabíamos onde Jeremy estava até o mês passado e sem dúvida não sabíamos que todo esse tempo ele estava sendo criado por uma tia solteira, sozinha..."

Isso parecia apenas servir para que os ombros delgados balançassem ainda mais. Edward não tinha qualquer experiência e não sabia o que fazer com as lágrimas de uma jovem, da mesma forma que não sabia lidar com a impertinência dela, mas descobriu que, sem dúvida, preferia enfrentar a impertinência. Os soluços de Pegeen eram de partir o coração. Cada um deles parecia tanger uma corda diferente das entranhas dele.

"Por favor, srta. MacDougal! A senhorita tem que acreditar em mim. Eu daria qualquer coisa, qualquer coisa que tivesse, para desfazer as dificuldades que a senhorita foi obrigada a enfrentar..."

Sem saber o que mais fazer, Edward se aproximou com a intenção de acalmá-la de alguma forma, talvez prometendo comprar-lhe um bracelete. Isso sempre funcionara quando uma de suas amantes explodia em lágrimas. Ele sem dúvida não estava pensando em nada mais do que apaziguá-la. Qualquer outro pensamento teria sido muito perverso.

Mas, quando pôs as mãos nos ombros esbeltos dela e a virou na sua direção, olhando para aquele rosto bonito e marcado pelas lágrimas, alguma coisa extremamente estranha aconteceu.

Edward, que tinha estado com, literalmente, centenas de mulheres na vida, e que sempre tivera o controle perfeito sobre os seus instintos, foi tomado por um súbito impulso de dar um beijo naqueles lábios úmidos, abertos e convidativamente vermelhos. Sem levar em consideração que beijar uma concunhada era algo muito imprudente em qualquer circunstância e, naquela, absolutamente desastroso. Sem levar em consideração que era uma década mais velho que ela e provavelmente já houvesse comprometido a reputação da moça só por estarem os dois desacompanhados, na mesma casa. Sem levar em consideração que ela estava sozinha no mundo e que apenas um cafajeste tiraria vantagem de uma mulher na situação econômica em que ela se encontrava, sem falar no estado emocional. Ele sentiu um desejo de beijá-la que era mais forte do que qualquer compulsão que já tivesse tido e, sem pensar mais, obedeceu a esse desejo.

Capítulo quatro

No segundo em que os lábios de Edward tocaram os seus, Pegeen ficou tensa de surpresa. Suas pálpebras, que estavam abaixadas, abriram-se completamente. Os dedos dele apertaram os seus ombros, como se achasse que ela ia se afastar. Mas fugir nem passou pela cabeça de Pegeen, apesar de essa ter sido a sua reação imediata havia cerca de uma hora, quando fora abordada de forma semelhante pelo sr. Richlands. A boca de Edward sobre a sua mexia-se de uma forma que a fazia sentir coisas que nunca havia experimentado. Instintivamente, os braços de Pegeen se levantaram e se enrolaram ao redor do pescoço dele. Em seguida, sentiu as mãos dele deixarem os seus ombros e deslizarem para baixo da trança pesada. Quando a língua de Edward tocou a dela, a explosão de sensações quase a derrubou. Uma onda de calor passou pelas suas coxas e os mamilos ficaram tesos dentro das taças do corpete de renda. Pegeen soltou um som suave, não de protesto, mas de prazer.

Edward tinha esperado alguma reação daquela moça franca, mas não a que recebeu. Um tapa no rosto, no mínimo, e palavras duras de censura. Mas, pelo contrário, deu por si abraçando uma mulher tão macia e que se entregava tanto que achou que poderia levantá-la e tê-la sobre a mesa, quantas vezes quisesse, sem que ela se negasse nenhuma vez. Como poderia ter imaginado que, por baixo da fachada pudica de Pegeen MacDougal, havia uma sensualidade tão forte? Os olhos dela estavam meio fechados pelo desejo, os lábios abertos aos beijos selvagens dele? Edward não tinha a menor idéia de como pressentira isso. Só sabia que desejava aquela mulher mais do que nenhuma outra na vida. O coração dele batia irregularmente, o que era prova disso, além das calças, repuxadas por uma ereção...

Não é necessário dizer o que aconteceria em seguida se a porta da cozinha não tivesse sido escancarada de repente, dando passagem a uma rajada de vento gelado. Antes de Edward poder esboçar qualquer reação, foi abordado por uma trouxa de mitenes e cachecóis de lã de 1,20 m que parecia ter sido trazida para dentro pela força do vento.

"O que você está fazendo com Pegeen?", interpelou-o uma voz infantil por debaixo de um cachecol de cores vivas.

Pegeen deu um pulo para longe de Edward, como se ele a houvesse chamuscado. Seu rosto estava vermelho de constrangimento e ela levou as duas mãos ao cabelo, ajeitando a desordem que os dedos de Edward tinham feito com a trança.

"Jeremy, você está atrasado", disse ela com voz insegura, rapidamente indo fechar a porta atrás do menino. "E que modos são esses? Não é assim que se recebe uma visita."

Edward, completamente desconcertado pela interrupção, teve que se virar para esconder a sua óbvia excitação. Ele ofegava, como se tivesse acabado de participar de uma corrida. Mais do que tudo, queria jogar o duque de Rawlings de volta na neve, para poder continuar a abraçar a tia do menino.

"Você limpou os sapatos, meu jovem?", perguntou Pegeen, com uma calma que Edward invejou.

Firmemente ignorando a tia, Jeremy Rawlings olhava fixamente para cima, para Edward, e os olhos cinza eram o único traço humano visível por trás de todas as suas roupas.

"O que você estava fazendo com Pegeen?", queria saber o menino.

"Vamos, Jeremy", disse Pegeen enquanto desemaranhava os cachecóis do menino. "Não é assim que você deve falar com o seu tio Edward."

"Meu tio o quê?", repetiu o menino sem a mínima cortesia.

"O seu tio Edward."

A moça arrancou o gorro de lã da cabeça do duque, revelando um cabelo tão escuro e encaracolado como o de Edward. O rosto do menino era rosado e com algumas sardas, não muito diferente do de sua tia. A boca, viu Edward, também lhe era familiar.

"Este é o seu tio Edward. Ele estava só..."

"Cumprimentando a sua tia com um beijo", completou Edward em boa hora. Ainda não ousava se virar para eles. "Eu não a via há muito tempo."

Jeremy Rawlings claramente não era uma criança que se pudesse descrever como fácil de enganar. Ele olhou fixamente para o rosto corado de Pegeen e disse com firmeza: "Isso não me pareceu um beijo de cumprimento. Pareceu-me o tipo de beijo que a sra. MacFearley dá para os homens que lhe pagam um centavo..."

Pegeen interrompeu-o apressadamente. "Tire as botas e sente-se. A sua ceia vai esfriar."

Estudando o menino, Edward passou a mão pelo cabelo e soltou um suspiro cansado. "Pelo amor de Deus!", disse ele em voz baixa. "Se não soubesse que isso é impossível, pensaria estar de novo nos aposentos das crianças, sendo atormentado mais uma vez pelo meu irmão mais velho, John. O menino tem a boca dele, sem dúvida. Nunca vi nada tão cruel."

Pegeen o ouviu e fechou a cara. "Jeremy não", disse ela. "Travesso, talvez, mas não cruel."

Jeremy olhou o tio com olhos duros como aço. "É sua aquela carruagem que está lá fora?", perguntou, o rosto angélico contrastando fortemente com a suspeita zombeteira da sua voz.

Edward levantou as sobrancelhas escuras. "É. Você gosta...?"

"Melhor que a de *Sir* Arthur", resmungou Jeremy. "Nunca vi um homem com rosto mais vermelho que o dele. Parece uma cereja. Cheguei a pensar que ele poderia entrar em combustão espontânea."

Em resposta às sobrancelhas inquisitorialmente levantadas de Edward, Pegeen explicou: "O livro *Casa sombria*, de Dickens. Estamos lendo esse livro em voz alta à noite. Diversos personagens têm combustão espontânea. Jeremy, sente-se e pare de falar bobagens. E, se você souber o que é melhor para si mesmo, vai tirar essas botas ou vai ter que esfregar o chão novamente no próximo sábado."

Edward não tinha a menor idéia de sobre o que Pegeen estava falando. Só sabia que ela tinha uma aparência ainda mais atraente do que nunca com as bochechas rosadas e o cabelo em desordem. O vestido de lã marrom que usava talvez fosse um tamanho menor que o dela e estava apertado em seu corpo, o corpete revelando claramente os bicos endurecidos dos seios. Edward desejou ter acariciado aqueles seios quando tivera a chance.

"Então, *my lord*, devo entender que o senhor fica para a ceia?", indagou Pegeen.

Surpreso, Edward abaixou os olhos e viu que a mesa estava posta para dois. O que o seu sobrinho estava devorando em grandes bocados — fosse o que fosse — cheirava divinamente. Lembrando-se com culpa dos seus lacaios tiritando de frio do lado de fora, Edward disse: "Bem, eu...-"

"Não tenho comida para todos", disse Pegeen, sem rodeios. "O senhor deve mandá-los para o *pub* da aldeia. Eles têm um ótimo sanduíche de queijo e salada. Na verdade, talvez o senhor queira juntar-se a eles."

"Bruxa", acusou-a Edward.

Ela sorriu, encantada. "Nem um pouco. Se fosse, faria o senhor desaparecer."

Quando Edward voltou, depois de despachar os cocheiros e lacaios para o *pub*, havia um terceiro lugar à mesa e uma jarra de cerveja estava perto da tigela fumegante posta no lugar dele. Essa pequena extravagância o surpreendeu e comoveu.

Pegeen MacDougal não possuía muita coisa, mas estava disposta a dividir o que tinha. A mulher era um monte de contradições que o deixava confuso e Edward descobriu que estava cada vez mais atraído por ela.

Isso, juntamente com a descoberta de que o guisado que ela fazia era delicioso, fez Edward acreditar que corria um perigo realmente muito grande. Já tinha sido tolo o suficiente para beijá-la. E não iria permitir-se ser estúpido a ponto de se apaixonar por ela. Melhor tê-la na defensiva, declamando as suas convicções políticas liberais, do que sentada de frente a ele na mesa, delicadamente bebericando cerveja e parecendo um anjo.

Edward limpou a garganta e disse, sem preâmbulos: "E então, Jeremy. Você gostaria de ter a sua própria carruagem como aquela lá fora?".

Jeremy baixou a colher, os olhos cinza arregalados. "Se gostaria?", gritou. "Ora, eu iria direto até a casa de Brandon McHugh e cuspiria no olho dele..."

"Você não vai fazer nada disso", disse Pegeen, baixando o seu copo com força. "*Lord* Edward, eu agradeceria se não pusesse idéias na cabeça do menino."

"Mas Jeremy é o duque de Rawlings", disse Edward, dando de ombros com falsa inocência. "Se ele quiser comprar uma carruagem como a minha e ir até a casa de Brandon McHugh e cuspir no olho dele, isso é uma prerrogativa de Sua Graça."

Os olhos verdes de Pegeen crepitavam como o fogo. "*Lord* Edward..."

"Um duque precisa ter o seu próprio cavalo", prosseguiu Edward, como se não a tivesse ouvido. "Portanto, é claro que você e eu teremos que fazer uma viagem a Londres para conseguir um muito bom, Jeremy."

"Um cavalo?" Pela primeira vez desde a sua chegada, Jeremy olhou para o tio com verdadeiro respeito. "Um cavalo meu? Um cavalo de verdade? Não a droga de um pônei?"

"Jeremy", a tia disse calmamente. "Não fale assim."

"Um cavalo de verdade", disse Edward rapidamente. "Um cavalo de caça, com seis palmos de altura para você e uma... égua cinzenta pintada para a srta. MacDougal."

"Ao contrário de um menino de dez anos, *Lord* Edward, a srta. MacDougal não se deixa comprar por um cavalo", disse Pegeen com um sorriso levemente amargo. Ainda assim era um sorriso e Edward foi adiante, aproveitando a sua vantagem.

"E isso não é tudo, Jeremy. Você vai ter o seu próprio quarto, assim como uma sala de estudos com os melhores tutores que o dinheiro pode comprar e um aposento cheio de brinquedos."

O rosto angelical levantou-se, olhando para o tio, e Jeremy disse: "Eu nunca tive brinquedos antes. Vovô disse que eles são para bebês."

"Ora, você terá muitos brinquedos, Vossa Graça", declarou Edward. Ele se inclinou e levantou o menino, acomodando-o no colo. Para sua surpresa, Jeremy não protestou. "O único problema, Jeremy, é que a sua tia Pegeen não quer que você vá comigo."

Pegeen lhe deu uma olhada que poderia ter congelado lava vulcânica. "Isso não é bem o *único* problema, *Lord* Edward", disse ela.

"Não há nada", perguntou Edward, "que eu pudesse dar à sua tia para que ela queira vir conosco para Rawlings?"

Jeremy observou Pegeen, do outro lado da mesa. "Não sei", disse o menino, incerto. "Ela parece brava. O que o senhor fez para ela, afinal de contas?"

"O que você acha de um novo vestido?", arriscou Edward, ignorando a indagação do menino. "Você não gostaria de ver a sua tia Pegeen usando um vestido novo, Jeremy? Um vestido assinado pelo sr. Worth? Ela não ficaria parecida com um anjo?"

O menino fez que sim com a cabeça, sem muita convicção, obviamente sem saber do que Edward estava falando, e daí se agitou para se aconchegar melhor. "Eu sempre acho que Pegeen parece um anjo, não importa o que ela esteja vestindo."

"Isso é, sem dúvida, verdade. Oh, meu Deus, a sua tia vai ter todos os vestidos novos que quiser, e as jóias também. E as suas próprias criadas, e..." Ele tentava desesperadamente pensar em alguma coisa que pudesse agradar aquela moça. Ao contrário de suas amantes, ela parecia totalmente indiferente à menção a vestidos Worth e jóias. Foi então que se lembrou dos jornais. "E toda uma biblioteca a sua disposição, uma das melhores do país, e seus próprios jornais, não os que já foram lidos por alguém..."

Isso pareceu despertar a atenção de Pegeen. Ela fitou-o com um olhar ainda mais frio.

"Oh", disse Jeremy. "Pegeen gosta de jornais. E de livros também. Você ouviu o que o meu tio disse, Pegeen? Você vai ter livros e jornais, tantos quanto quiser."

"Eu ouvi", disse Pegeen impassível.

Edward apressou-se a acrescentar: "E ela vai ter uma renda para gastar como quiser, de não menos de mil por ano e...".

"E um cavalo de verdade?", perguntou Jeremy novamente. "Todo meu?"

"Sim. E uma estufa em que as rosas crescem o ano todo, até no inverno."

Pegeen mordeu o lábio inferior e, ao afastar os dentes pequenos e regulares, deixou-o suculento e vermelho como sangue. "Agora o senhor está simplesmente sendo ridículo. Quem já ouviu falar de rosas o ano todo, especialmente em Yorkshire?"

Edward tentou tirar os olhos da boca da moça, que tinha a forma de arco e era muitíssimo desejável. Ele se perguntou se o vigário a tinha beijado e sentiu um profundo arrependimento por não ter surrado o homem.

"Pois no Solar Rawlings temos as rosas", disse ele. Não estou lhe contando mentiras. Venha comigo e veja por si mesma. Como parte do acordo, continuarei, com satisfação, a pôr para correr todos os seus pretendentes não desejados, sem cobrar nada por isso."

Com um sorriso rapidamente reprimido, Pegeen disse: "Jeremy, desça daí. Você tem que voltar para a escola."

Jeremy não se mexeu. "Nós não podemos ir com ele, Pegeen? Eu quero ver as rosas que crescem o ano todo, até no inverno."

"O seu tio e eu vamos discutir esse assunto", disse ela. "Mas, tenho que dizer, acho que não."

Jeremy resmungou, decepcionado. "Por que não?", perguntou, todo queixoso.

"Porque não é tão fácil assim, Jeremy." Pegeen levantou-se da mesa e começou a tirar os pratos, tomando cuidado para que *Lord* Edward não visse as lágrimas que tinham se juntado novamente debaixo de suas pálpebras. "As pessoas... as pessoas não podem simplesmente aparecer com promessas de cavalos e rosas o ano todo e esperar que perdoemos e esqueçamos." Bombando água fria sobre os pratos, Pegeen murmurou, voltada para a janela marcada pelo gelo: "Eu não me deixo comprar, você sabe. Nem por uma pilha de jornais".

Pondo Jeremy de lado, Edward se levantou. Não sabia de onde elas haviam surgido, mas uma corrente de palavras saiu de seus lábios rapidamente e com muita emoção.

"Srta. MacDougal, por favor, perdoe-me", disse ele para a moça de costas. "Sei que nunca poderei indenizá-la pelo que a senhorita sofreu criando Jeremy sozinha este último ano, mas deve acreditar em mim quando digo que, se eu soubesse, não teria permitido que isso acontecesse. E estou lhe pedindo... não, estou lhe implorando... para me deixar tentar compensar tudo o que passou, levando os dois ao Solar Rawlings. Lá, juro, há carvão suficiente para uma lareira em cada cômodo e Jeremy pode comer quantos ovos quiser no café-da-manhã."

Esse discurso pouco eloqüente, porém sincero, pareceu não ter efeito sobre a srta. MacDougal, que continuou a lavar os pratos da ceia, mas agradou muito a Jeremy.

"Ovos no café-da-manhã todos os dias?" O menino foi até sua tia e puxou a saia dela. "Você ouviu isso, Peggy? Ovos todas as manhãs!"

Edward, vendo que tinha obtido uma vantagem inesperada, apressou-se a se manter na ofensiva. "E carne na ceia todas as noites."

"Ora, nós não podemos ir com ele, Peggy?", suplicou o menino. "Não podemos?"

"Talvez", disse Pegeen. Ela enxugou as mãos em um pano de pratos e então, tirando o avental e pendurando-o em um gancho ao lado da porta da despensa, disse: "Mas agora você tem que voltar para a escola".

Jeremy olhou para Edward, o pequeno rosto transformado por um sorriso de prazer. "Quando Pegeen diz talvez ela sempre quer dizer sim", cochichou ele. Depois de passar essa útil informação, o menino foi calçar as botas.

Foi apenas depois de ter certeza de que Jeremy já tinha passado pelo portão que a tia voltou-se e deu um tapa tão forte no rosto de Edward que ele viu estrelas.

"Isso é pelo beijo", disse Pegeen concisamente. Em seguida, como se nada tivesse acontecido, foi até o guarda-louças e tirou uma garrafa de uísque e dois copos.

Edward ainda estava cambaleante devido ao golpe, que tinha sido surpreendentemente forte vindo de uma mulher tão pequena. Nenhuma mulher o esbofeteara desde — bem, ele não sabia desde quando — e a sensação não foi nem um pouco agradável. Esfregando a mandíbula com a mão, seguiu Pegeen com os olhos enquanto ela enchia dois copos generosamente com uísque e em seguida deslizava um deles na direção dele.

"Pronto", disse ela, sentando-se na cadeira diretamente à sua frente, do outro lado da mesa. "Você parece que precisa disso tanto quanto eu." E, com um movimento rápido e de quem tem prática, o conteúdo de seu copo desapareceu garganta abaixo.

"Oh!", disse Pegeen, tossindo, um segundo depois: "Eu precisava disso".

Edward, ainda completamente confuso com a bofetada, não se atreveu a responder. O que essa moça tinha na cabeça? Ela não tinha gostado do abraço tanto quanto ele?

Edward não poderia ter-se enganado sobre o desejo que viu naqueles olhos, ou a avidez daqueles lábios doces, ou a forma como o corpo dela tinha grudado no dele tão prontamente. A moça seria louca? Ou simplesmente estaria negando o que sabia ser verdade?

Levando o copo de uísque aos lábios, Edward bebeu e sufocou, como se a goela estivesse em fogo.

"O que é isso?", perguntou ele, com a voz estridente, logo que conseguiu se recompor o suficiente para falar entre tossidas.

Pegeen baixou os olhos para o seu próprio copo vazio, as sobrancelhas levantadas com ar de inocência. "Apenas um pouco do uísque de turfa, destilado bem aqui em Applesby. Qual é o problema? É um pouco forte para você?"

"Forte?" Os olhos de Edward lacrimejavam. "É como beber ácido sulfúrico..."

"Bem, talvez seja um gosto que a gente adquire com o tempo. Eu bebi isso a vida toda." Como que para ilustrar o que dissera, Pegeen se serviu de mais um copo. "Para mim, é leite materno. Quer mais um?"

Edward, ainda tossindo seco, balançou a cabeça. "Quero distância disso", disse ele, fazendo sinal de que não com o dedo. "Desde que a conheci, fui atacado verbalmente por um clérigo, quase perdi um dedo, fui esbofeteado e as minhas entranhas queimam. Não sei se vou agüentar muito mais disso."

Ela sorriu atrevidamente. "Se você tivesse dado ouvidos a *Sir* Arthur e ficado à distância, como eu disse a ele, estaria fumando um cigarrinho e tomando um conhaque em frente a uma lareira crepitante, a cabeça descansando no colo da sua amante."

Edward fitou-a. "E o que sabe você sobre amantes?", interpelou-a, talvez com mais suspeita do que a necessária.

O sorriso atrevido se tornou malandro. "Ora, nada, naturalmente. O que poderia uma simples filha de vigário como eu saber sobre os costumes mundanos de um *gentleman* como você?"

Edward olhou-a fixamente, lembrando-se do beijo que tinham trocado...

Tinha certeza de que não era uma coisa que ela fazia sempre, mas também tinha certeza de que ela sabia bastante sobre beijos, mas ele não tinha a menor idéia de como isso poderia ter acontecido. "Aposto, baseado nessa declaração, que você sabe muito mais do que está revelando. A propósito, quantos anos você tem?"

Ela arqueou uma das delicadas sobrancelhas. "Quanta impertinência! Por que eu deveria lhe dizer quantos anos tenho?"

Edward tremeu. "Eu sou da família."

"Da família de Jeremy, não da minha", objetou ela. "Ao contrário da minha irmã Katherine, eu nunca me casaria com um membro da aristocracia, nem por todo o chá da China."

"Pensei que você nunca se casaria com ninguém. Lembra-se disso?" Ele sorriu. "Não pensei que esse sentimento excluísse apenas os homens como eu."

"E não exclui mesmo. Mas sem dúvida acho que homens como você estão entre os mais desprezíveis."

Edward percebeu que ela estudava a reação dele, como um colegial estuda uma aranha cuja perna acabou de arrancar e, por isso, evitou mostrar-se ofendido: "É mesmo? Como assim? Por favor, me explique".

"São homens como você que detêm o avanço de reformas vitais que ajudariam milhares de mulheres e crianças sofredoras em todo este país", respondeu ela, bem loquaz. "Talvez em todo o mundo, já que todos olham para a Inglaterra como um bastião da moralidade."

Edward por muito pouco não caiu na gargalhada. "Sobre o que, em nome de Deus, você está falando?"

"Você não sabe?" Pegeen revirou os olhos diante de tanta ignorância. "Estou falando sobre jovens que são enviadas para Londres para aprender uma profissão e que acabam nas ruas porque foram estupradas ou seduzidas por seus empregadores..."

"O quê?", gritou Edward, sem acreditar.

"... e são consideradas mercadoria danificada pelas suas famílias e não têm a quem ou que recorrer, a não ser à prostituição", continuou Pegeen, como se não tivesse sido interrompida. Apoiando os cotovelos sobre a mesa, prosseguiu: "Estou falando sobre mulheres que têm um bebê depois do outro, ano após ano, porque são tão sem instrução que não sabem como evitar a gravidez, tudo porque os homens não acham que educar as suas filhas seja um investimento que valha a pena".

"Santo Deus!", Edward respirou fundo, sentindo o rosto ficar vermelho. "O que, em nome de Deus, o seu pai tinha na cabeça ao deixar que você lesse os jornais? É como dar uma caixa de chocolates a um dispéptico!"

"Ora, tenha dó", disse Pegeen, de nariz torcido, recostando-se na cadeira. "Estou falando a verdade. Não posso fazer nada se você anda tão ocupado caçando as pobres e inocentes raposas que não vê o que está acontecendo bem à sua frente."

"Você, minha cara, está vivendo sozinha por tempo demais. Quando a levar para Rawlings, eu vou..."

Ela o fitou com tanta malevolência que Edward interrompeu o que estava dizendo. "Você o quê? Vai me deixar sem nenhum alimento intelectual, como fizeram para reprimir as mulheres pelos séculos?"

"Pô-la sobre os joelhos e lhe dar a surra que tanto merece. O que você poderia saber sobre prostitutas ou sobre como evitar a gravidez, a propósito? Sei que não faz nem um ano que saiu da escola."

"Acontece", declarou ela, os olhos arregalados diante de tanto desaforo, "que vou fazer vinte anos no próximo mês!"

Edward começou a rir, voltando a se recostar na cadeira. A moça o olhou furiosa.

"O que, posso saber, é tão engraçado?", ela o inquiriu.

"Você. Consegui que acabasse me dizendo a sua idade, não consegui?" Deu um tapa no próprio joelho, todo satisfeito, tão contente como se tivesse acabado de vencer Alistair Cartwright em um jogo de sinuca.

Ela continuou a olhá-lo fixamente, e em seguida, depois de dar de ombros filosoficamente, voltou a sua atenção para o uísque. Edward, apesar de saber que não deveria fazer aquilo, ficou olhando-a, maravilhado. Com os grandes olhos verdes e o rosto emoldurado pelos cabelos escuros, ela parecia inocente como uma escolar, de pele cor de marfim e maçãs do rosto rosadas. Mas, ao baixar os olhos para a forma caprichosa daquela boca de botão de rosa, ele sabia que a inocência era apenas um ardil para distraí-lo do fato de que, atrás daquele rosto angelical, espreitava uma mulher com um apetite sexual tão voraz como ele nunca tinha encontrado. E isso não era tudo: ela também tinha uma personalidade irascível. Que Deus tivesse piedade dele! O que faria com ela?

E por que, irritante como ela era, ainda queria beijar aquela boca impudente? Criaturas impossíveis, essas mocinhas! Ele preferia infinitamente as mulheres mais velhas e, sobretudo, as mulheres mais velhas e casadas.

"Se vamos viver juntos debaixo do mesmo teto", começou ele, "não podemos pelo menos ser amigos?" Pegeen se levantou e cruzou a sala em direção à pia, para lavar os copos de uísque. O olhar que ela lhe devolveu foi de suspeita. "Vivermos juntos? Do que você está falando?"

"Você disse que irão para Rawlings comigo."

"Eu não disse nada disso!"

Ele sabia que estava de cara fechada, com aquela carranca que certa vez fez uma das meninas Herbert ter um ataque histérico, mas não conseguiu evitar. "Você disse 'talvez'."

"Foi o que eu disse. Desde quando isso significa 'sim'?"

"Srta. MacDougal." As palavras faltavam a Edward. Todo esse tempo ele pensara que a guerra estava ganha, mas ainda nem tinha começado. Ele queria muito esmurrar alguma coisa, mas, infelizmente, o vigário não estava por perto. "Já lhe pedi desculpas pela omissão do meu pai. Paguei cada centavo que aquele vigário maldito diz ter lhe emprestado. Fiz tudo o que está ao meu alcance para lhe mostrar que realmente estou falando sério quando digo que não há nada no mundo que lhe negarei se concordar em vir a Rawlings com Jeremy. O que mais posso fazer para convencê-la de que é sincero o meu desejo de fazer a coisa certa por você e o nosso sobrinho?"

De costas, ela disse, em uma voz baixa, falando mais com a janela do que com ele: "Nada. Acredito em você. Sei que você pretende fazer o que é certo. Só que..."

"Só que o quê?"

"Só que... O quanto o senhor sabe, *Lord* Edward, sobre a minha família?" Quando ela se virou para ele, os olhos verdes pareciam artificialmente arregalados. "O que você sabe sobre a minha irmã?"

"Nada." Edward deu de ombros. "A não ser que, se ela se parecia apenas um pouco com você, não é de admirar que o meu irmão tenha tido morte prematura."

Pegeen, como era de se esperar, não riu com a piada. "Nada? Nada mesmo? O senhor nunca se encontrou com ela?"

"Você sabe que não. O meu irmão conheceu a sua irmã aqui em Applesby quando participava de um fim de semana de caça. Eles fugiram — de forma imprudente e, sem dúvida, precipitada —, e quando o meu pai se recusou a reconhecer o casamento, partiram para a Europa continental, de onde nenhum deles voltou com vida. Onde a senhorita quer chegar, srta. MacDougal?"

Ela não respondeu, pelo menos não imediatamente. Sua reação foi baixar os olhos para as próprias mãos. Edward seguiu o olhar de Pegeen, pensando em como aquelas mãos tinham agarrado o cabelo dele. Perguntou-se como seria senti-las abrindo os botões das calças dele...

"Nós vamos com você", disse ela de repente, com uma voz tão baixa que Edward não teve certeza se tinha ouvido bem.

Ele levantou a cabeça rapidamente. "Como disse?"

"Nós vamos com você", disse novamente Pegeen, dessa vez mais alto.

"Srta. MacDougal!"

"Mas com uma série de condições."

Edward franziu as sobrancelhas. "Srta. MacDougal..."

"Eu terei a palavra final em tudo que se refira a Jeremy. Não vou permitir que ele seja mimado e receba presentes demais de pessoas que estão interessadas em comprar a boa vontade futura dele. Ele deve ser criado o mais normalmente possível..."

"Isso não vai funcionar, srta. MacDougal", ridicularizou Edward. "Jeremy é o duque de Rawlings. Você quer que ele freqüente a escola da aldeia com os outros moleques comuns?"

"Jeremy é um moleque como os outros, *Lord* Edward. Ou era até hoje. Eu gostaria que ele continuasse assim pelo maior tempo possível. E, se eu vou com ele, precisarei de algo para fazer."

"Como assim?"

"Preciso ter algo com o que ocupar o meu tempo, *Lord* Edward. Ao contrário do senhor, não estou acostumada a uma vida de ócio. Talvez eu pudesse cuidar dos assuntos domésticos."

"Tenho uma governanta", rosnou Edward.

"Então talvez possa administrar a sua contabilidade. Eu cuidava dos registros financeiros da igreja para o meu pai. Sou boa com números."

"Isso não me surpreende", observou Edward secamente. "Porém, *Sir* Arthur administra as contas para mim..."

"Bem, *Lord* Edward." A irritação dela era perceptível na expressão do seu rosto. "Tem de haver alguma coisa que eu possa fazer no Solar Rawlings."

Edward ficou olhando-a. Ele poderia pensar em uma série de funções em que ela teria um desempenho fenomenal. Nenhuma delas, entretanto, era apropriada para uma jovem solteira ou, pelo menos, uma jovem solteira que tinha devorado todo o *Em defesa dos direitos da mulher*, de Mary Wollstonecraft. Disse, portanto, sem se comprometer: "Vamos encontrar alguma coisa para você fazer, não se preocupe. Agora, o que mais?".

Ela mordeu o lábio inferior. "Bem, creio que, se vou ser a tia de um duque, vou precisar... provavelmente vou precisar ter uma aparência apresentável. Quero dizer, só tenho este vestido e mais um outro, de ir à igreja..."

Edward seguiu o olhar dela, notando que as faces da moça tinham ficado escarlates. Ele não sabia o que a incomodava. É verdade que o vestido era modesto, mas lhe caía admiravelmente. Ele conhecia algumas mulheres que teriam matado sem pensar duas vezes para ter essa aparência em um vestido tão pouco atraente.

Mas ele fez que sim com a cabeça, sério, e disse: "Sim. Um novo guarda-roupa é, naturalmente, parte do acordo".

Parecendo aliviada, Pegeen soltou a respiração presa e voltou a hesitar novamente.

"Eu vou... precisar tomar algum dinheiro emprestado." Baixou os olhos e ele viu as faces dela arderem mais uma vez. "Para ajudar uma família daqui."

Tenha dó! Aquilo estava indo longe demais. "Por que o maldito vigário de vocês não a ajuda?", inquiriu Edward, irritado. "Esse é o trabalho dele, não é?"

"Ele se recusa a ajudar." Com um suspiro, a moça levantou os olhos e o encarou, as faces ainda mais vermelhas até do que depois de se terem beijado. "A sra. MacFearley é a prostituta da vila; e eu ajudei no parto do décimo sexto filho dela hoje de manhã..."

"Você *o quê?*" Se ela tivesse dito que tinha ajudado no nascimento de Cristo ele não ficaria mais surpreso.

Pegeen tossiu, pouco à vontade. "Bem. Não havia mais ninguém, você sabe, e... bem, se eu pudesse dar a ela só um pouco de dinheiro, ela poderia descansar por um tempo e recuperar as forças antes de voltar a trabalhar..."

Uma sobrancelha de Edward se arqueou. "Isso sim será uma novidade", observou. "Um homem da minha classe pagando uma dama da noite para não dormir com ninguém." Ao notar que a moça não estava sorrindo diante do sarcasmo dele, Edward suspirou e pôs a mão no bolso do colete. "Quanto?"

Ela estava mordendo aquele suculento lábio inferior novamente. "Será que... cinco libras seria demais? Juro que vou pagá-lo. Tenho trinta por ano."

"Hmmm." Ele examinou uma moeda tirada da bolsa. "Vamos fechar em vinte redondos, está bem? Quem sabe, talvez ela possa usar o dinheiro para atrair um bom partido. Um marido. Acho que o sr. Richlands agora está disponível, não está?"

Ele ficou surpreso diante de tanta felicidade que o seu gesto despreocupado havia causado. Pegeen bateu palmas, sem nenhum constrangimento, e até rodopiou pela cozinha: "Vinte libras? Está falando sério? O senhor realmente vai...? Oh, muito obrigada, *Lord* Edward, muito obrigada!".

Antes de ele entender qual era a intenção de Pegeen, ela tinha rodopiado em sua direção, jogado os dois braços ao redor do pescoço dele e queria dar um beijo com aquela boca de cereja na mesma face que havia esbofeteado meia hora antes.

Edward sobressaltou-se com a leve pressão do formoso peito contra os seus ombros. Antes de poder se deter, ele tinha virado o rosto, de forma que os lábios de Pegeen, em vez de tocarem a face, tocaram os lábios dele, enquanto o braço de Edward se enroscava ao redor da cinturinha da moça como uma cobra, puxando-a para seu colo.

Ele a sentiu empertigar-se imediatamente, mas o contato da sua boca era doce, tão doce que não conseguia deixar que ela se afastasse, ainda não. Ele tinha se perguntado se aquele bofetão era para valer e naquele momento tinha a resposta. Ela havia lhe dado um tapa no rosto porque era isso que uma filha de vigário bem criada fazia quando um estranho passava dos limites. Mas, no coração, ela tinha recebido bem esse avanço. E era por isso que agora parecia se derreter contra ele, os olhos fechados, o coração batendo enlouquecido no peito.

Foi apenas quando ele levantou uma mão para envolver um daqueles seios magníficos através da lã do corpete que ela deu um pulo, saltando do colo dele como uma gata amedrontada.

"*Lord* Edward!", exclamou ela, as pupilas tão dilatadas que os olhos pareciam pretos e não verdes.

Edward, ainda com aquele gosto doce na boca, estendeu o braço, tentando puxá-la para perto novamente, com seu calor, sua maciez e o seu desejo de ir para mais além. Mas ela se afastou até suas costas baterem contra a pia, do outro lado do cômodo.

"*Lord* Edward", ela disse novamente, quase de forma incoerente. "Outra vez não. Eu já lhe disse!"

Ele a olhou, pensando que ela era a criatura mais atraente com quem tivera contato em muito, muito tempo, e de repente percebeu que, se não soubesse fazer o jogo direito, ele a perderia. Ela não era uma mulher casada, que sabia o que fazer na cama. Era virgem, ainda que muito sensual, e parecia mais chocada com a sua própria reação aos avanços dele do que com o fato de que ele os fizera.

"Srta. MacDougal", disse ele, desconhecendo a sua própria voz, de tão rouca. Pigarreou e tentou novamente. "Srta. MacDougal. Não posso pedir desculpas o suficiente. Não sei o que deu em mim. A senhorita deve acreditar que isso nunca mais vai acontecer." Mas, mesmo enquanto dizia essas palavras, não tirava os olhos dos peitos dela, da forma fascinante como os mamilos, como pedregulhos duros nas taças do corpete, se expandiam através da lã. "Afinal de contas", disse ele com um sorriso, "você é a minha concunhada."

Ele deveria estar esperando dessa vez, mas mesmo assim foi um choque, o súbito golpe contra a sua face. Ela o atingiu ainda com mais força do que antes, parecendo descontar toda a sua frustração sexual na mandíbula dele. Maldição, a moça tinha um cruzado direito muito forte!

"Não pode haver nada disso em Rawlings", declarou Pegeen, com raiva. Os olhos verdes lançavam chamas. "Você está me ouvindo? É só fazer qualquer coisinha, como levantar uma sobrancelha para mim, que Jeremy e eu voltamos imediatamente!"

"Perfeitamente", disse Edward, esfregando tristemente a sua mandíbula. "Você tem toda a razão."

Sem mais uma palavra, ela fugiu, saindo altivamente e a passos largos da sala, o quadril balançando de uma maneira cativante que, Edward tinha certeza, só poderia ser inconsciente.

"E eram *dezesseis* libras e três centavos, seu bobão", disse ela sobre um ombro. Lembrando-se das moedas que tinha posto no bolso de Richlands, Edward começou a rir, balançando a cabeça. O maldito vigário tinha lhe cobrado uma libra a mais.

Capítulo cinco

O penetrante vento norte achatava a saia ampla de Pegeen contra a armação que ela usava por baixo do vestido, fazendo-se sentir através das dobras da nova peliça de pele de castor e provocando lágrimas nos olhos. Ela afastou o lenço que mantinha pressionado sobre o corte bem acima da linha do cabelo e limpou os olhos com um canto limpo do linho monogramado, para que Jeremy não pensasse que ela estava chorando. Mas era tarde demais quando percebeu que ele a observava, os olhos brilhantes arregalados no rosto de bochechas vermelhas.

"Olá!", gritou ele para se fazer ouvir sobre o vento. "Vejam o que vocês fizeram, seus palhaços! Vocês fizeram Pegeen chorar!"

Os três homens, que trabalhavam desesperadamente para levantar a carruagem da vala em que ela tinha tombado, levantaram os olhos da sua labuta, a respiração irregular saindo em lufadas brancas de suas bocas. Com os uniformes verdes e brancos da Casa Rawlings, provavelmente estavam com muito mais frio do que ela, mas o esforço tinha feito com que surgisse um brilho em suas testas e o cabelo do lacaio estava grudado ao pescoço.

Pegeen desejou, como vinha fazendo na última meia hora, desde que a carruagem derrapara na estrada — se é que se poderia chamar de estrada essa triste trilha coberta de gelo que levava ao Solar Rawlings —, que ela e Jeremy nunca tivessem saído de Applesby. A essa altura do dia, estariam em casa, aconchegados perto da lareira, tomando o chá da tarde, e não tiritando de frio em um pântano tão inaproveitável e gélido que até os ladrões de estrada se mantinham à distância.

Ao lado dela, *Sir* Arthur Herbert se mexia de um lado para o outro, desconfortavelmente, e tocou o braço dela com untuosa solicitude. "Srta. MacDougal, não sei como lhe pedir desculpas por esse acidente infeliz." *Sir* Arthur vinha pedindo desculpas sem parar desde que a carruagem tombara. Pegeen tinha esperança de que o frio congelasse a língua dele. Infelizmente, a declaração indignada de Jeremy, de que Pegeen estava chorando, tinha voltado a despertar a preocupação do executor do espólio. "Tem certeza de que não deseja se sentar? A senhorita está com frio? Posso emprestar-lhe a minha capa?"

"Sem dúvida que não", declarou Pegeen com mais firmeza do que sentia. Ela evitou lembrá-lo de que, mesmo se quisesse se sentar, não havia onde fazê-lo, já que a carruagem estava metade dentro e metade fora da vala e não havia qualquer estrutura à vista. "Estou perfeitamente bem, *Sir* Arthur. Jeremy se enganou. Não estou chorando."

Virando a cabeça para que *Sir* Arthur não pudesse ver o rosto dela por trás do seu novo gorro de borda larga forrado de pele, Pegeen deu a Jeremy o seu olhar de maior desaprovação, as finas sobrancelhas inclinadas para baixo sobre o nariz reto. Logo que chegassem a Rawlings ela teria que achar um momento para falar a sós com ele. Desde que ficara sabendo que era o novo duque de Rawlings, Jeremy estava quase intolerável.

O novo duque de Rawlings olhou o rosto da tia e gritou, com voz aguda: "Está sangrando de novo! Peggy, a sua cabeça está sangrando!".

Que amolação! Pegeen pressionou o lenço de *Lord* Edward contra o corte sofrido quando a carruagem tombou. Pegeen não sentia muita dor e não entendia por que tanto espalhafato, já que se tratava apenas de um pequeno corte escondido atrás de seu cabelo. Mas estava sangrando bastante, o suficiente para fazer *Sir* Arthur ficar muito branco e *Lord* Edward insistir em sair a pé em busca de ajuda...

"Agora está melhor", disse Jeremy, sorrindo travesso para ela, mais feliz do que ela o tinha visto desde o início da longa jornada para o sul. Mesmo a estadia de uma semana em Londres não tinha sido tão empolgante para o menino quanto esse acidente com a carruagem. Seus olhos brilhavam enquanto narrava mais uma vez como *Lord* Edward salvara Pegeen de ser esmagada e morta pela barriga de *Sir* Arthur quando a carruagem derrapou na estrada.

"Logo que sentiu a carruagem se inclinando", falava Jeremy, num arroubo, levantando o braço e puxando a manga do vestido de viagem verde-escuro de Pegeen, "tio Edward puxou você para cima dele, não foi, Pegeen? Para mim, ele salvou a sua vida. Acho que *Sir* Arthur a teria esmagado como uma uva se caísse em cima de você."

"Chega, Jeremy", disse Pegeen suavemente. "Estou bem ciente do fato de que *Lord* Edward me salvou a vida. Eu já lhe agradeci."

Sir Arthur Herbert pigarreou. Vinha ouvindo os comentários do jovem duque sobre o seu peso com constrangimento crescente e parecia ter chegado ao limite. "Vossa Graça, por que o senhor não corre até o topo daquela colina e vê se o seu tio já está chegando com um grupo de resgate?"

Jeremy não precisava de mais incentivo para gastar um pouco da sua energia, aparentemente sem limites. Disparou em direção ao cume coberto de neve, como uma pedra lançada de um estilingue, e Pegeen aproveitou a oportunidade para enxugar os olhos novamente. O vento estava mais forte, lançando neve e pequenas partículas de gelo contra eles e ela sentia as bochechas e o nariz congelar. Durante o acidente, a maior parte do longo cabelo de Pegeen tinha escorregado para fora da rede na qual ela o mantinha preso e seus dedos estavam dormentes demais devido ao frio para pôr as mechas rebeldes de volta no lugar. Naquele momento, os cachos evitavam que suas orelhas enregelassem.

Bateu os pés no chão, sentindo os dedos cada vez mais dormentes dentro das botas de pelica. Não havia nenhum lugar nesse pântano desolado, percebeu, em que pudessem se abrigar do vento. Talvez tivessem sobrevivido ao acidente da carruagem para morrer congelados a apenas alguns quilômetros do seu destino.

"Minha cara srta. MacDougal", advertiu-a *Sir* Arthur. "A senhora está azulada de frio. Por favor, permita que eu lhe empreste a minha capa. Eu estarei perfeitamente satisfeito com a manta de colo da carruagem..."

"Não seja ridículo, *Sir* Arthur", respondeu Pegeen batendo os dentes. "Estou perfeitamente bem. Não sei quantas vezes vou ter que dizer isso para alguém acreditar em mim." A pulsação dolorida da cabeça desmentia as suas palavras, mas não havia razão para dar a *Sir* Arthur mais alguma coisa de que se lamentar. Pegeen mordeu o lábio inferior e agüentou a dor em silêncio, contente de ter a desculpa do vento para os olhos lacrimejantes.

"Acho que estamos quase conseguindo, senhor", gritou um dos cocheiros e Pegeen levantou os olhos, esperançosa. O lacaio tinha segurado os cavalos e gritava em tom encorajador para a parelha da frente, enquanto os dois cocheiros, lá embaixo na vala, empurravam para cima, com toda a sua força, o pesado veículo preto com ornamentos de metal.

Pegeen pensou que um homem do tamanho de *Sir* Arthur poderia ser de grande ajuda empurrando, mas ele aparentemente achava ser mais útil confortando-a. Naquele exato momento, ainda batia de leve no ombro dela, murmurando: "Tudo vai dar certo, a senhorita vai ver! Eles estão quase conseguindo. São bons rapazes. *Lord* Edward só contrata os melhores, a senhorita sabe."

Mas seriam necessários mais do que três dos melhores homens de *Lord* Edward Rawlings para endireitar a carruagem. Os cavalos estavam agitados e não conseguiam encontrar apoio para as patas sobre a estrada congelada e, quando as rodas da frente da carruagem tocaram a estrada, a parelha pisou em falso e todo o veículo desabou, caindo de novo na vala. Horrorizada com a possibilidade de os cocheiros serem esmagados, Pegeen gritou uma advertência e os dois homens pularam para fora do caminho da carruagem bem a tempo.

"Oh!", gritou Pegeen. A essa altura, ela estava realmente começando a ter vontade de chorar. "Oh, isso é terrível. Aqueles pobres homens! E os pobres cavalos! Quanto mais tempo vai levar, *Sir* Arthur, para *Lord* Edward e o outro lacaio chegarem a pé ao Solar Rawlings? Sei que ainda é cedo, está na hora do chá, mas já está escurecendo..."

"Tenha fé, srta. MacDougal." *Sir* Arthur olhou ao seu redor, tão desanimado quanto ela. Ele também preferia estar descansando ao lado de uma lareira acesa e tomando chá. "Tenha fé. *Lord* Edward Rawlings não vai nos decepcionar."

Fé em *Lord* Edward Rawlings era algo que Pegeen não tinha nem um pouco. Apesar de ele ter se abstido de novos avanços na quinzena desde que se conheceram, naquele dia horrível em Applesby, ela ainda não tinha certeza se confiava nele.

É verdade que ele havia se provado um perfeito *gentleman* durante a estada em sua bela casa em Londres. Tinha mandado buscar *Sir* Arthur com a esposa para serem seus acompanhantes e, apesar de Pegeen não apreciar *Sir* Arthur, descobriu que gostava bastante da mulher dele. *Lady* Herbert era tudo que o marido não era — atraente, bem-humorada e sensata. Apesar de ter cinco filhas, ela assumiu pessoalmente a seqüência aparentemente sem fim de compromissos com costureiras, resultante da promessa de *Lord* Edward de dar um novo guarda-roupa a Pegeen, e se manteve muito mais animada do que a moça depois de meia dúzia de visitas à modista de chapéus. Entre as provas, *Lady* Herbert passeou com Pegeen por Londres. Ela não protestou nem um pouco contra uma visita à Câmara dos Comuns, apesar de o Parlamento ainda estar em recesso, e entrou e saiu de museus com tanto entusiasmo como se nunca tivesse visto um deles.

Lord Edward providenciou para que o jovem duque também estivesse bem ocupado com lições de equitação no Regent's Park, visitas freqüentes ao zoológico e uma série de compras que a deixou furiosa, já que Pegeen não aprovava que um menino da idade de Jeremy tivesse o seu próprio rifle, sem falar do enorme cavalo.

Mas era difícil se manter brava com um homem que insistia em levá-los a restaurantes caros todas as noites, sobre os quais Pegeen só tinha lido, sem nunca nem sonhar em jantar em um deles. E quando, depois de uma suculenta refeição de lagosta com champanhe e merengue, ele invariavelmente aparecia com ingressos para lugares em um camarote para a ópera ou o teatro, como ela poderia continuar a se ressentir dele? O fato de que, logo depois do jantar, *Lord* Edward desaparecia todas as noites não era da conta dela. Como lembrou *Lady* Herbert, encolhendo os ombros, Edward Rawlings era um homem do mundo e era um pouco cansativo para um homem assim passar todas as noites com um velho casal e, Pegeen acrescentou para si mesma, com uma filha de vigário puritana, já que *Lady* Herbert era bem-educada demais para dizer isso.

Pegeen sentia-se particularmente escandalizada pela manhã, quando *Lord* Edward se juntava a eles na mesa do café. Apesar de meticulosamente vestido como sempre, tinha olheiras e às vezes ela tinha certeza de sentir no seu hálito cheiro do uísque da noite anterior. Em resumo, acreditava que *Lord* Edward estivesse envolvido no tipo de atividades que seria de se esperar de um homem da sua idade e classe social, e ela se perguntava quanto ele gastava nas mesas de jogo toda noite e precisamente quantas amantes sustentava.

Ainda assim, apesar de convencida de que Edward estava se tornando muito dissoluto devido à vida de hedonismo que levava, Pegeen era delicada com ele. Não queria que Jeremy percebesse a sua antipatia por aquele homem. Era-lhe importante que o seu sobrinho, que nunca tivera uma figura paterna na vida, com a exceção do avô, respeitasse o tio e não ajudaria se ele soubesse o quanto Pegeen desaprovava aquele homem. Portanto, pela primeira vez na vida, Pegeen guardou suas opiniões para si. Toda vez que via *Lord* Edward abatido e inclinado sobre o seu café, ela mordia a língua e se abstinha de importuná-lo com referências a seus excessos.

Mas até Pegeen tinha de admitir que estava impressionada com a exibição de coragem viril feita por *Lord* Edward durante o acidente com a carruagem. No momento em que o veículo começou a se inclinar, ele jogou os braços ao redor dela, para protegê-la, e a puxou, tirando-a do caminho do corpo em queda de *Sir* Arthur. Infelizmente, sua proteção não conseguira evitar que ela batesse a cabeça com força contra a lâmpada de óleo do interior da carruagem. Mas o tratamento solícito que *Lord* Edward lhe deu, levantando-a gentilmente da carruagem e pondo o seu próprio lenço sobre a ferida que ela não podia ver (e não acreditava ser tão grave quanto os outros diziam), a sua insistência em fazer ele mesmo a caminhada até o Solar Rawlings para buscar ajuda, tudo isso melhorava cem vezes a opinião que ela tinha dele. Pegeen nem tinha coragem de se queixar do frio, de tão comovida que ficara com a preocupação dele.

Mas já tinha partido havia algum tempo. Pegeen estava gelada até os ossos e, além disso, com dor de cabeça. Qual a distância daqui até Rawlings? E quanto tempo demoraria até que outra carruagem fosse despachada para pegá-los?

Pegeen pensou na bondosa esposa de *Sir* Arthur, *Lady* Herbert, e nas cinco filhas do casal, e em como ela estivera aquecida e satisfeita na noite anterior, junto a eles, em sua propriedade de campo, a vinte quilômetros de Rawlings. Ah, se pudessem adivinhar que haveria essa terrível tempestade de inverno antes de partir para o solar, naquela tarde! Se tivessem saído um pouco antes, teriam chegado antes da pior parte da tempestade. Se... se apenas os dedos dos pés dela não estivessem tão malditamente frios!

"Olá, vem alguém aí?" *Sir* Arthur levantou um braço, fazendo sinal para alguém — não na direção que Jeremy tomara, mas na direção oposta, de onde tinham vindo de carruagem. "Olá!"

Pegeen virou a cabeça, piscando contra o vento, e viu um único homem a cavalo se aproximando rapidamente. Em um tempo daqueles e com tanto gelo, era pura loucura dirigir um animal assim. Ela pensou, com desalento súbito no coração, que apenas um homem fugindo de alguém ou de alguma coisa cavalgaria naquela velocidade e que talvez *Sir* Arthur estivesse sinalizando para um ladrão de estradas. Engolindo em seco, Pegeen deu um pequeno passo para trás do cavalheiro em forma de barril e percebeu que o corpo dele era bem eficiente como escudo contra o forte vento.

"Olá!", chamou *Sir* Arthur. "O senhor pode nos ajudar?"

Cavalo e cavaleiro surgiram do turbilhão de neve e gelo, e Pegeen deu por si olhando para um garanhão enorme e de olhos vermelhos, de cujas narinas negras saía vapor. O cavaleiro do garanhão não era menos intimidante. Todo envolvido em um manto preto, o homem de ombros largos e olhos de aço sorriu para ela e, com um sobressalto de reconhecimento, Pegeen percebeu que se tratava de ninguém menos que *Lord* Edward. Ele controlava o enorme animal que cavalgava com força e graça, assobiando por entre os dentes brancos e regulares, enquanto o cavalo batia os seus pesados cascos na neve profunda.

"*Lord* Edward!", gritou *Sir* Arthur, encantado. Levantou o braço para tirar o chapéu e pôs uma mão nas rédeas do garanhão. Isso foi um erro. O cavalo sacudiu a sua cabeça negra furiosamente, salpicando a capa de *Sir* Arthur de espuma e neve parcialmente derretida.

"Ora, desculpe-me", disse *Sir* Arthur, pretensamente para o cavalo, o que fez Pegeen esconder um sorriso na aba de pele da sua peliça. "Mas de onde o senhor vem, *Lord* Edward? Vi o senhor e o jovem Bob partirem na outra direção..."

"Sei disso." Com um rangido de couro, *Lord* Edward pulou da sela, pousando pesadamente na neve ao lado de *Sir* Arthur. Este, Pegeen pensara desde o momento em que o conhecera, era um homem anormalmente grande, mas *Lord* Edward era uma cabeça mais alto que ele e quase trinta centímetros mais que Pegeen. Com as botas e calças de cavalgar, era evidente que Edward Rawlings era magro em todos os lugares em que Arthur Herbert era gordo, mas ainda assim conseguia intimidar apenas pela sua grande estatura.

"O vento que sai do pântano não é de brincadeira", disse *Lord* Edward, tenso. "Não há como um homem a pé sobreviver a ele. Por isso, fizemos o desvio e paramos na Mansão Ashbury. Tomei um cavalo emprestado e voltei o mais rápido possível. A carruagem vai levar algum tempo para chegar aqui. As estradas estão mortalmente traiçoeiras."

"Ai, meu Deus!", exclamou *Sir* Arthur, desanimado. "Que pena! A cabeça da srta. MacDougal ainda está sangrando, *my lord*, e temo que ela esteja sentindo muita dor."

"Ainda sangrando?", repetiu Edward, enquanto a voz alta de Pegeen, negando, se perdia no vento. Os olhos dele, cinza como o céu nublado, a olhavam acusadoramente. "Levante esse lenço", ordenou. "Deixe-me ver isso."

"Não é nada", insistiu Pegeen. "É apenas Jeremy. Ele é excessivamente protetor em relação a mim." Estava constrangida com a confusão que todos estavam fazendo por uma coisa que, tinha certeza, não passava de um corte pequeno.

Também estava bastante consciente da intensidade do olhar de *Lord* Edward. Por que ele sempre a olhava daquele jeito? Deveria saber que ela nunca poderia ser mais nada do que a sua concunhada... e, na verdade, uma concunhada particularmente empertigada e correta. Quanto aborrecimento! O homem era uma ameaça. A última coisa que ela queria era que ele pusesse as mãos no seu rosto, examinando-a de perto. O toque de suas mãos a deixava nervosa e o seu olhar... bem, era melhor ele deixar de olhá-la daquele jeito ou ela teria uma dura lição para lhe dar.

Mas ele não a deixaria sossegada até que lhe permitisse olhar a sua testa, então, de má vontade, Pegeen tirou o lenço amassado da cabeça e inclinou o rosto em sua direção, mantendo os olhos cuidadosamente afastados dos dele. Ele segurou o queixo dela entre os dedos enluvados e a examinou de perto, as sobrancelhas escuras vincadas. Ela teria sobrevivido bem a essa prova se ele não tivesse achado necessário sondar a linha do cabelo com outro lenço limpo, desta vez o de *Sir* Arthur.

Pegeen soltou sem querer um grito de dor. Mordeu o lábio inferior, mas não pôde evitar que lágrimas rolassem devido à sensibilidade do seu ferimento. A visão dela de repente girou e por um momento o equilíbrio a abandonou.

Lord Edward largou o queixo dela e, apesar do protesto indistinto de Pegeen, cingiu a sua cintura estreita com um braço de ferro enquanto ela oscilava, atordoada, não sabendo se devido ao ferimento na cabeça ou à grande proximidade dele.

Sir Arthur imediatamente começou a repreendê-la por não lhe contar que não se sentia bem e ela só conseguia piscar desculpando-se com ele, sem confiar na sua voz para falar. Pegeen se recostou em *Lord* Edward, grata tanto pelo calor de seu corpo quanto pelo apoio. Ele envolveu a sua pesada capa preta ao redor deles dois e ali dentro Pegeen começou a sentir os dedos e o nariz novamente.

Foi só quando a tontura começou a se dissipar que ela percebeu a dureza dos músculos debaixo da lã sobre a qual seu rosto descansava. Subitamente acanhada, Pegeen tirou as mãos do regalo e as colocou contra o peito largo e forte de Edward. Ela era tão pequena e a sua força tão inútil que ele nem percebeu seu empurrão urgente.

"Ela deve estar realmente muito mal", repetia *Sir* Arthur, "mas nunca disse nada, pobrezinha."

"Tenha paciência!", Pegeen conseguiu exclamar, zombeteiramente, apesar de sua respiração ainda estar curta e o coração martelar com esforço contra os espartilhos. "Não é nada além de um pequeno galo..."

"Pegeen!" O berro de Jeremy era suficiente para acordar os mortos e, entorpecida como ela se sentia, Pegeen levantou a cabeça e o viu correndo pela encosta coberta de neve abaixo, o pequeno rosto vermelho de raiva e a respiração saindo tão velozmente como o vapor de uma locomotiva.

"O que você pensa que está fazendo com a minha Pegeen?", inquiriu Jeremy. "Solte-a imediatamente!" Há muito tempo considerado o flagelo de Aberdeen, Jeremy Rawlings estivera envolvido em tantas brigas e confusões que já não sabia quantas, muitas delas por causa dela. Pegeen tivera a esperança de que levá-lo à sua casa ancestral ajudaria a civilizá-lo...

Mas parecia que, em seu tio Edward, Jeremy havia encontrado o seu par.

"Silêncio, seu rapazola impertinente", rosnou Edward, "ou eu o ponho sobre os joelhos."

"O senhor não pode fazer isso", declarou Jeremy. "O duque sou eu!"

"Ora, Jeremy", resmungou Pegeen. A última coisa que ela queria era sair do quente abraço de Edward para enfrentar aquele vento gelado de novo, mas não era nem um pouco prudente ficar apoiada tão intimamente nos braços dele. Nem era necessário, a essa altura. A dor de cabeça tinha voltado a ser uma pulsação surda, porém tolerável, e ela já não se sentia nem um pouco atordoada.

Mas, ao levantar os olhos, os lábios abertos para pedir que Edward a soltasse, ela descobriu que ele não estava prestando nem um pouco de atenção nela. A presença tão próxima dele provocava uma série de emoções conflitantes na moça, mas parecia que Edward não era nem um pouco afetado pela proximidade de Pegeen. Ele olhava fixamente para o céu, com expressão inescrutável.

"Está nevando mais forte", observou. "Acho que o melhor é eu levar a srta. MacDougal para Rawlings agora. Ela não deve esperar pela carruagem."

Pegeen deu uma olhada apreensiva para o garanhão negro, o vapor saindo em grandes baforadas das narinas. "Realmente, *my lord*, estou bem. Posso esperar a carruagem. E o senhor não precisa me segurar como se eu fosse ser levada pelo vento."

"Você não está bem e vai fazer o que eu mandar."

O olhar penetrante de Edward parecia fazer um buraco através dela e Pegeen olhou para o outro lado, o rubor tingindo as suas faces claras. Nunca tinha encontrado um homem, a não ser algum admirador ocasional e anônimo nas ruas, em Applesby, que a fitasse tão descaradamente. Ela devia estar com um aspecto horroroso, pensou, preocupada, para ele olhá-la daquele jeito.

Percebendo que ela não se sentia à vontade, Edward tirou o braço da sua cintura, mas desabotoou o manto e o pôs sobre os ombros estreitos de Pegeen, apesar dos seus protestos. A roupa pesada era grande demais para ela e quase trinta centímetros de tecido se arrastavam pela neve. Livre daquele confortável abraço, Pegeen oscilou um pouco ao vento, sentindo como se todos os pontos em que Edward a tocara tivessem sido marcados a fogo. As suas faces queimavam e ela manteve os olhos baixos, evitando olhar diretamente para alguém.

Jeremy, porém, a conhecia bem demais para ser enganado por essa tentativa de aparentar normalidade. "Você está mal", ele declarou, vindo para ficar ao seu lado. "Por que não disse nada antes?"

"Ora, de que adiantaria?" Ela estendeu os braços e ajeitou o gorro dele, afundando-o firmemente sobre as orelhas. "Isso não faria a ajuda chegar mais rápido."

Jeremy se mexeu, aborrecido. "Pare de cuidar de mim. É você que precisa de cuidados." Inflando o peito, ele se virou e se dirigiu a *Lord* Edward: "Acho que é melhor você a levar, tio. Ela não é tão forte quanto parece".

Pegeen quase caiu na gargalhada diante disso, mas a risada morreu rapidamente quando ela levantou os olhos e viu *Lord* Edward se aproximando a passos largos, no rosto uma expressão decidida.

"Você vem comigo", disse ele com seriedade.

Pegeen instintivamente deu um passo para trás, a visão correndo para o garanhão. "Ah, não", disse ela, brandindo o regalo como se fosse uma arma. "Está tudo bem. Ficarei aqui com *Sir* Arthur. Leve Jeremy. Ele provavelmente adoraria cavalgar naquele... naquele... naquela coisa."

Mas seus protestos não poderiam ter caído em ouvidos menos complacentes. Ainda quando ela retrocedia, os dedos de Edward se fecharam ao redor do pulso de Pegeen e de repente ela estava nos braços dele. Como se não pesasse mais que uma criança, Edward a levantou e colocou na sela, as mãos tão grandes que os dedos enluvados quase circundaram a cintura da moça. Pegeen não conseguiu evitar um suspiro ao perceber a grande distância que existia entre o chão e o dorso daquele enorme cavalo.

"Você está bem?", Edward lhe perguntou, estudando-lhe o rosto com curiosidade.

Pegeen engoliu em seco e fez que sim, disfarçando o terror com uma exibição de indiferença, calmamente arrumando as saias ao redor do pescoço do animal. Por dentro, porém, rezava com fervor para não fazer nenhuma tolice, como desmaiar ou cair.

Edward subiu com um movimento rápido para a sela, atrás dela, tirando o pesado manto dos ombros de Pegeen e o abotoando ao redor dos dois. O braço dele contornou a cintura dela de novo, mas dessa vez ela ficou agradecida pelo apoio. Assim, se desmaiasse, ele a pegaria antes que caísse no chão duro e tão distante.

"Herbert", disse *Lord* Edward, juntando as rédeas do garanhão. "Você espera aqui com Sua Graça pela carruagem leve. Não deve demorar muito mais."

"Oh!", exclamou *Sir* Arthur. "Excelente, *my lord*. E talvez, no caminho, possamos parar na casa do médico e levá-lo conosco para o solar, para examinar o ferimento da srta. MacDougal."

Acomodada entre as pernas fortes de Edward, Pegeen se manteve sentada o mais imóvel que conseguia, as maçãs do rosto queimando. Através da saia e da armação, sentia o contorno nítido da masculinidade dele contra as suas nádegas, a dureza do peito dele contra a curva das suas costas. Ela achara que o abraço dele tinha sido íntimo antes, mas era nada em comparação com a familiaridade com que agora se apoiavam um no outro. Pegeen tentou controlar as batidas fortes do seu coração, sabendo muito bem que, para ele, como homem do mundo, a situação provavelmente não passasse de pura rotina. Era apenas uma corrida através do pântano. O que poderia ser mais monótono?

"Até logo, então", gritou Edward para *Sir* Arthur e Jeremy, controlando o corcel que resfolegava. "Até nos encontrarmos em Rawlings."

E então dispararam com tanta velocidade que Pegeen mais uma vez ficou ofegante. Tirando as mãos do seu regalo, ela prendeu os dedos, aterrorizada, ao redor do braço com o qual *Lord* Edward a segurava e ele reagiu apertando mais a cintura dela com uma risadinha.

"Você não tem muito de amazona, hein?", perguntou. Pegeen engoliu uma resposta sarcástica. Não parecia prudente antagonizar a única coisa que a impedia de encontrar a morte certa debaixo daqueles enormes cascos.

Cruzaram os prados irregulares do pântano, a neve chicoteando-lhes a pele e o ar frígido devastando o cabelo de Pegeen, apesar da aba larga da sua nova touca. Os seus olhos transbordavam devido ao frio e ela mal podia ver. Baixou a cabeça contra o peito de *Lord* Edward e começou a rezar. O primeiro entre os seus pedidos era a esperança de não cair do cavalo. Ela tinha um desejo secundário, de ver *Lord* Edward morrer de uma doença particularmente desagradável, mas isso, ela admitiu de má vontade, poderia esperar para depois que ela estivesse em segurança no Solar Rawlings.

Quando o resfolegante garanhão negro se acomodou em um meio galope suave, Pegeen sentiu o aperto de Edward ao redor de sua cintura relaxar um pouquinho. Ele perguntou, olhando para dentro da aba de pele da touca que ela usava: "Você está bem? Isso não é demais para você?".

"Estou bem sim", disse Pegeen, entre dentes. "Estou bem, obrigada."

"Você não é uma mentirosa muito convincente, não é?", riu Edward.

"Eu sou filha de um vigário", retorquiu Pegeen mordazmente. "Não se espera que eu seja boa em mentir. Jeremy, por outro lado, mente admiravelmente bem."

"Esse traço ele deve ter puxado do lado paterno da família", disse Edward, sorrindo.

Pegeen balançou a cabeça. Os dentes estavam batendo, mas ela esperava que *Lord* Edward supusesse que era de frio e não de medo do cavalo. "Oh, não estou assim tão certa disso. Kathy sempre teve talento para inventar coisas."

"Nada disso, Jeremy sem dúvida é do jeito do pai dele. A imagem escarrada de John com essa idade." A voz de *Lord* Edward parecia estranha. "O seu pai deve ter tido um ataque apoplético quando a sua irmã e o meu irmão fugiram. Você se lembra disso?"

"Claro que me lembro", disse Pegeen. Ela engoliu em seco, não devido à lembrança, mas por causa do grande fosso que o cavalo de *Lord* Edward acabava de pular. Quando se sentiu em condições de falar novamente, disse: "Eu tinha a idade de Jeremy na época. As crianças têm a capacidade de reter lembranças aos dez anos, você sabe".

Se *Lord* Edward ouviu o tremor da voz dela, ignorou-o. "Como era ela, a sua irmã Katherine? Não como você, obviamente, se era uma mentirosa hábil. "

Pegeen mexeu o corpo contra o dele, pouco à vontade. Ainda não conseguia ver nada à sua frente, a não ser um mar inconstante de branco, com um céu cinzento por cima. "Parecida comigo? Não, nem um pouco."

"Nem um pouco parecida com você? Isto é difícil de acreditar. Sem dúvida, Katherine era bonita, como você."

Pegeen, se pudesse, teria estendido o pescoço para dar uma olhada no rosto dele naquele momento, já que não sabia, pelo tom de voz, se ele estava ou não caçoando. Mas, no minuto em que tentou fazer isso, recebeu no rosto uma cortina de neve. Baixou a cabeça contra o peito de Edward. Maldito seja ele, de qualquer forma. Por que estava tentando flertar e divertir-se com ela naquele momento, quando as defesas dela estavam baixas? Tivera uma semana em Londres para tentar cortejá-la, mas praticamente a ignorara. Criaturas detestáveis, os homens.

"Katherine *é* muito bonita", admitiu Pegeen depois de uma pausa. Manter uma conversa com aquele clima e no lombo de um cavalo era difícil, mas, Pegeen teve que admitir, ajudava a afastar seus pensamentos do frio e do medo de cair. Acrescentou, hesitante: "Mas um rosto bonito não implica necessariamente uma alma bonita".

Edward riu. "Falou como uma verdadeira filha de vigário. Você não aprovava o jeito de Katherine, não é? Ela e John, pelo que entendi, não eram exatamente retraídos e reservados nas suas atividades..."

"Não, nem um pouco", falou Pegeen. "Para eles, a vida era apenas uma festa atrás da outra. Sem se preocupar que sua existência dissoluta acabasse destruindo os dois, deixando órfão o seu bebê inocente..."

"A quem você então se encarregou de criar." Edward olhava para ela com expressão irônica. "Não é de admirar que seja uma liberal. Deve ter uma opinião muito desfavorável da aristocracia se o meu irmão foi a única experiência que teve com ela. John não era exatamente responsável, fiscalmente ou de qualquer outra maneira."

"E quem da sua classe social é?", inquiriu-o Pegeen. "Não consigo me lembrar de nenhum membro da Câmara dos *Lords* que esteja mais preocupado com o bem do povo do que com o bem do seu próprio bolso."

"Não tenho prazer em discutir política com uma filha de vigário de olhos verdes no meio de uma nevasca", disse Edward, e então a voz dele revelou claramente que ele estava se divertindo. "Mas, em defesa da minha gente, afirmo que, se você ou o seu pai alguma vez tivesse pensado em entrar em contato com a minha família, nós teríamos providenciado dinheiro para vocês, pelo bem-estar de Jeremy."

"Oh!", interrompeu Pegeen, esquecida de todo o medo de cair. "Você esperava que nós fôssemos rastejando de Applesby, procurando as sobras da sua mesa, mesmo depois que todos na sua família deixaram muito claro, quando John e Katherine se casaram, que nenhum de vocês queria saber de nada conosco? Ora, sem saber absolutamente nada sobre nós, vocês nos odiaram desde o primeiro momento!"

"Calma, calma", disse Edward, rindo e com o mesmo tom que usaria se estivesse tentando acalmar uma égua nervosa. "Você junta todos nós, Rawlings, como se fôssemos um grande cozido ou algo assim. Eu não sou responsável pelas ações do meu pai, e não poderia ter feito nada contra elas." Diante de uma fungada de Pegeen, mostrando o quanto ela duvidava disso, Edward insistiu: "Estou falando a verdade, srta. MacDougal. Eu estava fora de casa, em Oxford, quando John e a sua irmã fugiram".

"Ora, é mesmo? E ele não lhe disse nada sobre os seus planos?"

"Ele e eu nunca fomos muito próximos. Tínhamos as nossas divergências". Edward interrompeu o que estava dizendo, surpreso porque Pegeen tinha bufado descortesmente. Ela não conseguira evitá-lo, apesar de que o seu pai sem dúvida não aprovaria isso.

"Divergências! Isso sim é que é amenizar uma situação!"

"Eu sou assim tão diferente do John?", Edward parecia em dúvida. Ela se perguntou o que ele queria dizer com isso. Não sabia que o seu irmão John tinha sido um bêbado mal-humorado e desbocado? Ora, Pegeen nunca compreenderia o que Katherine tinha visto nele, com a exceção do rosto bonito... e da carteira aparentemente sem fundo, é claro.

"Você sabe que não se parece nada com ele", disse Pegeen, sem querer continuar para não afagar demais o ego dele. Tinha certeza de que *Lord* Edward Rawlings tinha muitas amigas para afagar seu ego... e outras coisas também. Ela não iria sucumbir tão facilmente aos seus encantos. Parou de falar, porém, ao vislumbrar alguma coisa através do turbilhão de neve. Sentindo a rigidez do corpo da moça, como uma reação inconsciente a alguma coisa, Edward abaixou os olhos para ela com ar interrogativo e notou a direção de seu olhar.

"Ah", disse *Lord* Edward com uma risada sem qualquer calor. "Aqui estamos nós, portanto. O incomparável Solar Rawlings."

Através da cortina oblíqua da neve, Pegeen viu que, no fim irregular do pântano, uma linha de antigos carvalhos desfolhados formava uma aléia na colina suave, no alto da qual ficava a estrutura que *Lord* Edward chamava de Solar Rawlings. De três andares, com inúmeros anexos formando os estábulos, a casa das carruagens e as casas dos arrendatários, o solar enfeitava a paisagem ao redor como um cisne deslizando sobre um lago de prata. Das janelas superiores voltadas para o sul, Pegeen tinha certeza de que, em um dia claro, era possível ver a encosta da colina até a aldeia mais próxima, que o Solar Rawlings e seus habitantes dominavam.

"É linda!", disse Pegeen, respirando fundo e mal percebendo que falara em voz alta. Nunca tinha visto algo assim e se perguntou se as coisas teriam sido diferentes para Katherine se John a tivesse trazido para a sua casa ancestral.

"Você acha?" Edward parecia divertir-se. "Eu sempre a considerei uma monstruosidade. Localizada da forma mais infeliz. Os ventos do pântano parecem atravessar as paredes no inverno. Temos a maior dificuldade em mantê-la aquecida. Mas o pai do meu trisavô Rawlings não tinha o bom senso concedido por Deus a um estorninho e ele construiu uma casa voltada para um pântano."

Pegeen mal o ouvia. Simplesmente não parecia possível que apenas algumas semanas antes ela e Jeremy estavam usando o restinho de carvão do depósito, sem saber como iriam conseguir dinheiro para comprar mais. Agora, com uma rapidez que estava fazendo a cabeça de Pegeen rodopiar, eles nunca teriam que se preocupar com o carvão — ou com dinheiro — novamente. Passar da miséria digna para tudo aquilo em apenas uma quinzena... Parecia um capítulo de um dos livros de fadas de Jeremy.

Atrás dela, sentiu Edward bater no cavalo com o pé, fazendo-o galopar, levantando uma onda de neve e cascalho do caminho. Avançaram pela fila de carvalhos que levava até a casa coberta pela névoa, as luzes das muitas janelas do solar fazendo alegres padrões amarelos na neve incólume e na larga escada de pedra que levava aos pesados portais duplos. Aquelas portas começaram a se abrir antes mesmo de Edward ter parado totalmente a sua montaria, revelando mais luz amarela brilhante e dois homens com perucas empoadas e uniformes verdes e brancos, que desceram rapidamente os degraus cobertos de neve, correndo na direção deles.

Foi necessária a força dos dois homens, mais toda a destreza eqüestre de Edward, para levar o cavalo, extremamente nervoso, na direção da escada de pedra, para que pudessem desmontar. Aparentemente, o cavalo de Edward não estava tão ansioso para sair daquele clima inclemente quanto os seus cavaleiros.

"Oh, *Lord* Edward", gritou uma voz de mulher. Pegeen viu uma silhueta rechonchuda entre as portas gêmeas da casa. "Estou tão feliz de vê-lo em casa em segurança, *my lord*. Um acidente tão terrível e um tempo tão assustador! Felizmente o senhor conseguiu encontrar um cavalo. Diga-me, como estão o jovem duque e a tia dele?"

"A senhora pode verificar isso por si mesma, sra. Praehurst", disse Edward, tirando o pesado manto dos seus ombros largos e o enrolando ao redor de Pegeen. "Trago comigo uma das vítimas do grande desastre de carruagem da Estrada Post."

A mulher ofegou e saiu até a escada de pedra, e Pegeen viu que ela era compacta e de meia-idade. Julgando-se pelo aro de chaves que trazia dependurado em uma corrente ao redor da cintura, a mulher era a governanta do solar.

O vento e a neve empurravam a touca de renda que ela usava sobre o cabelo grisalho, mas a sra. Praehurst mal parecia notar. Ela se virou e gritou para dentro da casa: "Sr. Evers! Rosie, vá buscar o sr. Evers. Diga-lhe que *Lord* Edward chegou e que ele está... ". Ela se interrompeu, os olhos piscando atrás dos óculos de aros dourados. "E quem é essa jovem, *my lord*? Sem dúvida não é a pequena Maggie Herbert, não em uma noite como esta!"

"Sem dúvida que não", disse Edward, com mais uma das suas gargalhadas. Ele desmontou com, Pegeen estava aprendendo, a sua agilidade característica e se voltou para ela, os braços estendidos, um brilho travesso nos olhos claros.

Pegeen mordeu o lábio inferior, o olhar baixando apreensivamente em direção ao chão.

"Pode vir", disse ele, as mãos enluvadas erguidas para as dela, que estavam sobre a crina do cavalo. "Não vou derrubar você, se é isto que está pensando."

Era tão perto do que Pegeen pensava que ela enrubesceu, constrangida. Felizmente, qualquer pessoa que a visse à luz que saía das portas da frente de Rawlings pensaria que as faces vermelhas eram devidas ao vento. Com cuidado, Pegeen pôs os braços ao redor do pescoço de Edward, fechando bem os olhos, e deslizou para dentro do abraço quente dele, como se fosse o lugar mais natural do mundo para estar. Mas, em vez de a pegar deslizando-a pelo dorso do cavalo, Edward a levantou nas mãos com tanta facilidade como se ela fosse uma criança e se virou para levá-la nos braços até a escada de pedras e, de lá, para dentro da casa.

"Pelo amor de Deus", protestou Pegeen, os olhos se arregalando. "Não sou uma inválida! Eu posso andar, não é mesmo?"

"Está escorregadio aqui", foi a resposta sucinta de Edward, apesar de aparentemente não estar tendo nenhum problema em encontrar apoio para os pés. "E molhado."

"Eu estou toda molhada", Pegeen o informou. "Não tenho nem um ponto de costura seco no corpo. Não sei qual é a diferença..."

"Alguém já lhe disse", perguntou Edward enquanto subia a escada da entrada do solar, "que você fala demais?"

Antes de Pegeen poder encontrar uma réplica apropriadamente mordaz, Edward já chamava pela governanta. "Sra. Praehurst! Posso apresentar-lhe a tia de Sua Graça, a srta. Pegeen MacDougal?"

A sra. Praehurst, quando Edward levou Pegeen suficientemente perto para dar uma boa olhada nela, ficou totalmente espantada por trás dos óculos, mas os seus bons modos a impediam de mostrar isso.

"Ora, mas...", disse a governanta, fazendo uma mesura. "Meu Deus, srta. MacDougal... Por favor, me perdoe. É que, com essa luz... e a senhora parece tão jovem... espero que..." A governanta então tentou um outro caminho. "O seu ferimento é muito grave?"

"Estou bem, obrigada", disse Pegeen delicadamente, enquanto Edward a levava rapidamente para dentro, deixando para trás a surpreendida governanta. Foi realmente muito difícil falar com dignidade enquanto era transportada de um lado para o outro como se fosse um saco de trigo. "É uma enorme satisfação conhecer a..."

"Evers!" O berro de Edward a fez estremecer. Quando voltou a abrir os olhos, ela viu que estava dentro do Grande Saguão, um cômodo tão grande, com teto tão alto, que a única estrutura comparável em que Pegeen já entrara era a igreja do pai.

Brilhantemente iluminado por vários candelabros suspensos nas vigas, aquele cômodo era exatamente tudo o que Pegeen sempre pensou que um grande saguão seria... um espaço vasto e ostentoso, sem qualquer serventia concebível. Era mobiliado com alguns conjuntos de poltronas com o encosto forrado de tapeçaria e havia diversas naturezas-mortas toleravelmente bem-feitas nas paredes, junto com alguns tapetes antigos sobre o chão de pedra. Uma escadaria dupla se curvava ao redor de uma porta larga, que dava para a sala de jantar, e levava a uma galeria aberta que terminava em três paredes do segundo andar. No total, era um espaço imenso e o custo anual de aquecê-lo provavelmente poderia alimentar toda uma família em Applesby pela vida toda.

Mas Pegeen mal podê absorver tudo isso antes de o berro de *Lord* Edward fazê-la estremecer de susto mais uma vez.

"Evers!" Dessa vez Edward recebeu a resposta de um homem calmo e um pouco velho, que entrou no saguão arrastando os pés, por uma porta lateral. "My *lord*?" Ele não parecia nem surpreso com o fato de seu patrão estar carregando uma jovem nem particularmente interessado.

"Evers", disse Edward. "Aí está você. Robert já..."

"O jovem Robert chegou há pouco. Já tomei as providências e estão aquecendo conhaque neste instante. Esta, suponho, é a tia do duque." Sem esperar a resposta, Evers dirigiu-se a Pegeen como se estivesse falando com uma rainha, curvando-se até a cintura. “Srta. MacDougal, é uma honra para mim.”

“Mandei preparar o Quarto Rosa para a jovem dama”, disse a sra. Praehurst, passando por eles apressada, as chaves tinindo musicalmente. Fechara as portas da frente e dado instruções para que uma criada enxugasse a neve derretida que tinha entrado na casa, soprada pelo vento. “Há um bom fogo aceso e vou preparar um banho quente imediatamente. Os dois vão querer grogues depois de enfrentar esse frio terrível. Rosie, corra e diga à cozinheira que o patrão — quero dizer, *Lord* Edward — está em casa e vai querer algo quente para beber...”

“Conhaque é tudo o que eu quero”, disse Edward. Dirigiu-se a passos largos para as escadas no final do Grande Saguão. “*Sir* Arthur Herbert vai trazer o médico com ele. Mande o sr. Parks diretamente para os aposentos da srta. MacDougal logo que ele chegar.”

Alguém fez um barulho na galeria que dava para o Grande Saguão e Pegeen levantou os olhos. Um homem belamente vestido, mais ou menos da idade de Edward, uns trinta anos, estava inclinado sobre a balaustrada, com um copo de um líquido cor de âmbar na mão.

“Ora, ora, Edward”, cumprimentou ele, falando alto e bem-humorado. “Para onde você fugiu? Arabella me disse que você chegaria há uma semana.” O homem, de cabelos claros, deu um gole na bebida e depois olhou para baixo, observando-os. “E então, quem você tem aí? É Maggie Herbert? O que diabos essa garota está aprontando agora?”

Edward mudou Pegeen de um braço para o outro e ela instintivamente se agarrou mais ao pescoço dele, pensando que ele ia derrubá-la. Então percebeu, corando, que ele estava apenas enrolando o seu longo manto mais firmemente ao redor dela, já que a bainha estava arrastando no chão e ameaçando fazê-lo tropeçar. Ele baixou os olhos para ela, com um sorriso maroto nos lábios incomodamente sensuais. Pegeen afastou os olhos de imediato, tentando evitar o olhar dele. Infelizmente, na posição em que estava, a única forma que poderia fugir desse olhar era cair mais de um metro, até o chão de pedras.

Para esconder o seu constrangimento, perguntou: "Quem é aquele homem, o que está gritando?"

"Aquele", disse Edward, dando uma olhadela para cima, "é o sr. Alistair Cartwright, que conheci quando fui mandado para a escola, na infância, e de quem até agora não consegui me livrar. Ele não tem o seu próprio solar e por isso usa o meu sem cerimônia."

"E quem seria Arabella?", perguntou Pegeen mordazmente. "A sua amante?"

O sorriso se transformou em uma carranca de desaprovação. "Como pode", perguntou ele secamente, "um rosto tão doce abrigar uma língua tão peçonhenta?"

"Sou uma liberal, lembra-se?", respondeu Pegeen. "A minha língua peçonhenta é a minha única defesa, já que não tenho uma renda ou uma propriedade da qual falar."

Edward limitou-se a fechar ainda mais a cara em vez de dar uma resposta. Ignorando a conversa dos dois, a sra. Praehurst passou apressada por eles, levantando a saia para subir correndo uma das escadas curvas.

"Vou à frente, *my lord*, e ajeitar a cama da srta. MacDougal...

"Srta. MacDougal?" O homem de cabelo claro que Edward tinha dito se chamar Alistair Cartwright quase derrubou a sua bebida pela balaustrada, mas conseguiu pegar desajeitadamente o copo antes de ele cair e se espatifar no piso de pedras. Quando Edward chegou, seguindo a sra. Praehurst escada acima, à galeria aberta, o seu amigo tinha se recomposto o suficiente para recebê-los com um sorriso tranqüilo e curiosidade mal disfarçada.

"Olá, como vai?", disse ele, andando apressado ao lado de Edward, o olhar brilhante fixo em Pegeen. "Permita que eu me apresente, já que o meu rude anfitrião não faz isso por mim. Meu nome é Cartwright. Alistair Cartwright."

Os passos largos de Edward se apressaram, seguindo a saia sussurrante da sra. Praehurst pela galeria aberta. Pegeen deu por si esticando o pescoço para ver Alistair por cima do ombro largo de Edward. "Como tem passado, sr. Cartwright?", perguntou ela educadamente. Alistair Cartwright não era tão alto quanto seu anfitrião nem tinha uma constituição tão vigorosa e era de tez clara, enquanto a de *Lord* Edward era morena, mas também era bonito e estava vestido muito elegantemente. Pegeen nunca tinha visto tantos babados em uma gravata.

"Bem, eu estava apenas toleravelmente bem, srta. MacDougal, até a sua chegada." Alistair Cartwright andava ao lado deles enquanto viravam e entravam em um corredor acarpetado, como se fosse um cachorrinho de colo todo arrumado. "Terrivelmente monótonas têm sido essas últimas semanas desde que Edward viajou. Mas, devo dizer, a sua beleza incomum ilumina esse triste e velho..."

"Cartwright", rosnou Edward. Ela sentiu o ruído surdo de desaprovação no peito dele. "Pare com isso."

"Ora, tenha misericórdia, Rawlings." Alistair freou quando a sra. Praehurst parou e procurou entre as suas chaves em frente de uma porta ricamente entalhada na extremidade do corredor mal iluminado. "A srta. MacDougal e eu estávamos apenas nos conhecendo!"

"Eu disse para você parar", disse Edward com rispidez. Pegeen levantou os olhos, deu uma olhada para o perfil bem delineado acima dela e viu que o queixo quadrado estava tenso. Uma luz perigosa brilhava naqueles olhos. "Você se esquece que eu não gosto de repetir o que digo."

Alistair não parecia nem um pouco abalado com a repreensão do amigo. Apoiou-se no elegante lambril e suspirou. "Suponho que isso signifique adeus por enquanto, srta. MacDougal."

"Vá embora, Cartwright." Edward deu um chute na porta que a sra. Praehurst tinha destrancado, abrindo-a ruidosamente. Pegeen olhou para a governanta, para ver o que ela achava daquele comportamento bárbaro, mas a sra. Praehurst limitou-se a olhar para o alto, de um jeito que lembrava o de Pegeen quando Jeremy se comportava mal.

O Quarto Rosa, para o qual Pegeen foi carregada, fazia jus ao seu nome. Suntuosamente mobiliado em tons sutis de rosa e lilás, as paredes com papel estampado com prímulas brancas, o quarto irradiava feminilidade. Mas, apesar do fogo forte que queimava na lareira e das flores frescas colocadas em um vaso ao lado da grande cama coberta por um dossel, Pegeen sentiu que o quarto não era ocupado havia algum tempo. Imaginou que a última ocupante tinha sido a duquesa de Rawlings, mãe de *Lord* Edward, que morrera havia quase vinte anos.

Se estivesse certa, porém, a sra. Praehurst não deixava isso transparecer de forma alguma. Toda atarefada, a governanta cruzou o quarto e apressou-se a puxar o pesado acolchoado de penas, revelando um conjunto de lençóis impecavelmente brancos. "Pronto, srta. MacDougal", disse ela, afofando os travesseiros brancos que claramente haviam sido afofados algumas horas antes. "Espero que o quarto esteja do seu gosto."

"É muito bonito", elogiou Pegeen, com sinceridade. Nunca tinha visto um quarto mais bonito. E o toque das flores a comoveu. Ela não tinha a menor idéia de como alguém poderia exibir rosas totalmente abertas em pleno inverno e supôs que faziam parte da famosa produção do ano todo no Solar Rawlings. Talvez *Lord* Edward não tivesse mentido, afinal de contas.

Edward não parou na soleira da porta; pelo contrário, tomou a liberdade de cruzar o tapete grosso até a cama e lá a colocou, com uma gentileza quase exagerada. Pegeen teria rido de seus cuidados, tratando-a como se ela fosse uma peça frágil de porcelana, mas, quando ele retirou os braços, fez a touca escorregar, revelando o talho na linha de cabelo, o que fez a sra. Praehurst arfar.

"Oh!", exclamou a governanta. "Que corte feio! Pobrezinha! Ora, juro que ela ficou branca como os lençóis sobre os quais está agora!"

"Onde está Evers com o conhaque?", a voz de Edward era cheia de contrariedade. Ele deve ser um patrão muito severo, supôs Pegeen. Teve um pouco de pena da sra. Praehurst. "Cartwright, não fique aí parado. Vá pegar um pouco de bebida destilada, homem. Você não vê que a moça está desmaiando?" As pálpebras de Pegeen tinham começado a ficar um pouco pesadas e ela as abriu com esforço. Não estava desmaiando. Ora, nunca tinha desmaiado na vida. Era uma filha de vigário escocês muito vigorosa e não uma senhorita da sociedade, toda delicada e afetada. Ainda assim, tinha de admitir que se sentia sonolenta. Talvez se apenas fechasse os olhos por um minutinho...

"Aqui está, *my lord*", disse o mordomo, com sua voz monótona. Pegeen ouviu o tilintar de copos de cristal e o som da rolha de uma garrafa sendo puxada. "A cozinheira também mandou alguns grogues."

"Danem-se os grogues", praguejou Edward. "Apenas sirva um pouco de conhaque. A moça perdeu a consciência."

Só para ser do contra, Pegeen abriu os olhos. Deitada, olhou para cima, para o rosto gentil e preocupado da sra. Praehurst, que estava inclinada sobre ela, tirando-lhe as luvas, desabotoando a peliça e desamarrando o laço sob o queixo que segurava a touca.

"Pronto, está tudo bem, minha cara", disse a sra. Praehurst, tirando gentilmente a touca da cabeça de Pegeen. Com uma mão fria e competente, a governanta tirou do rosto de Pegeen o cabelo embaraçado. "Ai, Jesus! O corte parece profundo. Espero que..."

"Com licença, sra. Praehurst." Edward deu a volta ao redor do generoso traseiro da sra. Praehurst, tendo na mão um copo do mesmo líquido âmbar que seu amigo estivera bebendo. Pegeen viu que as belas feições dele estavam contraídas, mas supôs que fosse de aborrecimento com os seus criados e não de preocupação com ela. Afinal de contas, ele a conhecia havia apenas uma quinzena e isso era tempo insuficiente para desenvolver qualquer sentimento, a não ser, digamos, desejo, o que sabia muito bem que um homem como *Lord* Edward Rawlings sentia por toda criada que passasse por ele.

"Beba", ordenou Edward, sem nem um sinal de compaixão na voz grave. Ele segurava um copo em formato de sino debaixo do nariz dela e o cheiro do álcool fez os olhos de Pegeen se encherem de lágrimas. Ela balançou a cabeça sem dizer nem uma palavra. Não ia beber nem uma gota daquele líquido fedorento.

"Você não tem uísque?", conseguiu perguntar com a voz fraca, notando o olhar surpreso da sra. Praehurst, sem entender.

"Beba", disse Edward novamente e alguma coisa no tom de sua voz fez Pegeen lembrar que ele não gostava de repetir o que dizia. Ela lhe deu uma olhada irritada e, da forma menos cortês que conseguiu, tirou o copo da mão dele, fechou os olhos e deu um golinho naquele líquido abrasador. A reação foi instintiva e imediata: ela agarrou o copo com as duas mãos e engoliu todo o conteúdo com um único e voraz gole.

Quando a última gota do líquido âmbar tinha acabado, Edward tirou o copo das suas mãos, olhando para ela, que passava uma mão trêmula nos olhos ardentes. Como que saído do nada, um lenço limpo apareceu na mão de Edward, que o entregou a ela, sem qualquer contrariedade nos olhos cinza.

"Você está melhor?", perguntou, enquanto Pegeen fungava.

Ela fez que sim com a cabeça. Aquele conhaque delicioso aquecia todo o seu corpo, até os dedos congelados do pé, e a dor de cabeça parecia não importar tanto assim. Ora, o conhaque era melhor que o uísque!

"Ótimo", disse Edward, devolvendo o copo para Evers, que lhe entregou um segundo copo, este com uma quantidade significativamente maior da bebida. Edward olhou para o copo e em seguida para Evers. Depois de sacudir um longo dedo indicador para o velho mordomo, Edward virou todo o conteúdo do copo em um gole rápido.

A sra. Praehurst deu um olhar de desaprovação para Edward por cima dos aros dos óculos e em seguida, com a familiaridade de uma criada que está há muito tempo na casa, espantou-o para fora do caminho, inclinando-se sobre Pegeen e começando a desabotoar as muitas fileiras de botões pretos da frente do seu vestido de viagem.

"Sabe, srta. MacDougal", começou a governanta, "espero que não se importe com a iniciativa, mas *Lady* Herbert e eu pensamos que a senhorita iria querer uma criada pessoal e chamamos a jovem Lucy Alcott, da escola para moças. Sei que a moda agora é ter camareiras francesas, mas, como a senhora sabe, fomos informados sem muita antecedência, e, além disso, o sr. Evers não está inclinado a aceitar os franceses. Espero que a senhorita não se importe..."

Enquanto a sra. Praehurst tagarelava, Pegeen viu Edward baixar o copo de conhaque e levantar uma sobrancelha, com uma expressão engraçada. Seguindo a direção do seu olhar, Pegeen percebeu que ele estava olhando fixamente as curvas dos seus seios, que estavam bem visíveis através da fina musselina da blusa. Com o rosto escarlate, Pegeen olhou-o com raiva até que ele, sentindo aquele olhar, levantou os olhos. Edward imediatamente corou, algo que surpreendeu Pegeen e a deixou confusa. Se ele era um homem tão sofisticado e atrevido, por que aquele constrangimento?

O constrangimento dela, junto com o álcool recém-consumido, tinham trazido de volta uma boa parte da cor ao seu rosto, e uma mancha rosada apareceu em cada uma de suas faces. Com voz enganosamente suave, perguntou: "Não acredito que os serviços de *Lord* Edward ainda sejam necessários, não é, sra. Praehurst?"

A sra. Praehurst levantou os olhos, que estavam no punho que ela desabotoava, e os voltou acusadoramente na direção dos homens que pairavam na entrada. "Sem dúvida que não!", declarou.

Largando a mão de Pegeen, a governanta se aproximou com gravidade do patrão e do mordomo. Não foi preciso mais nenhuma sugestão para os dois homens. Com mesuras respeitosas, bateram em retirada e voltaram para o corredor, onde Alistair Cartwright os esperava e cumprimentou alegremente.

A sra. Praehurst fechou a porta com firmeza atrás deles e voltou para o lado de Pegeen, balançando a cabeça. "A senhorita vai ter que perdoá-los, srta. MacDougal", disse ela, naquele seu jeito direto, porém bondoso. “Não há uma senhora residindo em Rawlings há... ora, desde que a duquesa faleceu há muitos e muitos anos.” Então Pegeen tinha acertado. Ela estava instalada no velho quarto da duquesa e era a primeira ocupante desde a morte da mãe de Edward.

“Naturalmente, as amigas de Londres de *Lord* Edward vêm e se hospedam aqui com freqüência, mas o que estou dizendo é que não temos uma dama residindo permanentemente há um bom tempo.”

Pegeen perguntou, curiosa: “*Lord* Edward dá grandes festas com freqüência?”.

“Ah, quando ele não está em Londres, parece que toda Londres está aqui.” A sra. Praehurst falava do patrão com orgulho indisfarçado. “Naturalmente, *Lord* Edward é muito generoso com as refeições e com os seus caçadores. Sabe, seu estábulo é um dos mais respeitados no mundo eqüestre. Até o príncipe de Gales...”

Ouviu-se uma batida leve à porta e a sra. Praehurst correu a atender. Era Lucy Alcott, a camareira que a governanta tinha contratado para Pegeen. Ruiva bonita e de olhos grandes, a moça sorriu nervosamente para Pegeen e logo foi mandada pela sra. Praehurst para a câmara de banhos anexa, para esperar a chegada de outras criadas da casa que viriam trazer a água quente para o banho de Pegeen.

A interrupção aparentemente desviou o assunto de que a sra. Praehurst falava, já que ela se esqueceu completamente do príncipe de Gales. Com muita ansiedade, segundo pareceu a Pegeen, ela começou a falar de uma grande festa dos amigos londrinos de *Lord* Edward, que deveriam chegar na semana seguinte para um baile e uma caçada. Esse fim de semana festivo, a sra. Praehurst se deu ao cuidado de explicar, estava planejado há muitas semanas e

Lord Edward não tinha visto razão para cancelá-lo ao saber, por *Sir* Arthur, do paradeiro do herdeiro de Rawlings.

"Já que", disse a governanta com constrangimento evidente, "não havia razão para acreditar na ocasião, srta. MacDougal, que a senhorita era... ahnn... tão jovem e *Lord* Edward tinha pensado que a senhorita... ahnn... não se incomodaria..."

Pegeen não pôde deixar de sorrir. O que *Lord* Edward obviamente havia pensado era que ela era uma velha solteirona ressequida, ansiosa para aproveitar uma chance de jantar com nobres. "Entendo", disse ela. "E o fato de eu ser alguém que mal saiu da escola, para usar a expressão tão delicada usada por *Lord* Edward, e de nunca ter passado uma temporada* em Londres, significam que vou atrapalhar as festividades?"

"Claro que não", disse a sra. Praehurst, com ênfase um pouco excessiva. "Ora, haverá muitas moças como a senhorita hospedadas aqui. As filhas mais velhas de *Sir* Arthur, por exemplo. A senhorita já as conhece, não?" Diante do sinal afirmativo de Pegeen, a sra. Praehurst continuou, com um brilho inequívoco de orgulho nos seus olhos. "São ótimas moças. *Lord* Edward só convida para se hospedarem na casa pessoas das melhores famílias da Inglaterra. O conde de Derby e sua família, o marquês e a marquesa de Lynne e seus filhos, o baronete *Sir* Thomas Caine, a viúva *Lady* Seldon e, naturalmente, a viscondessa de Ashbury..." A sra. Praehurst interrompeu o que dizia com uma risada bem-humorada. "Oh! Esqueci que nenhum desses nomes significa nada para a senhorita, minha cara. Deve me fazer parar quando eu falar demais. Sou velha e tenho uma certa tendência a fofocar!"

---

* Período em que a aristocracia rural ia para as suas casas em Londres e época dos grandes acontecimentos sociais — bailes, temporada de teatro e ópera. Estendia-se de final de dezembro ou começo de janeiro a junho. (N. T.)

Pegeen deu um sorriso fraco. Ela tinha certeza de que, se a sra. Praehurst tivesse a menor idéia de que a recitação que fazia com tanto orgulho da lista de hóspedes para a caçada estava deixando Pegeen desanimada em vez de lhe dar prazer, a governanta teria mudado de assunto. A perspectiva de conviver com uma dezena de hóspedes com título de nobreza no fim de semana deixava o coração de Pegeen pesado. Sobre o que, em nome de Deus, ela iria conversar com essa viúva, *Lady* Seldon, ou com a marquesa de Lynne? Sobre as tristes condições dos albergues para os pobres de Londres? A necessidade de melhorar as condições do trabalho infantil? Naturalmente, ela seria incluída em todas as atividades, do jogo de uíste* noturno à cavalgada com os cães de caça. Ora, quanta amolação!

Isso era tudo. Precisava falar com *Lord* Edward. Ele não poderia esperar que ela passasse os seus dias na tagarelice ociosa com viúvas herdeiras e suas filhas de cabeça oca. Ela não conhecia nada da sociedade de Londres e não poderia participar das fofocas, mesmo que aprovasse esse passatempo. Não tinha talento para trabalhos de agulha ou música, detestava a caça e desprezava o jogo com paixão. Deus do céu, com o que iria se ocupar? Talvez pudesse entrar em contato com o vicariato local e oferecer os seus serviços. Preferia infinitamente cuidar dos doentes que se prostrar diante dos ricos.

As criadas chegaram com a água para o banho e a sra. Praehurst as levou para a câmara de banhos, dando a Pegeen uma folga da conversa bem-intencionada da governanta. Ouviu-se outra batida leve à porta e, desta vez, a sra. Praehurst deixou entrar um homem mais velho e corpulento, que apresentou a Pegeen como o sr. Parks,

* Jogo de cartas considerado o ancestral do *bridge*. (N. T.)

médico da aldeia. O sr. Parks trazia uma mala preta, um jeito alegre e o cheiro inequívoco do conhaque que Evers provavelmente lhe oferecera no caminho do quarto de Pegeen. A moça não estava tão interessada nas opiniões médicas sobre o seu ferimento quanto na informação que ele poderia lhe dar sobre Jeremy. Ele tinha chegado a Rawlings? Estava bem? Ela poderia vê-lo?

O sr. Parks respondeu afirmativamente às duas primeiras perguntas e fez com o dedo um sinal de que não à terceira. "Não enquanto eu não descobrir como você está, mocinha", advertiu ele. A sra. Praehurst tossiu, porém, e ele se corrigiu: "Quero dizer, srta. MacDougal". Com a ajuda de Lucy, a sra. Praehurst conseguiu pentear o cabelo de Pegeen, afastando-o do ferimento para que o médico o examinasse bem. Foi apenas quando Pegeen viu a reação da camareira que pensou que talvez o ferimento fosse mais grave do que achava. A pobre ofegou e ficou olhando fixamente para a ferida, uma mão cobrindo a boca, enquanto a outra fazia o sinal-da-cruz. O sr. Parks, porém, não se mostrou surpreendido, apenas com um interesse médico pelo ferimento. Ele virou a cabeça da moça com dedos gentis, fez pressão em vários pontos do crânio dela, perguntando-lhe se ela sentia dor, e daí lhe perguntou se tinha sentido náusea ou tonturas desde o acidente. Diante da resposta afirmativa de Pegeen, o médico começou a limpar o ferimento. O sr. Parks estava preocupado, segundo informou à sra. Praehurst, com a concussão, apesar de a tontura poder ser simplesmente devido ao choque do acidente e aos solavancos da viagem até o solar. Ignorando Pegeen, o médico continuou a explicar que a paciente deveria ser acordada de duas em duas horas e que, se ela parecesse confusa ou desorientada, deveriam chamá-lo imediatamente. "Amanhã", disse o sr. Parks, "podem dar-lhe láudano se houver dor." Continuou a fazer a relação das coisas que Pegeen não deveria tentar fazer durante uma semana, como andar a cavalo ou trabalho de agulha. Essa advertência divertiu Pegeen, que agora tinha a desculpa perfeita para não participar da caçada de *Lord* Edward.

O sr. Parks saiu, depois de dar instruções cuidadosas para a sra. Praehurst sobre o láudano para Pegeen. Lucy mal tinha aberto a porta para o médico sair do quarto quando um raio de 1,20 m de altura e cabelo escuro passou correndo pelos dois e se dirigiu para a cama de dossel. "Pegeen!", exclamou Jeremy, mergulhando nas cobertas macias, chacoalhando e assustando-a a ponto de Pegeen soltar um pequeno grito. "Olá! Ele tirou sangue de você?"

Recuperando-se, Pegeen olhou Jeremy com olho crítico. As faces dele estavam muito vermelhas, os olhos brilhantes, mas parecia que a intensidade das cores era de entusiasmo e não de doença. Ela estendeu o braço instintivamente para tirar um pouco do cabelo escuro dele da pequena testa suada. Da entrada, o sr. Parks exclamou, divertido: "Meu jovem! O que *Sir* Arthur e eu discutimos com você na carruagem?".

Jeremy ignorou o médico. "Ele tirou sangue de você, Pegeen?", o menino queria saber.

"Claro que não", disse Pegeen. "Que história é essa de entrar correndo como um desordeiro? Você sabe muito bem que não pode pular nos móveis. Não estamos de volta à residência paroquial..."

O sr. Parks passou, a passos largos, pela sra. Praehurst, que estava confusa, e pegou Jeremy pelo colarinho. "Meu jovem", disse ele, com austeridade simulada, "o seu tio Edward lhe disse que você precisa deixar a sua tia em paz. Ela levou uma pancada terrível na cabeça e não está se sentindo bem..."

"Sei disso", disse Jeremy, a voz estrangulada porque o sr. Parks o tinha levantado da cama pelo colarinho. "Se não fosse pelo tio Edward, ela teria morrido, o senhor sabe. *Sir* Arthur a teria esmagado. Pegeen, você viu o corrimão nas escadas no Grande Saguão? Você acha que o tio Edward ficaria bravo se eu descesse aquele corrimão escorregando só uma vez?" Enquanto o sr. Parks o levava para fora do quarto, Jeremy esticou o pescoço para olhar para o médico. "Escuta aqui", disse ele. "Tire as mãos de mim imediatamente. Eu sou o duque, o senhor sabe."

O sr. Parks riu como se Jeremy lhe tivesse contado uma boa piada. "Diga boa noite para a sua tia, Vossa Graça", disse ele. Jeremy deu uma última olhada para Pegeen antes de ser arrastado para fora do quarto. "Não se preocupe, Pegeen", ele lhe garantiu, "eu subo para ver você depois da ceia!"

"Nada disso, você não vem não", disse o médico.

Lucy fechou a porta rapidamente atrás deles e se apoiou nela, assustada. Do outro lado do quarto, os olhos da sra. Praehurst estavam bem arregalados atrás dos óculos, mas limitou-se a dizer: "Ora, Sua Graça parece ser um jovem animado".

Pegeen estava cansada demais para discutir. Jeremy era animado, é verdade, ela queria dizer, mas não são animados todos os meninos de dez anos? O que eles esperavam? Uma miniatura de *Lord* Edward?

Capítulo seis

Edward jogou o seu manto sobre uma das poltronas estofadas da biblioteca e perguntou a *Sir* Arthur: "O que aconteceu com Katherine Rawlings?"

Sir Arthur engasgou-se com o conhaque. Edward sentiu uma pontada de pena do seu administrador. O coitado tinha acabado de passar por um acidente de carruagem e ficara de pé durante duas horas debaixo de uma tempestade de neve com um menino incorrigível. Tudo o que ele queria era tomar uma bebida ao lado da lareira e lá estava o seu patrão fazendo-lhe perguntas em tom inamistoso. Mas, de qualquer jeito, era uma pergunta que precisava ser feita.

"O que você quer dizer, Edward?" Alistair, afundado em uma poltrona de couro ao seu lado, envolvia o copo de conhaque com as mãos. "Ela está morta, não está? Faleceu depois que o seu irmão John foi morto naquele duelo."

"Sim, mas como? Do quê?"

"My *lord*", ofegou *Sir* Arthur, recuperando-se. O seu rosto grande e forte tinha ficado tão vermelho quanto a pesada cortina de veludo. "A mulher do seu pobre e falecido irmão definhou em Veneza até morrer, pouco depois do falecimento de *Lord* John."

"Você pode provar isso?" Edward se atirou sobre um sofá verde, mas não se esticou sobre ele. Ficou sentado, inclinado para a frente, com os cotovelos sobre os joelhos, esperando a resposta do administrador.

"Nunca vi a certidão de óbito, não", disse *Sir* Arthur. "Mas a srta. MacDougal afirmou para mim que o sobrinho foi deixado aos cuidados dela há cerca de nove anos e meio, quando a sua irmã fez uma breve visita de volta à Inglaterra, depois da morte de *Lord* John e pouco antes da sua própria..."

"Até aí, isso provavelmente é verdade", bufou Edward. "A srta. MacDougal parece ter muito mais instinto maternal do que a sua irmã jamais teve. Deixar o filho com a tia provavelmente foi a única coisa de bom senso que a esposa de John fez na sua curta vida."

Alistair parecia pensativo. "E que sorte a do menino, hein? Gostaria eu de ter sido criado por uma tia como ela. Que olhos! E aquela minúscula cintura!"

Edward encarou o seu hóspede perpétuo. Isso ia ser pior do que temia. "Você mantenha os olhos longe da cintura dela. Aquela moça está aqui sob a minha proteção e não posso me dar ao luxo de perdê-la. Ela é tudo o que me separa do pavoroso título. Não ouse ofendê-la, Cartwright."

"Ela se ofende facilmente, então?", indagou Alistair com um sorriso travesso.

Edward passou a mão no queixo, lembrando-se dos golpes da moça. "Com bastante facilidade", disse. "Você deve se lembrar, Alistair, de que a srta. MacDougal não é uma de nós. Ela..."

Ele se deteve, sem saber como continuar. O ponto central era que não tinha a menor idéia de como deveria lidar com a srta. Pegeen MacDougal. Tinha toda experiência do mundo com mulheres — quer dizer, com as casadas. Não sabia nada sobre como deveria se comportar perto de jovens respeitáveis e, apesar de ter fortes suspeitas de que a determinada srta. MacDougal não se encaixava nessa categoria, ele não conseguia pensar em outra para classificá-la.

Não obstante, pretendia tratá-la como a filha de vigário que ela era e esperava que Alistair fizesse o mesmo.

"Ela é muito jovem", completou a sentença, percebendo o quanto essa afirmação era inadequada. "E inexperiente. Portanto, fique longe dela."

Alistair levantou uma sobrancelha de forma peculiar. "Foi isso o que você fez em Londres, então? Ficou longe dela?"

"O mais que pude", respondeu Edward com uma careta. Não tinha gostado da semana que passara em Londres com o sobrinho e a srta. MacDougal. Para começo de conversa, a temporada ainda não tinha começado e quase todos os seus amigos ainda estavam no campo. Já tinha visto todos os espetáculos e Arabella não estava por perto; não teve, portanto, nenhuma escolha a não ser passar as noites no clube Pall Mall, jogando com os poucos homens que estavam na cidade, ou de vez em quando alugar uma charrete e passear pelas alamedas barrentas dos Vauxhall Gardens* até de madrugada, por falta de coisa melhor para fazer.

A questão, achava Edward, era passar o mínimo possível de tempo na presença de Pegeen MacDougal. Não lhe importava mui-

* Conjunto de jardins públicos de Londres, entre meados do século XVII e meados do século XIX. (N. T.)

to o que fazia ou aonde ia, desde que estivesse longe dela e dos seus infernais olhos verdes.

De início, tentara descartar os beijos trocados na cozinha da casa dela, mas, quanto mais pensava naquilo, mais percebia que Pegeen MacDougal era uma jovem realmente muito perigosa. Não porque ela beijasse de uma forma que nenhuma das amantes de Edward o havia beijado, como se realmente pusesse tudo no ato. Não, Pegeen MacDougal era perigosa porque beijava daquele jeito e não era a esposa ou amante de ninguém.

O que significava que ela era livre demais e podia se apaixonar... Ou, o que era pior, ela era livre e ele podia se apaixonar.

E se havia uma coisa que Edward não tinha a menor intenção de fazer naquela fase da vida era se apaixonar por uma filha de vigário de olhos verdes, que se dizia liberal e ajudava no parto de prostitutas. Isso era algo que não podia acontecer. Porque, no final, ele teria que se casar com ela para tê-la e o casamento complicava as coisas. Arabella não era a prova viva disso?

Portanto, para evitar se apaixonar por ela, Edward tinha passado o menor tempo possível na presença da mocinha atrevida. E parecia que estava funcionando. De fato, parabenizou-se por estar quase completamente fora de perigo.

Quase.

"É só ficar longe dela", Edward rosnou para o seu hóspede. "Pense nela como uma das filhas de Herbert."

Alistair deu uma olhada para o corpulento advogado. "Você não pode estar falando sério."

Sir Arthur parecia profundamente perplexo. Olhava vagamente para o seu conhaque, como se dali fossem sair as respostas que procurava. "*My lord*", começou ele, devagar. "Temo que o meu cérebro lento não consiga absorver direito a essência desta conversa. Alguma coisa que a srta. MacDougal disse lhe deu razão para acreditar que *Lady* Katherine ainda esteja viva?"

Edward hesitou. "Não. Só que acho esquisito que ela fale da irmã no presente. 'Minha irmã é muito bonita', disse ela. Não 'era'; 'é'."

Sir Arthur adotou uma postura de algo parecido com indignação. Ele se empertigou na poltrona e tossiu alto. "*Lord* Edward, devo apresentar a minha objeção a esse comentário. Investiguei completamente essa família. Pegeen MacDougal é a segunda filha de Gavin MacDougal, o falecido pároco da paróquia de Applesby, perto de Aberdeen. Sua irmã mais velha, Katherine, deixou Sua Graça aos cuidados do pai e dela quando o menino era quase um bebê, pouco depois da morte prematura de *Lord* John, e voltou para a Europa continental, para morrer, sem um tostão, na Itália."

Edward cruzou os braços e se recostou no sofá verde. "Nisso eu não acredito", declarou. "John deveria ter mais de vinte mil libras em seu nome ao morrer. Como ela poderia ter morrido sem um tostão?"

"Perdoe-me, senhor, mas parece que o seu irmão passou os últimos dias bebendo e jogando em cavalos, sem pensar nem um pouco na família. *Lord* John, o senhor se lembra, foi assassinado tragicamente quando os seus negócios estavam em uma desordem vergonhosa. O que sobrou do pouco dinheiro que deixou para *Lady* Katherine foi para liquidar as suas dívidas de jogo ou para pagar contas em diversos clubes. O resto foi para seu alfaiate. Lamento se o que vou dizer vai deixar o senhor chocado, *my lord*, mas é a verdade. O seu irmão nunca sustentou adequadamente a esposa e o filho e a pobre mulher morreu por causa disso."

Edward balançou a cabeça. Não que ele não acreditasse em *Sir* Arthur. John sempre fora um bêbado e mulherengo que só pensava em si mesmo, mas Edward nunca pensou que ele fosse tão depravado a ponto de deixar a sua família na miséria. Entretanto, Edward não ficou nem um pouco surpreso ao saber que John tinha feito exatamente isso. Vinte mil libras em dívidas de jogo! Não é de espantar que alguém tenha finalmente achado conveniente dar um tiro nele.

Inesperadamente, a imagem de Pegeen MacDougal como ele a vira pela última vez surgiu na cabeça de Edward: uma figura frágil e minúscula sobre a enorme cama de quatro colunas, os grandes olhos cor de esmeralda no rosto pálido cercado por uma aura de cabelo macio e escuro. E a gola do vestido aberta apenas o suficiente para que ele tivesse o vislumbre de um seio macio e arredondado, encoberto por renda... Edward descruzou os braços e se inclinou para a frente de novo, pigarreando alto.

"Katherine era muito jovem quando se casou com o meu irmão, não era? Foi por isso que tiveram de se casar na Escócia. Quinze anos, acho. Talvez dezesseis. Portanto, ela só teria vinte e cinco ou vinte e seis hoje, não é?" Edward refletiu sobre isso. "Como é uma mulher de vinte e cinco ou vinte seis anos? A srta. MacDougal diz que tem vinte, mas parece mais uns quinze para mim."

Sir Arthur riu, bem-humorado, e bateu com a mão aberta no seu maciço joelho. "Ah, *Lord* Edward! E suponho que o senhor possa me dizer a idade da minha filha mais velha, Anne. Vamos! O senhor dançou com ela no mês passado, na casa dos Ashbury. Quantos anos o senhor acha que ela tem?"

Edward tentou esconder a sua irritação. Já era ruim ter de estar sempre recebendo e conversando sobre negócios com o executor do espólio de seu pai, mas ter de dançar com a sua meia dúzia de filhas era o cúmulo... Tentou lembrar qual delas era Anne. A com dentes de cavalo ou a sardenta? Daí ele se lembrou. A que era razoavelmente bonita.

"Dezessete", disse Edward, encolhendo os ombros, sabendo que tinha errado.

E tinha mesmo. *Sir* Arthur deu um tapa no joelho novamente, encantado. "Vinte e um!", exclamou. "Vinte e um. O senhor errou por quatro anos, senhor. Virginia adoraria ouvir isso."

Edward ficou olhando fixamente para as pontas das botas, que mostravam os sinais de um dia de cavalgada. Pensava naquele rosto inacreditavelmente bonito virado para cima e que o olhara com tanto desdém havia apenas alguns momentos. Nunca, jamais, conseguiria conceber um rosto como aquele nas mãos do seu irmão, mãos que Edward tinha visto cometer atrocidades que, mesmo depois daqueles anos todos, faziam-no tremer ao se lembrar.

Edward estava prestes a se levantar quando se ouviu uma batida leve à porta. Vociferou: "Entre!", e o seu valete entrou calmamente na biblioteca, dando apenas uma olhada nas botas esfoladas do patrão. "My *lord*, Evers informou que o jantar será servido em breve. Tomei a liberdade de preparar-lhe o banho e separar as suas roupas."

"Sim, sim." Edward o dispensou com um gesto, distraído. "Vou me trocar daqui a pouco."

O valete não pareceu nem um pouco incomodado com essa dispensa brusca. Curvou-se e saiu. Com um longo e audível suspiro, Alistair se ergueu da poltrona e disse: "Se Daniels está ansioso para você se vestir, Edward, então o meu Knowlton deve estar frenético. Encontro-me com vocês dois, cavalheiros, lá embaixo no jantar." Parou na soleira, olhando para Edward. "Devo concluir que não poderemos contar com a companhia da adorável srta. MacDougal?"

"Acho muito pouco provável", respondeu Edward com uma compostura que surpreendeu até a si mesmo. "Vamos ver o que Parks tem a dizer sobre o caso. Ele está com ela agora."

"Que pena!", suspirou Alistair. "Liberal ou não, ela parece muito agradável." E saiu, sem tomar muito cuidado ao fechar a porta atrás de si.

"Muito agradável", repetiu Edward, como se não conseguisse acreditar no que havia ouvido. Foi até o armário das bebidas e se serviu de uma dose generosa. Sentia que ia precisar de muita bebida nos próximos dias...

Capítulo sete

O sr. Parks, percebeu Pegeen na manhã seguinte, não estava exagerando quando a informou de que sua cabeça poderia doer por algum tempo. Aquela dor, junto com o fato de ter passado a noite inteira sendo acordada pela ansiosa Lucy a cada duas horas, deixou-a sentindo-se como se realmente tivesse caído do cavalo de *Lord* Edward e, além disso, a maldita besta tivesse pisado nela várias vezes.

O que o médico não tinha previsto é que as horas passadas por Pegeen ao vento e na neve, junto com a pancada sofrida no acidente, para não falar da cavalgada desenfreada através do pântano, resultariam em um resfriado. Era grave a ponto de Lucy tê-la encontrado, quando foi acordá-la para o banho da manhã, incapaz de dizer uma palavra, com a garganta inchada e inflamada, quanto mais levantar da cama.

Uma única olhada para o rosto pálido e febril de Pegeen foi suficiente para fazer a camareira de cabelo vermelho sair correndo atrás da sra. Praehurst. A governanta chegou logo e ficou alarmada ao ver Pegeen sentada na cama, o cabelo escuro em completa desordem, os olhos brilhando com indignação enquanto tentava, em um sussurro que mal dava para ouvir, explicar que estava bem. Era só um resfriado. Por que todos estavam tão perturbados? Nunca tinham visto uma mulher resfriada antes?

Por mais que tentasse, Pegeen não conseguiu convencer a sra. Praehurst de que não estava gravemente enferma. A governanta pôs uma das mãos na testa da moça, sentiu que ela estava com febre e imediatamente mandou um dos lacaios buscar o sr. Parks. Pegeen enfureceu-se, dizendo que era ridículo mandar buscar o médico quando o que tinha não passava de um simples resfriado, mas, como tinha perdido a voz, ninguém lhe deu atenção. Os desejos de Pegeen foram ignorados, já que toda a criadagem do Solar Rawlings, ou pelo menos era o que parecia, acorria ao quarto com braseiros e cataplasmas de alho e outros remédios caseiros ainda mais aromáticos...

Quando o sr. Parks chegou, Pegeen tinha desistido de qualquer esperança de a deixarem sair da cama. O médico foi tão metódico e eficiente quanto na noite anterior, examinando a ferida na cabeça de Pegeen antes de olhar sua garganta. O prognóstico foi rápido e objetivo: inflamação grave da garganta, em particular das amígdalas, causada sem dúvida pelo excesso de exposição aos elementos de Yorkshire.

"Amigdalite", disse a sra. Praehurst com ênfase. "Eu deveria ter percebido." E apertava as mãos, mandando diversas criadas correrem para as cozinhas em busca de chá quente e mel.

"Você vai sobreviver", informou o sr. Parks a Pegeen, que fez uma careta de aborrecimento diante das notícias. "Repouso absoluto e todo o chá que ela conseguir tomar durante uma semana. Mantenha-a sempre aquecida, sra. Praehurst, e deixe-a dormir. O láudano vai ajudar. Volto dentro de alguns dias para verificar o progresso dela."

Pegeen queria perguntar ao médico quanto tempo demoraria até recuperar a voz, mas arrancar tantas palavras daquela garganta irritada parecia um esforço grande demais. Desapontada, Pegeen se acomodou sobre as pilhas de travesseiros de penas e tentou se concentrar nas coisas positivas, mas estas pareciam, naquele momento, poucas e esparsas. Para Pegeen, que passara a maior parte dos últimos dezenove anos levantando-se com o sol e trabalhando sem parar até o escurecer, esse súbito período de descanso forçado era muitíssimo inoportuno. Finalmente estava livre dos grilhões do trabalho doméstico e das exigências da paróquia do pai. Tinha todo o tempo do mundo para ler e escrever cartas e trabalhar pela melhoria das condições dos pobres...

E estava tão fraca que não conseguia nem cruzar o quarto sem ajuda.

Pelo menos, disse para si mesma, Jeremy estava sendo muito bem cuidado, apesar de ela não conseguir evitar de se preocupar com quem estava tomando conta dele durante a sua doença. Com efeito, preocupava-se mais com o bem-estar das pessoas que tomavam conta de Jeremy do que com ele mesmo.

Por quase uma semana, Pegeen teve de agüentar a cabeça latejando e a garganta doendo, e passou uma grande parte do tempo dormindo. Era como se, agora que a carga dos cuidados com Jeremy fora tirada dela, o corpo de Pegeen estivesse tentando compensar todos os anos de sono perdido. Quando se sentiu bem o suficiente, Pegeen mergulhou na pilha de livros que *Lord* Edward tinha enviado da sua biblioteca e não pôde deixar de rir. Suspeitava que ele escolhera de propósito romances água-com-açúcar, evitando que ela lesse material mais substancial, para aborrecê-la.

Pegeen não podia, porém, se queixar de suas enfermeiras. Lucy quase não saía do lado de Pegeen. Estava sempre disposta a correr para a cozinha a qualquer hora, do dia ou da noite, para pegar uma "bela xicra" para sua patroa, e procurava fazê-la cair na tentação de comer os confeitos do *chef pâtissier*. Também a banqueteava com histórias do que acontecia no andar de baixo. A sra. Praehurst também se revelou uma companhia infatigavelmente animada, com inclinação natural para o bate-papo, informando Pegeen de certos fatos interessantes sobre a família Rawlings ou, mais precisamente, o que tinha sobrado dela.

Parecia, por exemplo, que *Lord* Edward Rawlings era um dos solteirões mais cobiçados da Inglaterra e que tinha escapado por pouco do casamento diversas vezes, fugindo para o continente no último minuto e, certa vez, até ferindo o braço do irmão de uma futura noiva em um duelo. Tinha amantes em toda a Europa continental, assim como na Inglaterra, e era visto com freqüência em todos os lugares onde os jovens nobres e ricos iam para serem vistos. Pegeen ficou satisfeita ao perceber que a avaliação que fizera sobre a devassidão de Edward tinha sido correta e estava ansiosa para arreliá-lo sobre isso logo que pudesse falar.

Quando já estava bem o bastante para se sentar, mas ainda não tinha permissão para sair da cama, Pegeen pediu jornais, deixando de lado o material para leitura que *Lord* Edward julgara adequado para ela. A sra. Praehurst, apesar de estalar a língua em sinal de desaprovação, apareceu com os braços cheios de jornais roubados com alguma dificuldade da biblioteca de *Lord* Edward. Pegeen lia-os com cuidado, tomando muitas notas e selecionando as organizações de caridade que tinha intenção de fazer Jeremy apoiar. Isso a levou a se perguntar de quanto exatamente era a fortuna de Jeremy, de forma que o pedido seguinte de Pegeen foi para ver os livros de contabilidade da casa e da propriedade.

Apesar da evidente ansiedade da sra. Praehurst sobre essa questão, Pegeen não se preocupava com o que *Lord* Edward diria quando descobrisse o que ela pretendia fazer. Como tinha administrado a contabilidade da paróquia do pai, Pegeen se sentia perfeitamente capaz de lidar com a do Solar Rawlings. Eram as extravagâncias que encontrava nos registros que a chocavam e alarmavam. Se, por um lado, era bem compreensível que uma casa do tamanho do Solar Rawlings consumisse uma tonelada de carvão por mês durante o inverno, não havia nenhuma necessidade, enquanto havia pessoas morrendo de fome nas ruas, de construir uma fonte de champanhe na mesa de jantar quando *Lord* Edward recebia alguns amigos de Londres.

Uma fonte de champanhe? Ora, o custo dessa extravagância que duraria uma única noite era mais do que a mãe de Pegeen havia deixado para ela por ano! E também havia uma anotação sobre alguma coisa chamada charadas. Um bom dinheiro havia sido gasto com fantasias para isso, mas, quando Pegeen perguntou do que se tratava, a sra. Praehurst explicou que era um jogo de salão de que participavam *Lord* Edward e seus amigos. Um jogo que custava mais do que o orçamento de um ano do orfanato de Applesby? Pegeen mal podia acreditar nos seus olhos.

Ao comparar os custos da última festa dada por *Lord* Edward em Londres com o custo operacional da escola para moças, de onde viera Lucy e da qual a propriedade Rawlings era a principal benfeitora, Pegeen descobriu que era mais barato operar um internato profissionalizante para quarenta moças por meio ano do que entreter um grupo da alta sociedade no Solar Rawlings por uma quinzena.

Pegeen ficou com tanta raiva que quase quebrou a pena ao meio.

O que, por Deus, *Lord* Edward tinha na cabeça? Seria ele um janota que só pensava em seu próprio prazer e divertimento? Ela tinha achado que a forma como ele agira durante o acidente da carruagem tinha sido nada menos que heróica, mourejando através de toda aquela neve em busca de um cavalo com o qual a conduzira a um lugar seguro. Aquele comportamento não tinha nada de janota. No entanto, tinha gasto mais de cem libras naquele ano só em gravatas! Isso era ridículo, achava Pegeen, com grande indignação.

Tentou, porém, ser justa. *Lord* Edward tinha o direito de gastar sua parte da fortuna Rawlings como achasse melhor. E não eram as grandes quantias que ele gastava com cavalos que a aborreciam. Nem tinha grandes objeções ao fato de ele gastar tanto com os seus hóspedes. Mas, quando viu a anotação sobre a encomenda de duas dúzias de argolas de guardanapo de ouro com o monograma com as letras E e A para o fim de semana de festas e caçadas para dali a poucos dias, ela se sentiu quase, nas palavras de Jeremy, em combustão espontânea. O custo dessas argolas era igual ao dos vitrais da igreja de Applesby. Só passando em cima do cadáver dela *Lord* Edward receberia seus hóspedes com argolas de guardanapo com as iniciais dele e de sua amante gravadas.

Enfureceu-se tanto com essa despesa que a sra. Praehurst ficou preocupada com a saúde da moça, ao ver que Pegeen tinha ficado muito pálida, ao mesmo tempo que as maçãs do rosto queimavam como que febris. A roliça governanta saiu correndo, com a intenção de mandar um dos lacaios ir buscar o sr. Parks imediatamente, quando se chocou com o patrão, que fora para lá com relutância para saber da saúde de Pegeen, depois de Alistair Cartwright encher-lhe a paciência dizendo que estava ansioso em relação à recuperação da bela srta. MacDougal.

"Oh, *my lord!*", exclamou a sra. Praehurst, preocupada, torcendo as mãos. "Temo que a srta. Pegeen piorou. A fisionomia dela está estranha, com o rosto febril e os olhos duros como grandes esmeraldas verdes!"

Edward pareceu alarmado. "A senhora mandou buscar o sr. Parks?"

"Ia fazer exatamente isso. Ai, meu Deus, temo que tudo seja culpa minha. Ela passou a manhã inteira com aparência extenuada, desde que eu lhe trouxe os livros de contabilidade da casa..."

Edward, que estava prestes a descer correndo as escadas e chamar Evers aos urros — algo que ele invariavelmente fazia, fosse qual fosse a natureza da crise —, ficou petrificado no alto da escada, medindo a sua governanta com um olhar que poderia apagar um incêndio.

"Os livros de contabilidade da casa?" O rosto de Edward anuviou-se de tal forma que a sra. Praehurst recuou um passo, levando uma mão ao colo. "A senhora disse que lhe trouxe os livros de contabilidade da casa?"

A sra. Praehurst fez que sim, os óculos tremendo na ponta do nariz. "O que há de mal nisso, *my lord*? Ela me pediu para vê-los, afinal de contas..."

Edward fez uma careta e voltou a subir a escada, caminhando a passos largos e determinados pelo corredor em direção ao Quarto Rosa. A sra. Praehurst o seguiu, cambaleando e depois de soltar um pequeno grito, segurando nas mãos a saia de seu vestido preto de lã.

"Oh, *my lord!*", exclamou ela, toda lamurienta. "O senhor não pode entrar aí, *my lord*! Não seria nem um pouco decoroso. A jovem senhora está de cama, *my lord*!"

Edward, porém, já tinha invadido o antigo quarto de sua mãe, notando com desaprovação que o fogo estava alto demais e o quarto, quente como um forno.

Pegeen estava sentada no centro da grande cama com dossel, os cabelos castanho-escuros soltos sobre os ombros, o nariz enfiado em um livro quase tão grande quanto ela. Espalhados pela cama estavam outros livros enormes e papéis sobre os quais a danada tinha feito anotações. Anotações! Apesar de o resto do aposento ter a aparência de um quarto de doente, com flores frescas por toda parte e uma grande quantidade de frascos, tônicos e cataplasmas, a cama parecia a mesa de trabalho de um jovem empresário muito promissor.

Pegeen nem mesmo levantou a cabeça à entrada de *Lord* Edward e só fez isso quando a sra. Praehurst, que tinha entrado correndo atrás dele, pigarreou.

"Oh, srta. Pegeen", a governanta disse, tossindo. "A senhorita tem um visitante."

Pegeen levantou os olhos, que, como tinha dito a sra. Praehurst, estavam muito grandes e muito verdes. Sem registrar a menor surpresa pelo fato de Edward estar em seu quarto, Pegeen disse: "Vou cancelar a encomenda de argolas para guardanapos com monogramas".

Edward ficou olhando-a fixamente. "Como disse?"

"O que você faz com a sua vida pessoal é assunto seu, naturalmente", continuou ela. "Mas Jeremy é um menino que adora o chão no qual você pisa. Não vou permitir que ele cresça pensando que está certo ter casos amorosos com mulheres casadas."

Edward ouviu a sra. Praehurst respirar fundo atrás dele. Ele mesmo não tinha a menor idéia de como reagir àquilo. A moça parecia perfeitamente inofensiva em sua camisola de algodão fechada até o pescoço, com enfeites de renda e o cabelo solto nas costas, como uma escolar. E, no entanto, falava com ele de forma tão calma como se fosse a própria rainha Vitória.

Dividido entre a raiva e a vontade de rir, Edward optou por perguntar, com curiosidade: "Que argolas de guardanapos?".

Pegeen olhou-o de cara fechada. Tirando um toco de lápis de detrás da orelha, indicou uma anotação no livro que tinha nas mãos.

"Diz bem aqui que você encomendou duas dúzias de argolas de guardanapos de ouro maciço com as letras E e A entrelaçadas sobre eles. Talvez eu esteja errada, mas supus que o A era de Arabella. Poderia ser A de Alistair?"

O olhar dela era firme. "Já ouvi falar de coisas assim, naturalmente, mas devo dizer que não esperava isso do *senhor*, *Lord* Edward."

Edward enrubesceu. "Ora, vamos ver..."

A sra. Praehurst deu uma nova tossidinha. Edward e Pegeen olharam para ela e a governanta fez uma mesura constrangida. "Desculpem, *my lord* e senhorita, mas essas argolas para guardanapos foram encomendadas pela viscondessa." Com um olhar de súplica na direção de Pegeen, a mulher explicou: "*Lady* Arabella Ashbury, quero dizer. Ela às vezes encomenda coisas para a casa Rawlings e *Lord* Edward me disse que tudo que ela quisesse era para eu comprar."

Pegeen voltou uma página do livro. "A viscondessa não seria, por acaso, quem encomendou as fantasias para as charadas e a fonte de champanhe, seria?"

"Sim, sim! Foi ela quem fez essas duas encomendas!"

Pegeen fechou o livro com força. "*Lord* Edward, gostaria de falar com o senhor em particular. Sra. Praehurst, a senhora poderia nos dar licença por um momento?"

A sra. Praehurst hesitou. "Ai, meu Deus", disse ela, os olhos cheios de desalento. "Não pareceria nem um pouco certo, *my lord*, o senhor ficar sozinho com a srta. MacDougal no quarto dela..."

"Nessas circunstâncias", respondeu Edward sem conseguir segurar um sorriso, apesar de estar tentando ficar sério, "acredito que seria permissível que a senhora nos deixasse a sós por um pouco, sra. Praehurst. Mas o risco será seu se ficar fora por muito tempo, já que a srta. MacDougal parece que adoraria me trespassar com um ferro quente da lareira."

"Ai, meu Deus", disse a sra. Praehurst. Mas apressou-se a sair do quarto, voltando-se para dar muitas olhadelas nervosas para eles sobre os seus ombros redondos. "Estarei bem aqui, do lado de fora da porta, então."

A porta mal tinha fechado quando Pegeen disse, com a sua voz rouca: "Não tenho intenção de ofendê-lo, *Lord* Edward, mas o senhor não pode simplesmente permitir que a viscondessa tenha rédea solta com as despesas domésticas. Ela tem gostos muito exorbitantes e o dinheiro que ela gasta em frivolidades seria mais bem empregado de outra forma, como arrumar as casas dos seus arrendatários ou construir um novo telhado para a escola para moças."

Edward baixou os olhos para aquele rosto em forma de coração e tentou se lembrar que deveria estar furioso, com uma fúria assassina, diante do atrevimento daquela mocinha. Mas alguma coisa em relação a ser chamado para aquele tapete na frente da lareira para levar uma repreensão, na mesma situação e no mesmo lugar onde tinha estado tantas vezes na infância, fazia que ele se divertisse. A única coisa que podia fazer era conter-se para não cair na gargalhada.

Tentando sufocar a sua hilaridade, Edward fechou a cara e olhou para a moça, que, notou ele, estava absurdamente atraente para uma enferma. Havia cor no alto das maçãs do rosto e, com os cabelos soltos, ela parecia muito com a primeira vez que Edward lhe tinha posto os olhos, naquela tarde em que a tomara pela criada. Era-lhe difícil demais olhá-la com expressão furiosa, quando tudo o que queria era afastar o acolchoado que a cobria e entrar na cama ao seu lado.

"Então esta é a sua opinião sobre esse assunto?", disse, ríspido, fingindo estar contrariado. Ela fez que sim com um movimento resoluto do pescoço e ele perguntou: "E posso lhe perguntar que direito você tem de remexer nos meus livros?".

"Não são de forma alguma *seus* livros", respondeu Pegeen, torcendo o nariz com arrogância. "São os livros de *Sir* Arthur. E, agora que ele foi investido como o novo duque de Rawlings, são os livros de Jeremy. E eu sou sua guardiã, portanto tenho todo o direito de examinar o que foi deixado para ele. E isso inclui todas as contas domésticas." Tossindo, Pegeen continuou: "Tenha dó, *Lord* Edward, fiquei por demais surpresa de ver quão esbanjador o senhor é. Cem libras por ano em gravatas? O senhor é tão afetado e vaidoso que não pode usá-las mais de uma vez?"

Edward sentiu que estava ficando vermelho de constrangimento diante daquela repreensão. Vaidoso? Afetado? *Ele*? Talvez Alistair Cartwright, mas não...

"É claro que o senhor tem todo o direito de gastar a sua herança como achar conveniente, *my lord*." Pegeen deu de ombros enquanto voltava a examinar rapidamente as páginas do livro de contabilidade doméstica. "Mas parece piada tentar fazer Claire Lundgren passar por uma nova égua..."

Edward engasgou de tanta surpresa. "*O quê?*" "Honestamente, *Lord* Edward, o senhor acha que ninguém lê os jornais? Eu sei muito bem que Claire Lundgren não é nenhuma égua, mas uma atriz e que esse estábulo que o senhor alugou para ela na rua Cardington é, na realidade, uma casa."

"Ora, que história é essa?", disse Edward, quando conseguiu se recuperar. "Isso foi... Isso foi uma despesa necessária!"

"Oh?" Os cantos da boca de Pegeen desenharam um sorriso. "Entendo. O senhor se cansou dela e precisou suborná-la, não é? Estou muito envergonhada com o senhor, *my lord*. Tenho certeza de que ela teria ficado satisfeita com algo em uma área menos cara."

Edward estava tão surpreso com a audácia da moça que só pôde soltar uma risada sarcástica. "Ora!", exclamou ele, cruzando os braços. "Agora você está revelando as suas características escocesas.* Não notei nada dessa parcimônia quando se tratava de comprar um novo guarda-roupa para você!"

"Levando-se em consideração", interrompeu-o Pegeen furiosa, "que até então eu nunca tinha tido mais de dois vestidos na vida, acredito que mereço as meras duas dúzias que o senhor tão generosamente mandou fazer para mim em Londres. Se o senhor se lembra, essa era uma das condições estipuladas antes de eu concordar em vir para Rawlings, ato que começo a lamentar, já que só tive sofrimento..."

"Oh, sem dúvida você parece estar sofrendo muito, enfiada em uma grande cama, rodeada de rosas e sem fazer nada o dia todo a não ser meter o nariz nos assuntos de outras pessoas."

"Quanto aos escoceses serem pães-duros", Pegeen respondeu brava, jogando para trás as cobertas e levantando-se sobre os joelhos, como se o menosprezo aos seus compatriotas apenas então tivesse sido absorvido, "prefiro fazer parte de um país que sabe como guardar dinheiro do que de um que o esbanja em fontes de champanhe!"

---

* Tradicionalmente, os escoceses têm fama de serem pães-duros, teimosos e sorumbáticos. (N. T.)

Edward se dirigiu a passos largos para a cama, inclinando-se e apoiando as mãos fechadas sobre o livro de contabilidade que ela tinha deixado de lado, de forma que seu rosto ficou a apenas alguns centímetros de distância do de Pegeen. "Deveria experimentar um pouco de champanhe algum dia", sugeriu ele, malicioso. "Se quer saber a minha opinião, você precisa disso."

"O que você quer dizer com essas palavras?", inquiriu Pegeen. Ela estendeu o braço e o cutucou no peito com o dedo indicador. "Eu o venço em uma disputa de quem bebe mais quando você quiser. É só dizer quando e onde."

Edward baixou os olhos para o dedo que pressionava os botões do peitilho engomado da sua camisa branca. Era um dedo pequeno, de unha curta, porém bem esculpida. Mas não era tanto o dedo que interessava Edward, e sim a mão. O que faria Pegeen, perguntou-se, se ele agarrasse aquela mão e a colocasse onde o deixaria mais satisfeito?

Edward balançou a cabeça. O que, em nome de Deus, estava acontecendo com ele? Não podia permitir que essa fraqueza agradável continuasse. Tinha passado uma semana evitando aquele quarto, tentando negar a existência da srta. Pegeen MacDougal. Mas não havia como negar isso, já que, desde que ela tinha posto os pés em Rawlings, trazendo consigo aquela peste de menino, a vida de Edward estava de cabeça para baixo. A sra. Praehurst, que normalmente cuidava do dia-a-dia da casa, estava absorvida demais em cuidar da moça para dar atenção a questões como os cardápios do almoço e do jantar de Edward. Ele e Alistair tinham sido obrigados mais de uma vez a jantar no *pub* da aldeia. Evers estava tão ocupado correndo atrás daquele moleque, tirando-o do corrimão da escada no Grande Saguão, que não podia se dar ao trabalho de providenciar que o armário de bebidas de Edward estivesse sempre bem guarnecido.

Até Daniels, o valete de Edward, tinha se esquecido de ir buscar um dos coletes de Edward no alfaiate da aldeia porque estava ocupado pegando algum tipo de remédio para Pegeen no boticário. E, quando Edward o censurou, Daniels nem se deu ao decoro de aparentar que se sentia culpado. Ficou olhando fixamente para Edward e disse, indignado: "A srta. MacDougal precisava do remédio, *my lord*. O senhor não espera que eu fosse buscar o seu colete quando a pequena senhora estava se consumindo devido à amigdalite, espera, senhor?".

E os meninos do estábulo! O que Edward iria fazer em relação aos meninos do estábulo? Todos eles, sem exceção, tinham um olho roxo por obra do novo duque, e todos tinham medo demais de ser punidos para reagir. E se eles se juntassem e pedissem demissão na véspera do início da temporada de caça? Onde iria encontrar mão-de-obra para o estábulo bem treinada tão tarde na temporada?

Mas todas essas preocupações pareciam quase nada diante do maior problema de Edward. Ou seja, o que, em nome de Deus, ele ia fazer em relação ao fato de que, por mais que tentasse, não conseguia tirar da cabeça a lembrança do beijo daquela virgem irritante?

Em uma voz áspera de emoção reprimida, Edward rosnou: "Eu não estava falando sobre uísque, estava falando sobre champanhe e um torneio de bebida não era o que me passava pela cabeça".

"O que o senhor tinha na cabeça, então?" O queixo de Pegeen se empinou, teimosa e desafiadoramente.

"É bem de você fazer uma pergunta dessas", zombou Edward. "Nunca vi uma mocinha tão afetada. Se não pode imaginar o que um homem e uma mulher podem fazer juntos bebendo uma garrafa de champanhe..."

As espessas franjas de cílios que rodeavam aqueles olhos verdes baixaram subitamente e Pegeen olhou para ele desconfiada.

"Estou imaginando coisas ou o senhor está sugerindo que eu posso servir de substituta para a descartada Claire Lundgren?"

Edward riu com maldade. "Tudo o que estou sugerindo é que talvez, se pensasse menos em salvar os pobres do mundo e mais em se divertir, você não estaria aqui, vivendo da herança do seu sobrinho, mas em sua própria casa, com um marido e rodeada de moleques para manter a sua cabeça longe de mim e dos meus assuntos."

Ele viu os olhos verdes se arregalarem, surpresos, e percebeu que tinha ido longe demais. Não sabia se deveria esperar lágrimas ou um tapa no rosto, e, como precaução contra as duas possibilidades, tirou a mão que Pegeen tinha colocado contra o peito dele e a puxou para perto de si. Colocando o braço firmemente ao redor da cintura estreita da moça, Edward baixou a cabeça e plantou um forte beijo naqueles lábios sedutores.

Capítulo oito

Aquilo era exatamente o que Pegeen queria evitar. Sabia, por experiência, que não conseguia resistir aos beijos de Edward e aquilo estava destruindo todas as suas boas intenções.

Puxando-a para perto de si e agarrando-a firmemente, Edward abriu-lhe os lábios com a língua, com a mesma falta de esforço com a qual o calor das suas mãos queimava a carne tenra dela através do tecido fino da camisola. Ela gemeu, frustrada, ao perceber que as suas coxas estavam mais uma vez se derretendo, igualzinho ao que tinha acontecido naquele dia, não fazia tanto tempo em Appleby. A súbita disposição pulsante entre elas, deixando-a molhada de desejo, já era bem conhecida dela.

E, no entanto, Pegeen não conseguia empurrá-lo para longe. Na verdade, grudou-se nele como uma assanhada sem-vergonha, beijando-o como se a sua própria vida dependesse disso...

Foi então que Edward percebeu que Pegeen não vestia nada por baixo do fino algodão da camisola. Ele sentia os mamilos duros contra seu colete. O beijo, que, na intenção de Edward, deveria ser de escárnio, tinha se transformado em algo que já não podia controlar. Tinha se esquecido de como ela era voluptuosa, de que não tinha medo das convenções, apesar do jeito de mocinha. Sentia o corpo jovem e firme de Pegeen pressionado contra o dele e, com um gemido, esquecendo-se de todo o resto, suas mãos contornaram as nádegas redondas através do tecido transparente, trazendo a pélvis da moça com força contra a pulsação de sua ereção.

Pegeen recuou com um grito como o de um animal ferido. Edward manteve o braço firme ao redor dela, porém, impedindo-a de se afastar.

"Não", murmurou ele. "Dessa vez não. Você vai terminar o que começou..."

"O que *eu* comecei?", perguntou Pegeen, indignada. "Foi você quem *me* beijou!"

Os dedos dele, mexendo-se para agarrá-la pelos ombros, se afundaram na carne dela. "Você me encorajou. Admita. Você sente alguma coisa por mim. Não negue."

"Mas que convencido..."

"Você me quer, Pegeen, tanto quanto eu a quero."

"Absurdo!"

"Absurdo? O que é absurdo é o seu puritanismo!" Edward balançou a cabeça, sem poder acreditar. "Que tipo de mulher é você? Afirma não acreditar na instituição do casamento, mas beija com o entusiasmo de uma prostituta de Covent Garden!"*

Pegeen piscou como se ele a houvesse esbofeteado. "Como ousa! Você... você enlouqueceu? O senhor se esqueceu de si mesmo, *Lord* Edward!" Talvez fosse o olhar de choque genuíno no rosto. Talvez fosse o tom da voz. Mas, com maior probabilidade, foi o fato de ela

---

* Região de prostituição em Londres no século XIX; atualmente área de teatros e lazer. (N. T.)

fazê-lo se lembrar do seu título e da sua posição que o deteve. Edward percebeu que Pegeen genuinamente não sabia do que ele estava falando, que ela, honestamente, não tinha a menor idéia do efeito que seu toque tinha sobre ele. E como poderia? Ele era o filho de um duque, mimado e mal-acostumado desde o nascimento, com uma grande experiência na arte do amor. Ela era uma filha de vigário empobrecida, uma virgem com dez anos a menos que ele e que, apesar da língua ferina, até recentemente só conhecera dificuldades na vida.

A realidade se fez presente novamente. Estavam no meio da manhã e a sra. Praehurst estava do lado de fora. Com uma praga sufocada, Edward a soltou.

Mergulhando para baixo das cobertas, o rosto ardente, Pegeen olhava-o fixamente, notando a protuberância na frente das calças dele com desaprovação.

"O que há de errado com você?", perguntou ela em tom de desaprovação. "Imaginou se a sua governanta entrasse?"

"Ela já viu coisa pior", disse Edward suavemente. Ele não estava de todo descontente consigo. Cheia de modos de mocinha ela poderia ser, mas, a cada beijo, parecia ter mais dificuldade em resistir-lhe. Não parecia possível no momento, mas ele sentia que poderia vencer a resistência dela, no final de contas. Esse pensamento, apesar da fricção desconfortável que sentia nas calças, imediatamente o deixou todo animado.

"Não sou uma das suas amantes", declarou Pegeen, o nariz enfiado em um lenço. Ela, porém, não estava chorando, notou ele, aliviado, e sim apenas assoando o seu nariz levemente avermelhado. "Faça o favor de manter as suas mãos para si mesmo no futuro."

"Para uma mulher que afirma odiar os homens da minha classe social", observou Edward, "você de forma alguma parece se incomodar com os meus beijos."

"Saia!", comandou Pegeen rispidamente.

"Diga-me uma coisa, Pegeen. Já que você não acredita na instituição do casamento, por que é contra as pessoas terem casos amorosos fora do casamento? Seria de pensar que uma mulher com as suas convicções seria uma defensora do..."

"Saia!", ela gritou, apesar de sua voz rouca não ir muito longe.

"Mas você ainda não terminou com o meu pito. Lembra-se? Os livros de contabilidade?"

Soltando o ar pelas narinas, Pegeen disse friamente: "Pretendo dizer à sra. Praehurst que todas as despesas da casa têm de ser aprovadas por mim antes da compra. Jeremy é o duque de Rawlings e eu sou responsável para que uma parte da fortuna Rawlings sobre para ele quando for adulto."

Edward sorriu. "Parabéns. Você, minha cara, já é uma esposa rabugenta sem nem mesmo ter se casado! Está de parabéns. Algumas mulheres demoram anos para chegar ao seu nível de..."

"Saia!", berrou novamente Pegeen e, dessa vez, Edward obedeceu, rindo.

Capítulo nove

Edward entrou a passos largos na sala matinal, azul-clara, da Casa Ashbury, batendo as luvas contra uma das coxas, o manto ondulando atrás de si. *Lady* Ashbury estava sentada à mesa do café-da-manhã, examinando as colunas sociais e com aparência angelical em um vestido de seda verde enfeitado com pequenas rosas. Levantou os olhos quando Edward entrou e sorriu. O sorriso da viscondessa de Ashbury era famoso por levar homens mais fracos a caírem de joelhos. Edward nem mesmo se sentou.

"Pois não?", inquiriu ele, não exatamente de forma rude, mas tampouco amigável. "Do que se trata? É melhor ser importante. Alistair e eu planejamos viajar para Knox Ridge hoje de manhã para ver com o guarda-caça se a nevasca afetou os preparativos para a caçada de sábado."

"Terminei a lista", disse Arabella regiamente, abanando um pedaço de papel no ar. Diante do olhar vazio de Edward, ela disse, medindo as palavras: "A lista. Para a sra. Praehurst. Sobre os arranjos dos quartos de hóspedes. Nossa, Edward, o que você tem? Ficou bem estúpido de repente!"

Edward deu um passo à frente para pegar a folha dos dedos brancos da viscondessa, dobrou-a sem nem olhar para o papel e o pôs em um bolso interno. "Você poderia ter enviado isso", disse ele, agastado, "em vez daquela mensagem cifrada para eu vir o mais rapidamente possível. Quando recebi o seu recado, pensei... Ora, não importa o que eu pensei."

A viscondessa riu, um riso tilintante que algum tempo atrás lhe provocava arrepios de prazer espinha acima. Agora, aquele artifício simplesmente irritava Edward.

"Mas, se eu mandasse a lista, não teria o prazer de tomar o café-da-manhã com você." Ela sorriu, mostrando as covinhas do rosto, de um jeito que algum dia alguém deve lhe ter dito que era encantador. "E sei o que você pensou. Você pensou no pior, tenho certeza. Diga-me, o que o atemoriza mais: Ashbury descobrir sobre nós ou eu descobrir sobre uma outra pessoa?"

Edward deu uma olhada no bufê posto no aparador. Havia presunto e faisão com ovos, além de pãezinhos crocantes e vários potes de geléia. Pegou um prato e se serviu. "Seria preciso alguém um pouco mais ameaçador do que o seu marido para me amedrontar, Arabella", disse ele, pondo uma grande porção de ovos no prato. "E, quanto a você descobrir outra pessoa, posso descobrir que a minha vida ficaria consideravelmente menos complicada se isso acontecesse."

Arabella fez um biquinho sedutor. "Pobre Edward." Ela o seguiu com os olhos enquanto ele se movia ao longo do bufê, fazendo o aparador parecer minúsculo em comparação com o seu tamanho. "Parece que não o vejo há séculos, querido", disse ela tentando manter o tom alegre e despreocupado. "Faz mais de quinze dias, se não me engano. Os seus novos parentes estão dificultando a sua vida social?"

"Novos parentes?" Sem tirar o manto, Edward sentou-se à mesa e pegou um garfo. "Ah, você quer dizer o menino."

"Sim, o menino. E sua tia solteirona."

Edward deu um sorriso malicioso e provou o faisão. Nada mau. A cozinheira de Arabella era francesa e tinha a tendência de não medir esforços para complicar uma refeição. Com o café-da-manhã ela conseguia se sair razoavelmente bem. Nada de molhos e cremes misteriosos.

"Ora, vejamos", disse Edward, mastigando com ar pensativo. Hoje é quinta, não é? No espaço de uma semana, o novo duque de Rawlings deixou três preceptoras apavoradas a ponto de abandonarem o emprego, envolveu-se mais de dez vezes em trocas de socos com os empregados dos estábulos, quebrou um jogo de chá de porcelana que foi um presente do rei Edward para a minha mãe, jogou tinta na cabeça do seu tutor francês e fez Evers ter um ataque apoplético ao praguejar diversas vezes e sem nenhum constrangimento à mesa do jantar."

Lady Ashbury riu. "Ele parece mesmo um Rawlings, sem dúvida. E a solteirona liberal?"

"O que você disse?"

"A solteirona liberal. Como ela é? Você deve apresentá-la ao vigário. Eles devem se dar muito bem."

"Acho que não." Edward fez uma careta. "Ela não tem tido muita sorte com vigários. Eu a encontrei recebendo uma proposta de casamento de um deles na Escócia. O sujeito estava esfregando a canela, que tinha tido um encontro forçado com a ponta de uma das botas dela."

A viscondessa de Ashbury piscou os olhos pálidos na direção dele e perguntou, evidentemente confusa: "Ela estava sendo pedida em casamento por um vigário?".

Edward raspou o presunto do prato de porcelana fina. "Isso mesmo." Ele mastigou, olhando para fora pelas janelas da sala, para o intacto cobertor branco que cobria o terreno ao redor da Casa Ashbury. "Você tem café?"

Ao contrário do que normalmente faria, *Lady* Ashbury não levantou um dedo para servi-lo. Parecia um tanto distraída. Ficou sentada, com uma colher de prata imóvel no ar. Edward a examinou e, dando de ombros, serviu-se ele mesmo de uma xícara de líquido fumegante do bule de prata que estava sobre a mesa.

"Mas eu não compreendo", disse *Lady* Ashbury devagar. "Pensei que essa srta. MacDougal fosse uma solteirona, uma velha donzela." Edward provou o café, descobriu que ainda estava quente demais e acrescentou creme. "Donzela, sim; velha, não. Ela só tem vinte anos e parece ter quinze, se você quiser saber a minha opinião."

"Vinte!" Arabella franziu as sobrancelhas. "Mas, Edward, ela não passa de uma menina!"

"Ummm", concordou Edward, com a boca cheia.

"Mas você não pode permitir que ela fique em Rawlings com você! Uma jovem não casada e sem o acompanhamento de uma *chaperon*..."

"Ela tem uma *chaperone*. É a sra. Praehurst."

"A sra. Praehurst! Ora, Edward. A nossa festa deste fim de semana! Como podemos fazer a nossa festa este fim de semana com uma jovem por perto?"

Edward deu de ombros mais uma vez, um pouco irritado com a teatralidade da viscondessa. "O que eu posso fazer, Arabella? Jogá-la para fora na neve?"

"Você não pode mandá-la para ficar com algum parente em Londres ou alguma coisa assim?"

"Não, não posso mandá-la para Londres. Em primeiro lugar, ela não foi apresentada à sociedade e não vou patrocinar uma temporada para ela, por mais problemática que a presença dela em Rawlings possa vir a ser. Você tem uma idéia do que custa para casar uma moça decentemente hoje em dia? E, mesmo que eu estivesse disposto a fazer isso, ela nunca deixaria o menino. É por isso que precisei trazê-la para cá, lembra-se?" Balançou a cabeça, desgostoso. "O que houve com você? Ficou bem lerda desde que eu a vi pela última vez."

"Estou bem certa de que *você* perdeu o juízo." A voz de *Lady* Ashbury assumiu um tom estridente. "O que você tem na cabeça ao permitir que uma jovem assim vá morar em Rawlings? Ela vai arruinar tudo!"

Pelas amplas janelas, Edward notou uns cinco ou seis veados abrindo caminho através das árvores sem folhas lá embaixo, ao lado do córrego Ashbury. Ficou olhando aquelas criaturas castanhas e esbeltas, lembrando-se inexplicavelmente da imagem de Pegeen MacDougal. Como um veado, ela tinha pernas longas e finas como caniços, na verdade mais magra do que ele gostava que suas mulheres fossem. Mas uma pessoa mal notava esse defeito ao ver seus olhos verdes e brilhantes. E, como Edward sabia melhor do que ninguém, apesar de esbelta, ela era macia onde contava...

"Edward? Você está me ouvindo?" *Lady* Ashbury tinha levantado a colher de prata para bater no alto do seu ovo mole, mas, em vez disso, ela a usou para bater na mesa. "Edward!"

Ele afastou com dificuldade o olhar dos veados. "Pois não?" Edward sorriu, pouco à vontade. "O que você estava dizendo, Arabella?"

Lady Ashbury apertou os olhos até que eles se tornassem duas fendas. "Eu estava dizendo que não compreendo por que você não a expulsa."

"Expulsá-la? Não posso, Arabella." Edward deu uma risadinha e provou o café novamente. Estava melhor. "Toda a criadagem se tornou extremamente afeiçoada a ela. Além disso, se eu a mandasse embora, o menino nunca me deixaria em paz. A única situação em que a casa está calma é quando ele está com *ela*." Balançou a cabeça, desconcertado. "Nunca vi nada igual. Todos os lacaios da casa estão apaixonados por ela, as criadas todas adoram o chão sobre o qual ela anda, a cozinheira me anunciou um dia desses que daqui para a frente tenho que ir ao *pub* A Cabra e a Bigorna se quiser bucho, porque a srta. MacDougal não gosta e a cozinheira não vai mais preparar nada que a tia de Sua Graça não gostar. Se eu não soubesse que não é nada disso, eu diria que a belezinha enfeitiçou todos eles..."

"Belezinha?", os lábios pintados de *Lady* Ashbury se apertaram, formando uma linha muito fina. Seguindo o olhar de Edward pela janela, ela ficou olhando sem ver os veados que destruíam os seus salgueiros. "E essa belezinha? Ela é uma escocesa típica, não é? Magra, alta e com dentes aos pedaços? Desajeitada? Quieta e dissimulada?"

Edward balançou a cabeça, os olhos ainda presos nos veados. "Nem um pouco. Ela é uma coisinha muito bonita, na verdade. Mas tem um temperamento forte. Diz tudo o que pensa. Pelo menos foi o que fez até ficar de cama com amigdalite..."

"Amigdalite!"

"Amigdalite. Por ter ficado exposta ao clima de Yorkshire, segundo disse Parks. Houve um acidente. A carruagem virou e nos deixou a todos encalhados durante horas na Estrada Post. Alistair não lhe contou? Eu tomei um cavalo emprestado do seu estábulo..."

Arabella pegou um guardanapo e delicadamente limpou a boca com ele. Daí disse: "Edward, você teria a gentileza de dizer à sra. Praehurst que me espere para o jantar hoje à noite?".

Edward tirou os olhos dos veados e ficou olhando para a viscondessa de Ashbury, do outro lado da mesa. “O quê?”

“Não diga ‘o quê’, Edward. É vulgar. Há algumas coisas que desejo discutir com a sra. Praehurst antes da chegada dos nossos convidados amanhã, por isso acho que o melhor é eu passar por Rawlings hoje à noite. Lembre-se de lhe dizer para me esperar, está bem?”

Edward continuou a olhar fixamente para ela. “Arabella”, disse ele, com cautela, “o que você está tramando?”

“Tramando? Não sei do que você está falando.” Arabella delicadamente tomou o seu chá.

Capítulo dez

O anúncio, feito pelo sr. Parks, de que Pegeen estava bem o suficiente para deixar o quarto, depois de uma semana de repouso absoluto, fez que muitos rostos sorrissem com satisfação. Mas ninguém ficou mais feliz do que a própria Pegeen, que pulou da cama que tinha se tornado a sua prisão. A cabeça estava curada, junto com a garganta, e, apesar de a voz ainda estar rouca, ela se sentia melhor do que se sentira havia muito tempo — sem dúvida pelo fato de a mudança para Rawlings ter melhorado significativamente o seu estado mental. Já não tinha mais que se preocupar com o pagamento da conta do carvão ou de onde iria tirar o dinheiro para o próximo par de sapatos de Jeremy.

O médico se recusou a ir embora sem antes a fazer prometer que não sairia da casa por mais uma semana, o que significava que não poderia participar da caçada daquele fim de semana. Pegeen exultou com isso, já que tinha a desculpa para não montar a égua que *Lord* Edward havia comprado para ela em um ataque de generosidade equivocada.

Ela, porém, estava bem o suficiente para assumir os seus autodesignados deveres de anfitriã e ficou encantada quando a sra. Praehurst lhe disse, pouco depois do almoço de codorna assada que as duas tiveram juntas diante da lareira do Quarto Rosa: "Sei que a senhorita ainda está se sentindo cansada, srta. Pegeen, mas pensei que talvez quisesse conhecer a casa. A senhorita sabe que, nos meses de verão, o Solar Rawlings fica aberto à visitação pública. Decerto não mostramos todos os cômodos, apenas o Grande Saguão e a estufa de que a falecida duquesa tinha tanto orgulho, com rosas o ano todo, além da sala de jantar e, bem, alguns outros cômodos, quando *Lord* Edward está fora, em Londres, como normalmente acontece nessa época. Se a senhorita preferir descansar, eu compreendo."

Pegeen prontamente aceitou o convite. Mas Lucy, que parecia determinada a provar que, apesar de não ser francesa, não ficava atrás de nenhuma camareira de grande madame no quesito de saber como criar rebuliço, não queria nem ouvir falar em Pegeen pôr os pés para fora do Quarto Rosa sem antes se deleitar com um banho quente e perfumado. Daí, mais uma vez por insistência de Lucy, o longo cabelo de Pegeen teve de ser escovado e arrumado e foi preciso ajudar Pegeen a vestir um dos vestidos elegantes e de cintura fina desenhados para ela pelo sr. Worth.

Quando Pegeen finalmente estava vestida, com uma confecção de seda cor de framboesa de mangas compridas, Lucy deu um passo atrás e olhou a sua patroa como se ela fosse um sonho.

"Oh, senhorita", suspirou a camareira. "Nunca vi ninguém tão bonita e este é apenas um dos seus vestidos para usar de dia." Em seguida, as sobrancelhas ruivas se inclinaram para baixo, em sinal de concentração. "A senhorita precisa de brincos."

Os dedos de Pegeen subiram até os seus lóbulos. "Oh", disse ela. "Eu não tenho nenhum."

"Não tem brincos?" A voz de Lucy era estridente. "O que está dizendo, senhorita? *Lord* Edward não lhe comprou nenhum brinco, quero dizer, em Londres?"

"Não, claro que não. Por que ele deveria...?" Pegeen interrompeu o que ia dizer, chocada com aquela idéia. Só de pensar em um homem comprando-lhe jóias a deixava ruborizada. *Lord* Edward tinha pago todo o guarda-roupa dela, mas isso tinha sido parte do acordo. Ninguém tinha falado nada sobre brincos.

Pegeen olhou o seu reflexo no espelho oval de moldura dourada que enfeitava uma das paredes revestida de lambris do quarto. Não se reconheceu. A mulher que retribuía o seu olhar fixo, com a minúscula cintura, os enormes olhos cor de esmeralda e o pescoço de cisne, parecia uma dama da moda e não uma solteira escocesa sem um tostão. O efeito foi tão surpreendente que Pegeen soltou uma risada nervosa.

"É melhor a senhorita falar com *Lord* Edward", disse Lucy confidencialmente. "Ele tem todas as jóias da mãe trancadas em algum lugar e é uma pena não usá-las. Os diamantes foram feitos para ser usados e não para ficar fechados em um cofre na sala de contabilidade."

Pegeen riu novamente, esquecida do nervosismo. Dirigindo-se a uma janela, ela disse: "Ora, não preciso de diamantes, Lucy. Sou uma filha de vigário, lembre-se, e não uma princesa."

Do lado de fora, a neve intacta cobria a relva como um tapete. Além de um grupo de árvores pouco depois do fim do relvado, Pegeen via a ponta da torre de uma igreja como que arranhando as nuvens baixas e cinzentas. Então havia uma aldeia. Ela estava certa ao supor que se poderia vê-la das janelas do andar de cima.

A batida tímida da sra. Praehurst interrompeu a insistência de Lucy em que *Lord* Edward fosse inquirido sobre a falta de brincos da srta. MacDougal, e o prazer da governanta ao ver a ótima aparência de Pegeen foi muito genuíno. A sra. Praehurst trouxe notícias de várias das pessoas da casa. Jeremy queria que Pegeen descesse até os aposentos dele logo que estivesse em condições. A outra mensagem era um convite: *Lord* Edward teria muito prazer na companhia da srta. MacDougal para o jantar daquela noite, em que também estaria presente o sr. Alistair Cartwright. Isso agradou muito a Pegeen, mas ela tentou não demonstrar. Era a primeira oportunidade para mostrar a *Lord* Edward que era muito capaz de se divertir!

A primeira escala da turnê pela casa foi, como não poderia deixar de ser, no aposento onde Jeremy tinha aulas ou brincava. O menino ficou extasiado ao ver Pegeen e mostrou-lhe, levando-a de um lado ao outro pela mão, todo o cômodo claro e colorido, como se tivesse vivido ali a vida toda. Exibiu com orgulho o seu recém-construído forte e os soldados de chumbo que o habitavam, e a apresentou a Ellen, sua quarta preceptora, uma moça só um pouco mais velha que Lucy e que aparentava ter muitos outros talentos além de ajudar a construir fortes de madeira. Jeremy tagarelou sobre o cavalo que *Lord* Edward tinha comprado para ele, como prometido; perguntou, cheio de expectativa, se o sr. Parks tinha ou não feito sangria nela e deu de ombros filosoficamente diante da resposta negativa.

Apesar de detestar estragar a euforia do menino, Pegeen pediu que a sra. Praehurst e Ellen a deixassem a sós com Jeremy por alguns minutos e, logo que elas saíram, começou a fazer o sermão preparado havia uma semana, quando a garganta inchada não permitia que ela falasse.

Jeremy ouviu a repreensão valentemente, com a cabeça abaixada, mas sem que os ombros ficassem caídos. A voz de Pegeen ainda não havia recuperado totalmente a sua força normal, mas ela conseguiu muito bem transmitir o seu desprazer com o recente comportamento de Jeremy. Era só ficar sabendo que ele tinha cometido qualquer nova agressão, que ela arrumaria as malas dos dois e o arrastaria de volta para Applesby.

"Você não faria isso", declarou Jeremy com voz fraca.

"Faria sim", ela o informou com severidade. "Porque, se você vai se comportar como um moleque de rua, o seu lugar é lá. Por outro lado, se você tiver intenção de se comportar como um duque, nós ficaremos aqui, onde é o lugar dos duques. Veja bem, se você quer manter o seu lindo cavalo novo e bonitas roupas novas...", Jeremy fez uma careta e deu um puxão expressivo no seu colarinho de renda, "e brinquedos novos e tudo isso, você simplesmente tem que se comportar. Você está entendendo o que estou dizendo, Jeremy?"

Jeremy fez que sim com a cabeça, em silêncio. Ele então lhe perguntou, muito educado, se não havia a menor chance de o sr. Parks ter, em algum momento durante a doença dela, empregado sanguessuga.

Sentindo-se segura ao constatar que Jeremy estava bem de saúde e, pelo menos naquele momento, feliz, Pegeen o deixou nas mãos capazes de Ellen e continuou a turnê com a sra. Praehurst, mas não antes de o novo duque ter obtido dela a promessa de que voltaria depois do jantar para ler uma história antes de ele dormir. Aparentemente, a tradição em Rawlings era que as crianças jantassem nos seus aposentos, prática que Pegeen pretendia abolir. Como Jeremy poderia aprender modos de adulto se não lhe permitiam observá-los na prática? Ela fez uma nota mental para falar com *Lord* Edward sobre isso.

A sra. Praehurst obviamente gostava tanto do emprego como do patrão e falava sem parar sobre Rawlings — a casa, a mobília, a manutenção, o seu lugar na história. Pegeen a acompanhava, deleitando-se com o monólogo entusiasmado da governanta, particularmente quando ela fazia referências a *Lord* Edward, o que acontecia com freqüência. Todo cômodo da casa parecia inspirar uma história envolvendo-o. Ele fora a criança mais tranqüila que a sra. Praehurst já conhecera. Sempre muito educado e gentil com os empregados e os animais. Pegeen já conhecia a história de quando *Lord* Edward resgatou um dos cachorros de caça da família de um buraco de escoamento de água, apesar de isso tê-lo feito perder o seu lugar na caçada? Não? Bem, *Lord* Edward tinha carregado a pobre criatura para casa ele mesmo e dito que não se importava que fosse o seu irmão mais velho quem matasse a raposa no final.

Pegeen ouvia, divertida. Era evidente que a sra. Praehurst adorava o patrão. Parecia que *Lord* Edward conseguia cativar toda mulher com que tinha contato. Nisso, supunha, ele era como o pai. O duque tivera, segundo rumores, muito jeito com as damas. Pegeen entendeu o porquê logo que entraram na longa galeria de retratos.

De pé diante do retrato do falecido duque, Pegeen percebeu de imediato que a semelhança entre pai e filho era perigosa. Como Edward, o pai era moreno, tinha ombros largos e olhar penetrante. Mas o hábil artista que tão bem revelara a semelhança não conseguiu disfarçar os sinais rosados da libertinagem no rosto do falecido duque e o brilho sarcástico no olhar pensativo. Pegeen sentiu pena do artista que pintou aquele retrato. Como deve ter sido difícil apresentar uma pessoa tão pouco simpática de uma maneira que lhe agradasse! E como parecia com o falecido duque o pai de

Jeremy! Era uma pena que não houvesse um retrato do filho mais velho do duque. John, a sra. Praehurst lhe informou, nunca conseguiu sentar-se quieto por mais de um minuto.

A sra. Praehurst levantou os olhos apertados para o retrato de seu ex-patrão sem dizer nada, o que muito surpreendeu Pegeen. Era a primeira vez que ela via faltarem palavras àquela mulher. Isso em si mesmo era muito revelador e Pegeen deu um passo para o lado, parando diante do retrato da mulher do falecido duque, a mãe de Edward. A falecida duquesa fora uma beldade, tão clara quanto seu marido era moreno. Pegeen reconheceu aqueles grandes olhos cinza, tão parecidos com os de Jeremy e com os do tio dele. Mas os olhos de Edward, apesar de muitas vezes terem um brilho intenso e sardônico, eram mais inteligentes que os de sua mãe e, de alguma forma, mais suaves.

A sra. Praehurst foi adiante para o próximo retrato e soltou um suspiro satisfeito. "Este é o meu favorito", disse a governanta, olhando afetuosamente para a pintura. "Sabe, *Lord* Edward não queria nem um pouco sentar-se para posar. O duque o obrigou. Lembro-me do dia em que o retrato foi exibido pela primeira vez e do quanto *Lord* Edward ficou constrangido. Ele me disse: 'Sra. Praehurst, a senhora não pode fingir um desmaio ou algo assim para que possamos todos ir cuidar de outras coisas?'. Mas é igualzinho a ele. *Lord* Edward não tem paciência para vaidade ou pretensões, não ele."

Pegeen engoliu em seco involuntariamente. Olhando para o retrato do tio de Jeremy, ela sentiu quase como se estivesse diante do próprio homem. Nunca conseguira olhar por tanto tempo para o rosto de Edward, porém, sem correr o risco de ser pega. Agora que não havia esse perigo, ela o olhou demoradamente e com cuidado.

A pintura era belamente apresentada e muito precisa. Ela poderia contar cada partícula de prata naqueles olhos cinza. A comparação entre o retrato do filho e os dois pais era inevitável — e surpreendente. Apesar de Edward ter herdado a bela figura do pai e os olhos da mãe, a semelhança não passava disso. Havia calor e bom humor no rosto de Edward e consideração no seu olhar. E, no entanto, o pintor também tinha conseguido capturar a curva levemente sarcástica de seus lábios, a força potencialmente perigosa das suas mãos grandes e bronzeadas, a inteligência sagaz dos seus olhos. A sra. Praehurst tinha dito a Pegeen, no começo do passeio pela casa, que não entendia nada de arte, mas, ao escolher o retrato de Edward como o seu favorito, ela tinha provado que, na verdade, tinha um bom olho para o belo — e o bom senso de ver que o seu patrão tinha mais do que apenas um perfil bem cinzelado e o gosto por cachorros.

Mas, antes de poder dizer uma palavra de admiração pela pintura, Pegeen ouviu o som de botas no corredor e se virou a tempo de ver o objeto do retrato andando em direção às duas a passos largos. Edward parecia ter acabado de chegar de uma cavalgada — ainda usava o seu longo manto preto e tinha nas mãos as luvas e o chicote de montaria. O seu rosto mostrava a irritação causada pelo vento e os cabelos estavam despenteados, curvando-se em cachos escuros pela testa larga. Pegeen, olhando da pintura para o seu tema, chegou à conclusão de que o retrato ficava aquém em um aspecto: Edward era mais intimidante em pessoa do que o artista dava a entender.

"Sra. Praehurst", chamou Edward.

A governanta ficou radiante de prazer. "Ora, se não é o próprio *Lord* Edward! Estávamos exatamente admirando o seu retrato, *my lord.*"

"É mesmo?" Edward se aproximou a passos largos e Pegeen percebeu que ele cheirava a ar livre — couro e ar frio de inverno. Ele sorria com aquele seu jeito estranho e assimétrico, como se estivesse pensando em alguma piada que só ele conhecia.

Envergonhada por ter sido apanhada olhando atentamente o retrato dele e ainda mais constrangida pelo fato de que, na última vez em que o havia visto, Edward estava com as mãos em suas nádegas, Pegeen manteve os olhos nos próprios sapatos, tentando fazer com que as que suas faces parassem de queimar. "Boa tarde, srta. MacDougal", disse Edward e, com a cortesia de sempre, bateu os calcanhares e fez uma pequena mesura. Um sorriso largo tinha irrompido de um lado ao outro do seu bonito rosto. "O sr. Parks me disse que a senhorita está se sentindo melhor. Parece excepcionalmente bem. Recuperou-se completamente da doença?"

Ela o olhou, tentando dar a impressão de que vê-lo não fazia o seu coração disparar.

"Estou muito bem, obrigada, *my lord*", disse ela com calma. O fato de que a voz dela ainda estava algumas oitavas abaixo do normal tirava a força da afirmação, mas pelo menos ela tinha conseguido falar sem tossir.

"Excelente. E a sua cabeça? Está melhor?"

"Está tolerável."

A sra. Praehurst, diante da falta de entusiasmo de Pegeen com esse encontro casual, apressou-se a dizer: "Estou escoltando a srta. MacDougal em uma turnê pela casa, *my lord*".

"Ah", disse Edward, arqueando as sobrancelhas escuras. "E o que a srta. MacDougal está achando do Solar Rawlings?" Pegeen puxou com ar indiferente o punho de renda da sua manga. "Acho o Solar Rawlings muito encantador."

As sobrancelhas se aproximaram ainda mais da linha de cabelo preto azeviche. "O que disse?"

"É uma casa encantadora", disse Pegeen novamente. Ela percebeu que a resposta o surpreendeu, por ter vindo logo depois do sermão que ela fez sobre os seus gastos. Mas ela de forma alguma poderia lhe dizer a verdade, não na frente da sra. Praehurst. A verdade, de fato, era que estava muito chocada com o fato de que, enquanto famílias inteiras morriam de fome em Londres, existissem casas como o Solar Rawlings.

Ficaram ali, de pé, em um silêncio incômodo por um momento, Pegeen olhando para a parte de cima das botas enlameadas de Edward, penosamente consciente de que ele, por sua vez, olhava para ela, até que a sra. Praehurst perguntou: "O senhor queria alguma coisa?".

"Oh, sim, sra. Praehurst." Edward tirou o olhar de Pegeen e disse, alto: "Gostaria que a senhora dissesse à cozinheira que haverá mais uma pessoa para a ceia. A viscondessa pretende juntar-se a nós".

"A viscondessa!", exclamou a sra. Praehurst, genuinamente alarmada. Deu uma olhada rápida para Pegeen, daí se recompôs e gaguejou: "Naturalmente, naturalmente, a viscondessa. Direi à cozinheira. Ela... devemos supor que vai passar a noite aqui, senhor?".

"Acredito que sim."

"Perdoe-me, *my lord*, mas eu não esperava a viscondessa antes de amanhã, junto com o resto dos convidados de Londres..."

"Nem eu", disse Edward, e Pegeen não soube dizer se a mudança de planos lhe agradava ou não — ou se tinha acontecido por instigação dele. "Mas ela manifestou o desejo de conhecê-la, srta. MacDougal." O olhar cinza de Edward colou no rosto de Pegeen.

"A senhorita se tornou objeto de muita curiosidade na vizinhança, foi o que descobri, madame."

"Não vejo como", respondeu Pegeen suavemente. "A não ser que alguém tenha saído por aí a cavalo espalhando histórias escabrosas sobre mim." Ela olhou com determinação para as botas enlameadas dele.

Edward seguiu o seu olhar e Pegeen ficou infinitamente gratificada ao ver que ele começava a parecer um pouco desconfortável. Porém, Edward Rawlings não iria deixar aquele fiapo de moça sair-se melhor que ele. Sorriu para ela.

"Acho que os nobres da redondeza estão compreensivelmente pouco à vontade ao saber que há uma liberal no meio deles. Acredito que estejam examinando os seus livros de contabilidade doméstica, verificando se há alguma fonte de champanhe que revele como são seus gastos."

Surpreendida pela menção da discussão do dia anterior, Pegeen respondeu, com o queixo erguido: "Talvez seja melhor assim. Tenho certeza de que existem muitas causas sociais neste condado que podem se beneficiar da culpa deles".

"A senhorita tem uma habilidade incomum com números", observou Edward. "Pergunto-me se não achou que o meu pai pagou demais para o sujeito que pintou isso." Indicou com a cabeça seu próprio retrato. "A senhorita acha que ficou parecido comigo?"

Voltando-se em direção à pintura, ela levantou os olhos. Ainda estava inquieta com o olhar direto tanto do retrato quanto do original e um pouco aborrecida com a referência dele à fonte de champanhe. Foi por essa razão que respondeu, torcendo o nariz: "Não, temo que não".

Edward, assim como a governanta, parecia surpreso. "Não está parecido?" Edward deu uma olhada do retrato para o rosto de

Pegeen. "O que quer dizer com isso? Todos me dizem que é de uma semelhança assombrosa."

"Ora, tenho certeza de que estão apenas sendo delicados", foi a resposta áspera de Pegeen. "Acho que o pintor fez o senhor parecer muito mais..." Ela o olhou rapidamente, pensando no que poderia dizer para irritá-lo ao máximo. Para ela, Edward era um homem com muitos defeitos, mas, para a sociedade em geral, era tudo o que um membro da alta sociedade deveria ser — bonito, com título de nobreza e, o mais importante de tudo, rico.

"Muito mais... masculino do que o senhor é na realidade", terminou ela com alguma satisfação.

"Muito *mais* masculino?" Edward deu um passo à frente e ficou olhando fixamente para o retrato. "Temo não ver..."

"Não vê? O senhor realmente tem um quê notavelmente feminino, *my lord*." Pegeen sorriu com doçura diante de seu rosto atônito. "O seu irmão sempre disse que o senhor tinha alguma coisa de maricas."

"Um maricas!" O espanto de Edward era total. "John disse isso? Maldito seja ele, eu..."

"Ora, admito que o senhor não parece almofadinha agora." Pegeen deu um passo ousado na direção dele e estendeu as mãos para arrumar a gravata plastrão de Edward, que estava torta devido à cavalgada. Ela ficou perto o suficiente para que a ponta de seus seios roçassem o peito dele. "Na verdade, o senhor parece mais... sujo neste momento."

"Cartwright e eu estávamos cavalgando", disse ele de maneira pouco convincente. Pegeen viu as narinas de Edward se mexerem e sabia que ele estava cheirando o perfume dela. Sorriu, vitoriosa, e deu um tapinha na gravata.

"Pronto", disse ela dando um passo para trás. "Assim está um pouco melhor." Mas disse de um jeito que sugeria que não estava nada melhor. "Ora, sra. Praehurst, é melhor nos apressarmos se quisermos terminar a nossa turnê antes da ceia."

"Oh, uh, s-sim", gaguejou a governanta. "Sim, se o senhor nos der licença, *my lord*, vou dizer à cozinheira sobre *Lady* Ashbury..."

Edward se recuperou o suficiente para fazer uma mesura, mas a inclinação das suas sobrancelhas indicava que estava muito perturbado com alguma coisa. Afastou-se a passos largos, os saltos das botas fazendo barulho sobre o chão de pedra. Pegeen exultou por dentro. Sem dúvida não tinha agido como a virgem ruborizada. Com um pouco de sorte, ele ficaria remoendo a farpa que ela tinha lançado sobre a sua masculinidade até o jantar.

A sra. Praehurst, porém, estava perturbada e era preciso acalmá-la. Pegeen virou-se para ela, os olhos muito abertos, como se estivesse inocentemente magoada. "Nossa, será que eu disse alguma coisa que não deveria?", perguntou. "Ele parecia muito mal-humorado..."

A governanta balançou a cabeça, olhando o patrão, que se afastava. "Oh, srta. MacDougal, temo que a senhorita talvez o tenha irritado. *Lord* Edward é a pessoa mais gentil que existe, a não ser quando está irritado. O único defeito dele é ter herdado o temperamento do pai. Bem, a sua irmã deve ter lhe falado sobre isso. *Lord* John também herdou isso."

Pegeen fez que sim. Ela também se lembrava dos acessos de raiva de John. Um deles levou-o à morte. "Sim", suspirou ela.

"Juro, senhorita, que quando *Lord* Edward e o seu irmão brigavam, dava para ouvir a quilômetros de distância. E eles brigavam o tempo todo, imagine! Não posso dizer que me surpreende que *Lord* John tenha lhe dito que o irmão era um maricas." A sra.

Praehurst deu uma risadinha. "Ele sabia que isso iria deixar o irmão muito furioso! *Lord* Edward está mais longe de ser um maricas do que qualquer homem que conheci na vida. Ele tem muito jeito com as senhoras, assim como *Lord* John."

Pegeen apertou os lábios. "É o que eu concluí, pelo que me disseram. Há quanto tempo a viscondessa é uma das... amigas de *Lord* Edward?"

A sra. Praehurst olhou para Pegeen, surpresa. Tentou rir diante da pergunta, mas Pegeen viu no rosto da mulher que ela não estava à vontade. "Ora, benza Deus! Não acho que... Bem, acredito que *Lady* Arabella tem sido amiga de *Lord* Edward desde que o marido dela, o visconde de Ashbury, comprou uma propriedade a poucos quilômetros daqui."

"Mas a viscondessa vem se hospedar aqui sem o marido?", perguntou Pegeen.

"Bem...", disse a sra. Praehurst, pouco à vontade. "Vem." De repente, sua voz assumiu um tom conspiratório. "Entre nós duas, senhorita, a viscondessa é uma grande beldade e o marido é... bem, o visconde é consideravelmente mais velho que a esposa. Eles não puderam ter filhos, pobrezinhos. E a viscondessa, bem, ela adora a vida social e o marido não compartilha desse gosto..."

A voz da governanta foi perdendo o volume, já que a sra. Praehurst não tinha o menor desejo de ser desleal para com o patrão. Mas, lendo nas entrelinhas, Pegeen logo percebeu qual era a situação: uma esposa bonita e enfadada, um marido mais velho e negligente e um homem como Edward Rawlings, tudo na mesma vizinhança. É claro que eles estavam tendo um caso! Pegeen sentiu um pouco de decepção, mas isso era facilmente explicável: ela tivera muito pouco tempo para aproveitar o ressentimento de Edward e logo a viscondessa estaria ali para lisonjeá-lo, deixando-o de novo todo satisfeito consigo mesmo. Ora bolas!

A agitação da sra. Praehurst com o acréscimo da viscondessa no jantar não era suficiente para adiar o resto da turnê. Ela zelosamente — e bem satisfeita, segundo parecia a Pegeen — a levou para as salas da manhã, de jantar e de estar, biblioteca e salões, tagarelando sobre os padrões da prataria e as telas bordadas das lareiras, até chegarem ao corredor que levava à estufa. A voz da sra. Praehurst assumiu então um tom de jactância e havia um nítido orgulho nos olhos dela enquanto começava a contar mais uma história sobre a sua ex-patroa.

"A senhora, a falecida duquesa, adorava as flores", disse a governanta, conduzindo Pegeen pelo longo e pouco iluminado corredor. "Ela as adorava tanto que ficava bastante deprimida durante os longos invernos de Yorkshire, quando não havia nenhuma cor no pântano. O duque, portanto, mandou construir este lugar ao abrigo do vento, onde o sol poderia aquecê-lo, e importou as mais lindas plantas e flores que eu já vi, pagando uma quantia muito extravagante para que o lugar fosse aquecido de novembro a março. Mas, quando a duquesa morreu, o falecido duque, talvez compreensivelmente, deixou a sala deteriorar. Foi trancada e nunca mais foi usada... até que o próprio duque faleceu. *Lord* Edward então mandou um homem de Londres recuperar a estufa. As flores que ele trouxe, plantas e até mesmo pequenas árvores e uma fonte... Bem, a senhorita pode ver por si mesma. Agora a estufa é um tributo ao afeto de *Lord* Edward por sua mãe..."

Com o talento dramático de uma atriz nata, a sra. Praehurst abriu com um empurrão um par de pesadas portas de madeira no fim do corredor escuro pelo qual caminhavam. Ao passar pelas portas, Pegeen mal conseguia respirar, de tanto prazer, primeiro diante da onda quente e úmida de ar que a atingiu, em seguida diante do cheiro intenso de solo que atacou os seus sentidos e, finalmente, diante das cores brilhantes que lhe encheram os olhos.

A estufa deixou Pegeen sem fôlego. Nunca em sua vida tinha visto algo parecido. Era tão estranho ver flores vicejando no meio do inverno, ver tanto verde contra um panorama de branco. O cômodo revestido de vidro era muito maior do que a expectativa de Pegeen, grande o suficiente para abrigar uma festa. De fato, havia mesas e bancos de ferro forjado espalhados pelo chão de pedra, alguns ao redor de fontes borbulhantes de água — não de champanhe. Rosas, lilases, lírios... Pegeen nunca tinha visto tantas flores, mesmo em seu próprio jardim, que tinha sido a inveja de muitos jardineiros amadores em Applesby. Era impressionante quanto tempo e cuidado tinham sido investidos para manter tantas plantas vivas em uma estação tão adversa. Tempo, cuidado... e muito dinheiro.

Mas, admitiu Pegeen com relutância para si mesma enquanto caminhava pelos caminhos cheirosos entre as floreiras, era dinheiro bem gasto. Que Edward tivesse se dado ao trabalho e a tanto gasto para corrigir um erro do seu pai parecia, estranhamente, típico dele. Não fizera o mesmo ao trazer Jeremy para Rawlings? Por mais que detestasse admiti-lo, não era sempre que os gastos de Edward eram frívolos. Algumas das suas despesas eram muito justificáveis. Essa, em particular, apesar da enorme quantia que deve ter investido, ela não podia deixar de aprovar. A estufa logo se tornou o seu lugar preferido na casa. Foi preciso muita persuasão por parte da sra. Praehurst para que saísse de lá a fim de se vestir para o jantar.

Capítulo onze

Quando a sra. Praehurst finalmente a devolveu aos cuidados de Lucy, Pegeen viu que a camareira já tinha estendido um vestido de noite muito decotado de cetim do mais claro tom de rosa. Foi um dos vestidos que *Lady* Herbert havia escolhido, apesar dos protestos de Pegeen, que o achava elegante demais para ela. Como se usar um traje tão decotado não fosse suficientemente aflitivo, Lucy insistiu em entremear algumas das rosas brancas que estavam no vaso ao lado da cama de Pegeen no seu cabelo, o que poderia fazer determinadas pessoas a acusarem de se dar ares, segundo achava Pegeen.

"A senhorita não tem jóias", declarou Lucy, com um pouco de indignação na voz. "A senhorita precisa ter alguma coisa no cabelo e ao redor do pescoço também." A "alguma coisa" com que Lucy apareceu era uma fita de veludo preto, sobre a qual tinha prendido com um alfinete uma rosa semi-aberta perfeita. A brancura da flor ficou em segundo lugar contra a pele opalina de Pegeen quando ela finalmente permitiu que Lucy a amarrasse ao redor do seu fino pescoço.

Quando a toalete estava completa, Pegeen se examinou criticamente ao espelho. Ela se perguntou se não deveria colocar um pouco de renda no decote, de forma a cobrir um pouco de todo aquele colo que o vestido exibia. O sr. Worth sabia muito bem que ela não era casada e Pegeen havia insistido veementemente, ignorando as risadas de *Lady* Herbert, que pretendia continuar assim. Porém, apesar dos seus protestos, o costureiro fez todos os trajes de noite para Pegeen escandalosamente decotados.

"É um pecado", declarara o grande modista, "esconder o que o bom Senhor viu por bem lhe dar, *Mademoiselle* MacDougal."

Pegeen não tinha muita certeza se concordava com o ilustre sr. Worth, mas supôs que, como a atenção de Edward estaria voltada para outro lugar, ela estava segura. Aplicando mais algumas gotas do caro perfume francês nos pulsos e pescoço — o custo até do menor frasco do líquido a tinha deixado escandalizada, mas tinha um cheiro tão divino que não conseguira resistir à compra —, Pegeen estava pronta para descer quando Lucy a deteve e lhe deu dois beliscões fortes nas faces.

"Pronto!", exclamou a moça. "Quem precisa de diamantes? A senhorita tem algo melhor... Rosas nas faces!" De repente nervosa, Pegeen só conseguiu dar um sorriso fraco como resposta.

Durante a turnê, a sra. Praehurst disse a Pegeen que os convivas do jantar sempre se reuniam no Salão de Recepções Dourado. Apressou-se a descer as escadas, sorrindo para os diversos criados que a cumprimentaram com entusiasmo no caminho, e parou do lado de fora das portas da sala de recepções. As vozes que ouvia lá dentro eram agradavelmente harmoniosas e um riso feminino tilintante se destacava entre elas.

Pegeen passou um dedo sobre a rosa que tinha no pescoço, engolindo em seco. O que havia com ela? Que lhe importava o que uma viscondessa tola pensasse dela? E daí que ela não tinha qualquer título de nobreza? Ela tinha, pelo menos, o seu orgulho. O clã MacDougal era tão antigo quanto qualquer ducado inglês e mil vezes mais nobre. Além disso, tinha certeza absoluta de que a viscondessa não conseguia agüentar tanto uísque quanto ela.

Mesmo assim, estavam vivas as lembranças de como tinha sido tratada pelas outras meninas em Applesby. Como se já não fosse ruim ser a filha do vigário e excêntrica a ponto de gostar mais dos livros do que de ficar atrás dos garotos da aldeia, ela tinha a maldição de ser bonita o suficiente para que as outras meninas a invejassem. Pegeen esperava que a viscondessa a considerasse indigna de ser notada, de forma que não precisasse falar muito com ela. Pegeen não tinha idéia do que dizer a uma viscondessa, da mesma forma que não sabia o que conversar com Maureen Clendening, a filha do dono da hospedaria.

Evers surgiu do nada e inclinou-se. Delicadamente abriu a porta e anunciou a sua chegada ao grupo reunido no salão. Lucy nem precisava ter-lhe beliscado as faces. Pegeen sentiu que corava furiosamente quando uma voz refinada exclamou: "Srta. Pegeen MacDougal!".

Oh, meu Deus, ela rezou. Por favor, não permita que eu faça nenhuma besteira. E então ficou brava consigo mesma por se importar com o que qualquer um deles pensasse. Oh, por que havia concordado em sair de Applesby para começo de conversa?

Abrindo os olhos, ela sorriu, pouco à vontade, para Evers, que se inclinou novamente, dessa vez, notou Pegeen, com um leve rosado sobre as suas próprias faces descarnadas. Ai, meu Deus, pensou Pegeen.

Talvez uma filha de vigário não deva sorrir para os mordomos. Mas ele era um amor! Como poderia evitar? Levantando a barra da saia com a mão esquerda, Pegeen passou por ele, apressada, esperando que a inclinação régia do seu nariz distraísse o olhar de todos das suas faces enrubescidas.

Tivera esperança de entrar discretamente no salão, mas o que aconteceu foi o contrário. As conversas no Salão de Recepções Dourado foram interrompidas abruptamente e três pares de olhos se voltaram em sua direção. Pegeen, envergonhada, abaixou a cabeça, notando que tanto *Lord* Edward quanto o seu amigo, o sr. Cartwright, levantaram-se apressadamente depois de apenas um momento de hesitação. O que ela não sabia é que a hesitação ocorrera porque os dois ficaram por um momento intimidados pela sua visão ao entrar, as maçãs do rosto rosadas, a figura esguia e olhar timidamente abaixado.

Coragem, Pegeen, disse a si mesma e, reunindo suas forças, pôs os ombros para trás e levantou a cabeça. Em seguida, sorriu, cruzou a sala e estendeu a mão para a primeira pessoa com que se encontrou, que por acaso era Alistair Cartwright.

"Sr. Cartwright", disse. "Quanto prazer em vê-lo novamente. Parece que faz muito tempo que não nos encontramos." Alistair Cartwright pegou a mão de Pegeen e fez uma mesura, aparentemente incapaz de falar, apesar de Pegeen não entender por quê. Afastando o olhar preocupado do amigo do seu anfitrião, Pegeen voltou-se na direção de *Lord* Edward. Ele havia trocado as roupas de montaria para um conjunto que não tinha nada de maricas e incluía a indefectível gravata plastrão de nó perfeito e um colete bem escuro. Edward a olhou de cima a baixo, mas a expressão era inescrutável e Pegeen não sabia dizer se ele tinha ou não gostado do que via.

"Srta. MacDougal", disse ele, a voz rouca distante e polida, como se estivesse se dirigindo a uma mera conhecida e não a alguém com quem tinha sido mais do que um pouco íntimo em certa ocasião. "Gostaria de lhe apresentar a viscondessa de Ashbury, *Lady* Arabella."

Pegeen percebeu que precisava levantar bastante o queixo para olhar para a viscondessa, a qual, apesar de ter inclinado a cabeça em um cumprimento polido, era bem mais alta que Pegeen. Mais alta e, Pegeen percebeu com o coração pesado, mais bela do que ela poderia ter esperança de um dia vir a ser, apesar de todos os esforços de Lucy.

Bem mais velha do que Pegeen tinha imaginado — *Lady* Arabella tinha pelo menos quarenta anos muito bem preservados —, a viscondessa tinha uma beleza delicada, inequivocamente inglesa. Tudo nela era tão pálido e suave como uma rosa híbrida. O cabelo, que lhe caía em pequenos anéis até os ombros, era quase branco, de tão loiro. Os olhos eram de um azul tão claro que as íris pareciam se dissolver nos brancos, mas eram olhos astutos, que viam tudo, inclusive, notou Pegeen corando, a sua falta de jóias. Vestida na última moda, com um traje de seda azul-celeste e a saia tão ampla que Pegeen se admirou que ela passasse pela porta, a viscondessa, entretanto, parecia tão frágil quanto uma delicada peça de porcelana. Tinha o tipo de beleza sobre a qual escritores como Tennyson e Browning deliravam em seus poemas. E com a qual mulheres como Pegeen nunca poderiam ter esperança de rivalizar.

"Como tem passado, *Lady* Ashbury?", perguntou Pegeen modestamente.

"Estou bem, obrigada", respondeu *Lady* Ashbury. Depois de fazer uma mesura, a viscondessa deu a Pegeen a mesma olhada completa, da cabeça aos pés, que esta acabara de receber de Edward. Pareceu não gostar do que viu porque os seus lábios — artificialmente rosados, Pegeen percebeu — se curvaram em um sorriso tão falso que Pegeen se perguntou se *Lord* Ashbury era cego. A mulher era tão incapaz de esconder os seus verdadeiros sentimentos que era imprudente da parte dela estar flanando por aí e tendo casos com vizinhos.

"Espero que a senhorita tenha se recuperado de sua doença, srta. MacDougal, e do infeliz acidente sobre o qual Edward me falou."

Pegeen sorriu. "Oh, estou me sentindo muito melhor. Mas o que mais se poderia esperar com um anfitrião tão atencioso?" Pegeen voltou o seu sorriso radiante na direção de Edward, que se limitou a reagir levantando as sobrancelhas escuras. Ele não compreendia a inesperada lisonja, já que apenas algumas horas antes Pegeen o havia acusado de ser afeminado, em um acesso de provocação.

Ao lado de Edward, Alistair Cartwright não conseguiu se conter por mais tempo. Deu um passo à frente, pegou mais uma vez a mão de Pegeen e, de olhos abaixados para fitá-la, disse: "Estou muito contente em vê-la de pé e ativa, srta. MacDougal. Espero que participe das atividades planejadas por Edward para este fim de semana...".

Pegeen fez um beicinho de desapontamento. "O sr. Parks me proibiu terminantemente de cavalgar", disse ela, como se isso fosse a pior notícia que podia receber. Pegeen não conseguia imaginar algo que ela gostaria menos de fazer do que galopar por aí pela zona rural no inverno atrás de uma pequena raposa faminta.

"Mas ele não disse nada sobre dançar, disse?", Alistair interpelou-a ansiosamente.

Pegeen parecia confusa. "Não, senhor, ele não disse, mas..."

"Então a senhorita vai guardar uma valsa para mim?"

"Sr. Cartwright!" Pegeen não pôde evitar de rir. "O senhor é assim tão direto com as parentes do seu anfitrião?"

"Difícil saber. Até o mês passado, ele nunca teve nenhuma", disse Alistair. Pôs a mão dela no seu braço e a encaminhou na direção do sofá baixo em que ele tinha passado o tempo ociosamente. Pegeen afundou nas almofadas de veludo um pouco nervosa. Tinha uma sensação inquietante de que estava sendo cortejada. Nunca na vida tinha sido cortejada, a não ser que se contasse o sr. Richlands... e *Lord* Edward, naturalmente. Só que não se poderia chamar de *cortejar* os avanços de *Lord* Edward. Eram mais um insulto do que qualquer outra coisa. Mas Alistair Cartwright era um *gentleman* em toda a acepção da palavra e Pegeen não sabia se deveria levar a sério os seus galanteios ou se ele estava sendo apenas educado com uma pobre parente escocesa do seu anfitrião...

"Cheguei à conclusão de que", explicava-lhe Alistair, "como esta é a sua primeira estada em Rawlings, a senhorita vai precisar de um guia e eu me autonomeei para essa função..."

"Acredito que já fizeram uma turnê com a srta. MacDougal", rosnou Edward. Mas, quando Pegeen lhe deu uma olhada, viu que ele nem mesmo olhava para eles. Edward fitava o fogo, como se tentando determinar se era preciso atiçá-lo. "A sra. Praehurst deu uma volta com ela hoje de manhã", completou Edward suavemente...

"Ah!" Alistair saltou do sofá para servir uma dose generosa de xerez para Pegeen. "E o que achou, srta. MacDougal? Estava tudo à altura do prometido por Edward?"

"Além do prometido", garantiu-lhe Pegeen, rindo e aceitando o copo que ele lhe estendia. "Ora, mal acreditei em *Lord* Edward quando disse que o Solar Rawlings era conhecido pelas suas rosas de inverno, mas, agora que as vi por mim mesma, posso dizer que mesmo os elogios feitos por ele não lhes fizeram justiça."

Do outro lado da sala, a viscondessa parecia ter ficado admirando o seu próprio reflexo nos vidros escurecidos pela noite das largas janelas. Aparentemente satisfeita com a sua toalete, ela se endireitou e se dirigiu, vagueando, para onde estava Pegeen, com as sobrancelhas arqueadas. "Estranho, srta. MacDougal, que a sua irmã nunca tenha mencionado as rosas de Rawlings para a senhorita. Sem dúvida, a notícia de que Kathy MacDougal conseguira fisgar o herdeiro Rawlings deve ter caído como uma bomba na sua aldeia."

Pegeen levantou as sobrancelhas. Ela não tinha a menor idéia, já que não a conhecia bem, se a viscondessa estava ou não a insultando intencionalmente. "Ora", disse ela, tentando manter o tom despreocupado. "Talvez a família Rawlings não seja tão conhecida como pensa. Eu com certeza nunca tinha ouvido falar deles até Kathy trazer *Lord* John para casa. E ele, sem nenhuma dúvida, nunca disse nem uma palavra sobre a estufa."

"Acredito nisso!", riu Alistair. "Que homem ficaria pensando em flores de estufa quando tinha nas mãos uma genuína roseira brava?"

Pegeen sorriu para ele antes de dirigir sua atenção de novo para a viscondessa, que estava carrancuda. "Além disso", disse Pegeen dando de ombros, "o falecido marido da minha irmã não tinha o menor interesse em nada que não fossem cavalos. Era um homem que só gostava de atividades masculinas, se é que a senhora entende o que quero dizer." Deu uma olhada rápida e maliciosa para Edward, que lhe retribuiu o olhar com firmeza e, se ela não estivesse enganada, com raiva. Ótimo! Que ele ficasse bravo com ela. Melhor isso do que fazer mais daqueles avanços a que ela não tinha força suficiente para resistir. Mas a viscondessa tampouco parecia satisfeita. Continuou a vaguear calmamente pela sala e o vulto alto era uma grande vantagem para quem estava em pé. O decote de *Lady* Ashbury, notou Pegeen, era ainda mais radical que o dela.

"Bem, não consigo lhe dizer, srta. MacDougal", afirmou a viscondessa com uma alegria obviamente forçada, "o quanto será encantador ter de novo uma mulher em Rawlings! Temo que Edward seja ótimo para administrar os estábulos, mas que não tenha a menor idéia de como fazer funcionar uma casa. Ele realmente é incompetente em relação a tudo que não sejam cavalos."

"Ora, não posso acreditar nisso", contrapôs Pegeen, esquecendo-se, na pressa de correr em defesa de *Lord* Edward, que ela deveria manter a hostilidade do seu anfitrião. "Ele foi tão solícito durante a minha doença, providenciando que me levassem livros e flores..."

Edward pigarreou um pouco alto demais diante do olhar cortante que *Lady* Arabella disparou contra ele. "Quem não iria querer acelerar a recuperação da srta. MacDougal", declarou Edward galantemente, "para que ela pudesse o mais cedo possível enfeitar estes salões cheios de correntes de ar com o seu semblante atraente?"

Pegeen nem sequer percebeu o elogio. Ainda tentava provar que a viscondessa estava errada. "E, para alguém supostamente tão incompetente na administração de uma casa", continuou ela, "*Lord* Edward fez os planos para a caçada e outras festividades desse fim de semana..."

"Oh, mas isso foi tudo idéia de *Lady* Ashbury", Alistair interrompeu. "Vamos, Arabella, confesse. Você não tem um salão desses na Casa Ashbury e adora usar o de Rawlings como se fosse seu..."

"Bobagem", disse *Lady* Ashbury, com uma frieza inconfundível na voz.

"É verdade", garantiu Alistair a Pegeen. "Ela trouxe todos os seus amigos de Londres pelo menos duas vezes apenas nesta temporada."

"Seu moleque provocador!", disse *Lady* Ashbury, de rosto fechado. "Não tenho a menor idéia de por que Edward permite essas suas visitas de um mês de duração. Você não passa de um aborrecimento."

"Cartwright", rosnou Edward, que estava perto da lareira. "Comporte-se."

"Ora!", disse Pegeen, virando-se para Alistair com ar confuso. "Eles sempre o maltratam assim tão abominavelmente na sua cara? Não entendo por que o senhor fica aqui!"

Alistair parecia estar adorando. "Meu Deus, ela está defendendo a minha honra! O seu irmão John tropeçou em um tesouro lá na Escócia, Edward. Você acha que existem outras como ela? Eu quero muito uma para mim!"

Pegeen não teve chance de dar uma olhada em Edward para ver como ele recebia aquela declaração, já que Evers inesperadamente entrou na sala e anunciou que o jantar estava servido. Mas, para grande surpresa de Pegeen, o braço que lhe foi oferecido para escoltá-la até a sala de jantar não foi o de Alistair, mas o de Edward. Ele a fitou de cara fechada, como se aquela fosse a última coisa que queria fazer. Mas pôs os dedos dela no seu braço e a puxou, não muito gentilmente, pondo-a de pé.

"Ora, *Lord* Edward", disse Pegeen, dando uma olhada por cima do ombro para a viscondessa, que olhava de forma penetrante e maligna para as costas de Edward, fuzilando-o com os olhos pálidos. "Quanta cortesia da sua parte!"

"De forma alguma", retorquiu Edward friamente. "Você é a minha concunhada, afinal de contas. É meu dever escoltá-la para o jantar."

Piscando diante da frieza de Edward, ela instintivamente tentou se afastar. Ele reagiu apertando-lhe a mão, e Pegeen disse: "Desculpe-me, *my lord*, mas não preciso da sua caridade..."

"Essa é boa!", observou Edward. "Considerando-se que, sem ela, a senhorita estaria de volta àquele chalé miserável em Applesby." Ela tentou tirar a mão do braço dele com um puxão violento e Edward disse, com a expressão mais suave: "Não provoque uma cena! Estou querendo falar com você".

Ela apertou os olhos, desconfiada. "Sobre o que, por favor?"

"Sobre o que você disse hoje à tarde." Edward olhava fixamente à sua frente e, quando Pegeen levantou os olhos para ele, viu um pequeno músculo se contraindo no queixo magro. "Sobre como eu lhe pareço alguém que tem...", ele pigarreou, "características femininas."

"Ora", disse Pegeen, tentando sem muito sucesso esconder um sorriso. "Aquilo!"

"Sim, aquilo. Tenho pensado um pouco nisso."

"Meu Deus!", disse Pegeen, segurando-se para não suspirar de admiração quando transpuseram a porta da sala de jantar. Já vira a sala naquela tarde, mas então a mesa não estava posta com a prataria Rawlings e os candelabros não haviam sido acesos. O jogo da luz refletida no teto alto e em arco era de tirar o fôlego. Pegeen por pouco não perdeu o rumo da conversa. "Se tivesse imaginado o abalo que um comentário impensado como aquele faria", disse ela, como que desatenta, "teria mantido a boca fechada."

"Não", disse Edward. Ele a encaminhou para a cadeira à sua direita na longa mesa de jantar, mas perto o suficiente, ela notou, da enorme lareira e seu fogo alto, para evitar que Pegeen se resfriasse novamente. "Você não teria. Acredito que inventou isso e o disse com a intenção de me irritar. E acho que sei por quê."

Pegeen levantou as suas sobrancelhas delicadamente arqueadas mais uma vez. "Sabe?", perguntou. Um lacaio se apressou a segurar a cadeira para ela se sentar, mas Edward o dispensou com um gesto, e afastou a cadeira de Pegeen ele mesmo.

"Sei", disse Edward. Ele se inclinou e falou, em voz baixa, diretamente em seu ouvido, enquanto ela ajeitava com os dedos o franzido de de seu vestido. "Acredito que foi uma farpa com a intenção de me manter à distância."

Pegeen quase bufou, mas lembrou-se de onde estava bem a tempo. "O que você está querendo dizer com isso?"

"Não se faça de inocente comigo. Você sabe a que eu me refiro. A nossa... ahnn... conversa ontem no seu quarto..."

Pegeen olhou ao redor rapidamente, as faces ficando escarlates de imediato. "*Lord* Edward!"

"Sim, foi bem chocante, não foi?" Edward parecia satisfeito com a reação dela, o que a deixou furiosa. "Damas não casadas e cavalheiros como eu não devem se entregar a essas atividades, não é? Mas acho que você está mais chocada com o fato de gostar muito dos meus avanços do que por eu tê-los feito..."

Pegeen quase se engasgou. "Não seja ridículo!"

"Você é quem está sendo ridícula." Toda a satisfação consigo mesmo desapareceu da voz grave dele e em seu lugar surgiu alguma coisa que parecia raiva a Pegeen. "Você pode negar que existe alguma coisa entre nós, Pegeen? Pode?"

"Posso, com toda a certeza", mentiu Pegeen sem hesitar nem por um momento. "Sente-se, eles estarão aqui dentro de um momento..."

"Ora, mas eu não posso", disse Edward, sem entonação na voz. De repente, Pegeen ficou tensa, ao sentir os dedos frios dele na sua nuca. Ele parecia estar acariciando os fiozinhos de cabelo que tinham escapado do penteado feito por Lucy. O toque de suas mãos, junto com as palavras seguintes, provocou arrepios para cima e para baixo da coluna dela. "Eu desejo você, Pegeen. E parece que você se esquece de que estou acostumado a conseguir o que quero."

"Então temo que vá ficar decepcionado", disse prontamente Pegeen, mas a sua boca estava tão seca que ficou surpresa até de ter conseguido falar.

Edward baixou os olhos e fitou a coluna esbelta do pescoço de marfim. "Não sei o que você quer dizer."

"Bem, veja você, também estou acostumada a conseguir o que quero." Pegeen notou a direção do olhar dele e baixou os olhos, vendo a frente do seu vestido. Tinha certeza de que o sr. Worth não fizera aquilo de propósito, mas Pegeen percebeu tardiamente que, quando alguém estava de pé e ela sentada, a pessoa podia olhar diretamente para o corpete do vestido e ter uma vista sem obstáculo dos seus seios erguidos. Apenas, felizmente, os seus mamilos rosados estavam fora da vista devido ao bojo de renda do espartilho.

Pegeen engoliu em seco e continuou, com temeridade, sacudindo a cabeça levemente para trazer a atenção de Edward de volta às suas palavras e para longe dos seus seios. "E, se nós dois estamos acostumados a conseguir o que queremos, isso quer dizer que um vai acabar sofrendo uma decepção."

"Com toda a certeza espero que não", disse Edward suavemente, ainda falando na orelha de Pegeen. De repente, ela sentiu os dedos fortes dele se moverem da nuca para seus ombros nus. "Sempre existe a possibilidade de chegarmos a um acordo que seja agradável para nós dois."

Pegeen virou-se na cadeira, de forma a olhar para ele, que estava de pé atrás dela, os olhos apertados de desconfiança. "*Lord* Edward", disse. "O senhor está me cortejando?"

O sorriso dele foi claramente diabólico. "E se estiver?"

Ela disse, empertigada: "Então acho que devo lembrá-lo de que estou aqui sob a sua proteção e que seria uma coisa escandalosa se o senhor tentasse me seduzir'.'

Pegando o guardanapo, Pegeen desdobrou-o com um estalido, som com que pretendia pôr fim àquela conversa. Mas Edward continuou a olhá-la fixamente, de cima para baixo, com expressão não muito diferente da de Jeremy quando lhe cortavam a sobremesa. Ele não conseguia ter a menor idéia do que essa moça estava tramando. A intenção dela seria simplesmente deixá-lo louco? Nesse caso, estava conseguindo. Nunca tinha conhecido uma mulher tão irritante. Ela sem dúvida gostava de seus beijos, no entanto, se recusava firmemente a admiti-lo! Bem, ele merecia aquele tratamento, por se ter permitido ficar tão fascinado por ela. Afinal de contas, era exatamente o tipo de comportamento que seria de se esperar de uma virgem.

Alistair Cartwright, entrando na sala com a viscondessa pelo braço, viu Edward inclinado sobre a cadeira de Pegeen de maneira íntima e falou alto: "Ei! O que os dois estão cochichando? Você sabe o que a minha preceptora me dizia sobre cochichar à mesa: 'Quem cochicha, o rabo espicha'".

O olhar de Edward deixou Pegeen e se dirigiu, furioso, para o seu barulhento e inconveniente hóspede. Ao ver o lampejo assassino no olhar do seu anfitrião, Alistair soltou uma risada assustada. "Nossa, Edward! Por que está me olhando assim? Tenho rapé no rosto mais uma vez?"

"Vamos discutir isso depois", resmungou Edward, caminhando para a sua cadeira, "depois do jantar." Alistair depositou a viscondessa na cadeira à esquerda de Edward e foi saracoteando para o seu lugar. Edward não disse nem mais uma palavra e se dedicou a acabar com a sua sopa. Alistair, o cabelo loiro caindo sobre um olho, como o de um menino, murmurou audivelmente: "A minha preceptora também dizia que 'Amor fraco não merece dama'".

Um olhar de Edward o fez fechar a boca e Alistair buscou conforto no seu copo de vinho.

Edward prosseguiu atacando prato após prato de carnes suculentas e saborosas, deliciosos pratos de vegetais, patês de trufas com peixe e suspiros, com uma determinação muda. A viscondessa, percebendo o mau humor do seu anfitrião, assumiu a tarefa de introduzir na conversa um assunto que todos poderiam compartilhar.

"Srta. MacDougal", começou, cortando delicadamente em fatias um pedaço de carneiro no seu prato. "Não posso deixar de pensar na mudança que o Solar Rawlings deve ser para a senhorita, depois da vida no convento."

Pegeen engoliu um grande gole de clarete e olhou nos olhos da mulher mais velha com um sorriso delicado. "Quer dizer, na paróquia? Sim, é muito diferente. Na paróquia, eu nunca tinha um minuto para mim mesma. Estava sempre ocupada com alguma tarefa. Se não estava assando pão ou consertando as roupas dos nossos paroquianos mais pobres, estava cuidando dos doentes ou ajudando a fazer os planos de aula da escola dominical..."

Pegeen não tinha intenção de parecer muito religiosa. Estava simplesmente afirmando um fato, mas percebeu que podia parecer muito pedante para os outros quando Alistair explodiu: "Meu Deus! A senhorita precisava fazer tudo isso? O que impedia uma coisinha como a senhorita de cair morta de exaustão no fim do dia?".

"A devoção dela ao Senhor, tenho certeza", murmurou *Lady* Ashbury, os olhos sobre o próprio prato.

Pegeen soltou uma risada polida, para mostrar não ter ficado ofendida com o sarcasmo da viscondessa, apesar de na verdade ter ficado um pouco mortificada. "Bem", disse ela. "Gosto de ajudar os menos favorecidos que eu, mas não sei se é por devoção que faço isso. Sinto que faço apenas porque é justo que aqueles entre nós que têm tanto dividam com aqueles que têm tão pouco. Nenhum de nós pode ter certeza de que não vai ficar sem nada um dia, como aqueles de quem já tivemos pena..."

"Certo", disse Alistair, a boca cheia de *foie gras*. "Muito certo. O Senhor dá, o Senhor tira e tudo o mais."

"Foi a sua querida babá quem lhe ensinou isso, Allie?", perguntou *Lady* Ashbury, de nariz torcido. "Quanta bobagem!"

"Perdoe-me, mas isso não é bobagem." Pegeen baixou o garfo, já sem se importar se parecia afetada ou não. "Depois que o meu pai morreu, Jeremy e eu não tínhamos nada a não ser o que a Igreja podia nos fornecer. Recebemos caridade das mesmas pessoas de quem já tínhamos sido benfeitores antes..."

"Absolutamente escandaloso!", disse Alistair, balançando a cabeça com força. Ao notar o olhar mordaz da viscondessa, ele proclamou: "Ora, Arabella, é sim. É absolutamente escandaloso que um Rawlings devesse viver da caridade da Igreja."

Pegeen, percebendo pela primeira vez o que ela tinha dito, falou, ofegante: "Oh, não! Não tive intenção de acusar...".

Edward a interrompeu. A voz dele era ríspida. "A culpa é minha. Eu deveria ter ficado de olho no bem-estar da família do meu irmão."

Pegeen, para grande surpresa de Edward, correu em sua defesa. "Mas como o senhor poderia saber?" Ela olhou, com expressão culpada, para os outros. "Não tive a intenção de sugerir que a família Rawlings foi de alguma forma negligente..."

"Mas nós fomos." Edward a olhava, perturbado. Ele não sabia se devia se sentir encorajado ou mortificado pelas exibições ocasionais de lealdade por parte de Pegeen. Parecia que tinham se passado apenas alguns dias desde que ela insultara o nome da família dele sem nenhum constrangimento. Parecia que agora, porém, difamar Edward Rawlings era um passatempo reservado para quando estavam a sós e não algo que pudesse ser feito na frente de estranhos.

"Você não deve se culpar, Edward", disse Arabella. "Na verdade, é difícil acreditar que John pudesse deixar sua esposa e filho sem um tostão. Você não poderia ter adivinhado."

"Mas eu deveria." Edward não sabia, mas uma luz perigosa começou a brilhar nos seus olhos cinza. "Eu, mais do que ninguém, deveria saber disso. Conhecia John muito bem, sabia como ele era."

"Bem", disse Pegeen com vivacidade, tentando pôr fim à desconfortável guinada da conversa. "De qualquer forma, tudo terminou bem, não foi? Esta carne de veado está simplesmente deliciosa, os senhores..."

"Mas ainda não entendo por que a senhorita nunca entrou em contato com Edward sobre a sua situação, srta. MacDougal", interrompeu *Lady* Ashbury, os olhos claros enganosamente inexpressivos. "Parece estranho que a senhorita tenha aceitado a caridade de estranhos, mas não a da família do seu cunhado."

"Bem", disse Pegeen, vacilante. "Eu..."

"Depois do jeito que o meu pai se comportou quando a irmã dela se casou com John", disse Edward, retribuindo o obséquio e, por sua vez, defendendo Pegeen, "não é nenhum mistério o motivo de os MacDougal evitarem nos pedir alguma coisa. E agora, se você não tiver objeções, Arabella, podemos conversar sobre outro assunto?"

Lady Ashbury parecia espantada. Piscou rapidamente, olhando para Edward como se ele fosse um bichinho de estimação muito amado que, de repente e sem provocação, a tivesse mordido. Pegeen começou a ter um pouco de pena dela. Para mudar de assunto, perguntou-lhe sobre as atividades que estavam programadas para o fim de semana de caça.

Recuperando-se, a viscondessa começou a tagarelar animadamente sobre o número de pessoas esperadas, onde cada uma delas iria dormir, por quanto tempo ficariam lá, quais eram os seus alimentos preferidos e quais os jogos de cartas de que eles mais gostavam. Pegeen ouvia sem prestar muita atenção, achando difícil se concentrar em qualquer pessoa que não fosse o seu sombrio companheiro de jantar.

Edward tinha comido bastante, mas em silêncio, e Pegeen notou que ele tinha bebido toda uma garrafa de clarete sozinho. Sempre que conseguia coragem, dava uma olhada no rosto dele e quase sempre o encontrava olhando-a fixamente. Mas era só seus olhos se encontrarem que ele os desviava, como se só tivesse olhado na direção dela fortuitamente. Sem dúvida, pensou ela com uma sensação crescente de inquietação, ele não estava falando sério ao dizer aquelas coisas antes do jantar. Talvez estivesse apenas flertando por divertimento. Não era isso que as pessoas da sociedade faziam, flertar descaradamente umas com as outras? Nada daquilo significava nada...

Ou significava?

"E amanhã à noite..." Para surpresa de Pegeen, ela descobriu que *Lady* Ashbury ainda estava catalogando o itinerário do fim de semana, apesar de ninguém, até onde Pegeen podia ver, estar lhe dando ouvidos, "depois do jantar, teremos um jogo ou dois de charadas. Tenho um ótimo quadro vivo para você, Edward. Vai ter que se vestir de xeque árabe. Não acha que Edward ficaria elegante de xeque árabe, Allie? O cabelo dele é tão preto! Quase posso vê-lo em um oásis iluminado pela lua."

Alistair fez um aceno com um copo de madeira na mão. "E presumo que ele esteja dividindo esse oásis com você, não é, Arabella?"

As pálpebras da viscondessa tremularam. "Ora, naturalmente."

"E você vai ser uma das mulheres do harém dele?"

"Oh!" *Lady* Ashbury se fez de ofendida, mas nem mesmo Pegeen, que estava totalmente desacostumada com os modos da sociedade, se deixou enganar. "Seu velhaco!"

Alistair ergueu o copo e examinou as suas profundezas obscuras contra o brilho suave do candelabro. "Aposto que o seu marido pagaria um bom dinheiro para vê-la vestida como uma odalisca, Arabella."

A viscondessa soltou um gritinho agudo, deliciada diante de tanta ousadia. Pegeen, que estava ficando cada vez mais irritada com a atitude de *Lady* Ashbury, que agia como se fosse dona tanto do Solar Rawlings quanto de pelo menos um dos seus habitantes, não conseguiu mais segurar a língua. Sem parar para pensar no que estava fazendo, baixou o garfo com um tinido e olhou com uma expressão de assombro para a clara e bonita viscondessa.

"A senhora é *casada*?" perguntou Pegeen, ofegante.

A viscondessa retribuiu o olhar direto, as sobrancelhas quase invisíveis levantadas até o limite. "Sou, claro que sou casada", disse *Lady* Ashbury, com bastante sarcasmo na voz. "Com o visconde de Ashbury."

"Mas eu pensei...", Pegeen olhou de Edward para a viscondessa e dela para ele novamente. "Mas, pela forma como a senhora parece administrar a casa de *Lord* Edward, eu pensei..."

Ela não precisava terminar. Suas sobrancelhas levantadas diziam tudo.

Alistair já tinha se desfeito em um riso silencioso, e os ombros balançando eram o único sinal de que ele achava graça naquela situação. Mas tanto Edward quanto a viscondessa continuaram fitando-a, o primeiro sem expressão no rosto e a segunda com ódio absoluto.

"Sim", disse *Lady* Ashbury, depois de uma certa hesitação. "Eu realmente administro os assuntos da casa de Ed... de *Lord* Edward de vez em quando, já que o Solar Rawlings não tem uma castelã. Mas..."

"Mas agora já tem, não é mesmo?" O sorriso de Pegeen era jovem e vivaz. "Creio que poderei tirar essa carga dos seus ombros, *Lady* Ashbury. Daí talvez a senhora possa passar mais tempo com o seu marido. Tenho certeza dc que ele deve sentir a sua falta pelo fato de a senhora estar fora de casa com tanta freqüência."

Alistair não conseguiu mais conter o risco. Explodiu com uma gargalhada que sobressaltou Pegeen. A companheira de jantar de Alistair, porém, não se divertia tanto quanto ele. A viscondessa fitou Pegeen através de olhos que estavam tão estreitos que eram duas fendas azul-claras. "Obrigada pela sua preocupação", disse *Lady* Ashbury, veneno escorrendo da voz. "Mas acredito que devemos deixar para Edward a decisão sobre quem ele quer que administre a sua casa."

"Na verdade", disse Pegeen, antes de Edward poder dizer qualquer coisa, "não creio que caiba a *Lord* Edward. Isso não seria da alçada do duque de Rawlings?" O ódio frio que passou pelo rosto de *Lady* Ashbury foi resposta suficiente para Pegeen. Ela se recostou na cadeira e acrescentou: "Imagino que Jeremy vai concordar comigo que é pedir demais da senhora que sacrifique tanto do seu tempo pelo Solar Rawlings, *Lady* Ashbury. Sei que, se eu fosse casada, gostaria de passar todo o tempo que pudesse com o meu marido e não administrando os assuntos domésticos de outra pessoa".

A viscondessa se levantou, o generoso peito erguido, e jogou o guardanapo, como se fosse uma luva, num desafio para um duelo. Edward, que tinha se recostado na cadeira, os braços cruzados na frente do peito, afastou o olhar inescrutável de Pegeen para Arabella Ashbury, irritado.

"Sente-se, Arabella."

A voz não era alta, mas ele estava mortalmente sério. Talvez Edward latisse mais do que mordesse, mas o seu latido era, de fato, muito amedrontador.

Empalidecendo de modo a ficar ainda mais clara do que de costume, a viscondessa sentou-se pesadamente, o olhar ressentido. Edward descruzou os braços, inclinou-se para a frente na cadeira e pegou o copo de madeira, que de um trago esvaziou e colocou de volta sobre a mesa.

"A srta. MacDougal tem toda a razão", disse ele com uma voz completamente diferente. O tom era controlado, mas ainda exigia atenção total. Quando voltou a falar, o seu olhar, assim como as palavras, se dirigiam a Pegeen. "Não há motivo para você administrar os meus assuntos domésticos tanto quanto os seus, *Lady* Arabella. Isso é demais para se pedir a uma mulher, mesmo para alguém tão capaz quanto você."

Arabella piscou, sem acreditar. "Mas, Edward", começou ela, "eu não me importo..."

Ele a interrompeu. "Discutiremos isso depois, Arabella. Alguém quer mais madeira?"

Pegeen, que tinha assistido ao pequeno drama se desenrolar diante dos seus olhos com alguma incredulidade, não conseguiu deixar de sorrir, inesperadamente, para o seu concunhado. Aquele era o Edward que ela conhecia, que lhe tinha prometido rosas no inverno lá em Applesby e que tinha enfrentado corajosamente uma nevasca para socorrê-la. Parecia que, apesar de sua tendência para a luxúria, ele era bem capaz de pensar nos outros e não apenas em si mesmo, até quando havia o risco de se indispor com sua amante. Sentindo-se muito satisfeita, Pegeen ergueu seu copo para ser reabastecido e apenas então levantou os olhos, encontrou os de Edward, o sorriso ainda nos lábios.

Inexplicavelmente, quando os olhos dos dois se encontraram, o sangue rapidamente subiu ao rosto *dele*...

Capítulo doze

Mas aquilo era ridículo! Pegeen rapidamente afastou o olhar, envergonhada. Só podia ser um efeito da luz da vela ou talvez fosse resultado do quanto Edward tinha bebido durante o jantar. Mesmo assim, não havia como negar que o rosto de Edward estava avermelhado. E Pegeen não foi a única que notou. Alistair tinha por fim parado de rir e estava olhando o seu anfitrião de soslaio com uma expressão de incredulidade no rosto.

"Agora que isso está resolvido", disse Edward, olhando friamente para longe de Pegeen, "posso sugerir, Alistair, que nos retiremos para a sala de bilhar para um copo de porto? Senhoras, o café será servido no Salão de Recepções Dourado."

Pegeen estava pronta para sair correndo da mesa. Nunca tivera na vida a experiência de uma refeição em que se sentisse tão pouco à vontade. Edward, com a aparência de volta ao normal, segurou friamente a cadeira para ela, olhando-a do alto dos seus quase dois metros como se ela fosse uma lunática que fugira do hospício. Pegeen, sentindo o início de um rubor de volta ao seu próprio pescoço, como que se ejetou para fora da sala de jantar.

No Salão de Recepções Dourado, ela respirou com um pouco mais de facilidade — até a viscondessa entrar. Mas que praga de mulher! Pegeen queria ficar a sós. Será que poderia alegar que estava cansada e se retirar para o quarto pelo resto da noite? Como a alta sociedade era irritante! Pegeen preferia passar o tempo na companhia de Myra MacFearley e a sua prole em Applesby do que com uma criatura fria e calculista como a viscondessa.

Depois de um silêncio considerável, durante o qual Pegeen brincou com uma xícara de café que não queria, a viscondessa disse: "Então, srta. MacDougal", como que continuando uma conversa que tivesse sido interrompida, "peço-lhe que me perdoe se pareço atrevida, mas a senhorita parece extraordinariamente... franca para uma filha de vigário. Sobretudo para uma... tão jovem."

Pegeen mordeu o lábio inferior, sem saber como reagir. Por fim, disse, com cuidado: "Eu... ahn... agradeço, *Lady* Ashbury".

A viscondessa piscou, surpresa. Era claro que não tivera a intenção de que sua ousada afirmação fosse tomada por Pegeen como um elogio. "Ah, naturalmente", disse ela. "Edward me contou que o novo duque é um jovem muito... cabeçudo. Estou vendo de onde herdou *essa* característica."

Pegeen sorriu polidamente. "Realmente? De quem?"

"Ora, a senhorita tem de admitir, srta. MacDougal", ronronou a viscondessa. "A senhora é muito... obstinada."

Ferida, Pegeen explodiu: "E o tio de Jeremy também é!". *Lady* Ashbury riu. A risada dela foi bem desagradável, achou Pegeen.

"Ora, vamos, srta. MacDougal. *Lord* Edward é impositivo, como deve ser um homem da sua posição!"

"Por que", inquiriu Pegeen, mais para si mesma do que para a viscondessa, "quando um homem afirma o que pensa, ele é impositivo, mas quando uma mulher faz a mesma coisa, ela é vista como obstinada?"

Lady Ashbury baixou os olhos e a fitou com curiosidade. "Como a senhorita é estranha", disse ela, como se tivesse acabado de descobrir uma nova espécie. "Pergunto-me se se incomodaria, minha cara, de me refrescar a memória sobre como o seu cunhado morreu? Acho que esqueci."

Pegeen foi apanhada tão de surpresa que, por um momento, ficou sem palavras. Quando, por fim, encontrou a própria voz, só conseguiu gaguejar: "Como... como disse?".

"O irmão de *Lord* Edward, John. Eu estava pensando se a senhorita sabia como ele morreu."

Pegeen gaguejou: "Ah, não. Quero dizer... Não, não sei".

A viscondessa levantou as sobrancelhas claras e se ocupou com o seu café. Pegeen, pensando que aquele assunto tinha sido descartado, levantou-se e atravessou com pressa a sala para ficar perto do fogo. Os vestidos para a noite, ela estava descobrindo, favoreciam a silhueta, mas eram bem frios para as noites de neve em novembro.

"Desculpe se a ofendi, srta. MacDougal", disse a viscondessa, depois de um curto silêncio. "É só que Edward nunca fala no irmão. Tenho a impressão de que os dois não se davam muito bem. E ele nunca me contou como *Lord* John morreu, apesar de eu já ter ouvido um boato..."

Pegeen, subitamente exausta, fechou os olhos e inclinou a cabeça contra o mármore verde da cornija da lareira. O calor das chamas, porém, não aqueceu nem um pouco o crescente frio que lhe corria nas veias.

"... ouvi um rumor de que John foi morto em um duelo." Pegeen engoliu em seco. Sempre soubera que isso ia acontecer, de forma que não ficou particularmente surpresa.

"Se a senhora sabia como ele morreu, por que me perguntou?", indagou ela, gentilmente, os olhos ainda fechados.

"Bem, eu não sabia com certeza..." A viscondessa teve o decoro de fingir constrangimento. "Eu já lhe disse, foi um boato que ouvi."

Pegeen abriu os olhos e respondeu, em um quase sussurro: "Meu cunhado foi morto em um duelo. Baleado no coração, deixando a minha irmã viúva e o filho sem pai. Espero que isso satisfaça a sua ardente curiosidade".

Ela ouviu um roçar de seda e, quando percebeu, *Lady* Ashbury estava ao seu lado, com uma mão quente sobre o seu ombro nu. "Srta. MacDougal", disse delicadamente a viscondessa. "Não tenho palavras para lhe dizer o quanto lamento. Não tive a intenção de perturbá-la. A senhorita não deve responsabilizar a sua irmã pela morte de *Lord* John..."

Pegeen virou o rosto, que estava voltado para o fogo, e olhou para *Lady* Ashbury com olhos arregalados de surpresa. "Responsabilizar a minha irmã? Por que responsabilizaria Katherine pela morte do seu marido?"

O sorriso de *Lady* Ashbury não tinha nada de bondade. "Bem, temo que o rumor que circulou na época era que, quando morreu, *Lord* John lutava pela honra da sua irmã."

Os olhos arregalados de Pegeen ficaram tão escuros quanto o céu lá fora. "O que... o que a senhora quer dizer com isto?"

"Ora", riu Arabella frivolamente. "A sua irmã era muito jovem e muito bonita e todos dizem que ela iniciou um relacionamento romântico com outro homem em Veneza e que John Rawlings os achou juntos uma noite e desafiou o sujeito para um duelo."

Pegeen só conseguia ficar parada, olhando fixamente a viscondessa, muda de horror.

"E também se diz que, quando John foi morto, a sua irmã fugiu com o sujeito, deixando para trás o filho pequeno." *Lady* Ashbury deu um sorriso brilhante para Pegeen. "Na verdade, dizem que ela não está nem um pouco morta, mas..."

De repente, Pegeen encontrou a sua voz. "Isso é mentira!", gritou Pegeen, esquecendo-se de onde estava. "Isso não passa de uma maldita mentira!"

A porta se abriu naquele exato momento e os dois homens entraram. Pegeen, rodopiando, olhou para seus rostos surpresos, percebeu o que tinha feito e afundou no sofá com um gemido, o rosto escondido nas mãos.

"Meu Deus!", exclamou Alistair, um pouco alarmado. "Foi o peixe?"

"Não seja idiota", disse-lhe Edward, passando rapidamente por *Lady* Ashbury e ajoelhando-se ao lado de Pegeen. "Srta. MacDougal? A senhorita está bem?"

"Não sei o que deu nela", disse a viscondessa com um riso nervoso. "Estávamos conversando sobre a irmã dela e, de repente, ela perdeu a cabeça..."

"Srta. MacDougal?" Edward pôs a mão no ombro nu e não ficou surpreso ao ver que tremia. "Posso pegar alguma coisa para a senhorita? Um... Um copo de uísque, talvez?"

"Eu lhe disse, Edward", sibilou a viscondessa, suficientemente alto para que Pegeen ouvisse. "É isso que dá receber parentes obscuros. Você deveria ter deixado as coisas como estavam..."

"Basta, Arabella", vociferou Edward. Suas sobrancelhas escuras estavam com os cantos caídos, em uma carranca assustadora. "Alistair, em vez de ficar aí parado, chame Evers e peça para ele mandar alguém buscar o láudano da srta. MacDougal..."

"Não", disse Pegeen, ofegando. Recuperando-se com esforço, levantou a cabeça. Felizmente tinha os canais lacrimais sob controle. Se pelo menos conseguisse recuperar um pouco da sua dignidade perdida. "Não, está tudo bem. Desculpe. Não sei o que deu em mim. Suponho que não estou tão bem quanto pensava..."

"Arabella, estou envergonhado de você", declarou Alistair, voltando-se com indignação para a viscondessa. "Você não pode atormentar alguém do seu tamanho? É muito jogo sujo da sua parte, a pobrezinha mal se recuperou de amigdalite."

"Não sei do que você está falando", disse Arabella, torcendo o nariz. "A srta. MacDougal e eu estávamos simplesmente..."

"Já disse, basta." A voz fria de Edward interrompeu a explicação de *Lady* Ashbury. "Alistair, dê um puxão naquele cordão da campainha e mande alguém ir buscar a camareira dela."

"Não preciso de láudano e não preciso da minha camareira", insistiu Pegeen, recorrendo a *Lord* Edward apenas porque a sua voz não iria mais longe. Os repentinos acessos de mau humor dele a assustavam porque pareciam ser desencadeados pelos menores aborrecimentos. Ela estendeu o braço e agarrou a grande e fria mão que estava apoiada na almofada do assento ao seu lado. Edward baixou os olhos, olhando para os pequenos dedos dela e, depois, para seus olhos. Pegeen não tinha como controlar o rubor que se alastrara pelo seu rosto. Tudo o que podia fazer era ignorá-lo e dizer, em um murmúrio o mais firme possível: "De verdade, estou bem".

"A cor dela está melhor", observou a viscondessa. Isso fez Pegeen rir, a contragosto. O fato de que *Lady* Ashbury, a mulher mais pálida de Yorkshire, salientasse que a cor de uma outra pessoa estava melhorando pareceu um tanto irônico para Pegeen.

"Bem, se ela está rindo, deve estar melhor", declarou Alistair. Deixou o cordão da campainha balançando e se aproximou do sofá, imitando, razoavelmente bem, o sr. Parks, o médico. "Hmmm", disse ele, assumindo a postura exata que o médico tinha assumido enquanto examinava Pegeen. "Você vai sobreviver."

Pegeen riu de novo. Edward levantou os olhos para Alistair, os cantos dos lábios torcidos sarcasticamente. "Se você já terminou..." Alistair fez uma mesura. "Cedo o palco para *Lord* Edward Rawlings."

"Obrigado." Edward deu uma olhada para Pegeen e dela para *Lady* Ashbury, como se quisesse dizer alguma coisa, mas em seguida mudou de idéia. O que fez foi apertar fraternalmente a mão de Pegeen e a soltar, enquanto se levantava, ficando de pé. "Acho que a srta. MacDougal teve animação suficiente para uma noite", anunciou Edward para a sala em geral. "Acaba de recuperar o uso da voz e não queremos que a perca de novo."

Para Pegeen, ele disse, com um estranho torcer de lábios, que ela percebeu ser de diversão genuína, sem qualquer cinismo: "Acredito que, se Parks estivesse aqui, ele lhe prescreveria chá com mel e a mandaria direto para a cama; eu, porém, conheço a sua preferência por uma bebida forte. Posso lhe servir um uísque, srta. MacDougal? O que temos aqui em Rawlings não tem todo aquele ímpeto da sua bebida em Applesby, mas é uma mistura bem agradável, de qualquer forma".

Pegeen sorriu-lhe e, por um momento, fitou os olhos de Edward, aqueles olhos cinza-prateados que ela inicialmente achou frios e depois percebeu serem apenas cautelosos, como os de um falcão. Teve a oportunidade de vislumbrar Edward Rawlings como ele realmente era. Não o malandro temerário ou o sedutor destruidor de corações que fingia ser, mas o Edward Rawlings de que a sra. Praehurst falava, que tinha carregado um cão ferido do campo de caça para casa, que tratava a sua criadagem com tanta bondade.

O Edward Rawlings que prometera um cavalo para um menino e depois cumprira fielmente a promessa.

Que tipo de infância Edward teria tido, crescendo à sombra do seu cruel irmão mais velho, com a mãe morrendo quando ele tinha dez anos e o pai dominante e envolvido demais consigo mesmo para se interessar pela vida do filho caçula? Não era de admirar que Edward fosse facilmente irritável e, às vezes, até grosseiro. O notável era não ter saído mais parecido com John — uma pessoa mais egoísta e malvada do que John Rawlings nunca havia caminhado sobre a terra.

Então, em uma fração de segundo, o contato foi rompido. Edward afastou o olhar e foi até o aparador para pegar o uísque. E Pegeen, que sentia como se o olhar dele tivesse atiçado fogo à sua própria alma, ficou sentada quieta, um pouco abalada pela intensidade do momento que os dois haviam tido entre si. Estaria ficando louca? Esse homem poderia romper todas as defesas dela com um simples olhar e fazê-la render-se e se apaixonar por ele, apesar da firme determinação dela ao contrário? Não. Não era possível. Só podia ser a imaginação ativa demais de Pegeen lhe pregando peças.

Edward Rawlings era bonito e possuía um magnetismo que ela não podia explicar direito, mas não poderia fazer as mulheres se apaixonarem por ele contra a vontade delas. Pelo menos, não Pegeen.

Capítulo treze

Ela ainda estava dizendo isso a si mesma enquanto subia as escadas para o segundo andar, o coração aquecido pelo uísque e pelo sorriso de Edward de uma forma que o fogo não conseguia fazer. Sem querer passar um minuto a mais na companhia de *Lady* Ashbury, Pegeen tinha aceitado de imediato a sugestão de Edward de que se retirasse mais cedo para preservar a sua garganta. Até permitiu que Edward lhe desse um beijo de boa-noite — não que ela tivesse muita escolha nessa questão. Quando Edward se inclinou para beijar cerimoniosamente a mão dela, Alistair Cartwright declarou que, já que a srta. MacDougal era concunhada dele, era mais do que apropriado que Edward a beijasse no rosto em vez de na mão. Portanto, debaixo dos olhos em chamas de *Lady* Ashbury, ele fizera exatamente isso, inclinando-se e roçando a face rosada e macia de Pegeen com os seus lábios. Ela ficou orgulhosa de não ter ficado nem um pouco perturbada com o beijo dele. Tinha sido o uísque, e não o beijo de Edward, que a fizera se sentir toda alegre por dentro...

Naturalmente, não poderia de forma alguma ir direto para a cama. Tinha um compromisso com Jeremy e sua intenção era mantê-lo, com ou sem *Lady* Ashbury. O menino ainda estava bem acordado quando ela chegou aos seus aposentos e a preceptora pareceu aliviada ao vê-la, retirando-se imediatamente quando a tia entrou no quarto. Pegeen contou a Jeremy a história que ele gostava de ouvir antes de dormir, uma saga contínua sobre um pirata chamado Jeremiah e o seu papagaio de estimação, Pickles. Passou-se quase uma hora até Jeremy finalmente cair no sono. Pegeen, também se sentindo sonolenta, arrumou as cobertas ao redor dele na cama em forma de barco, deu um tapinha de boa-noite na cabeça do seu boneco— também chamado Pickles — e saiu silenciosamente para o corredor.

Ela deu de cara com *Lord* Edward e a viscondessa. Bem, quase. *Lord* Edward carregava um candelabro para iluminar o caminho, já que os lustres pendurados no Grande Saguão tinham sido apagados. Pegeen quase entrou no círculo iluminado ao redor do casal, mas no último minuto conseguiu recuar para as sombras, rezando para não ter sido vista.

"Oh, Edward", dizia a viscondessa com uma voz gutural muito diferente da que usara na sala de jantar. "Mas por que não? Você não pode se importar com o que a Praehurst pensa. Ela sem dúvida sabe, depois de todo esse tempo..."

"Simplesmente não acho que seja apropriado hoje à noite, Arabella." Edward parecia estar falando entre dentes. "Temos alguns hóspedes que vão chegar pela manhã e..."

"Ora, até parece, Edward. Todos eles sabem também. O que deu em você? Acho que ter uma criança na casa o deixou positivamente..."

"Srta. MacDougal?" Edward tinha parado no meio de um passo e perscrutava as sombras. "É a senhorita?"

Que amolação! Pegeen estendeu o braço atrás de si e fez barulho com a maçaneta da porta dos aposentos de Jeremy, como se estivesse acabando de sair de lá. "Oh, boa noite", tentou dizer, afetando um ar de indiferença, mas a sua voz estava rouca e arruinou o efeito.

As sobrancelhas de Edward se juntaram. "Mas eu a mandei para a cama há uma hora...", começou ele, como se Pegeen fosse uma criança que precisava ser castigada.

Irritada com aquele tom condescendente, Pegeen apontou para a porta que acabara de fechar. "Jeremy", disse ela simplesmente.

Edward, com o olhar seguindo a direção do seu dedo fino, disse: "Ele tem uma preceptora, srta. MacDougal. Deixe que ela o ponha na cama."

Pegeen deu de ombros, impotente. O que ela queria fazer era correr o mais rapidamente possível para a segurança do seu quarto. "A preceptora não sabe a história que eu conto para Jeremy dormir. Estamos trabalhando nesse episódio em particular há mais de um ano."

A viscondessa, olhando-a de soslaio no escuro, disse em tom de grande tédio: "Que comovente! Deve ser maravilhoso ter uma imaginação tão criativa, não deve, Edward? Como eu a invejo, srta. MacDougal!".

Lady Ashbury conseguiu fazer o que deveria ser um elogio parecer um insulto. Não que isso importasse. Pegeen já estava mortificada o suficiente por ter tropeçado naquele casal, que estava claramente a caminho de algum lugar juntos... a cama. Com raiva de si mesma por se importar com isso, Pegeen sussurrou um boa-noite e se virou para tomar o corredor, sem nem mesmo ter certeza se estava indo na direção correta. Mal tinha dado três passos, porém, quando o seu braço nu foi envolvido por dedos fortes. Deu por si sendo puxada e rodopiada, sem muita delicadeza, de forma a dar de frente com o olhar furioso de *Lord* Edward.

Mas ele não estava bravo com ela, percebeu Pegeen, com tanto alívio que os seus joelhos quase fraquejaram. Ele olhava para trás, sobre o ombro largo, para Arabella, para quem empurrou o candelabro.

"Acredito que a sra. Praehurst pôs você no Quarto Branco, Arabella", disse ele com uma voz que era ainda mais fria do que o vento que tinha penetrado no Grande Saguão, vindo do pântano. "Você conhece o caminho. Vou providenciar para que a srta. MacDougal encontre o caminho em segurança para o seu quarto... Boa noite!"

Arabella, o candelabro pendurado perigosamente em uma das mãos, olhava para os dois, a boca entreaberta. Pegeen quase podia ver os rápidos cálculos que se desenrolavam dentro daquela cabeça clara, enquanto *Lady* Ashbury pesava as possíveis réplicas mordazes e as descartava.

Edward, porém, não pareceu se dar ao trabalho de esperar pela resposta certa. Com os dedos apertando a carne de Pegeen, ele a arrastou pelo corredor escuro, os saltos das botas ressoando pesadamente sobre o assoalho de tacos enquanto os sapatos de salto de Pegeen faziam apenas um som muito leve.

Dobraram no canto da galeria, onde a escadaria dupla se curvava para baixo e Pegeen não agüentou mais. Torceu um pouco o braço a que Edward se agarrava com tanta força e disse, irritada: "Solte-me. Você está me machucando".

Edward reduziu a pressão dos dedos e depois a soltou completamente. Ela não pôde evitar dar uma olhada no braço, para ver se os dedos dele tinham deixado uma marca na sua pele de marfim. Andando ao lado dela, Edward notou a olhada sub-reptícia e disse com uma voz muito grave, como ela nunca o tinha ouvido usar antes: "Desculpe. Não tive intenção de machucá-la".

Pegeen examinou a pele clara do seu braço, acima do cotovelo. Mal conseguia ver na luz fraca, mas as marcas vermelhas estavam claras, mesmo na semi-escuridão.

Levantou a cabeça para olhar o rosto de Edward através dos cílios escuros e viu, por sua expressão de culpa, que ele também tinha notado os vergões.

"Eu posso achar o caminho de volta para o meu quarto, muito obrigada", disse ela, petulante. Só que sua voz estava muito rouca e Pegeen não teve certeza se tinha ou não conseguido transmitir a petulância. "Não preciso de escolta."

"Só vou acompanhá-la até cruzar a galeria", disse Edward formalmente. "Já é tarde. Jovens damas não devem ficar vagando por saguões e corredores sozinhas a uma hora dessas."

Ela lhe lançou um olhar perspicaz. "Não? E do que, precisamente, devo ter medo no Solar Rawlings? Correntes de ar de inverno? Lacaios à espreita? Acho provável que a única coisa que tenho a temer no Solar Rawlings está aqui diante de mim."

Edward sorriu, mas foi um movimento de lábios apertados e sem humor. "A má opinião que a senhorita tem de mim é bem merecida, a julgar pelo modo como foi tratada hoje à noite. Entretanto, insisto em fazê-la chegar em segurança ao seu quarto."

"O senhor sem dúvida não parece se importar se a viscondessa chegará ou não em segurança ao quarto dela", lembrou Pegeen.

O sorriso de Edward ficou um pouco mais genuíno. "Será que estou detectando uma nota de ciúmes na sua voz, srta. MacDougal?" Pegeen levantou a cabeça e um dos botões de rosa do seu cabelo, já meio murcho, perdeu uma pétala. A pequena pétala branca caiu em espiral, passando por um dos ombros nus de Pegeen e pelo lado da balaustrada, até a escuridão do Grande Saguão. Observando aquela queda suave, Pegeen engoliu em seco.

"Ciúmes?" Voltou a atenção de novo para Edward. "Da viscondessa? Claro que não. Ela pode ser esposa de um dos homens mais ricos da Inglaterra e amante de outro, mas o que fez com toda essa riqueza? Trabalhou para aliviar o sofrimento das mulheres menos afortunadas? Não. Passa os dias fofocando e as noites brincando de charadas. Não, *Lord* Edward, não tenho ciúmes da viscondessa. Se é que sinto alguma coisa por ela, é pena. E do senhor, por estar tão apaixonado por ela. Boa noite, *my lord*."

Esperando que ele não tivesse notado o tremor na sua voz, Pegeen lhe deu as costas e continuou a caminhar pela galeria, passando uma das mãos enluvadas pela balaustrada enquanto caminhava. Edward a seguiu, com um brilho estranho nos olhos cinza — ela percebia isso, mesmo à meia-luz.

"Perdoe-me, srta. MacDougal", chamou-a Edward, que havia ficado para trás, "mas me parece que, para alguém que menospreza a fofoca com tanta intensidade, a senhorita ficou muito afetada pelo que *Lady* Ashbury lhe disse."

Pegeen se deteve, recostando-se contra a balaustrada, e abriu os dois braços, em um gesto que procurava ilustrar o seu desprezo por aquela discussão.

"E por que não deveria ter ficado afetada com isso? Era sobre a minha irmã, afinal de contas. E também sobre o seu irmão. Não sei o que o senhor sente, *Lord* Edward, mas não gosto de ouvir difamarem o caráter da minha irmã. Os nossos irmãos, caso o senhor ainda não tenha notado, não eram exatamente santos..."

Ele a alcançou com dois passos, a boca ainda se torcendo, divertindo-se. Pegeen viu o olhar dele baixar para onde o corpete do seu vestido se abria um pouco, na frente. "Acho que se pode dizer com segurança, srta. MacDougal, que nem a senhorita nem eu tampouco nos encaixamos nessa categoria."

Edward estava tão perto de Pegeen que ela sentia o calor de seu corpo, mas não conseguia se afastar. Manteve as mãos na balaustrada, o queixo erguido de forma a poder olhar dentro dos olhos francos e sorridentes dele.

"Ora, tenha paciência, *Lord* Edward!", disse ela. "Fale por si mesmo. Posso não ser uma santa, mas pelo menos não sou uma libertina esbanjadora."

"E pelo menos eu", disse Edward, descruzando os braços e pondo as mãos sobre a balaustrada, uma de cada lado da cintura de Pegeen, prendendo-a no meio dos seus musculosos braços, "não sou um hipócrita pão-duro."

"E o que o senhor quer dizer com isso?" Pegeen empinou o queixo com indignação, os olhos cor de esmeralda faiscando. Tentou ignorar o fato de que o rosto de Edward estava apenas alguns centímetros acima do dela e que um dos joelhos dele se insinuava por entre as suas coxas, apesar dos fortes arames da armação de seu vestido.

"Acho que você sabe muito bem o que quero dizer", disse Edward, com mais um daqueles seus sorrisos diabólicos. "Apesar de todos os seus protestos de mocinha virtuosa, você me quer, Pegeen, tanto quanto eu quero você."

Pegeen respirou fundo, pronta para repreendê-lo, com uma corrente de negativas, mas isso fez o seu peito subir de repente, o que chamou a atenção de Edward. Ele olhou para baixo, para a intumescência de marfim dos seios dela. Com as faces rosadas diante do ousado exame de seu decote por Edward, Pegeen pensou rápido, sabendo que, se deixasse que ele a tocasse, ela iria desmoronar. Recuou o braço para lhe dar um golpe certeiro no rosto, com a palma da mão...

Mas a atenção de Edward não estava tão absorvida nos seios dela como Pegeen achava. Ele viu o movimento rápido e agarrou o pulso enluvado dela, detendo o impulso a apenas alguns centímetros do seu rosto. Antes de ela poder dizer uma palavra, Edward tinha torcido o braço delgado atrás das costas dela, de modo que o corpo de Pegeen ficou pressionado contra a balaustrada.

Encontrando-se subitamente com o corpo em contato com o de Edward, os sentidos dela foram assaltados por uma centena de diferentes sensações — o cheiro de conhaque e tabaco, a sensação da bem engomada camisa dele na pele macia dos peitos dela, a linha longa e dura da coxa dele entre suas pernas, o aperto férreo dos dedos frios dele ao redor do seu pulso e da sua cintura— e Pegeen não poderia nem mesmo gritar, de tão surpresa. E então, quando conseguiu recompor os sentidos dispersos o suficiente para tomar fôlego e protestar contra aquele tratamento rude, as palavras foram abafadas pelos lábios de Edward, que ele pousou sobre os dela em um beijo que tirou a respiração de Pegeen... e também o seu pensamento.

O domínio de Edward sobre ela, porém, não se deteve nos lábios. Os dedos que lhe haviam agarrado a cintura se soltaram e a mão de Edward subiu deslizando pelo seu braço, acariciando a curva macia do seu ombro e daí circulando a coluna do pescoço, enquanto o braço ao redor da cintura a puxava para ainda mais perto dele. Pegeen ficou total e inexoravelmente grudada até sentir os botões da camisa dele queimando a carne tenra do seu peito. O desejo de Edward por ela se tornou alarmantemente perceptível, já que uma rígida ereção fazia pressão contra o abdômen dela.

Foi quando os lábios dele começaram a deslizar por seu pescoço, de cima para baixo, que Pegeen soube que estava perdida. Nunca tinha sentido nada como aquela sensação ardente que a boca dele deixava sobre a sua pele lisa. Suas mãos, que antes estavam abertas contra o peito de Edward, tentando empurrá-lo para longe, de repente circulavam o pescoço dele, com o desejo de puxá-lo para mais perto. Então a cabeça de Edward mergulhou mais para baixo, queimando com a boca o peito dela, e Pegeen ofegou, as costas arquejando contra a balaustrada.

Se não soubesse que isso era bobagem, ela acusaria o sr. Worth de desenhar o vestido segundo as especificações de *Lord* Edward, já que, debaixo dos dedos inquietos dele, o tecido sobre os peitos dela cedeu com facilidade. Os mamilos comprimidos ficaram nus imediatamente, cada ponta rosa sendo acolhida pela língua e lábios de Edward. Pegeen, jogando a cabeça para trás com um gemido que não conseguiu reprimir, fechou os olhos, sentindo-se no meio de um turbilhão de desejo do qual não podia fugir. Puxou a cabeça de Edward para mais perto de si, os dedos enluvados entrelaçados no cabelo escuro dele. A coxa que ele tinha introduzido entre as pernas dela subiu contra a fenda molhada e intumescida e Pegeen teve de se conter para não se jogar contra aquela perna firme e liberar uma parte da tensão pulsante que sentia ali.

A mão de Edward então tomou o lugar dos seus lábios, os dedos massageando a carne macia dos peitos dela enquanto a boca recapturava a dela. Pegeen se agarrou à gola do paletó de Edward, enquanto ele a beijava selvagemente; uma das mãos dela, como que por vontade própria, começou então uma audaciosa exploração do membro rígido, tão diferente de tudo o que ela conhecera antes. Sentiu os músculos firmes do peito de Edward através da camisa e colete e daí a mão desceu, passando pela barriga magra e definida e continuando a descer, até que os dedos dela roçaram aquele órgão muscular que se espremia de forma tão exigente contra a frente das calças.

Quando ela o tocou, Edward levantou a cabeça com um suspiro. "Pegeen", sussurou ele debilmente.

Ela sentiu o desejo dele pulsando contra a sua mão. Levantou a cabeça e olhou-o com os olhos semicerrados de desejo. Ele afastou com a mão as camadas de seda, renda e aço que a separavam dele e encostou-se contra as calças de algodão dela, no ponto quente e úmido em que as coxas se uniam.

Pegeen quase enlouqueceu com as sensações explosivas que os dedos dele lhe causavam. Tremendo com uma emoção que não entendia, ela se agarrou a ele, uma exclamação incoerente escapando-lhe dos lábios.

"Maldição!", praguejou Edward contra o pescoço dela. "Não podemos fazer isso em um corredor cheio de correntes de ar. Venha, o meu quarto fica logo ali..."

Mas as palavras dele romperam o encantamento. De repente, Pegeen percebeu que estava seminua, de pé na galeria sobre o Grande Saguão do Solar Rawlings.

O que ela estava pensando? Tinha perdido a cabeça por completo? Virando o rosto rapidamente, ela conseguiu esquivar-se à boca que buscava a sua e, pressionando as duas mãos contra o peito amplo e firme de Edward, conseguiu empurrá-lo, cambaleando, para longe de si. Agarrando-se à balaustrada enquanto recuperava o fôlego, Pegeen abriu os olhos e viu, em um canto do Grande Saguão abaixo deles, o tremular de uma luz de vela e alguém que desaparecia pela porta lateral. Que praga! Como se não fosse suficientemente ruim ter sido agarrada pelo seu concunhado, alguém os estivera espionando! Agora, todos na casa saberiam que *Lord* Edward e a srta. MacDougal tinham sido vistos...

"Venha", disse Edward, a mão gentilmente no braço dela. "É logo ali..."

Mas Pegeen se afastou dele, balançando a cabeça com tanta energia que mais pétalas de rosa voaram. "Não", disse ela firmemente. "Não, não podemos."

"Pegeen." A voz de Edward estava inacreditavelmente doce, macia como ela nunca a tinha ouvido antes. Sentiu os dedos dele deslizarem até os seus ombros nus e a mão envolver a sua nuca, por baixo do seu cabelo. Havia qualquer coisa no seu toque, alguma coisa além da frieza do ar que fazia que arrepios surgissem na pele dos braços dela. "Pegeen, ouça..."

Mas Pegeen estava perturbada demais para ouvir. Ela era uma assanhada sem-vergonha; tinha dado corda para Edward e agora ele podia, com toda a razão, chamá-la de hipócrita. Oh, mas como ela o desejava!

"Pegeen, ouça, juro, ninguém vai descobrir, se é isso que a preocupa. Os meus amigos são todos muito discretos..."

Virando-se de forma a olhá-lo no rosto, a mão de Pegeen desta vez encontrou o seu alvo. A pontaria foi boa e o braço, forte. O tapa ecoou por todo o Grande Saguão, com tanto barulho como se alguma criada desajeitada tivesse derrubado uma pilha de pratos na cozinha. Edward ficou olhando-a, de queixo caído, sem acreditar, a face esquerda vermelha do golpe que ela lhe tinha desferido. Pegeen considerou a possibilidade de lhe dar mais um tapa, mas então viu a crescente raiva naqueles olhos cinza, como nuvens de tempestade formando-se no horizonte de uma manhã de verão, e decidiu buscar abrigo enquanto ainda podia.

Movendo-se com a rapidez de uma corça, Pegeen juntou as saias nas mãos e correu para a segurança do seu quarto, sem olhar para trás nem mesmo ao ouvi-lo vociferar o seu nome em um tom ao mesmo tempo ameaçador e desesperado. Ela não sabia ao certo como conseguiu achar a porta do seu quarto naquele estado de aflição, mas de repente estava diante dela. Empurrou-a, entrou e depois a fechou com toda a força. Apressou-se em passar o ferrolho do lado de dentro, aliviada pelo fato de a falecida duquesa ter achado apropriado mandar instalar uma tranca. Será que a mãe de Edward sentira a necessidade de trancar o duque para fora de vez em quando? Pegeen supôs que sim. Ele fora um Rawlings, afinal de contas.

"Srta.?"

Pegeen virou-se e em seguida pôs uma mão no peito, aliviada ao ver que era apenas Lucy, levantando-se, sonolenta, de um sofá no canto. "Desculpe se a assustei, senhorita. Esperei-a para ajudá-la a tirar as suas vestes."

Pegeen cruzou o quarto e mergulhou na cama, pouco se importando com as flores murchas no cabelo ou se estava amassando o vestido. "Oh, Lucy", ela suspirou.

"Srta. Pegeen! A sua voz! A senhora entre imediatamente na cama e deixe-me lhe preparar uma bebida quente. A senhora saiu e perdeu a voz novamente!"

Pegeen não conseguiu evitar uma risadinha triste. "Oh, Lucy", disse ela mais uma vez. "Sem dúvida espero que esta seja a única coisa que eu tenha perdido esta noite."

Porque estava morrendo de medo de ter perdido, na verdade, o seu coração.

Capítulo catorze

Pegeen foi acordada na manhã seguinte por uma série de batidas leves. Primeiro pensou que alguém estava batendo à porta do quarto, mas, depois de se sentar na cama, percebeu que o som surdo era de alguma coisa sendo atirada contra as grandes janelas que revestiam a parede sul do seu quarto. Depois de esfregar os olhos para afastar o sono, Pegeen empurrou as pesadas cobertas e foi, pé ante pé e descalça, até a janela, tremendo um pouco devido ao frio que não estava sendo dissipado do quarto pelo fogo que estava se apagando.

Uma olhada para o céu cinzento de inverno foi o suficiente para fazê-la perceber que tinha dormido bastante e que já era tarde, e se perguntou por que Lucy tinha permitido que ela continuasse dormindo por tanto tempo. Provavelmente a pobre moça pensara que um bom descanso faria bem a Pegeen, sem saber que o que estava sofrendo agora era o seu coração e não o corpo.

Ao se ajoelhar sobre as almofadas de seda do banco colocado junto à janela, um grande projétil branco bateu contra a vidraça e Pegeen percebeu que estava sendo bombardeada por bolas de neve. Jeremy, pensou ela, e sem lembrar que a sua camisola de algodão e renda era bem fina, abriu a janela e se inclinou para fora, exatamente quando mais uma bola de neve atingiu o lado da casa.

Lá embaixo, montado sobre um enorme cavalo preto e meio escondido por trás de um grande pinheiro, Jeremy gritou um cumprimento e acenou. "Bom dia, Pegeen!"

"Bom dia, Jeremy", respondeu ela, tentando evitar que o seu cabelo longo e solto se molhasse na neve do peitoril da janela. "Imagino que este seja o seu novo cavalo, não é?"

"É, sim." Jeremy bateu com gosto no pescoço do magnífico animal. O cavalo relinchou, reconhecendo o agrado. "Este é o Rei."

"Rei?" Pegeen abraçou a si mesma, tentando reter algum calor no vento frio que entrava pela janela. "É um nome curioso. Por que Rei?"

"Porque sou um duque. E o tio Edward me disse que ia me comprar um cavalo digno de um rei. Então, naturalmente, eu lhe dei o nome de Rei."

Pegeen fez que sim com a cabeça, como se essa explicação fizesse sentido para ela, o que, naturalmente, não fazia. "E onde você e Rei vão hoje de manhã? "

"Bem", disse Jeremy devagar. "Nós vamos cavalgar por aí um pouco e ver como está a terra."

"Você não vai sozinho, espero."

"Não. Tio Edward vem conosco." Jeremy virou-se e olhou para alguma coisa escondida atrás dos galhos do pinheiro. "Não é mesmo, tio Edward?"

Para desalento de Pegeen, um outro cavalo e cavaleiro surgiram embaixo da janela de seu quarto. Era Edward sobre o seu enorme garanhão preto. E lá estava ela, inclinada para fora da janela com o cabelo solto sobre os ombros e apenas com uma camisola branca praticamente transparente.

"Bom dia, srta. MacDougal", Edward a cumprimentou alegremente, agindo como se o que acontecera entre eles na noite anterior tivesse sido algo inventado pela imaginação de outra pessoa — presumivelmente da dela.

"Desculpe acordá-la, mas Sua Graça insistiu em lhe mostrar a sua nova montaria."

"Oh!" Pegeen tentou manter o tom de voz despreocupado. "Rei é um cavalo muito bonito. Você agradeceu a seu tio Edward, Jeremy?"

Jeremy virou os olhos para cima, dramaticamente. "Pegeen!", disse ele, muito aborrecido. "Naturalmente que agradeci."

"Bem", disse ela. Mas, como Edward continuou sem fazer nada a não ser ficar sentado sobre o cavalo, o rosto voltado para cima olhando-a, Pegeen disse: "Então, tenham um bom passeio, cavalheiros" e começou a fechar a janela.

"Espere", chamou-a Edward, subitamente dando sinal de vida.

Pegeen o olhou brevemente sobre o ombro. "Pois não? Está frio para ficar de janela aberta, você sabe."

"Só pensei que a senhorita gostaria de saber que alguns dos convidados para a caçada de amanhã já chegaram. As senhoras vão se reunir para o almoço na sala de estar em cerca de uma hora."

Pegeen fitou-o como se ele tivesse perdido o juízo — e talvez tivesse mesmo. "Temo não poder juntar-me a elas. Marquei uma reunião com o diretor da escola para moças hoje de manhã. Talvez alguma outra hora..."

"Elas estão muito ansiosas para conhecê-la", gritou Edward.

Ela tirou a mão do trinco da janela e olhou-o mais um pouco. "Farei o possível para não decepcioná-las", disse ela, azeda. E, com isso, bateu a janela com força.

Quando Lucy chegou para ajudá-la a tomar banho e se vestir, a disposição de Pegeen não tinha melhorado muito. É verdade que tinha sobrevivido ao encontro com Edward sem cair no choro, ficar toda enrubescida, ou sem esbofeteá-lo — um fato raro, dada a história recente entre eles. Mas isso provava que não tinha se apaixonado? Esse pensamento a tinha irritado demais por quase uma hora depois de ir para a cama na noite anterior. Seria de uma inconveniência extrema se Pegeen se apaixonasse por Edward Rawlings, já que ele tinha a reputação de ser um grande salafrário.

Quando Pegeen se apaixonasse, seria por um homem agradável e sério, um homem interessado em ciências e letras; na verdade, um homem como o sr. Parks, o médico. O sr. Parks, achava Pegeen, daria um excelente marido. Ele não intimidava as pessoas com o seu tamanho. Não era excessivamente bonito. Não importunava, provocava ou enfurecia ninguém. Aquele era o tipo de marido que Pegeen queria. Um marido de aparência comum, seguro e calmo. Edward Rawlings nunca seria um marido muito bom para ninguém. Era turbulento demais, petulante demais, irritável demais. Bonito demais. Rico demais. E rápido demais com as mãos.

Quando terminou de abotoar um vestido de veludo azul muito escuro, que favorecia Pegeen, Lucy soltou uma risadinha e deu um pulo até a penteadeira da falecida duquesa.

"Oh, senhorita", disse Lucy, remexendo na gaveta. "A senhora vai usar os seus rubis ou os seus diamantes hoje?"

Pegeen olhava a si mesma no espelho de moldura dourada, tentando decidir como prenderia o cabelo. "Que conversa é esta, Lucy?", perguntou ela, distraída.

"Os seus pingentes de rubi ou de diamante?" Lucy estendeu as mãos, sem conseguir abafar uma risada, toda encantada. Ela segurava uma grande caixa de couro com a tampa aberta, revelando um amontoado de jóias lindas e caras. A luz que incidia nas pedras preciosas se refletia no rosto sardento e sorridente de Lucy. "O que a senhorita pensa de *Lord* Edward agora, senhorita?"

Pegeen estendeu a mão e levantou um longo fio de pérolas do fundo da caixa. "Onde...?", ela segurou o fôlego. "Oh, Lucy! Onde você achou isto?"

"Não achei", riu Lucy. "Só mencionei por acaso para Sukie, a aprendiz de cozinheira, que a senhorita não tinha brincos e Sukie mencionou isso para a cozinheira, que mencionou para a sra. Praehurst, que contou para o sr. Evers, que comentou com o valete de *Lord* Edward, que deve ter contado para ele, porque hoje de manhã, quando eu subia a escada e vinha para cá para ver como a senhorita estava, me encontrei com *Lord* Edward na galeria e ele me entregou isto."

"Esta caixa?", Pegeen, confusa, olhava fixamente para a moça. "Ele simplesmente lhe entregou?"

"Não exatamente. Ele disse: 'Aqui, Lucy. Providencie para que a srta. MacDougal receba isso. É a coleção de jóias da minha mãe'. Daí ele riu, uma risadinha engraçada, e disse: 'Diga a ela que, se quiser doar tudo ao orfanato local, pode fazer o que quiser'." Lucy coçou o nariz. "Pelo menos acho que foi isso que ele disse."

Pegeen pegou a pesada caixa de jóias e se sentou com ela à penteadeira. O espanto dela era total. *Lord* Edward Rawlings era um enigma que Pegeen nunca iria deslindar.

Lucy prendeu o cabelo de Pegeen no alto da cabeça com os cachinhos caindo nas costas, de forma que seu longo pescoço destacasse os novos brincos de safira. Satisfeita de pelo menos não parecer tão virtuosa quanto realmente era, Pegeen pegou uma folha de papel e escreveu uma nota rápida para o diretor da escola para moças, perguntando se não poderia se encontrar com ele uma outra hora. Hoje, escreveu, infelizmente ficaria retida...

Capítulo quinze

Por mais que tentasse, Edward não conseguia deixar de cantarolar uma melodia. Como não era nenhum cantor e como ele e o resto dos seus convidados do sexo masculino estavam marchando tenazmente pela mata da sua propriedade em busca de caça contra a qual atirar, aquele não era um comportamento particularmente apropriado. Parecia que deixava Alistair Cartwright mais irritado do que os outros, fato que não incomodava Edward nem um pouco, já que o próprio Alistair às vezes era um dos mais irritantes seres humanos.

"Maldição!", praguejou Cartwright ao perder mais um tiro. Um bando de faisões alçou vôo ao estampido da detonação de sua arma e, pelo número de ecos, parecia que os outros hóspedes de Edward, espalhados pela mata e campinas da propriedade Rawlings, também estavam dando tiros inúteis contra as aves. Cartwright virou-se e olhou para o seu anfitrião. "Eu teria atingido um deles se não fosse por esse seu maldito cantarolar."

"Não sei do que você está falando." Edward continuou a cantarolar, a sua própria arma pousada sobre o ombro, onde tinha ficado a tarde toda. Ele não tinha disparado nem um único tiro. Não conseguia atirar, não sabia bem por quê.

"Você sabe muito bem do que estou falando, seu patife insuportável. Isso aí. Esse cantarolar incessante."

"Isso?" Edward cantarolou mais um pouco. "É isso que o está incomodando?"

"Você sabe muito bem que é isso que está me incomodando." Alistair jogou o cabelo loiro que lhe caía no rosto para trás e levantou os olhos para Edward, que era mais alto do que ele e tinha melhor pontaria. "Deixe-me dizer-lhe uma coisa, Rawlings. Nós dois já passamos por muita coisa juntos."

Edward começou a marchar pela neve na direção de um desfiladeiro que parecia promissor e Cartwright o seguiu, ainda tagarelando.

"Sobrevivemos àquele maldito internato juntos, sofremos com os mesmos tutores, estudamos com os mesmos professores em Oxford, até fomos para a cama com as mesmas mulheres de vez em quando. Eu já o vi rabugento, já o vi bêbado e já o vi com ataques de fúria indescritíveis, mas nunca, em toda a minha vida, eu o vi assim."

Edward continuou a cantarolar. Os invernos de Yorkshire talvez fossem frios demais para alguns, mas não para ele. Tinha o casaco forrado de lã e o pesado manto, botas grossas, o melhor cão de caça e um frasco de conhaque no bolso do colete. Sentia-se quente e satisfeito como um bebê. Nada do que Cartwright pudesse dizer atrapalharia o seu bom humor. Ele estava feliz.

"Ora", continuou Cartwright, seguindo arquejando o seu anfitrião. "Eu me perguntei o que estaria fazendo-o se comportar de forma tão peculiar. Quais as mudanças que ocorreram em sua vida para torná-lo tão insuportavelmente satisfeito consigo mesmo? E tropecei em uma resposta. É a moça, não é?"

"Moça?" Edward sorriu para si mesmo enquanto descia um declive particularmente íngreme e cheio de gelo. "Que moça?"

"Você sabe de que moça estou falando. Só há uma moça no nosso convívio, que eu saiba. Não sou cego, sabe? Eu vi como você olhou para ela ontem à noite e..."

"Ontem à noite? O que você está pensando, meu amigo?"

"Você sabe muito bem sobre o que estou falando. Estou lhe dizendo neste exato momento, Rawlings, que é melhor você se afastar dela."

"Ora, é mesmo? E por que, posso saber?"

"Bem, para começo de conversa, porque isso não pode dar em nada. Você vai ter que se casar com ela ou se esquecer dela, porque a moça não vai cair na sua cama como uma amante da zona portuária."

"E o que faz você pensar isso?"

"Ela é filha de um vigário, não é? Além disso, você a viu ontem à noite. Como ela enfrentou Arabella." Edward ficou surpreso com a expressão de genuína admiração na voz de Alistair. "Uma coisa assim exige caráter, Edward. Sei o que você sente por Arabella, mas também sei que não vou ser o primeiro a lhe dizer que a mulher é veneno em forma de gente quando quer. E o jeito como a moça olhou direto nos olhos dela e lhe disse que não precisava mais se dar ao trabalho de administrar a sua casa..." Alistair interrompeu o que ia dizer, deleitando-se com a lembrança. "Meu Deus, aquilo foi o máximo. Gostaria de poder voltar o tempo para ver de novo."

Edward continuou escolhendo o caminho a trilhar pelo desfiladeiro abaixo da ravina com um sorriso de quem está se divertindo. "E isso é tudo, Alistair?"

"Maldição! Não, isso não é tudo, não. O que quero dizer é... olhe para ela. Sei que você a estava olhando ontem à noite, mas o que quero dizer é: olhe para ela de verdade. A moça tem beleza, massa cinzenta... com os diabos, ela até *me* faz rir e é muito raro eu rir *com* uma mulher e não *de* uma mulher. Ela é uma raridade, Eddie. Se a irmã se parecia com ela, o seu irmão estava com a idéia certa."

Edward, já no fundo da ravina, virou-se para olhar para o seu companheiro lá em cima, já que Alistair só tinha descido dois terços do caminho. Já não estava sorrindo. "Se não o conhecesse bem, Cartwright, eu diria que você está apaixonado."

Alistair agarrou um galho sem folhas e deslizou os últimos metros, chegando ao fundo da ravina. Passou as mãos pelas roupas, limpando-se, a respiração saindo em grandes nuvens brancas dos lábios avermelhados pelo frio. "Vá se danar, Rawlings", disse, ofegante. "Estamos falando de você, não de mim. Arabella me chamou de lado, bem cedo de manhã, e me contou que você adiou a visita que lhe costuma fazer à meia-noite. Ela até conseguiu forçar uma ou duas lágrimas. Tentou me fazer acreditar que você e a moça são, digamos, mais próximos do que concunhados devem ser..."

"Que diabos!" Edward passou à toda por um afloramento rochoso coberto de gelo e olhou malignamente mata acima, na direção do solar. "Maldição! Eu sabia que nunca deveria ter me envolvido com Arabella, para começo de conversa."

Alistair apoiou as costas contra uma pedra grande, parecendo mais atormentado do que divertido. "E isso não é tudo. Ela me disse que viu vocês dois de madrugada beijando-se como loucos na galeria."

"Maldição!" Edward se sentia como se fosse explodir de tanta fúria. "Esta mulher é uma verdadeira bruxa!"

"É claro que não acreditei nela." Alistair tinha baixado a arma e cruzado os braços. "Quer dizer, mas agora eu acredito." Com grande emoção, ele exclamou: "Realmente, Rawlings, como você pôde? A moça mal está há quinze dias na casa e você já está pronto a arruiná-la? Você não tem nem um pouco de decência? Ela é sua concunhada, pelo amor de Deus!".

"Eu não pude evitar", Edward resmungou, os olhos fixos no arroio congelado que na primavera seria um riacho agradavelmente borbulhante. "Você não sabe como são as coisas. Acredite, a moça fica me provocando..."

"Provocando coisa nenhuma! Você espera que eu acredite que o grande Edward Rawlings encontrou alguém à sua altura naquela moça magrinha e de rosto rosado? Ora, ela não tem nem vinte anos e é tão certinha quanto uma professorinha!"

Edward bufou rudemente. Alistair levantou as sobrancelhas. "Você está sugerindo que ela não é?"

Edward andou de um lado para o outro do desfiladeiro uma vez e então, voltando-se para o seu companheiro, rosnou: "Não, maldita seja. Infelizmente, ela é ainda mais certinha do que uma professorinha. Ela é uma maldita freira. Pelo menos, é o que tenta ser. Mas, eu lhe digo, Alistair, que debaixo daquela fachada de mocinha recatada..." Edward fechou a boca, apertando os lábios. O que ele estava fazendo? Isso era algo que não tinha a menor intenção de revelar a Alistair Cartwright.

A curiosidade de Alistair, porém, já tinha sido despertada. "E como", perguntou ele, com uma indiferença elaborada, "você poderia saber disso?"

Edward rosnou. Nunca fora capaz de guardar um segredo. "Porque Arabella, amaldiçoados sejam os seus olhos de espiã, disse a verdade quando disse que me viu beijando a moça na galeria ontem à noite!"

Alistair balançou a cabeça. "Nossa!"

"O que aparentemente Arabella não viu e, portanto, não pôde contar a você, é que, depois que eu a beijei, a moça me deu um tapa de direita com tanta força que mal consegui fazer a barba hoje de manhã."

Alistair começou a rir tanto que se curvou e pôs as mãos nos joelhos. "Não, não, me diga que isso não é verdade! Edward Rawlings ser rejeitado! Nunca pensei que viveria para ver isso."

"Agora você entende o que quero dizer sobre ela me provocar? Juro que um instante a moça está me olhando por debaixo daqueles longos cílios pretos e, no instante seguinte, está me esbofeteando. Ou, o que é pior, me dizendo que acha que eu sou um maricas! Eu lhe pergunto, Cartwright, você acha que eu pareço, mesmo que remotamente, um maricas? Pareço?"

Alistair ria tanto que não conseguia responder.

"Não entendo que bicho mordeu aquela moça." Edward voltou a andar de um lado para o outro. "Eu lhe fiz todas as gentilezas que você possa imaginar, mandei-lhe flores e livros. Até trouxe para aquele moleque, meu sobrinho, um garanhão de mais de quinhentas libras, pensando em agradá-la, e o que consigo com todos esses esforços? Um tapa na cara!"

"Ora, o que você esperava, Edward?" Alistair enxugava lágrimas de riso dos olhos. "O que temos aqui é uma moça de beleza e espírito incomuns, uma escocesa e, além disso tudo, uma filha de vigário. Ela não vai cair na cama com você, meu amigo, não sem uma aliança na mão esquerda."

Edward rosnou. "Com ela, não. Ela diz que não acredita na instituição do casamento. Diz que é uma forma de escravizar as mulheres pelos séculos..."

"Não acredito!" Alistair soltou uma risada alta. "Você deve estar brincando."

"Nunca falei tão sério na minha vida."

"Então, é isso aí." Alistair balançou a cabeça. "Ela jogou a luva diante de você, e você não tem escolha a não ser aceitar o desafio. Mas, francamente, não acredito que esteja à altura dela."

"E quem está? Você?" Edward fitou-o de forma beligerante.

"Acredito ser capaz de roubar um beijo sem levar um tapa na cara."

Edward deu um passo largo e se plantou em frente do seu companheiro, que ria. A mão que ele colocou no ombro de Alistair Cartwright era pesada e Edward a pressionou de forma a transmitir melhor para o seu velho amigo o quanto estava falando sério. "Você fique longe dela, Cartwright", disse Edward em um tom cuidadoso e destacando palavra por palavra. "Se eu o pegar perto dela, tomarei as providências para que você sofra um acidente de caça doloroso e inevitável, que o deixará de cama pelo resto desta temporada. Você me entende, meu velho?"

Alistair já não ria. De qualquer forma, Edward também não estava mais cantarolando.

"Entendo", disse Alistair, zangado. "Você não precisa me pressionar assim. Entendi direitinho." Abruptamente, Edward retirou sua mão. Dando meia-volta, dirigiu-se para o outro lado do desfiladeiro, a mandíbula dura e raivosa. O que estava acontecendo com ele? Alistair era o seu melhor amigo, um dos poucos seres humanos que conseguia tolerar por mais de uma hora por vez. E lá estava ele, ameaçando-o...

"Mas quero deixar bem claro, Rawlings, que sou contra isso tudo." Alistair tinha se levantado e ajustava o pesado manto sobre os ombros. "Não quero que aquela moça seja magoada."

Edward, surpreso, voltou o olhar para Cartwright, por cima do ombro. "E por que você supõe que eu vou magoá-la?"

"Pelo amor de Deus, Rawlings! Não é à toa que você é chamado de O Destruidor de Corações, não é mesmo?"

Edward sorriu sem humor. "É assim que me chamam?"

"É", admitiu Alistair e acrescentou, com bastante malevolência: "Quando não o estão chamando de algo ainda pior".

O sorriso de Edward se ampliou. "Ótimo!", disse.

Capítulo dezesseis

No ponto em que Pegeen tinha mais medo de falhar foi justamente aquele em que teve sem dúvida sucesso. Com muito pouco esforço, conseguiu conquistar quase todas as convidadas de Edward. Foi surpreendentemente fácil, descobriu Pegeen, agradar aquelas enfastiadas damas da sociedade. Algumas delas, naturalmente, já conhecia: *Lady* Herbert, esposa de *Sir* Arthur, e suas cinco filhas conheciam Pegeen desde a noite em que ela e Jeremy passaram na propriedade deles, a caminho de Rawlings. De Maggie Herbert, de cinco anos, à irmã dela de vinte e um, Anne, todas ficaram encantadas de vê-la novamente.

Foi a recepção calorosa dada pela família Herbert a Pegeen que fez várias das matronas com títulos de nobreza lhe darem o benefício da dúvida. "Se Virginia Herbert gosta dela", Pegeen ouviu a esposa do conde de Derby cochichar para a marquesa de Lynne, "então deve ser pelo menos um tanto respeitável."

Para Pegeen, cuja experiência como anfitriã se limitava aos chás da sociedade missionária na residência paroquial e a um ocasional bazar da igreja, a perspectiva de receber uma dúzia de damas da sociedade com seus filhos era de intimidar. E não adiantava recorrer à viscondessa de Ashbury em busca de ajuda.

Ao informar tão despreocupadamente a *Lady* Ashbury que ela não precisava mais se dar ao trabalho de administrar os assuntos domésticos dos Rawlings, Pegeen sabia que tinha feito uma inimiga.

Mas descobriu que, agindo naturalmente — como fazia com os paroquianos de seu pai —, conseguia cativar mesmo a mais engomada matrona. A personalidade expansiva e a beleza admirável de Pegeen lhe davam uma vantagem em praticamente qualquer situação e o seu entusiasmo juvenil era contagioso. Até o fim do dia, tinha feito quase todas as convidadas dar boas risadas com as suas histórias de Applesby, organizara um animado jogo de loo* e conseguira convencer quase todas as senhoras presentes de que a escola para moças de Rawlings precisava desesperadamente de doações, a ponto de elas todas concordarem em visitar a instituição na manhã seguinte.

Nem todos, porém, se deixaram cativar com tanta facilidade. Apesar de Pegeen fazer um grande esforço para tratar a viscondessa com civilidade, incluindo-a nas conversas e perguntando sua opinião em assuntos banais de vez em quando, Arabella não fez a menor tentativa de esconder o seu desprezo e desdém por Pegeen, virando os olhos para o alto diante das brincadeiras da jovem e ignorando-lhe a presença.

A moça nunca fora ignorada antes e, apesar de não parecer que as senhoras presentes tivessem ficado surpresas com o fato de a viscondessa de Ashbury deixar claro que não gostava da tia do novo duque, a própria Pegeen ficou horrorizada com a antipatia daquela mulher madura.

---

* Jogo de cartas com três a oito jogadores, muito popular na Inglaterra entre os séculos XVII e XIX. (N. T.)

Quando os cavalheiros finalmente voltaram da sua expedição de caça, as senhoras se dispersaram para os seus diversos quartos, a fim de se banhar e vestir para o jantar. Pegeen fez uma rápida visita aos aposentos de Jeremy, onde não ficou muito surpresa ao saber que ele tinha encontrado uma companheira à altura em Maggie Herbert. A menina de cinco anos, com suas marias-chiquinhas e modos autoritários, havia transformado o forte de Jeremy em um castelo e o governava, assim como as oito outras crianças que estavam na sala de brincar, com graça e majestade dignas de uma rainha. Jeremy tinha sido relegado ao enfadonho papel de rei e a toda hora se queixava da infeliz falta de piratas nas brincadeiras da menina. Ao ver que, pelo menos uma vez na vida, Jeremy não estava se metendo em encrenca, Pegeen retirou-se para o Quarto Rosa, onde Lucy tinha mais um luxuoso banho pronto à sua espera.

O jantar foi formal, com um cardápio de dez pratos para dezoito adultos, e representava apenas uma pequena parte do esquema geral. Pegeen ainda estava meio vestida quando a sra. Praehurst entrou alvoroçada no quarto, preocupada com a distribuição dos lugares à mesa.

"*Lady* Seldon acaba de me pegar na galeria e dizer que em nenhuma circunstância quer ficar ao lado de *Sir* Thomas Payton, já que ele recentemente entrou para uma sociedade que promove os benefícios do ópio para a saúde e *Lady* Seldon não pode tolerar consumidores de ópio." A governanta estava à beira das lágrimas, empurrando os óculos mais firmemente sobre o nariz. "Não quero interromper a sua toalete, srta. MacDougal, mas estou quase perdendo o juízo. Não posso pôr *Lady* Seldon ao lado de nenhum dos filhos do duque de Derby, já que eles têm o mau hábito de jogar pequenos pedaços de fruta nos grandes decotes das senhoras..."

Pegeen deu um sorriso radiante para a sra. Praehurst. "Ora, é bem simples, não é? Ponha *Lady* Seldon ao lado do sr. Cartwright e dê a parceira do sr. Cartwright para *Sir* Thomas."

A sra. Praehurst respirou com tanta força que suas bochechas enrugadas se expandiram como as de um corneteiro. "Mas o sr. Cartwright não tem título de nobreza e *Lady* Seldon dá muita importância a essas coisas..."

"Poderíamos tentar sentá-la ao lado do filho do marquês de Lynne?"

A sra. Praehurst suspirou. "Suponho que teremos de fazer isso. Mas ele é tão jovem que não posso imaginar o que vão ter para dizer um ao outro."

Pegeen deu de ombros. "Mande pôr um adorno de mesa entre eles. Assim, *Lady* Seldon não terá que falar com ele nem um pouco."

"Perfeito! Obrigada, srta. MacDougal."

Pegeen, ainda sorrindo, voltou-se para o seu próprio reflexo no espelho do quarto de vestir. Lucy estava construindo uma estrutura complicada no alto da cabeça de Pegeen e ela olhou com desconfiança para os cachos crespos encaracolados. "Você sabe o que está fazendo, não é, Lucy?"

"Sei sim, senhorita. Praticamos isso muitas vezes na escola. Esse penteado se chama pequena coroa frisada."

Vendo a sra. Praehurst hesitar à porta, Pegeen olhou-a — o que era difícil, já que Lucy segurava diversos punhados do seu cabelo, e perguntou: "Sim, sra. Praehurst? Isso é tudo?".

"Bem, na verdade, senhorita, há ainda uma outra coisa." Pegeen sorriu. "O que é? A senhora age como se fosse uma grande catástrofe."

"Bem, a senhorita sabe, srta. MacDougal... Não quero parecer impertinente, mas a viscondessa sempre se sentou à direita de *Lord* Edward..."

Pegeen levantou as suas sobrancelhas delicadamente arqueadas. "Sim?"

"Mas eu... como já disse, não quero parecer impertinente, mas *Lady* Ashbury me parou no corredor e me perguntou sobre a distribuição dos lugares e disse que eu deveria me certificar de que ela se sentasse à direita de *Lord* Edward..."

Pegeen completou o que ela estava querendo dizer: "E a senhora não acha que isso seja apropriado?".

A sra. Praehurst, como uma represa que explode, soltou uma torrente de animosidade em relação à viscondessa. "Acho que é muitíssimo inapropriado, senhorita. A viscondessa é casada. O lugar dela é ao lado do marido, não de *Lord* Edward. Como o marido dela não estará presente e a senhorita é a dona da casa agora, minha opinião é, sem dúvida, de que o lugar à direita de *Lord* Edward pertence à senhorita até ele se casar, ou até Sua Graça, o duque, assumir a cabeceira da mesa — o que acontecer primeiro."

A sra. Praehurst parecia um pouco chocada consigo mesma por ter falado tanto e com tanta veemência, mas não se desculpou pela explosão. O que ela fez foi estender as duas mãos, em sinal de impotência. "Realmente, srta. MacDougal, estou quase ficando louca."

"Imagino que sim." Pegeen mexeu as sobrancelhas para o seu próprio reflexo no espelho. "A senhora está dizendo que *Sir* Thomas Payton é um consumidor de ópio?"

"Sim, mas..."

"Vamos pôr a viscondessa ao lado de *Sir* Thomas e eu fico com a cadeira à direita do anfitrião." O brilho dos olhos de Pegeen era impossível de disfarçar e a sra. Praehurst não conseguiu deixar de sorrir.

"Está certo, senhorita", disse a governanta, retirando-se com um andar sem dúvida mais animado do que antes.

Lucy, que tinha a boca cheia de grampos, disse de forma que mal dava para entender: “Sei que a viscondessa vai usar cetim preto liso hoje à noite, senhorita”.

“Vai é? E o que é que eu vou usar, Lucy?”

“Seda branca. E os diamantes da falecida duquesa, acho.”

Pegeen riu mais um pouco. Ainda estava rindo para si mesma uma hora depois, quando apareceu no alto da escadaria dupla que dava para o Grande Saguão. Não havia ninguém lá embaixo a não ser Evers e uns poucos lacaios, mas, no momento em que o pé dela, calçado com um sapato de veludo, tocou o primeiro degrau, eles pararam de falar entre si e olharam para cima, para ela, os rostos revelando claramente uma grande admiração.

O vestido de Pegeen, do mais deslumbrante branco, tinha um decote muito ousado. Com um deslumbrante broche de diamante preso entre os seios e brincos de diamantes que combinavam balançando nas orelhas, ela não tinha nem um pouco a aparência da deselegante filha de vigário que Edward tinha encontrado no primeiro dia. Os lacaios ficaram olhando-a, boquiabertos, totalmente esquecidos do seu dever, que era escoltar as senhoras para a sala de estar, onde os convidados deveriam se reunir antes de o jantar ser servido. Pegeen sorriu para eles — a essa altura, tinha conseguido aprender o nome de quase todos os integrantes da criadagem de Rawlings —, e continuou a descer, parando apenas ao ouvir uma porta se abrir. *Lord* Edward Rawlings, ele mesmo resplandecente em suas roupas de noite — calças, colete e paletó pretos, camisa e gravata brancas —, entrou no saguão para se queixar a Evers da falta de xerez na garrafa. Ele se deteve imediatamente ao notar Pegeen na escada.

Pegeen já não tinha vontade de rir. Essa era a primeira vez que via Edward Rawlings de perto desde o desentendimento na noite anterior. Não tinha a menor idéia de como ele a cumprimentaria, se com sarcasmo, delicadeza ou mesmo se a cumprimentaria. É verdade que lhe enviara as jóias, mas aquilo tinha sido um ato de autopreservação. Ele não poderia deixar que os criados continuassem comentando que a pobre srta. MacDougal não tinha um único brinco quando todos sabiam que no cofre do solar havia uma fortuna em jóias. De repente, a vitória de Pegeen em relação às damas da sociedade já não parecia tão importante. Quisesse ou não admitir, em vez dos corações de um grupo de mulheres com título de nobreza, desejava ganhar apenas o coração do filho caçula de um duque.

Mantendo o queixo empinado, Pegeen terminou a descida da grande escadaria, feliz por não ter tropeçado na bainha da volumosa saia. Deslizou pelo chão encerado até chegar ao lado de Edward, fazendo-lhe uma mesura muito rápida antes de voltar sua atenção para Evers.

"Há algum problema com o xerez?", inquiriu ela. Evers, confuso talvez pela primeira vez na vida, gaguejou: "Ahn... sim, senhorita. Temo que seja preciso reabastecer a garrafa. Vou providenciar isso imediatamente". Ele saiu a um passo espantosamente ligeiro para um homem tão velho, os lacaios logo atrás.

Edward, enquanto isso, fitava Pegeen com um brilho inescrutável nos olhos cinza. Ela o olhou rapidamente por sobre os ombros nus e inquiriu, ousadamente: "De repente fiquei coberta de verrugas, *my lord*? O senhor não tira os olhos de mim".

"Peço perdão." O sorriso de Edward era absolutamente encantador — se era um sorriso de cavalheiro já era outra história. Havia mais do que um leve toque de desejo em seu olhar. "Eu simplesmente estou admirando a donzela mais bonita que já agraciou este velho saguão."

Pegeen abaixou os olhos, modestamente. "Tenho certeza de que o senhor diz isso para todas as suas concunhadas." Uma olhadela por baixo dos cílios lhe mostrou que ele estava rindo da brincadeira.

"Ah", sorriu Edward. "Vejo que uma tarde passada na companhia de algumas das maiores damas do reino não fez nada para moderar essa sua língua afiada."

Pegeen foi rápida na réplica. "Se o senhor acha que sou assim tão briguenta, por que me enviou as jóias?"

"Para manter os empregados da minha casa felizes. Eu não concordo, mas parece que eles acham que a sua beleza precisa desses adornos."

"O senhor mima os criados da mesma forma que mima o seu sobrinho." Pegeen balançou a cabeça de forma a fazer dançar os brincos de diamante nas orelhas, mas o tom da sua voz era apenas o de uma repreensão leve. "Realmente, *Lord* Edward, o senhor é excessivamente extravagante com os seus presentes. O menino teria ficado feliz com um pônei, mas o senhor lhe dá um puro-sangue. O que o senhor estava pensando?"

"Eu estava pensando que, quando tinha mais ou menos a idade dele, tudo o que queria era um cavalo de caça só meu." Edward conseguiu fazer uma imitação muito boa de um homem que parecia saudoso da sua infância. Mas isso não enganou Pegeen. Ela sabia que ele estava tentando agradá-la e o fato de que, para tanto, estava usando Jeremy ostensivamente, a divertia. "Eu nunca ganhei o cavalo. Fico feliz de dar ao menino alguma alegria..."

Pegeen virou os olhos para cima, significativamente. "Entendo por que *Lady* Ashbury acha que o senhor é tão adequado para as charadas. O seu talento dramático é muito pronunciado."

"Por que a senhorita acha que estou mentindo?" Ele fez um grande gesto abrangente com o seu braço forte. "Pode perguntar para qualquer pessoa aqui — pergunte a Evers — que ela vai lhe dizer que eu passei a infância morrendo de vontade de ter um cavalo como Rei."

Pegeen fez que sim, tolerantemente. "Isso é muito bom. Toda aquela prática adquirida morrendo de vontade quando criança vai lhe servir agora, quando o senhor morrer de vontade de ter diversas outras coisas que nunca vai conseguir."

"Madame", disse Edward com pompa fingida. "A senhorita me emascula."

"Acho difícil ver como isso é possível, levando-se em conta que a sua falta de masculinidade já está muito bem estabelecida."

Rápido como um raio, Edward passou um braço como uma serpente ao redor da cintura estreita de Pegeen e a puxou para perto de si, com tanta audácia como se fosse um pastor de cabras apaixonado e ela uma moça que estivesse passando com o leite recém-tirado. "Acredito que a senhorita tenha tido muitas provas do contrário na noite passada", lembrou ele, todo provocante.

Debatendo-se dentro do abraço dele, com o coração disparado pela súbita proximidade de Edward, Pegeen virou a cabeça de um lado para o outro, olhando freneticamente para ver se alguém estava observando-o. "Edward!", sibilou, dando naquele peito duro como um carvalho uma pancada com o punho. "Pare com isso! Não é engraçado! Alguém pode ver!"

"Que vejam", declarou Edward, fitando-a com um olhar provocante e zombeteiro. "O que importa? Qualquer homem que nos visse compreenderia completamente as minhas ações. Você, Pegeen, tem uma cintura que pede para ser envolvida por um par de mãos calejadas e lábios que pedem para serem beijados com entusiasmo e freqüentemente..."

Estendendo o pescoço para manter os lábios o mais longe possível dos dele, Pegeen cerrou os dentes com raiva. Ele realmente achava que ela era alguma criadinha comum que poderia agarrar e beijar toda vez que quisesse? De fato achava que ela deixaria que seus elogios lhe subissem à cabeça, conhecendo, como ela conhecia, sua reputação? Ora, ele não passava de um libertino que estava no jogo apenas pelo prazer de jogar. Ela não estava a fim de ser vítima de nenhum homem...

"Você é um grande tolo", rebateu Pegeen. "Solte-me." Ela estava desconfortavelmente ciente de que o tratamento bruto dele tinha mexido com o corpete do seu vestido e temia que o seu decote pudesse ter deslizado um pouco, ficando baixo demais. "Uma coisa é se você me forçar em particular, mas é muito diferente se você me arruína em frente de todos os seus amigos..."

"Ah, naturalmente." Edward a soltou de forma tão abrupta que ela ficou sem apoio e saiu tropeçando. "Temos que pensar no decoro. É sempre uma questão de decoro com você, não é?"

A voz de Edward foi se apagando quando se virou e viu que Pegeen estava em com um problema muito interessante. Ele arregalou os olhos ao perceber que o jeito com que a pegara tinha desarrumado tanto o vestido dela que um dos seios cheios e de ponta rosada tinha sido desalojado da taça de renda do espartilho e até, viu ele, todo encantado, da parte da frente do próprio vestido. Corando e furiosa, Pegeen tentava arrumar as coisas, mordendo o seu sensual lábio inferior enquanto isso.

"Srta. MacDougal!" Edward não conseguiu evitar. A oportunidade era boa demais. "A senhorita precisa de ajuda?"

"Não!" Com as faces queimando, Pegeen virou as suas torturantes costas nuas para ele. "O senhor já fez mais do que o suficiente, muitíssimo obrigada. Não chegue nem perto de mim."

"Estou lhe oferecendo os meus serviços como um cavalheiro..."

"Ha!" Pegeen finalmente conseguiu pôr as coisas sob controle. Puxando o corpete para que os seios ficassem dentro, como tinha acabado de arrumar, ela se virou e o olhou de frente, os olhos flamejando de fúria. "Um cavalheiro, o senhor? Ora, eu já vi porcos com melhores modos!" Ela estendeu um dedo de advertência quando Edward deu um passo em sua direção, os braços esticados em uma súplica. "Não, nem mais um passo. Fique longe de mim. Se der mais um passo, eu grito tão alto que vão me ouvir daqui até Londres."

Edward cruzou contra o peito os braços que tinha estendido na direção dela.

"Ora, isso sem dúvida dificultará as coisas, não é? Afinal de contas, eu sou o seu acompanhante hoje à noite."

"Você simplesmente me acompanhe dali", disse Pegeen, apontando um lugar a pelo menos um metro de onde ela estava. "É só cruzar essa linha e, por Deus, você vai se arrepender."

Edward olhou para o lugar que ela havia determinado. "É um ponto muito arbitrário, não é mesmo? Acho que ainda conseguiria alcançar você de lá, se eu tentasse..."

Pegeen bateu um dos pés no chão, mal-humorada. O que aquele homem estava tentando fazer, distrair a sua atenção? Ele a queria na sua cama ou em um asilo de loucos? Sem poder se conter, Pegeen deixou escapar: "Se isso é um exemplo de como o senhor tratou os seus amores anteriores, não é de se admirar que tenha terminado com uma mosca morta indiferente e imperturbável como aquela sua viscondessa".

O rosto de Edward assumiu a mesma expressão da noite anterior, depois que ela lhe esbofeteara o rosto. Reconhecendo a fria raiva dele, Pegeen bateu em retirada, dirigindo-se aos tropeções para trás, em direção à porta da sala de estar. Desejou poder engolir suas palavras precipitadas e enfiá-las de volta na boca, mas sempre achara difícil pensar antes de falar. Estava acostumada a se meter em encrenca devido às suas observações impensadas. Porém, o pior castigo que já sofrera por seus pecados passados fora ter a boca lavada com sabão. Pelo olhar de Edward, ela teria sorte se conseguisse salvar a própria pele.

Mas Pegeen não iria pedir desculpas. Continuou a se afastar de Edward enquanto ele andava para a frente inexoravelmente, a largos passos, os olhos cinza duros como aço. Olhos que não desgrudavam dela e tinham uma intensidade que sugeria que o que ele mais gostaria de fazer era arrancar o resto das roupas dela e mergulhá-la em um poço de água fria e não a deixar sair para respirar até que estivesse completamente inerte...

A porta da sala de estar se abriu com um estalido e *Sir* Arthur Herbert disse, bem alto: "Ah, minha cara srta. MacDougal! Aí está a senhorita! Estamos todos esperando-a!"

Pegeen juntou a pesada saia na mão e praticamente correu para o corpulento administrador dos Rawlings. "Oh, *Sir* Arthur!", exclamou. "Como vai? Desculpe o meu atraso. Evers deve logo estar aqui com o xerez. Como é bom vê-lo. O senhor está totalmente recuperado do nosso horrível acidente?"

Sir Arthur olhou todo sorridente para ela, o rosto corado pelo vinho. "Estou muito bem, muito bem. Soube sobre a sua terrível doença. Espero que... Oh, *Lord* Edward!" *Sir* Arthur voltou o seu largo sorriso na direção do filho do duque. "E como o senhor tem passado? Vejo que sofreu um pouco a ação do vento hoje. O seu rosto está quase tão vermelho quanto o meu!"

Olhando para cima e sorrindo para o seu protetor, Pegeen passou graciosamente por ele e entrou na segurança do Salão de

Recepções Dourado, que estava cheio de homens em roupas formais e mulheres de saias coloridas esticadas sobre as maiores armações que Pegeen já tinha visto. Quando pôs os pés no rico tapete oriental vermelho, um nítido suspiro varreu o grupo reunido, mas Pegeen não tinha certeza se era de aprovação a ela ou de surpresa pela sua entrada não anunciada. Fosse pelo que fosse, porém, foi recebida com impetuosas exclamações de "Oh, srta. MacDougal! Sente-se ao meu lado!" e "Srta. MacDougal, a senhorita deve se sentar aqui". Não ousava perder tempo à entrada — *Lord* Edward estava logo atrás dela e Pegeen pretendia pôr o máximo de distância entre os dois.

Isso se revelou quase impossível. Quando Evers anunciou que o jantar estava servido, Edward surgiu ao seu lado como se nunca tivesse saído dali, enfiou a mão dela no seu braço e quase a arrastou para que ela ficasse de pé. Pegeen conseguiu continuar sorrindo apesar de, por dentro, lhe ferverem emoções que não tinham nada a ver com a educada expressão que colara ao rosto. Como se tivesse vislumbrado aquele fogo interno pelos olhos ardentes da moça, Edward comentou, ao cruzar com ela o Grande Saguão em direção à sala de jantar: "Levante o queixo, Pegeen. Isto vai ter passado em poucos minutos".

"Pare de me chamar assim." Sujeito impertinente!

"Por quê? É o seu nome, não é?" Edward mantinha o seu próprio queixo levantado no ar, olhando para a frente, mas os cantos da boca definitivamente estavam curvados para cima. "Acontece que gosto do nome Pegeen. Não agüento chamá-la de srta. MacDougal. MacDougal é um nome tão comum. Falta-lhe qualidade. Ao contrário de você..."

"O senhor..." Pegeen fechou os olhos por um momento. Pense antes de falar, disse ela a si mesma. Ergueu as pálpebras e encontrou

Edward olhando para baixo, fitando-a com curiosidade. Ela mandou a precaução às favas. "O senhor poderia me deixar em paz?"

"Você pede o impossível." Os cantos dos lábios dele sem dúvida tinham se contorcido em um sorriso. "Já provei esses seus doces lábios, não se esqueça. Você não pode esperar que eu me satisfaça com um mero beijinho como aquele que trocamos na noite passada..."

"Beijinho!" Pegeen riu com amargura. "Aquele beijinho quase deixou os meus lábios roxos."

"Você deveria ter visto o meu rosto depois que você me golpeou."

"Ah! O senhor acha que aquilo doeu? Se continuar a me maltratar da forma que fez no Grande Saguão agora há pouco, vou lhe fazer algo muito pior do que apenas um tapa no rosto."

Edward levantou as sobrancelhas. "Ameaças terríveis de uma minúscula mocinha."

"Posso ser pequena, mas sei brigar. Jeremy e eu ficamos sozinhos por um ano, o senhor sabe..."

"Oh, sim, já ouvi tudo sobre isso." Edward olhou-a, divertido, piscando os olhos cinzentos. "Você me acusou de ser dramático, mas acredito que essa honra lhe pertence inteiramente, Pegeen."

"Já lhe disse para parar de me chamar de..."

"Sim, e você também quer que eu pare de 'maltratá-la', nas suas palavras, mas, se não estou enganado, Pegeen, houve um momento ou dois na noite passada dos quais você estava gostando..."

"Ora, eu nunca..."

"Sim, sim, mas, deixando de lado os protestos virginais, não pode me dizer que não sentiu nada quando a beijei. Você se esquece de que eu também estava ali. Senti o seu coração batendo como o de um pássaro."

"Mas que..."

"E senti a paixão nos seus lábios, Pegeen. Você pode dar-se falsos ares virginais o quanto quiser." Ele a conduziu para a cadeira à sua direita na longa mesa de jantar. "Mas nós dois sabemos que existe um fogo inegável entre nós."

Sentando-se, Pegeen apanhou o seu guardanapo e o balançou furiosa e ruidosamente. Mal notava as pessoas que andavam ao redor deles, tagarelando alegremente e de vez em quando dando umas olhadas rápidas para o atraente casal que brigava na cabeceira da mesa. "Vou lhe dizer o que é inegável", sibilou Pegeen, inclinando-se para ele de forma que o seu colo, ao qual ele já tinha dado mais do que uma boa olhada, se expandiu.

"Sim?" Ele também tinha se sentado e pôs um cotovelo sobre a mesa para ouvir melhor a comunicação a ser feita por ela em voz baixa. "E o que é?"

"O seu ego autocentrado, convencido, insensível, cruel e egoísta." Pegeen se recostou e bateu os cílios na direção dele. "Isso sim é que é inegável." Daí ela se virou para o homem sentado à sua direita, que por acaso era o conde de Derby, e lhe deu um sorriso radiante. "*My lord*, o senhor não está comendo nada! Não deixe a sua sopa esfriar por minha causa. Por favor, comece a comer."

A noite se arrastou e Pegeen, que sempre pensou ser uma pessoa de mente aberta, começou a perceber algumas coisas curiosas no grupo reunido. Depois de ter passado o dia com todas as mulheres ali presentes, Pegeen tinha pensado que elas eram damas distintas e dignas. Mas damas distintas e dignas flertam tão abertamente com homens que não eram seus maridos? Damas distintas e dignas usam tantas e tão espalhafatosas jóias e tanto *rouge*? Damas distintas e dignas comentam o quanto custa um certo champanhe que estava sendo servido e a extravagância de *Lord* Edward ao oferecer tanto *foie gras*? E damas distintas e dignas ignoram-se umas às outras para fazer alguma observação mordaz a um cavalheiro?

Pegeen não podia dizer que todas as mulheres ali presentes tivessem se revelado tão cruelmente vingativas como a viscondessa. Sem dúvida, *Lady* Herbert e suas filhas eram pessoas delicadas e com predisposição favorável. Mas a viúva *Lady* Seldon, com as suas implicações lascivas! E a esposa do duque de Derby, jogando o peito no rosto do marquês de Lynne, debaixo do nariz do marido! E como poderia se esquecer da viscondessa, que aparentemente aceitou de boa vontade o seu novo lugar à mesa, mas que estava rindo alto de alguma piada de *Sir* Thomas Payton e fazendo comentários sobre o quanto Edward tinha gastado com o clarete.

E o comportamento questionável não era reservado apenas às mulheres. O conde de Derby, que estava à direita de Pegeen, começou a noite olhando de soslaio para o vestido dela e comentando para Edward que ele era um homem de sorte, um homem de muita sorte, por ter uma concunhada tão atraente. Ele então passou a recitar versinhos humorísticos de tão mau gosto que as orelhas de Pegeen começaram a arder. À frente dela, o filho mais velho do marquês de Lynne comia as ervilhas do seu prato com uma faca e a sua parceira de jantar, Anne Herbert, não sabia para que lado voltar o seu olhar horrorizado. A certa altura, os olhos de Pegeen se encontraram com os dela e as duas moças trocaram sorrisos solidários.

Pegeen supôs que, depois do jantar, as coisas melhorariam, mas estava enganada. Depois que os homens se retiraram para fumar na sala de bilhar, a viscondessa bateu palmas e comandou os lacaios na montagem de um palco para a charada no Grande Saguão. Enquanto algumas mulheres soltavam agudos gritinhos de deleite, *Lady* Herbert afirmou estar com dor de cabeça e, juntando as suas filhas que estavam no jantar, retirou-se. Pegeen percebeu mais tarde que deveria ter entendido a saída de *Lady* Herbert como um sinal de que ela não iria aprovar os próximos procedimentos, mas, como nunca tinha brincado de charada, queria ver como era.

A volta dos cavalheiros sinalizou o início do jogo e os participantes se acomodaram em cadeiras que os lacaios tinham trazido do Grande Saguão para a ocasião. O "palco" era a área entre as curvas da escadaria dupla; a viscondessa e Edward, que fez alguns protestos fracos, foram os primeiros a desempenhar papéis em um quadro vivo. Pegeen já sabia que a cena tinha a ver com um harém, de forma que não ficou chocada quando Edward apareceu no palco com o peito nu e uma cimitarra na cintura. E quando a viscondessa surgiu, toda emproada, vinda da sala de jantar em um traje que era tão transparente que mais parecia ser feito de gaze, e começou a executar algum tipo de dança bizarra que lembrava Salomé, Pegeen achou que bastava para ela.

Pelo fato de ter pedido para se sentar atrás e, como não estava participando do jogo, a saída de Pegeen foi fácil. Não poderia subir as escadas e ir para o segundo andar enquanto a apresentação estivesse acontecendo, mas sabia como se esquivar pelas cozinhas até as escadas dos criados. A sua súbita aparição na cozinha causou uma pequena sensação — Evers, a cozinheira e a sra. Praehurst estavam jantando e os seus subordinados os serviam. Todos ficaram de pé de um pulo quando Pegeen entrou na cozinha. Ela lhes pediu que continuassem o que estavam fazendo e disse que só queria subir para ver Jeremy, explicando que não poderia usar a escadaria principal.

A sra. Praehurst lhe deu uma olhada um pouco significativa demais, segundo lhe pareceu, como se soubesse que ela estava mentindo, mas Pegeen continuou apressada, sem parar para maiores explicações. Pegeen realmente queria ver Jeremy antes de se recolher e, quando o fez, o menino já estava dormindo, cansado depois de um dia árduo de brincadeiras. Ele teria um dia ainda mais árduo quando acordasse: a sua primeira caça à raposa. Pegeen não aprovava muito a participação de crianças da idade de Jeremy em uma caçada, mas, quando ela estava doente, Edward tinha prometido isso ao garoto e Pegeen não poderia fazer Edward faltar à palavra dada. Mesmo assim, ela se preocupava com a possibilidade de que Jeremy ficasse perturbado quando os cachorros pegassem a raposa. Afinal de contas, não era como se eles deixassem a criatura fugir depois de fazê-la correr até quase a morte.

Lucy estava à espera de Pegeen no Quarto Rosa e pareceu surpresa ao ver a sua ama voltar tão cedo. Mas não disse nada, a não ser perguntar se Pegeen tinha gostado do jantar. Esta, mentindo, disse que tinha gostado muito. Depois de providenciar para que a sua ama se vestisse para dormir, o longo cabelo escuro escovado até resplandecer, Lucy se retirou, deixando Pegeen olhando pensativamente para o fogo, meditando sobre o seu dia, que não tinha sido muito bem-sucedido.

Irritou-se com o fato de Edward tê-la visto mais uma vez de peito nu, uma indignidade que não desejaria à sua pior inimiga. O peito dele, notou Pegeen no breve momento em que ficou durante a charada, era tão musculoso quanto largo e coberto por um encantador emaranhado de pêlos pretos e grossos. Era o tipo de peito sobre o qual uma moça poderia deitar a cabeça. O tipo de peito que aqueceria uma moça em uma noite de inverno de novembro. O tipo de peito que...

Chocada com os seus pensamentos, Pegeen se virou na cama e se recusou resolutamente a pensar mais em Edward. Pensou então no quanto adoraria convidar todos os seus amigos odiosos a se retirar. Imaginou-se nas enormes portas duplas que davam entrada a Rawlings, apontando imperiosamente para a neve lá fora e dando um bom pontapé no traseiro... do conde de Derby quando ele saía.

Capítulo dezessete

A viscondessa deu uma risada gutural enquanto tirava os brincos e os jogava descuidadamente dentro de uma caixa forrada de seda sobre a penteadeira. "E para onde você supõe que foi a pequena beneficiada pela sua caridade, Edward?", inquiriu ela, admirando o seu próprio reflexo. "Não acho que ela tenha ficado o suficiente para admirar o seu físico másculo."

Edward, de pé diante da lareira no Quarto Branco, fechou a cara e não disse nada. Estava vestido formalmente e tinha um copo de conhaque em uma das mãos. O jogo tinha terminado, os participantes se espalharam pelos seus diversos quartos e ele se sentia agitado, até mesmo um pouco melancólico. Talvez fosse apenas a enorme quantidade de bebida que havia consumido durante a noite. Com maior probabilidade, era a perspectiva de se levantar ao amanhecer no dia seguinte para cavalgar com os cães de caça.

Arabella retirou as luvas e examinou as suas unhas perfeitamente tratadas. "Sabe, Edward, acho que chocamos a mocinha hoje à noite."

Edward levantou os olhos das chamas da lareira e olhou para ela. "O quê?"

"Já lhe pedi para não dizer 'o quê', Edward. É tão grosseiro." Arabella começou a desfazer o complicado penteado que tinha usado naquela noite, grampo por grampo. "Eu dizia que acho que chocamos a sua filhinha de vigário. Parecia que ela não sabia o que pensar de nós."

"O que você quer dizer?" Agora ela tinha conseguido toda a atenção de Edward.

"Ora, ela obviamente não está acostumada com a sociedade sofisticada. Nunca tinha participado de charadas antes. Ela organizou um ridículo jogo de loo hoje à tarde. Eu não jogava loo há séculos, querido. *Lady* Seldon quase morreu de rir dessa idéia. Mas nós jogamos, de qualquer forma. Mal posso esperar os emocionantes jogos que ela planejou para amanhã. Naturalmente aquela mulher de Herbert vai aprovar. Não entendo por que você está sempre convidando *Sir* Arthur para todas as suas atividades. São tão pomposos, ele e aquela mulher muuuito correta dele."

Edward virou o conteúdo do seu copo de conhaque e olhou ao redor. Era o Quarto Branco, assim chamado porque toda a mobília, paredes e tapetes eram cor de marfim. Era um quarto estranhamente apropriado para Arabella, pois conseguia lhe dar a aparência de ter algum colorido.

O que o Quarto Branco não tinha, infelizmente, era um armário de bebidas. Ele estava longe da sua biblioteca, mas Edward não achou que isso era um empecilho. Precisava de mais uma bebida e rápido.

Arabella estava escovando o seu longo cabelo loiro. Era um cabelo fino, macio como seda, e Edward se lembrava do tempo em que o fascinava quando ela o deixava solto e o roçava contra o peito nu dele. Pensou que talvez ela o tivesse destrançado de propósito para tentá-lo. Conhecendo Arabella como conhecia, Edward sabia muito bem qual era a resposta a essa pergunta.

"E o rosto dela, querido! Você viu o rosto dela toda vez que Derby falava com ela? Ri tanto! Eu não ficaria nem um pouco surpresa se a pequena sirigaita recebesse um visitante inesperado à meia-noite hoje."

"Ela deve ter trancado a porta", disse Edward, dando de ombros e em seguida percebendo, quando Arabella levantou os olhos das meias que estava tirando, que tinha dito a coisa errada.

"Como você sabe que ela tranca a porta durante a noite?", o sorriso da viscondessa era largo, mas não se refletia nos seus olhos claros. "Você já experimentou a maçaneta?"

Edward lhe deu as costas, ainda com o copo vazio na mão. Maldito seja Evers por não providenciar garrafas de conhaque em todos os quartos dos hóspedes. Edward teria que falar sobre isso com o mordomo. "Naturalmente que não. Não seja ridícula. Mas o que se deve esperar de uma moça como aquela? Ela não é estúpida."

"Não", disse vagarosamente a viscondessa. "Ela não é estúpida. Mas ela é atraentemente inocente, não é, Edward?" Edward deu uma olhada para ela por sobre o ombro. Arabella usava apenas um diáfano *peignoir* azul muito claro e, com os cabelos soltos sobre os ombros, parecia muito mais jovem que os seus quarenta anos. Apenas uma década mais velha que Edward, mas séculos mais velha que a moça de quem estavam falando.

"Não sei o que você quer dizer", disse Edward por fim. Arabella riu musicalmente. "Oh, não minta para mim, Edward. Você sabe que nunca foi bom nisso. Eu o vi ontem à noite. Você e aquela moça. E não posso dizer que não o entendo. Tenho certeza de que há alguma coisa deliciosa em corromper uma virgem. Diga-me, você já teve uma virgem ou ela será a sua primeira?"

Antes de se dar conta do que fazia, Edward tinha jogado o copo vazio contra a parede, onde ele se estilhaçou em mil fragmentos minúsculos com um estrondo alto. Arabella, assustada, levantou os olhos para ele, tão arregalados que ele via o branco ao redor das íris.

"Edward, meu caro", disse ela através de lábios que tinham se tornado pálidos debaixo da pintura que usava neles. "Mexi em alguma parte sensível?"

Sem nem mais uma palavra, Edward saiu do quarto, batendo a porta com toda a força atrás de si.

Capítulo dezoito

Pegeen acordou sentindo-se aliviada e de início não se lembrou do motivo. Então recordou-se que aquele era o dia da caça à raposa do Solar Rawlings e que Edward e seus amigos — inclusive a viscondessa — estariam fora o dia todo. Isso daria a Pegeen a oportunidade de fazer exatamente o que gostava, passar o dia com *Lady* Herbert e suas filhas, nenhuma das quais era muito esportiva, com a possível exceção da mais jovem. Aos cinco anos de idade, porém, Maggie era considerada jovem demais para sair caçando. Pegeen procurou *Lady* Herbert e elas marcaram com entusiasmo um programa agradável — uma ida à aldeia para fazer compras, uma visita de caridade à escola para moças e, depois, almoço.

Depois do almoço, decidiram dar um passeio pelos jardins do Solar Rawlings, apesar de estes estarem cobertos de neve: não havia nada vivo nos canteiros e as árvores estavam todas desfolhadas. Entretanto, protegidas por mitenes e capas, as mais novas das meninas Herbert corriam pelo labirinto de cerca viva, rindo até ficar com o rosto tão vermelho como o do pai na noite anterior. *Lady* Herbert e as filhas mais velhas se comportavam com um pouco mais de decoro. Enquanto caminhavam depressa pela vereda recomendada pelo jardineiro — "Belos pingentes de gelo nesta época do ano" —, Anne Herbert perguntou como Pegeen estava em sua nova casa. Pegeen respondeu-lhe com honestidade: "Acho que gostaria mais se não tivesse que a dividir com Edward Rawlings".

Lady Herbert não conseguiu segurar uma risada diante dessa afirmação audaciosa. "O que está querendo dizer com isso, srta. MacDougal? Sempre achei *Lord* Edward absolutamente encantador..."

"Oh, sim, ele é encantador", concordou Pegeen, chutando um pedaço de gelo que tinha caído de um cano de esgoto. "Tão encantador quanto uma serpente."

Essa informação fez as três mulheres da família Herbert ficarem de orelhas em pé. "Ele pôs as manguinhas de fora com você?", perguntou Anne, entusiasmada.

"Anne!" A mãe ficou chocada, mas a moça continuou olhando Pegeen, esperando a resposta.

"Bem", disse Pegeen, mantendo as mãos abrigadas dentro do regalo de pele. "Digamos que ele tem uma atitude muito curiosa em relação às mulheres."

"Não a todas as mulheres, srta. MacDougal", disse *Lady* Herbert. "Só com as mulheres bonitas, como a senhorita."

"Sem dúvida", disse Anne. "Ele nunca se comportou nem um pouco inapropriadamente comigo."

Sua irmã, Elizabeth, pôs a colher na conversa: "Ora, Anne, você não é tão sem graça assim".

"Na verdade, sou. Se não, por que *Lord* Edward não tentou se aproximar de mim? Acredito que ele tentou alguma coisa com todas as mulheres solteiras atraentes do condado..."

"Meninas!", disse *Lady* Herbert com severidade. "Parem de fofocar. Vocês vão dar à srta. MacDougal uma má impressão de seu concunhado." Olhando para Pegeen, *Lady* Herbert disse, de forma gentil e cuidadosa: "Ouvi dizer que *Lord* Edward é um tanto 'arteiro'. Mas é difícil culpá-lo. Ele é bonito e muito rico e tem, como já mencionamos, um certo encanto. Eu não diria que ele já abordou toda mulher atraente do condado, mas uma coisa eu digo, srta. MacDougal: ele já encontrou muitas mulheres que gostariam de se casar com ele e, apesar de *Sir* Arthur e eu há muito termos esperança de que se assente, nunca o vi se interessar seriamente por qualquer mulher".

"Ele é bem sério em relação à viscondessa há já algum tempo", disse Anne.

"Anne!"

"Ora, a srta. MacDougal não é cega, mamãe. Tenho certeza de que ela já notou."

Pegeen sorriu tristemente. "Já notei sim."

"Mas devo dizer", continuou Anne, "que o vi olhando para a senhorita durante todo o jantar de ontem..."

"Anne!"

"Ora, mamãe, por favor. Somos todas adultas aqui. Por que não podemos falar sobre isso? E me perguntei o que isso poderia significar. Se fosse dar um palpite..."

"Por favor, Anne, pare com isso", advertiu *Lady* Herbert.

"... eu diria que ele se apaixonou pela senhorita, srta. MacDougal."

Pegeen balançou a cabeça, contente pelo fato de que o rubor de seu rosto seria atribuído ao frio intenso. "Não, srta. Herbert. Se *Lord* Edward parece interessado em mim é apenas porque, ao contrário daquelas mulheres de quem a senhora falava, *Lady* Herbert, não me deixei seduzir. Duvido que tenha tido muitas assim — rejeições, quero dizer."

Lady Herbert fez que sim com a cabeça. "Sim, tenho certeza de que uma rejeição seria uma novidade para *Lord* Edward. A senhorita é bem perspicaz ao notar isso. Muitas mulheres ficariam tão lisonjeadas com as atenções dele que..." Interrompeu-se, ao notar o olhar fascinado de Elizabeth, de dezessete anos. "Quero dizer, ahn..."

"Não pare!", protestou Elizabeth. "Ora, me diga, mamãe. Tenho idade suficiente para..."

"Você não tem não", disse Anne, que em seguida mudou o assunto sensatamente. "Quantas pessoas são esperadas para o baile de hoje, srta. MacDougal?"

"Oh, o baile." Pegeen quase tinha esquecido. "Não sei. Acredito que a sra. Praehurst disse alguma coisa sobre cinqüenta..."

"Cinqüenta!" Os grandes olhos azuis de Elizabeth se iluminaram. "Que ótimo!"

Pegeen sorriu com o entusiasmo da jovem. Como seria maravilhoso ser Elizabeth Herbert, pensou Pegeen com inveja. Ter uma mãe tão bondosa e sensata e tantas irmãs felizes e de bom temperamento. É claro que havia a desvantagem de ter *Sir* Arthur Herbert como pai, mas isso era compensado pela tranqüilidade doméstica que reinava na propriedade dos Herbert. O que Pegeen não daria por um pouco daquele tipo de estabilidade familiar! Nunca tivera isso na vida, já que perdera a mãe ao nascer. O pai tinha aplacado a tristeza de ficar sem a sua amada esposa jogando-se completamente no trabalho e sobrara pouco tempo para as filhas.

"Precisamos voltar", disse *Lady* Herbert, olhando para o céu, que estava escurecendo. "Eles logo estarão trocando de roupa."

Pegeen não precisou perguntar quem eram "eles". Com relutância, tomou o caminho de volta à casa, onde a sra. Praehurst foi encontrá-la com alguns pequenos problemas domésticos. *Lady* Herbert e as filhas se retiraram para se vestir para o baile e

Pegeen tinha resolvido quase todas as dificuldades da sra. Praehurst quando Evers anunciou, com indignação: "Sua Graça, o duque de Rawlings".

Jeremy, o rosto e roupas sujos de lama e de algo que parecia sangue, entrou ruidosamente no Grande Saguão, gritando o nome de Pegeen.

"Santo Deus!", exclamou Pegeen enquanto o menino jogava os braços ao redor das pernas dela e caía de joelhos, soluçando. "Jeremy, o que houve? O que aconteceu?"

Sentando-se no primeiro degrau da escadaria dupla, Pegeen abraçou o menino, que estava histérico, sem prestar atenção ao sangue e sujeira que manchavam o seu vestido de lã escura.

"Jeremy, o que foi? Você está ferido?" Ela tentou inutilmente levantar o queixo do menino para olhá-lo no rosto, mas Jeremy se agarrou ainda mais a ela, o corpo todo sacudido pelos soluços.

Pegeen continuou agarrada a ele, balançando-o nos braços e murmurando com suavidade frases incoerentes sobre seu cabelo úmido e sujo. Nunca tinha visto Jeremy tão perturbado e a força de seu desespero a deixava apavorada. Ao ouvir o som familiar das botas de Edward sobre as pedras do pavimento, Pegeen levantou os olhos, o rosto branco de preocupação.

Edward não havia entrado sozinho no Grande Saguão. Todos os participantes da caça estavam voltando, sujos de lama, mas nenhum parecia particularmente deprimido. Na verdade, a grande maioria, inclusive a viscondessa, ria como se estivesse bêbada. Pegeen, acariciando o cabelo de Jeremy, começou a sentir uma centelha de fúria profunda e perigosa acordar dentro de si. Edward se aproximou constrangido. Pegeen levantou os olhos para ele e inquiriu em uma voz mortalmente calma: "O que aconteceu com Jeremy?".

Edward olhava para Jeremy, que tinha a cabeça apoiada no ombro de Pegeen. Pela primeira vez desde que o conhecera, Pegeen viu Edward sem saber o que dizer. Alistair Cartwright tinha ficado atrás de Edward e bastou um olhar para ele para Pegeen saber que ele estava tão constrangido quanto o seu anfitrião.

Pegeen os encarou. "Um de vocês me diga o que aconteceu com Jeremy. Não fiquem aí parados, me olhando de boca aberta como tontos."

Foi Alistair quem falou primeiro. "Bem, srta. MacDougal, sabe, não acho que *Lord* Edward estivesse ciente de que Sua Graça nunca tinha estado em uma caça à raposa..."

Pegeen disparou um olhar cortante a Edward. "Ora, não? E quando você acha que Jeremy participou da sua primeira caçada? No dia em que foi coroado rei de Sião? Pelo amor de Deus, ele é um menino de dez anos que cresceu em uma paróquia! É evidente que nunca tinha participado de uma caçada até hoje."

"Eu não sabia", Edward respondeu atravessado. Seu rosto tinha perdido a expressão constrangida e ele parecia na defensiva. "Juro que pensei que ele sabia..."

"Sabia o quê?", interpelou-o Pegeen. Nenhum dos homens disse nada e Pegeen falou rispidamente: "Alguém poderia fazer o favor de me dizer o que aconteceu com Jeremy?".

Alistair começou a falar, mas Edward o interrompeu. "Não", disse ele ao amigo. "A culpa é minha. Aceito toda a responsabilidade." Voltou-se para Pegeen e cerrou os dentes. "Jeremy, ao que parece, não sabia que, quando os cachorros pegam a raposa, eles, bem... eles a comem."

Pegeen manteve a cabeça voltada para cima, olhando-o e mordendo o lábio para não rir. Na verdade, não era caso para riso. Por um lado, era ridículo que Jeremy supusesse que, em uma caçada, a caça simplesmente seria solta. Por outro, o menino adorava os animais e devia estar horrorizado em ver a raposa que tinha perseguido ser devorada pelos cães. Então apertou o abraço, sentindo-se culpada. Lembrou-se de ter se sentado ao lado da cama de Jeremy na noite anterior, perguntando-se exatamente aquilo. E não havia dito nada porque tinha suposto que o menino sabia. Mas como ele poderia saber? Jeremy, que até algumas semanas antes passava o tempo intimidando as crianças da vizinhança ou brincando de pirata com Pegeen, não podia ter a menor idéia. Todo o seu desejo de rir desapareceu e Pegeen baixou a cabeça, pousando a testa contra a de Jeremy. "Oh, Jeremy", suspirou ela. "Sinto tanto!"

Os soluços de Jeremy se tornaram palavras. "Eles a mataram", gaguejou ele. "Os cachorros mataram a raposa e tio Edward ficou lá, sem fazer nada!"

Pegeen não levantou os olhos. Ela murmurou para Jeremy: "Mas, meu querido, é isso que os cachorros fazem. Você agora sabe."

"Mas o tio Edward não impediu! E era um amor de raposa marrom, com o rabo pintado. Parecia com o Pickles!" Pegeen viu pelo rabo dos olhos que Edward tinha se acomodado no degrau ao lado deles, e estava sentado tão perto de Pegeen que ela sentia o calor do seu quadril contra o dela. Ela percebia os odores de lã úmida, cavalo e, muito sutilmente, uísque.

"Jeremy, meu caro", começou ele. "Desculpe por toda aquela confusão. Eu não sabia que você se sentia assim em relação às raposas..."

Jeremy levantou a cabeça do colo de Pegeen e olhou para o tio, com tanta raiva nos olhos como Pegeen nunca o tinha visto. "Você pôs o sangue dela em mim", ele acusou estridentemente. "Eu lhe disse para não fazer isso e você fez assim mesmo!" Soluçando de novo, Jeremy mais uma vez enterrou o rosto entre os seios de Pegeen.

Dessa vez, ela levantou os olhos para Edward com uma expressão severa. "Você o batizou com sangue?", ela o interpelou, perplexa.

"Era a primeira caçada dele", insistiu Edward. "Sempre batizamos os meninos com sangue na sua primeira caçada."

"Desculpe-me, mas pensei tê-lo ouvido dizer há um minuto que não pensou que fosse a primeira caçada dele."

Edward não conseguiu pensar em uma resposta que fizesse sentido e, consciente disso, abaixou os olhos para o menino que chorava nos braços de Pegeen. Ela sentiu tanta raiva que mal podia respirar, mas a fúria era contra si mesma. Se não tivesse passado todo o tempo pensando no tio, em vez de cuidar do sobrinho, como era seu dever, nada disso teria acontecido. Desgostosa com Edward, seus hóspedes, mas sobretudo consigo mesma, Pegeen levantou os olhos, viu um lacaio que estava por perto e o chamou.

"Você pode, por favor, me ajudar?", pediu ela, indicando com a cabeça o menino que tinha no colo. "Acho que preciso colocá-lo na cama, mas não consigo levantá-lo."

Edward imediatamente estendeu os braços e tentou pegar o menino dos braços dela, mas Pegeen lhe deu um olhar capaz de fazer murchar uma planta e disse com a sua voz mais arrogante: "Não. Você não. Você já fez o suficiente".

"Sou tio dele", disse Edward, de forma tão arrogante quanto ela.

"É mesmo? Pena não ter se lembrado disso antes." Ao sentir Jeremy ser levantado do seu colo, Pegeen levantou os olhos e sorriu educadamente para o lacaio, que pôs com destreza a cabeça do menino que chorava no ombro.

Ficando de pé sem aceitar a mão estendida de Edward para ajudá-la, Pegeen procurou a governanta, que estava bem perto, apertando as mãos, toda preocupada. “Sra. Praehurst, a senhora pode providenciar que levem um pouco de água quente e um prato de jantar para os aposentos de Jeremy?”

“Naturalmente, senhorita”, disse a sra. Praehurst, fazendo uma mesura, o rosto comprimido de preocupação. “Lamento muito, senhorita.”

“Eu também.” Sem nem mais uma palavra, Pegeen começou a subir a escada, sem olhar para ninguém, a não ser para o lacaio, que a seguia com diligência.

Capítulo dezenove

Duas horas mais tarde, Pegeen tinha dado banho e comida para Jeremy e o observado dormir, todo choroso. Só deixou o menino quando se sentiu segura de que ele não voltaria a acordar e daí foi para seu quarto, exausta, apesar de serem apenas sete horas da noite. Tudo o que desejava era tomar um banho, jantar e ir para a cama.

Mas, ao entrar no quarto, encontrou Lucy toda ocupada estendendo na cama um vestido de baile branco. A criada levantou os olhos ao ouvir os passos de Pegeen, com uma expressão de alívio. "Oh, senhorita! Pensei que não chegaria nunca! Soube o que aconteceu com Sua Graça. É uma lástima!"

"Sim", disse Pegeen. Lucy respirou fundo ao ver o sangue e a sujeira no vestido de Pegeen. Tirou o traje maculado do corpo de Pegeen, embrulhando-a em um ridículo roupão enfeitado de plumas e a fez sentar-se na poltrona rosa que ficava em frente da lareira. Pegeen olhou fixamente para as chamas, sem ver nada, enquanto Lucy desmanchava o seu penteado e lhe dava mais uma escovada completa.

"*Lord* Edward já passou por aqui duas vezes, senhorita", informou a moça, com despreocupação. "Quer lhe falar. Disse-me para avisar o valete dele logo que a senhorita chegasse. A senhorita quer que eu lhe diga que vai vê-lo?"

"Não", disse Pegeen concisamente.

"Bem, senhorita, imagino que esteja brava com ele agora e não posso dizer que não a compreendo." Lucy escovava o cabelo de Pegeen com ímpeto fora do comum. "Parece que toda vez que ele traz gente de Londres há algum problema. Eu mal dormi ontem à noite, com todo o bater de portas e não sei o que mais."

Pegeen esticou o pescoço, olhando para trás. "Do que você está falando, Lucy? Que portas batendo?"

"Bem, a senhorita sabe." Lucy enrubesceu, o que a tornava mais encantadora. "Parece que ninguém passou a noite no quarto que lhe foi designado. Foi só as velas do lustre se apagarem e todos estavam correndo para o quarto de alguma outra pessoa. A sra. Praehurst não gosta nem um pouco disso, mas quem é ela para dizer como os hóspedes deveriam se comportar? Sukie disse que a mãe dela trabalhou aqui quando o duque era vivo e que era ainda pior. Homens e mulheres correndo a noite toda, vestidos apenas com as roupas de baixo, como se a criadagem fosse cega..."

Pegeen balançou a cabeça. Nunca tinha se considerado uma puritana, mas aquele adultério despreocupado a chocava muito. Não tinha a menor idéia de que aquelas práticas existiam, a não ser nos romances sensacionalistas que às vezes folheava quando o pai não estava prestando atenção. Pegeen não queria julgar os amigos de Edward — Deus sabia que não era de atirar pedra em ninguém, mas a idéia de, digamos, *Lady* Seldon na cama do conde de Derby a fazia se sentir um pouco enojada.

"Desculpe, senhorita", Lucy interrompeu sua reflexão. "Mas não temos muito tempo para ficar fofocando. Os convidados para o jantar chegam às oito. A senhorita precisa tomar um banho muito rápido..." Lucy olhou-a com atenção e curiosidade. "Senhorita? A senhorita quer um banho, não quer?"

"Quero sim. Mas não vou descer hoje." Pegeen levantou os seus pés calçados com chinelos e os descansou sobre o banquinho em frente da poltrona. "Gostaria de jantar aqui e depois ir para a cama."

"Oh, srta. Pegeen!" O rosto de Lucy era a imagem da consternação. "Mas a senhorita *tem* que descer hoje... mais de cinqüenta pessoas vêm para o baile!"

"Não posso fazer nada quanto a isso, Lucy", disse Pegeen calmamente. "Não fui eu quem os convidou. Não são meus convidados."

"Oh, mas, senhorita!" Lucy virou a cabeça e olhou para o vestido sobre a cama. "Separei o seu vestido mais bonito, aquele com a saia cheia de lantejoulas. Vai ser uma enorme pena se a senhorita não o usar. Vou pôr aquela tiara de diamantes no seu cabelo também..."

Pegeen não pôde deixar de rir com a decepção da jovem. "Lucy, eu não vou. Sinto muito. Haverá outra ocasião para usar a tiara, tenho certeza. Agora, por favor, você pode providenciar alguma coisa para eu jantar? Apenas um pouco de sopa e pão, e talvez um pouco de queijo. Não estou em condições de enfrentar nada com caldo de carne neste momento..."

Uma batida forte na porta a interrompeu. Pegeen olhou para lá com suspeita. Lucy baixou a escova de cabelo e foi até a porta, abrindo-a apenas o suficiente para olhar para fora.

"Sim?", perguntou ela, e Pegeen viu os ombros da moça se erguerem ao perceber com quem estava falando. "Sim, *my lord?*"

A voz de Edward era macia e persuasiva. "Posso falar com a srta. MacDougal? Sei que ela está aí dentro..."

A cabeça de Lucy começava a balançar em sinal de não antes de emitir a primeira palavra. "Não, senhor. A srta. Pegeen está indisposta..."

"Então vou ficar esperando aqui até ela me receber."

"Por favor, *my lord*. A srta. Pegeen não está se sentindo bem..."

"Eu não imagino que ela esteja", interrompeu ele. "Mesmo assim, ainda quero falar com ela."

Suspirando, Pegeen se levantou da poltrona, fechou melhor o roupão e amarrou a faixa de cetim ao redor da cintura fina. Jogando o cabelo longo e solto para trás, foi até a porta, pôs a mão na maçaneta e a puxou, abrindo a porta totalmente. Ao lado de Lucy, que era mais alta, Pegeen olhou para Edward, que estava vestido para a noite, mas parecia tão agitado quanto estivera no Grande Saguão algumas horas antes.

"Pegeen", disse ele apressadamente. "Quero falar com você."

Lucy respirou fundo, prestes a repetir a ladainha de que ela estava indisposta, mas Pegeen a deteve, pondo gentilmente uma mão no ombro da jovem e dizendo: "Lucy, por que você não corre lá para baixo e providencia o jantar para mim?".

Lucy parecia relutar em deixá-la sozinha com *Lord* Edward, que estava claramente alterado, mas o olhar de Pegeen a fez tomar o seu rumo. Edward ficou parado, todo desajeitado, na entrada, olhando para todos os lados, menos para Pegeen. Ela disse, calmamente: "Bem, entre e diga o que quer".

Edward entrou no quarto, Pegeen fechou a porta atrás de si e voltou para a sua confortável poltrona em frente ao fogo. Pela primeira vez, sentia-se calma na presença de *Lord* Edward. Perguntou-se o que aquilo significava. Será que não gostava dele tanto quanto temera? Esperava sinceramente que não. Apaixonar-se por Edward Rawlings seria o pior erro que poderia cometer.

A poltrona na qual se sentou formava par com outra colocada na frente dela e Pegeen fez um gesto na direção do assento, mas Edward balançou a cabeça, os cachos um pouco desalinhados e muito pretos sobre um dos olhos. Ele afastou a mecha caprichosa do rosto e começou a andar de um lado para o outro, da porta até as janelas e de lá para a porta, dando vários passos largos em cada direção.

"Não tenho intenção de tomar muito do seu tempo, Pegeen", começou ele, os olhos sobre o tapete enquanto caminhava.

"Srta. MacDougal", Pegeen o corrigiu. "Se o senhor não se importa."

Sem olhá-la, ele descartou a questão do tratamento com um gesto. Andou na direção das janelas e parou ao lado delas, levantou uma cortina cor de malva e olhou para a noite escura de inverno. "Quero pedir desculpas pelo que aconteceu hoje com Jeremy", disse Edward, dirigindo-se ao vidro da janela. "Assumo toda a responsabilidade."

"Não é só culpa sua." Pegeen não conseguiu disfarçar o cansaço da voz. "Eu deveria ter dado mais atenção a ele."

Mais uma vez, Edward fez um gesto rejeitando o argumento. "Bobagem. A culpa é toda minha. Eu não tinha a menor idéia de que ele era tão sensível. Não sei muito sobre meninos de dez anos..."

"Ou sobre qualquer outra pessoa, para dizer a verdade", Pegeen murmurou, zangada.

"Como?" Finalmente, ele a olhava, os olhos brilhantes à luz da lareira. "O que a senhorita disse?"

Pegeen estendeu as mãos para o calor do fogo e retribuiu o olhar dele desafiadoramente. "Eu disse que o senhor também não sabe muito sobre qualquer outra pessoa."

"O que isso quer dizer?" O tom dele era mordaz.

"Quer dizer", afirmou Pegeen, jogando altivamente o longo cabelo para trás, "que acho que o senhor é um mau juiz de caráter."

"Ora, acha mesmo?" Edward parecia mais divertido que aborrecido. "E mais uma vez a senhorita está se referindo à viscondessa?"

"Não apenas à viscondessa", disse Pegeen. Ela se levantou da poltrona e o encarou com o queixo bem empinado. "O senhor tem alguma idéia de quão sem escrúpulos são os seus, digamos, amigos? São as pessoas mais mal-educadas que já tive o desprazer de conhecer. Estou chocada, completamente chocada, com as coisas que estão acontecendo aqui em Rawlings este fim de semana e não me considero uma pessoa que fica chocada com facilidade."

"É mesmo?" A boca de Edward se torceu num sorriso sarcástico. "A senhorita sem dúvida passou a maior parte do tempo do nosso convívio em estado de indignação..."

"Porque nunca esperei vir para o Solar Rawlings e ser apalpada como uma criada qualquer!" Pegeen gritou essas palavras, cheia de raiva. De repente, perdeu todo o controle de si e, com os punhos fechados ao lado do corpo, despejou tudo em cima de Edward Rawlings, com toda a força dos seus pulmões.

"Desde a minha chegada aqui, as únicas pessoas que me trataram com algo parecido com cortesia foram os criados!", declarou Pegeen. "O senhor parece pensar que eu não sou nada a não ser um tipo de diversão, que está aqui apenas para o seu gozo carnal."

Edward piscou devagar. Tinha parado de andar de um lado para o outro e estava imóvel, olhando-a com uma expressão da mais completa incredulidade. Pegeen continuou, sem baixar a voz: "Bem, para a sua informação, Edward Rawlings, eu não gosto disso! Acho que o senhor se esquece de que fui criada em uma paróquia e que não levo na brincadeira coisas como adultério. Não posso acreditar que o senhor permita que esse tipo de coisa aconteça debaixo do seu teto, sobretudo agora, quando aqui vive uma criança impressionável e que até hoje adorava o chão sobre o qual o senhor pisava."

Pegeen respirou fundo e continuou a repreendê-lo, sem lhe dar chance de interrompê-la: "Quando vim para Rawlings, pensei que me relacionaria com pessoas que saberiam se comportar melhor do que ignorar uma pessoa que mal conhecem ou jogar pedaços de fruta no vestido de uma senhora ou contar histórias indecentes na presença de mulheres jovens ou...".

Edward levantou uma das mãos, a expressão serena. "Basta", disse ele, com voz baixa. "A senhorita já deixou claro o que pensa."

Mas Pegeen não ia deixar que ele se livrasse com tanta facilidadc assim.

"O senhor parece não compreender que o comportamento dos seus hóspedes reflete sobre o senhor, e não de forma muito lisonjeira, eu poderia acrescentar. Lucy, a Lucy que trabalha aqui comigo, estava acabando de me contar que não dormiu a noite toda devido ao movimento de pessoas mudando de quartos e batendo as portas, tudo isso acontecendo debaixo do seu nariz..."

"Pegeen..."

"Não vê que, com exceção dos Herbert, essas pessoas o estão usando? Elas comentam quanto custa cada prato que o senhor lhes serve, não falam de outra coisa que não seja a qualidade da porcelana Rawlings, da roupa de cama Rawlings e dos cavalos Rawlings. Nem gostam de *você*, Edward. Gostam do fato de que você permite que elas abusem da sua hospitalidade. A sra. Praehurst me disse que alguém até arrombou a adega de champanhe ontem à noite e roubou três garrafas, e que um dos filhos do conde de Derby foi apanhado tentando abusar da lavadeira..."

"Basta!" Edward teve de gritar para ser ouvido. Pegeen imediatamente fechou a boca e ficou em pé, com os braços caídos ao lado do corpo e os punhos ainda cerrados, respirando com dificuldade. Ela ergueu o rosto e olhou-o desafiadoramente, os olhos verdes brilhantes de raiva.

"E então?", ela o inquiriu, brava, quando ele se limitou a ficar ali de pé olhando-a, com uma expressão estranha. "Não tem nada a dizer em sua defesa?"

Edward, em vez de gritar com ela, como a moça esperava, estava rindo, com uma expressão no bonito rosto que só poderia ser chamada de melancólica ou saudosa. Essa não era bem a reação esperada por Pegeen e ela esfregou um pé descalço contra o outro nervosamente. Teria preferido um acesso de raiva àquele comportamento misterioso.

"Você sabe", disse Edward com voz baixa, "que eu não sou repreendido de forma tão categórica há vinte anos? E, na última vez, aconteceu exatamente aqui, neste quarto?" Ele riu. "Só que, devo admitir, minha mãe nunca teve um *peignoir* tão atraente como o que você está usando."

Pegeen baixou os olhos para si mesma. Santo Deus! Ela tinha se esquecido completamente de que estava usando apenas um *peignoir*, aquele com o ridículo enfeite de plumas que Lucy havia escolhido para ela! O que, em nome de Deus, ela estava fazendo, recebendo um cavalheiro no seu *boudoir* vestida com roupa de dormir? Se a sra. Praehurst descobrisse, ficaria completamente chocada!

"Peço desculpas", disse Edward, interrompendo a autocensura da moça, "por qualquer tratamento inadequado que você possa ter recebido aqui em Rawlings, Pegeen." A expressão dos olhos dele, que estavam na sombra, era inescrutável, mas Pegeen suspeitava, pela intensidade da sua voz, que ele estava sendo sincero. "Sei que você foi insultada, tanto por mim como pelo menos por alguns dos meus hóspedes, mas quero que saiba que isso não acontecerá novamente."

Pegeen levantou uma sobrancelha com ceticismo, mas não disse nada. Estava surpresa diante da completa capitulação de Edward e também um pouco desconfiada. Ele não tinha negado nenhuma de suas acusações — inclusive a dirigida diretamente a ele, de que, para ele, ela não era nada mais do que uma diversão. Seria isso de fato o que ele pensava dela?

"E então?" Edward saiu das sombras e Pegeen viu que os traços cinzelados tinham se contorcido, assumindo uma expressão de total contrição. "Estou perdoado?" Ele se parecia tanto com Jeremy quando pedia o perdão de Pegeen por algum delito, que ela riu.

"Honestamente", disse ela, balançando a cabeça. "Vocês, homens de Rawlings. Não sei o que fazer com qualquer um de vocês."

"Isso significa que vai jantar comigo?" Edward deu mais um passo rápido na direção dela. Pegeen não diria que a expressão dele era de ansiedade, mas havia alguma coisa que antes não estava lá. De qualquer forma, poderia ser apenas que ele estivesse impaciente pelo jantar...

Pegeen concordou de má vontade em ir ao jantar e ao baile. "Mas", disse ela, levantando um dedo em sinal de advertência, "você mantenha aqueles seus amigos longe de mim."

Edward pôs uma das mãos sobre o coração e falou com seriedade zombeteira. "Juro-lhe que não vou permitir que ninguém ofenda a sua honra esta noite, *my lady*."

"Inclusive o senhor", disse Pegeen, acompanhando-o até a porta.

"Mas é claro." Parando na soleira da porta, Edward pegou uma das mãos dela e lhe deu um forte beijo. Antes de soltar os dedos de Pegeen, ele a olhou e disse, em voz baixa: "Obrigado".

Pegeen sentiu o calor da mão dele subir pelo seu braço. Os olhos dela se abaixaram sob a intensidade do olhar de Edward e, de repente, percebeu que tinha perdido o controle da situação. Murmurou alguma futilidade, mal sabendo o que tinha dito, e então ele soltou sua mão e foi embora.

Capítulo vinte

"O que você fez com Edward?", Alistair Cartwright perguntou-lhe naquela noite, quando finalmente conseguiu tirar Pegeen para a valsa que ela lhe havia prometido.

Sorrindo para aquele parceiro de dança franco, Pegeen deu de ombros elegantemente. "Não fiz nada com ele", teimou. "Por quê? Você acha que ele está agindo de modo diferente?"

"Por Deus, acho sim." Alistair rodopiou Pegeen habilmente pelo assoalho muito polido do Grande Saguão, onde dezenas de casais dançavam a valsa tocada pela orquestra de oito instrumentos. "Todos me perguntam o que deu nele. Ele já mandou *Sir* Thomas Payton embora por consumir ópio na mesa de bilhar e agora, pelo que entendi, informou o conde de Derby que, a menos que mantenha as mãos longe da criadagem, vai fazer com que ele seja banido do Claridges..."

Pegeen levantou as sobrancelhas, impressionada, ainda que a contragosto. "Ele realmente consegue fazer isso?"

"De fato, consegue sim. Com animais como os dele e o príncipe de Gales tão louco por cavalos? Edward pode fazer quase qualquer maldita coisa que lhe der na veneta..." Alistair olhou para ela com ar culpado. "Desculpe. Não tive intenção de fazer uma imprecação."

Pegeen riu, sentindo a cabeça maravilhosamente leve, tanto devido ao champanhe que consumira com a ceia quanto pela força viva da dança. "Pode praguejar o quanto quiser. Eu não me importo."

"Não se importa?" Alistair parecia encantado. "Meu Deus, você é mesmo um tipo muito especial. Mas, falando sério, você não vai me dizer o que fez com Edward?"

"Não fiz nada com ele", insistiu Pegeen. "Honestamente, não sei do que você está falando!"

"Mentirosa", disse Alistair. "Qualquer pessoa que tenha olhos tão brilhantes como os seus só pode estar aprontando alguma coisa. Mesmo um tolo como eu sabe disso." Pegeen apenas balançou a cabeça, dando um sorriso. Sabia que os seus olhos brilhavam tanto quanto os diamantes da tiara que ostentava sobre o esmerado penteado, mas não havia nada que pudesse fazer para controlar isso. No belo vestido branco de baile e com todo o brilho das lantejoulas, Pegeen sabia que, graças ao sr. Worth, ela parecia uma princesa saída de um dos livros de história de Jeremy. Tinha visto as sobrancelhas levantadas da viscondessa e das amigas dela quando Evers anunciou a sua entrada e ela desceu a escadaria com toda a altivez de uma rainha.

Mas, se alguém esperava que ela agisse como uma rainha, ficaria surpreendido, porque Pegeen estava determinada a retribuir todo o desprezo que havia recebido da viscondessa e de suas amigas... apenas com afabilidade, e não com amargura. Portanto, quando Edward foi recebê-la ao pé da escadaria, com uma expressão de franca admiração nos olhos cinza, isso foi exatamente o que tinha feito. Sorriu cortesmente para todos os convidados de Edward, tomando o cuidado especial de cumprimentar *Lady* Arabella pelo seu vestuário, e chegando a perguntar como delicadeza onde ela tinha comprado o seu leque. A viscondessa respondeu monossilabicamente, branca de raiva, enquanto Edward assistia a tudo, divertindo-se candidamente com a cena.

Ninguém poderia dizer que Pegeen não agira como a mais amável das anfitriãs.

Na posição de cavalheiro de mais alta categoria presente, era necessário que *Lord* Edward abrisse o baile, dançando com a anfitriã. Como Pegeen tinha deixado muito claro mais de uma vez, os convidados eram só dele e não dela, de forma que não se considerava a anfitriã do baile e pensava que ele iria convidar a viscondessa para a primeira *quadrille*. Pegeen engolia uma colher de merengue quando Edward se aproximou. Fazendo uma grande mesura diante dela, ele lhe perguntou, com toda a tranquilidade, se Pegeen gostaria de dançar. Ela ficou tão espantada que por pouco não engasgou.

Logo percebeu que não fora a única a ficar surpresa com esse acontecimento inesperado, mas, com a exceção dos Herbert e, possivelmente, de Alistair Cartwright, ela era a única para quem o choque era agradável. Notou a viscondessa indo de grupo em grupo, sussurrando ameaçadoramente atrás do leque e dando olhares sombrios para Pegeen e seus diversos parceiros de dança. Esta, porém, não se importou nem um pouco. Estava se divertindo demais para permitir que Arabella Ashbury estragasse a sua noite.

Voltando a atenção novamente para o sr. Cartwright, Pegeen percebeu que ele mais uma vez a acusava de ter "feito alguma coisa" com o amigo dele.

"Desculpe-me", disse ela. "Mas não tenho idéia de sobre o que você está falando. Não posso dizer que *Lord* Edward e eu sejamos amigos. Estamos quase sempre brigando. Talvez ele ainda esteja aborrecido com algum insulto que eu lhe disse inadvertidamente."

"Oh, então você acha que é isso? Por que uma hora ele está cantarolando e, em seguida, está louco de raiva?" Observando o rosto de Pegeen, Alistair foi ficando sério. "Você honestamente não tem a menor idéia, não é?"

Como Pegeen não acreditava que a transformação de Edward tivesse a ver com algo que ela pudesse ter dito, balançou a cabeça. Com certeza ele estava meramente cumprindo a sua parte do recente acordo que tinham feito e isso era tudo. Mesmo assim, era o suficiente. Pegeen se sentia mais feliz do que jamais estivera desde a chegada a Rawlings.

Enquanto Alistair a rodopiava pela pista de dança, os dois passaram por Anne Herbert, que sorriu para Pegeen. Um plano tortuoso, porém bem-intencionado, se formou na cabeça de Pegeen e ela disse a Alistair: "Você deve convidar Anne Herbert para a próxima dança".

Alistair pareceu confuso. "Quem?"

"Anne Herbert. A filha mais velha de *Sir* Arthur. Uma moça muito encantadora!"

Alistair deu uma olhada na direção de Anne. "Aquela moça, é dela que você está falando? A sem graça?"

"Ela não é sem graça", disse Pegeen, ofendida. "Tem uma beleza sutil demais para ser percebida com uma olhadela casual como essa. Você deveria convidá-la para a próxima dança."

Como um típico representante do sexo masculino, Alistair não gostava que lhe dissessem o que fazer. "Por que deveria?"

"Bem, porque ela me disse hoje que acha você muito bonito", mentiu Pegeen, sem nenhuma dificuldade. "E acha que você é divertido."

Alistair ficou todo envaidecido. "Ela acha, é? E também bonito?"

"Sim e muito."

Quando a valsa deles terminou, Alistair fez uma mesura para Pegeen e então tomou o caminho mais curto até Anne Herbert, que pareceu bastante surpreendida ao ser convidada a dançar por um cavalheiro tão ilustre. Nada assim lhe tinha acontecido antes.

Sem parceiro pela primeira vez em toda a noite, Pegeen passou o olhar pela pista de dança, em busca de um certo casaco preto no meio de um mar de muitos casacos pretos. Encontrou Edward instantaneamente, dançando com uma mulher grande que ela não reconheceu e parecendo muito descontente com a situação. Pegeen abafou um risinho. Sabia que o baile era um desperdício extravagante de dinheiro, mas, ora!, ela estava se divertindo muito!

Sentindo que os pentes da sua tiara estavam escorregando, Pegeen aproveitou os poucos minutos que tinha livres entre um pedido e outro para dançar e correu para o seu quarto, a fim de que Lucy consertasse o estrago feito por toda aquele valsar. Depois de ter se refrescado e trocado observações amistosas com a criada, Pegeen deixou o Quarto Rosa, ansiosa em voltar para o baile. Mas, no corredor, ouviu vozes que não reconheceu. Um dos quartos próximos ao de Pegeen estava sendo usado naquela noite como uma sala para as senhoras, e diversas mulheres estavam saindo de lá, conversando baixo. Tomada por um acesso súbito de timidez, Pegeen se escondeu no vão de uma porta para não ter de falar com essas grandes damas. Não se sentia nem um pouco inclinada a tanto, depois de todo o champanhe que tinha consumido.

"Não pode ser verdade!", exclamou uma das senhoras. "Simplesmente me recuso a acreditar nisso."

"Arabella insiste que sim", disse uma outra mulher com firmeza.

"Mas onde poderia ter ouvido uma coisa dessas?"

"Ela afirma que Ashbury estava lá quando aconteceu. Em Veneza."

"Mas, se é verdade, por que Edward não sabe disso?"

"Talvez ele saiba."

"Mas então por que permite que a irmã da sirigaita viva aqui?"

Pegeen sentiu o coração começar a bater com força. Estavam falando sobre *ela*!

"O que ele pode fazer? Seja isso verdade ou não, o menino continua a ser o novo duque de Rawlings. E dizem que o menino se recusava a vir sem a tia."

"E você sabe que a última coisa que Edward quer é ter a responsabilidade do título..."

"Mas que *Lord* John tenha sido assassinado pelo amante da sua esposa... realmente, é demais para se acreditar! É como alguma coisa de um romance."

"Tem de ser verdade. Por que Arabella inventaria isso?"

"Ela está com ciúmes. Qualquer tolo vê que a irmã atraiu o olho de *Lord* Edward", respondeu a primeira mulher.

"Ela não está inventando", declarou uma voz de mulher mais velha. "Eu me lembro de ouvir alguma coisa semelhante na época da morte de *Lord* John..."

"Minhas caras! Vocês sabem o que isso significa, não sabem? Ora, aquele menino pode nem ser um Rawlings!"

As vozes das mulheres foram ficando mais baixas à medida que se afastavam dos ouvidos de Pegeen. De pé no vão sombrio, Pegeen tremia, os ombros caídos.

Não podia ser verdade. Não podia ser verdade. Como a viscondessa conseguia ser tão cruel? Dizer para todos... para *todo o mundo*! Sem dúvida alguém iria dizer alguma coisa para Edward e então, o que aconteceria? Oh, Deus!

Atravessando cegamente a galeria, de cabeça baixa, Pegeen passou pela escadaria dupla e pegou o corredor, na direção da escada de serviço. Precisava ficar um pouco sozinha, em algum lugar onde pudesse evitar boatos e olhares especulativos. Instintivamente, dirigiu-se para a estufa, tomando um caminho indireto que passava pelas cozinhas, onde todos estariam ocupados demais na preparação da comida para notá-la.

Na relativa escuridão da estufa — a única luz era a da lua, que chegava através do teto de vidro —, Pegeen começou a se sentir um pouco melhor. Caminhou de um lado ao outro pelas aléias, entre os canteiros de flores, inalando o cheiro pungente de rosas misturado com o de turfa. Continuava a achar estranho ver flores tão bonitas como aquelas quando do lado de fora havia neve por toda parte. Só ouvia a orquestra tocando no Grande Saguão. De vez em quando, ouvia um tinir de copos ou uma gargalhada que vinha de um dos corredores próximos.

Como a sua vida havia mudado desde a vida calma em Applesby! Antes tinha dois vestidos e agora tinha mais de vinte; antes não sabia de onde sairia a sua próxima refeição e agora tinha medo de ter comido demais. Aquele era o seu primeiro baile, sua primeira noite em sociedade. E veja o que estava fazendo com ela: escondendo-se com os lírios e as samambaias! Mas não podia voltar para lá, não com a viscondessa espalhando aqueles boatos. E se alguém os mencionasse a *Lord* Edward? O que diria ele? O que faria?

Um som próximo fez Pegeen parar seu ziguezague e levantar a cabeça. Havia uma grande forma indistinta ao lado dos rododendros. Pegeen ouviu uma respiração pesada e difícil. Santo Deus, pensou ela, sentindo arrepios nos braços. É um dos ogres dos livros de história de Jeremy...

"Srta. MacDougal!" Era um ogre que sabia o nome dela, mas Pegeen não reconheceu a voz. "É muito apropriado que eu me encontre por acaso com a senhorita aqui, junto com todas as outras flores exóticas."

Pegeen apertou os olhos na escuridão. A sua reação inicial foi correr, mas não desejava mostrar covardia se pudesse evitar. "Quem é?", interpelou ela. "Mostre-se."

Atendendo à ordem, o ogre deu um passo para um espaço iluminado pela lua e Pegeen deu por si olhando, com alguma surpresa, para o conde de Derby.

"Oh", disse ela. "É o senhor."

O conde deu mais um passo à frente e disse: "Sim, sou eu. Desculpe se a perturbei. A senhorita esperava alguma outra pessoa?"

Pegeen piscou. "Não."

"Só perguntei porque me surpreende a senhorita estar aqui enquanto toda a dança acontece no salão ao lado." Alguma coisa nas maneiras do conde pareceu estranha para Pegeen. Ela não conseguia descobrir o que era. "Tem certeza de que não ia se encontrar com ninguém? Um amante, talvez?"

Pegeen sentiu o rosto arder. "É claro que não!", exclamou ela.

"Que casualidade, então", disse o conde, "que nos encontremos assim."

Pegeen fitou o conde. Era um homem grande, ainda não de meia-idade, mas o seu rosto tinha se tornado rubicundo devido à vida de libertinagem. Houve época em que teria sido musculoso. Mas agora os músculos tinham virado gordura, deixando-o com um pescoço extremamente grosso e um pouco de barriga. Olhando-o, Pegeen pensou no filho mais velho dele, um sujeito esquisito de vinte anos, que já tinha conseguido ofender a maioria das criadas do Solar Rawlings. Tal pai, tal filho, disse Pegeen a si mesma, dando um passo para trás por precaução.

"A senhorita é muito quietinha, não é mesmo?" *Lord* Derby chegou mais perto. "Gosto disso em uma mulher. Não gosto muito de gritinhos e risadinhas."

"*Lord* Derby", disse Pegeen, ainda recuando. Estava assustada e não sabia por quê. "Eu... eu estava justamente voltando para o baile. Talvez o senhor gostasse de me escoltar?"

"Para que tanta pressa? Aprecio este lugar. Gostoso e calmo." As palavras saíram indistintamente da sua boca, como se tivesse dito "goxtoxecamo".

Pegeen sabia que ele devia estar muito bêbado para vaguear tão longe da comida e da bebida. Disse-lhe: "Talvez o senhor gostasse de ficar aqui, então, enquanto vou buscar mais uma bebida para o senhor. O senhor gostaria?"

O conde de Derby balançou um dedo gordo na direção dela. "Você não vai voltar. Conheço as mulheres como você. Provocante! Vocês todas estão sempre provocando!"

"Mas é claro que eu volto", mentiu Pegeen com voz doce. "Também gosto dessa calma aqui. O senhor quer champanhe ou vinho, *Lord* Derby?"

"O que eu gostaria, minha moça, é que você ficasse parada um minuto." O conde passou a mão sobre os olhos. "Você está me deixando atordoado, movendo-se de um lado para o outro assim..."

Pegeen tentou passar rapidamente por ele, pensando que talvez estivesse bêbado demais para ter o reflexo de detê-la. Mas pensou errado. Rápido como um gato, *Lord* Derby estendeu o braço e capturou a cintura estreita dela, segurando-a com mão de ferro. Com força surpreendente, o conde a arrastou para ele até que o rosto de Pegeen estivesse quase sufocado pelas moles dobras de carne por baixo do colete preto dele.

"*Lord* Derby!", exclamou Pegeen, mais surpresa pela rapidez do ataque do que com raiva. "O que..."

"Estou de olho em você, minha menina", declarou estrondosamente o conde. "Você me faz lembrar de uma pessoa, alguém que conheci em Londres no ano passado. Você é um pouco mais bonita, mas tem o mesmo rosto rosado..."

"*Lord* Derby!", o rosto de Pegeen ardia não de indignação, mas de vergonha. Era muito possível que ele tivesse encontrado alguém em Londres de quem ela o fazia se lembrar, alguém para quem o comportamento que o conde exibia naquele momento seria muito apropriado. Se acontecesse de ele se lembrar exatamente...

Ela bateu furiosamente com o pulso contra o largo peito do conde. "Como o senhor ousa! Solte-me imediatamente ou vou contar a *Lord* Edward!"

Lord Derby riu. "Você acha que o velho Edward não vai me entender? É claro que tem a mesma coisa em mente!"

Uma voz fria soou na escuridão. "Basta, Derby. Solte a moça."

O conde de Derby a soltou tão rapidamente que Pegeen cambaleou para trás e teria caído se o seu braço não tivesse sido seguro com firmeza por *Lord* Edward. Ele a olhou, os olhos inescrutáveis nas sombras, mas os lábios tinham um sorriso estranho, nada amistoso. Os dedos que seguravam o braço nu de Pegeen eram como gelo.

Com uma voz controlada e sem entonação, Edward disse para *Lord* Derby: "Bem, meu velho, você parece ter se esquecido do que eu lhe disse que aconteceria se você encostasse um dedo na srta. MacDougal".

"Mas ele não fez isso", apressou-se Pegeen a intervir. A última coisa que queria era causar mais problemas entre Edward e seus amigos. "Pôr um dedo em mim, quero dizer."

"Não?"

Pegeen balançou a cabeça rapidamente. Nunca tinha visto o rosto de alguém com a expressão que Edward tinha naquele momento. Ela ficou muito assustada.

"Sorte dele, então", disse Edward. O olhar frio se afastou da oscilante figura de *Lord* Derby. "Porque, se ele tivesse, só me restaria mandá-lo embora. Certo, meu velho?"

"Acho que sim", disse o conde com um soluço, sem parecer muito preocupado. "Se é isso que você diz, Rawlings."

Depois de dar um olhar final de advertência na direção do conde, Edward tirou os dedos do braço de Pegeen e os pôs na cintura dela, conduzindo-a da estufa para o corredor mal iluminado que levava ao Grande Saguão.

"O que", ele inquiriu quase imediatamente, "você estava fazendo ali sozinha? Não tem nem um pouco de juízo? Por que não me disse onde estava indo? Fiquei procurando você por toda parte."

Todo o medo de Pegeen desapareceu em uma explosão de indignação. "Não sabia que precisava pedir a sua permissão para sair de uma sala!"

"Você não precisa pedir a minha permissão", disse Edward com uma sensatez que a deixava furiosa. "Mas poderia ter me avisado que ia sair do baile. Pegeen, isso não é exatamente como o Festival da Colheita de Applesby. Esses homens são... acostumados a conseguir o que querem. Não é sensato para uma jovem ficar vagando por aí sem um acompanhante enquanto esses cavalheiros estão bêbados."

Pegeen olhou-o fixamente. "Cavalheiros! Isso é que é usar esse termo com liberdade!" Então, vendo que ele a encaminhava na direção do Grande Saguão, ela de repente empacou. "Ah, não!"

Edward baixou os olhos para olhá-la melhor, confuso. "O quê? Você não está pronta para voltar?"

"Eu..." Pegeen levantou a cabeça para ela, com expressão de desespero nos olhos. Gostava da sensação do braço dele ao redor da sua cintura, do calor do seu abraço parcial. Na verdade, temia gostar de tudo isso um pouco demais. Não seria bom começar a se acostumar às atenções de Edward. No minuto em que ele tomasse conhecimento dos boatos que estavam circulando, essas atenções cessariam. E o que dizer sobre aquilo que *Lord* Derby tinha dito, de ela o fazer se lembrar de alguém? Suponha que ele ficasse sóbrio e se lembrasse da pessoa com quem ela se parecia? Pegeen fez um gesto nervoso para se libertar e Edward instantaneamente a soltou, como se ela fosse um ferro que tivesse ficado quente demais para manter na mão.

"Eu prefiro não voltar", gaguejou Pegeen. "Acho que estou pronta para me recolher por hoje..."

"Ah", disse Edward com ar de quem entende. "Tomou um pouco demais de champanhe?"

"S-sim", sussurrou Pegeen. "É isso. Se você me der licença..."

"Não." Edward agarrou o cotovelo dela. "Eu a acompanho ao seu quarto." Pegeen começou a protestar, mas ele levantou uma das mãos. "Vamos, vamos. Não se esqueça de *Lord* Derby. Não gostaríamos que você desse de cara com outro dos meus companheiros bêbados no corredor. Eu insisto."

Pegeen não tinha escolha a não ser permitir que ele a conduzisse ao seu quarto. Foram pela escada do fundo e não encontraram ninguém. Foi apenas quando estavam chegando à porta do Quarto Rosa que Edward perguntou, com curiosidade: "Posso indagar o que motivou aquela visita à estufa?".

Ela levantou os olhos para ele. O perfil de Edward era tudo o que ela podia ver na luz fraca e ele parecia um pouco ameaçador.

Pegeen suspirou e, inexplicavelmente, os seus olhos se encheram de lágrimas.

"Ora, ora", disse Edward apressadamente. Pôs os dedos debaixo do queixo de Pegeen e levantou o seu rosto. "O que estou vendo são lágrimas?"

Pegeen piscou, envergonhada da sua própria fraqueza. "Não", disse, a voz sufocada pelos soluços. "Eu apenas... estou com alguma coisa no olho."

"Não acredito." Edward tirou um lenço de linho branco do bolso do colete e encostou uma ponta nos cantos dos olhos úmidos dela. "Pegeen, o que é? Você não pode me contar?"

Comovida com o calor da voz dele, Pegeen baixou os olhos. "Eu não ouso", suspirou ela.

"Diga-me. Eu escorracei o horrendo vigário, não foi? E o detestável *Lord* Derby. Talvez também possa livrá-la do que a aflige."

"Você não pode", disse Pegeen e de repente as lágrimas jorraram, uma verdadeira enxurrada.

Edward estava tão surpreso como se de repente tivesse começado a chover dentro de casa. Soltou uma praga em voz baixa e então, olhando para um lado e outro do corredor, estendeu a mão para a maçaneta da porta do quarto dela. "Aqui dentro", ordenou ele. "Vamos esclarecer isso, você e eu. Agora."

Pegeen estava perturbada demais para protestar. Por mais que tentasse, não conseguia parar de chorar. Sem pensar, foi direto para a cama, jogando-se sobre ela para soluçar com o rosto mergulhado nos travesseiros macios. Nem pensou no que Edward poderia fazer enquanto ela chorava. Lucy aparentemente tinha descido para jantar, deixando o quarto escuro, a não ser pelo brilho do fogo da lareira, que já estava se apagando. Pegeen ouviu Edward trancar a porta atrás de si para ter certeza de que não seriam perturbados.

Se Edward achou o comportamento dela estranho, não disse nada. Quando recuperou o autocontrole e levantou a cabeça do travesseiro, ela o viu de pé a cerca de meio metro da cama. Ele a fitava com uma expressão inescrutável no rosto, os braços cruzados sobre o peito.

"E agora", perguntou ele, "você poderia me dizer o que significa tudo isto?"

Pegeen engoliu em seco. Não fazia sentido continuar ocultando o fato. Ele ia acabar ouvindo da boca de alguém. Respirando fundo e tremendo, Pegeen disse: "Eu... eu ouvi algumas damas fofocando".

"Ouviu?" A voz de Edward denotava apenas um interesse distante. "As damas têm a tendência de fazer isso. O que, precisamente, diziam elas?"

Ela não conseguiu evitar um pequeno soluço. "Que... que o seu irmão John morreu em um duelo por causa da minha irmã Katherine."

Ela olhou-o para ver como ele recebia a notícia. Edward cerrou os dentes um pouco. "Entendo", disse ele com cuidado. A sua voz era impassível. "E onde essas senhoras teriam ouvido essa história, eu me pergunto?"

"Eu-eu não sei", mentiu ela. Pegeen não ousava lhe dizer que a viscondessa era quem espalhara o boato. Ele apenas a acusaria novamente de estar com ciúmes...

Edward descruzou os braços e se aproximou da cama. Pegeen, começando a tremer um pouco debaixo do olhar direto dele, recusou-se a se intimidar. Levantou o queixo, fitando-o desafiadoramente, apesar de saber que a vantagem era dele, já que ele estava de pé e ela, esticada de costas sobre a cama, as saias infladas como um balão ao seu redor.

"Isso é verdade?", foi tudo o que ele perguntou.

Pegeen baixou os olhos e em seguida, juntando coragem, olhou-o nos olhos. "Sim", disse ela.

Edward ficou olhando-a, os músculos do queixo se contraindo enquanto lutava com alguma emoção. Quando readquiriu o controle sobre si mesmo, ele perguntou, com a voz dura: "Como você sabe?".

"Ela me contou."

"Mas a sua irmã morreu apenas alguns meses depois de John, na Itália..." Vendo que ela balançava a cabeça, a voz de Edward foi sumindo. "O que... o que você está querendo me dizer? Que ela, que a sua irmã não morreu?"

"Sim", respondeu Pegeen, esforçando-se para que sua voz não saísse tremida.

"Por quê? Por que toda essa dissimulação e mentira?" As palavras eram rápidas, enunciadas como se cada uma tivesse sido arrancada do mais fundo dele.

"É melhor assim." Pegeen se sentou na cama, estendendo as duas mãos enluvadas em um gesto de desamparo. "É melhor que as pessoas pensem que ela está morta. Acredite em mim."

"Por quê?" Edward não podia mais se conter. Estendeu os braços e pegou com firmeza os ombros nus dela. "Por que você precisa fingir que a sua irmã morreu quando isto não é verdade?"

"Porque ela morreu", insistiu Pegeen. "Katherine MacDougal está morta, você não entende?"

Edward apertou os dedos contra os ombros dela e se inclinou para olhá-la mais de perto, até que a sua boca estivesse apenas a alguns centímetros da dela. "Onde está ela?" Edward sacudiu-lhe os ombros a cada palavra: "Onde... está... Katherine... Rawlings?".

Pegeen balançou a cabeça tão violentamente que a tiara escorregou e caiu-lhe sobre um dos olhos. "Eu não posso dizer! Por favor, não me force a dizer. É melhor assim. Por favor, Edward. Não me force a dizer."

Edward, ao ver as lágrimas derramadas e a forma como a boca tremia, soltou os ombros dela abruptamente. Com um gemido que parecia ser de frustração misturada com raiva, praticamente se jogou contra uma parede do outro extremo do quarto, contra a qual se recostou em silêncio, a testa descansando sobre um punho fechado.

Pegeen, com os pensamentos confusos, virou-se de barriga para baixo e mergulhou o rosto nos braços. Por que, oh, por que tinha contado a ele? Ela tinha a intenção de manter tudo aquilo em segredo, o segredo mais profundo e mais tenebroso que teria na vida. E com apenas uma pergunta ele conseguira fazê-la revelar mais do que já tinha contado a qualquer pessoa.

Bem, ela podia se consolar com o fato de que ele não sabia da pior parte e que, se Deus permitisse, nunca saberia.

Mas o que iria acontecer agora? Tinha sido uma tola desde o começo, pensando que poderia vir para este lugar e viver em paz com este homem. Desde o primeiro momento em que tinha posto os olhos nele, Pegeen sabia que Edward representava encrenca. Não apenas para ela, mas para o mundo que ela tinha construído com todo o cuidado com mentiras, mentiras de todo tipo concebível.

Levantando a cabeça, Pegeen viu que Edward estava de pé, muito quieto, o rosto voltado para a parede, os ombros largos duros de tensão. Pegeen deu uma olhada, vacilante, para a porta que ele havia trancado. Lá embaixo, a orquestra tinha começado a tocar mais uma valsa. Do outro lado daquele corredor havia um outro mundo, um mundo de damas e cavalheiros da aristocracia, ainda que inescrupulosos, um mundo ao qual Pegeen não pertencia. Nunca quisera pertencer a ele. Especialmente agora.

Percebeu naquele instante que tinha sido uma tola de pensar que a encenação funcionaria. Talvez fosse melhor admitir a derrota e voltar para a vida que conhecia, a vida de economizar carvão e preparar cestas de alimentos para pessoas que eram ainda mais pobres que ela...

Com os ombros caídos, Pegeen se sentou na cama. Pediria que *Lord* Edward fosse embora e daí chamaria Lucy para ajudá-la a arrumar o seu baú. Poderia pedir a carruagem para logo de manhã, quando todos ainda estivessem dormindo, e sair discretamente sem ser notada. Não diria adeus a Jeremy. Ela não agüentaria isso. Mas deixaria um bilhete para ele. Sim, um bilhete. Não responsabilizaria Edward. Não era culpa dele. Apenas diria que estava com tanta saudade de Applesby que tivera de voltar para lá. Sim, isso mesmo! Jeremy ficaria magoado, mas acabaria superando. Ele agora tinha o seu tio Edward, afinal de contas.

E, mesmo que tentassem, não conseguiriam encontrá-la. Porque não voltaria para Applesby. Iria para Londres e encontraria trabalho como enfermeira, governanta ou mesmo parteira. Seria difícil, mas Pegeen já havia enfrentado dificuldades antes. Tudo daria certo.

"Aonde você vai?", as palavras de Edward foram como uma chicotada vinda das sombras em que ele estava imerso. Ela mal tinha se levantado da cama antes de ser detida pelo rosnado ameaçador.

Sem retribuir o olhar, Pegeen disse, dirigindo-se para os seus sapatos: "Chamar Lucy".

"Por quê?" A voz dele era dura, acusatória.

"Eu vou embora."

"Embora? Para a cama?"

Pegeen se virou para ele. Não podia vê-lo muito bem no quarto mal iluminado, mas o seu coração começou a bater com a mesma fúria de quando ele estava a poucos centímetros.

"Eu vou embora, está bem?" Conseguiu parecer arrogante, apesar do tremor da voz. "Vou embora pela manhã. Você vai ter que me emprestar a sua carruagem por um dia."

Edward saiu das sombras com um único passo. Olhou-a fixamente, com o rosto fechado. "Do que você está falando?"

"Vou embora. Antes de você me expulsar. Foi um plano estúpido, um plano infantil, pensar que poderia esconder de você o fato de que Katherine não morreu. Uma coisa é esconder isso de Jeremy. Mas fazer isso com você... Bem, só posso lhe pedir desculpas." Pegeen baixou os olhos e ficou olhando os sapatos de Edward, apesar de a sua visão ainda estar obstruída pelas lágrimas. "Não sei o que mais posso dizer, a não ser... adeus."

Ela levantou os olhos e a intensidade do olhar de Edward prendeu o dela. Ele havia fechado ainda mais a cara, formando dois vincos profundos dos lados da boca larga e sensual.

"Então é adeus, mesmo? E para onde você vai na minha carruagem, posso perguntar?" A voz dele tinha uma nota de zombaria que fez Pegeen levantar o queixo desafiadoramente.

"De volta à Escócia."

"Mas não vai mesmo, que diabos!"

Pegeen ficou espantada com a intensidade da objeção de Edward. Ele estendeu os braços e a pegou pelos dois ombros novamente.

"Você não vai a lugar nenhum na minha carruagem amanhã de manhã, entendeu? E, se você tentar, descubro para onde você foi e vou buscá-la eu mesmo, nem que tenha de jogá-la sobre um dos meus ombros e fazer todo o caminho a pé, carregando-a de volta. Estou sendo claro, Pegeen?"

Assustada, Pegeen fez que sim. Mas Edward não tinha terminado. Com os dedos afundando na carne nua dos ombros dela, ele bradou ferozmente:

"Como ousa? Como você ousa ameaçar ir embora, sua mulherzinha sem coração? Meu Deus, você acha que me importo com o que a sua irmã fez para o meu irmão ou com o que o meu irmão fez para a sua irmã? Você é tudo em que eu consigo pensar durante dias e dias. Desde o momento em que a vi naquele degrau de entrada em Applesby, eu a quis. E não vou continuar a jogar os seus joguinhos..."

Baixando a cabeça até a sua boca colidir com a dela, Edward a puxou com força contra si. Pegeen estendeu as duas mãos para se proteger do violento ataque dos lábios e da língua dele e encontrou apenas a frente engomada da camisa, cobrindo a musculatura dura. Edward passou os dois braços ao redor da cintura dela e empurrou o corpo de Pegeen contra os travesseiros com o seu peso. A sua boca não deixou a dela nem um segundo. O calor das sua coxas como que chamuscava as pernas dela, a barba por fazer do seu queixo arranhava a maciez do rosto de Pegeen e ela não conseguia pensar em mais nada que não nas suas palavras: ele quer que eu fique, lembrou ela, atordoada de tanta felicidade. Ele me quer!

As mãos de Edward então deslizaram sobre o corpo dela, movendo-se com destreza sobre as presilhas e fechos do vestido de baile e os laços da armação de metal da saia. Seus dedos roçaram os duros bicos dos seios de Pegeen ao mesmo tempo em que arrancavam os cordões do espartilho. Toda parte em que punha a mão queimava com o seu toque e cada centímetro de Pegeen parecia saltar para a vida nas pontas dos dedos de Edward. Ela sabia que o que faziam estava errado e que mais tarde se arrependeria, mas não conseguia reunir forças para dizer as palavras que o fariam parar. Os lábios dela tinham se aberto debaixo dos dele e a língua de Edward lhe esquadrinhava a boca com intensidade febril, enquanto as mãos puxavam brutalmente a musselina da combinação, como se mesmo aquela fina separação fosse demais.

Naquele ardor, Pegeen foi surpreendida por um som de tecido se rompendo e percebeu que Edward tinha lhe rasgado a roupa de baixo. A boca quente se movia dos lábios dela para a maciez do pescoço, para o mamilo rosado de um seio, enquanto o outro era pressionado pelos dedos exploratórios. Ela ofegou quando a língua dele estimulou o botão rosa que encontrou ali e os dedos dela se entrelaçaram nos cachos negros do cabelo de Edward. Pegeen não conseguia pensar, não conseguia respirar, não conseguia fazer nada a não ser contorcer-se de prazer. Ao sentir os dedos de Edward deslizarem pelo seu ventre, em busca da umidade entre as suas pernas, ela só conseguia ofegar, arquejando o corpo contra o dele. Nunca nada parecera tão certo.

Com as mãos envolvendo as nádegas nuas dela, Edward a puxou, fazendo-a ficar de joelhos sobre o colchão e segurando-a tão apertada contra si que os pêlos de seu peito arranhavam os mamilos sensíveis dela. Ele também tinha ficado sobre os joelhos e tentava, com dificuldade, tirar a camisa sem afastar as mãos dela. Edward parecia sussurrar sem parar o seu nome: "Pegeen, Pegeen", contra a curvatura do seu pescoço, a respiração quente provocando arrepios para cima e para baixo da espinha dela. Pegeen abriu os dedos sobre o forte peito coberto por pêlos grossos, inalando a fragrância bruta, sentindo a urgência rija da necessidade dele contra o seu quadril. À luz do fogo, a pele de Edward era tão escura quanto a de um pirata contra o corpo quase translúcido da jovem.

"Pegeen", disse ele novamente, enquanto lhe guiava a mão para os botões das suas calças.

Com o mesmo recato que talvez Myra MacFearley tivesse, Pegeen introduziu a mão nas calças dele e, quando o membro ereto saltou, libertando-se do tecido que o confinava, ela o rodeou com os dedos, fazendo com que Edward gemesse de prazer. Impressionada com o tamanho do órgão que estava na sua mão, Pegeen ofegou quando os dedos de Edward se moveram novamente entre as pernas dela. Dessa vez, ele apoiou a mão contra o osso púbico da jovem enquanto introduzia primeiro um e depois mais um dedo dentro dela. Pegeen arqueava contra a pressão da mão, que criava sensações dentro dela que a faziam quase chorar de prazer.

Edward não agüentava mais. Empurrando-a de costas contra o colchão, ele se deitou sobre ela entre as sedosas coxas abertas. Quando a ponta do pênis a aguilhoou, Pegeen instintivamente arqueou as costas, oferecendo-se mais completamente e ele a penetrou com um gemido.

Dentro dela, Edward se encontrou no cerco mais apertado que já tinha experimentado. A virgindade de Pegeen era a fina barreira à satisfação dele e, sem pensar, rapidamente eliminou aquele obstáculo. O grito de dor de Pegeen o fez lembrar-se do que tinha feito e Edward, imediatamente envergonhado, envolveu a cabeça dela nas mãos, sussurrando palavras de conforto, ainda que sem significado.

Mas, com a mesma rapidez que viera, a dor foi embora e no seu lugar ficou uma crescente urgência, à qual Pegeen reagiu apertando-se mais contra Edward, que, percebendo que a dor dela tinha passado, começou a se afastar de Pegeen, mas ela o agarrou pelos ombros, os olhos verdes muito abertos.

"Não saia", suplicou ela, suavemente.

Edward sorriu. Nunca tinha levado para a cama uma parceira mais encantadora. "Não vou a lugar nenhum, amor", ele disse e, quando a penetrou profundamente, Pegeen, instintivamente levantou os quadris de encontro a ele.

Edward não não conseguia mais se controlar. Os seus braços tremiam devido ao esforço de ir devagar e suave e foi entrando cada vez mais fundo no calor dela, empurrando-a contra o colchão. Pegeen agarrou-se aos ombros largos, o longo cabelo espalhado pelos travesseiros. De repente, as suas costas se arquearam, afastando-se da cama, enquanto ela atingia o clímax, estremecendo de êxtase da cabeça aos arcos dos pés. Edward a seguiu um segundo depois, soltando-se tão profundamente dentro dela que Pegeen pensou que iria parti-la ao meio. Porém, ele caiu sobre ela e os dois ficaram deitados na semi-escuridão, respirando pesadamente, os corpos lustrosos de suor.

Parecia que horas depois, mas talvez apenas alguns minutos tivessem se passado quando ouviram uma tímida batida à porta e a voz de Lucy chamando: "Srta. Pegeen? A senhorita está aí dentro? Por que a porta está trancada?".

Capítulo vinte e um

"Não acredito." A viscondessa de Ashbury baixou a xícara de chá com um pequeno impacto. Foi por pura sorte que não derramou nada sobre o seu vestido matinal cor de alfazema. "Você nunca passou esta época do ano em Londres. Ainda restam pelo menos seis semanas de boa caça!"

Edward, a sua própria xícara de café bem estável na mão, deu de ombros. "Um homem tem o direito de mudar seus hábitos", disse suavemente, mas bem consciente dos olhares surpresos trocados por cima da mesa de jantar diante das suas palavras.

"Na minha opinião, meu velho..." O conde de Derby estava com a aparência mais acabada depois da sua ronda à meia-noite pela estufa. Apresentava círculos escuros debaixo dos olhos, apesar de ter dormido até o meio-dia. "Essa... essa súbita decisão sua não tem nada a ver com a nossa... ahn... conversa de ontem à noite, tem?" Edward piscou olhando para aquele homem, mais velho que ele, fingindo estar despreocupado e alegre. Por dentro, queria pegar um enfeite de centro de mesa e golpear com ele a cabeça de *Lord* Derby com toda a força.

"Eu diria que não, Derby. Não, acho que os esportes ao ar livre simplesmente perderam a atração para mim antes do tempo este ano. Parto para Londres hoje à noite e aqueles entre os senhores que quiserem ir comigo são bem-vindos. Os outros é melhor irem embora. As coisas vão ficar terrivelmente monótonas por aqui, posso lhes dizer."

"Nunca ouvi nada tão ridículo quanto isso", disse a viscondessa, com pouco caso, olhando para o seu xale todo cheio de babados. "Ninguém vai para Londres nesta época do ano. A temporada só começa em fevereiro."

"Ora, não sei não, Arabella", disse Alistair Cartwright, entrando na conversa e se recostando despreocupadamente na cadeira. "Pense nisso: Londres sem toda aquela gente. Teremos os teatros e os restaurantes só para nós, para variar. Eu realmente gosto dessa idéia."

Arabella lhe lançou um olhar penetrante. Qual era a graça, o rosto dela dizia claramente, de ter os teatros e restaurantes só para si? Não haveria ninguém para admirar os novos vestidos, os novos estilos de penteados, os novos amantes...

Edward, porém, olhou o seu velho amigo cheio de gratidão. Não tinha sido fácil apresentar uma desculpa para se livrar dos seus convidados e o esquema de ir para Londres lhe tinha ocorrido na madrugada, depois de horas repreendendo-se severamente por sua fraqueza. Tinha prometido para a moça que a pouparia de novos insultos dos amigos dele e, já que estes não eram de confiança, tinha de mandá-los embora. Mas eles não partiriam sem uma dura provocação e, a não ser incendiar a casa, Edward não conseguia pensar em nenhuma outra forma de fazê-los sair, a não ser ir ele próprio embora.

A viscondessa não foi a única que encarou o súbito anúncio de Edward com suspeita. Apesar de apoiar publicamente o plano do seu anfitrião, Alistair sabia que alguma coisa estava acontecendo. Depois do jantar, quando todas as outras pessoas estavam nos andares superiores ordenando que suas criadas e valetes começassem a fazer as malas, ele alcançou o filho do duque na galeria da criadagem, para onde Edward tinha ido com a intenção de informar a sra. Praehurst dos seus planos.

"Não parece coisa sua, meu velho!", Alistair exclamou, acompanhando o anfitrião. "Você detesta Londres nesta época do ano. Na verdade, sempre suspeitei que você detesta Londres o ano todo."

Edward continuou olhando para a frente, temendo que, se olhasse para o amigo, revelaria uma coisa que queria guardar só para si. "Não sei do que você está tagarelando, Cartwright. Sou um homem independente e posso ir para Londres quando bem entender..."

"Ninguém está contestando que é seu direito, homem. O que as pessoas querem saber é o seu motivo..."

"Por que tenho de apresentar um motivo para as minhas ações?" Os grandes passos de Edward os tinham levado de volta para a escada dos fundos e em direção aos seus aposentos privados. Apesar de protestar quanto a ter de apresentar desculpas para suas ações, Edward apresentou uma com relutância: "Quero livrar a minha casa desses queixosos parasitas e esta é a única forma que me ocorreu para fazer isso, certo?"

"Livrar a sua casa...?" Alistair seguiu Edward para o seu escritório e afundou em um sofá de couro. "Isto tem alguma coisa a ver com o que aconteceu ontem com o menino?"

"Com o menino? Que menino?"

"O seu sobrinho."

Edward tinha ido até a porta do seu quarto e dado ordens para que o valete começasse a fazer as malas. Então foi até a cornija da lareira, encontrou um charuto e começou a fumar com energia.

"Não tem nada a ver com o menino", rosnou Edward, o charuto preso entre os dentes.

Alistair, que conhecia Edward bem o suficiente para saber que ele apenas fumava quando se sentia coagido ou constrangido, entrelaçou os dedos das mãos atrás da cabeça e se reclinou sobre as almofadas do sofá meditativamente. "É a moça, então."

Edward tossiu, tirou o charuto da boca e disse: "Não seja estúpido".

Alistair deu um sorriso forçado em direção ao teto. "Eu sabia! Você está apaixonado por ela."

"Vá para o inferno", Edward lhe disse. Ouviu-se uma batida na porta através da qual ele havia vociferado com o seu valete. Edward a abriu com um safanão e olhou furiosamente para o seu criado. "E então? O que você quer?"

"Desculpe-me, senhor." Daniels não parecia nem um pouco impressionado com a ferocidade do patrão. "Mas devo entender que o senhor quer que eu faça as malas para ir para *Londres*?"

"Foi isso o que eu disse, não foi?" Edward enfiou o charuto de volta na boca e começou a caminhar pelo escritório a passos largos. "Que parte do que eu lhe disse você não entendeu?"

Daniels piscou, impassível. "Mas, senhor... Londres? Em *novembro*? A temporada de caça mal começou..."

"Não me venha com essa você também, Daniels", berrou Edward. Deu as costas para o valete e fez um apelo para o teto. "Meu Deus, um homem não pode ir a Londres quando bem entender?"

"Sem dúvida, senhor", disse Daniels, nem um pouco abalado por toda aquela gritaria. "Eu poderia perguntar quanto tempo passaremos lá?"

"Não sei." Edward olhava com raiva o fogo. "É melhor levar camisas para pelo menos um mês."

"Muito bem, senhor." Daniels deixou o escritório com uma expressão de desaprovação no rosto. Edward notou e praguejou.

"Será que um homem não pode dar uma ordem sem ser questionado pelos seus empregados?", reclamou e, apesar de aparentemente não esperar uma resposta, Alistair se encarregou de dá-la.

"Naturalmente que pode. Desde que pareça estar em seu juízo perfeito. Mas você, Rawlings, parece ter ficado confuso da noite para o dia. Podemos voltar para a possível fonte de toda essa perturbação? Eu estava pensando se você finalmente admitiu para si mesmo que tem sentimentos por aquela moça."

Edward soltou mais uma imprecação, dessa vez mais forte do que as outras, e arremessou o seu charuto nas chamas da lareira. "Você poderia deixar aquela moça fora disso, Cartwright? Não tem nada a ver com ela."

"Não?" Totalmente indiferente à violenta exibição de mau humor do amigo, Alistair se levantou e foi até o armário de bebidas para pegar um pouco de uísque. "Você soube da fofoca feita por alguém ontem à noite, não soube? Que John morreu devido à irmã dela, etc."

"Soube." Edward se largou sobre a sua poltrona de couro e apoiou os pés perto da lareira. "E ela também ficou sabendo."

"Ah!" Alistair passou um copo para Edward, que virou o seu conteúdo em um trago rápido e devolveu o copo. Alistair encheu o copo novamente e o devolveu a Edward, servindo-se então de uma dose e voltando para o sofá. "Isso poderia, então, ser a explicação dessa súbita partida para Londres, hoje?"

Edward olhava ferozmente para o fogo. O seu rosto estava carregado de raiva, os músculos do queixo contraindo-se. "Não", disse ele sucintamente.

Alistair balançou a cabeça. "Gosto muito dela, Edward. Você não vai expulsá-la de casa, vai?"

"Não seja estúpido."

"Bem, então o que você *vai fazer* com ela?"

"Como assim, o que vou fazer com ela?" Edward tirou os pés de perto da lareira e se levantou. Deu dois grandes passos na direção da janela e puxou a cortina para o lado e observou a entrada das carruagens lá embaixo. "Não vou fazer nada com ela."

Não depois da conversa que tiveram pouco depois de fazer amor. Edward, recuperando aos poucos o senso, havia levantado o rosto dos seios dela e sugerido — meramente *sugerido*, veja bem — que talvez fosse melhor eles se casarem, já que parecia que não conseguiam manter as mãos longe um do outro.

Não que ele quisesse uma esposa. Mas, já que ela o importunava continuamente e brigavam como um casal casado há muito tempo, parecia a ele que não faria muita diferença.

Mas ele se esquecera da resolução de Pegeen de não se casar nunca e ela o fez lembrar-se disso, com toda a veemência.

"Você está me dando crédito demais." A risada de Edward era totalmente carente de humor. "Não tem nada a ver com Pegeen. Londres é lúgubre nesta época do ano, mas não consigo pensar em outro jeito de me livrar desses ridículos aproveitadores..."

Alistair riu. "Santo Deus, Eddie! E eu que sempre pensei que você gostasse deles!"

"São amigos de Arabella, você sabe disso. Não posso mantê-los aqui, farejando pelos cantos, fofocando e..." Edward voltou para a janela e olhou para fora novamente. "Ah, ótimo", disse. "A carruagem do marquês está fazendo a manobra. Tenho de descer e ficar livre dele."

"Antes de você ir, Eddie..." Notando o sorriso forçado no rosto do amigo ao se virar da janela, Alistair levantou o copo e disse:

"Minhas mais sinceras desculpas. Estou falando sério, Edward. E, quanto a Pegeen, como você a chama..."

Alistair baixou os olhos para o seu copo vazio. Edward estava aturdido ao ver o seu amigo tão franco hesitando e mais aturdido ainda com as palavras que finalmente ele disse. "Sobre Pegeen, Edward. Você não se importa, se importa, se eu... ahn... a visitar de vez em quando?"

"O *quê?*" As palavras escaparam antes de Edward conseguir fechar a boca e ele ficou ainda mais humilhado pelo fato de a voz lhe ter falhado, como não acontecia desde a adolescência. "Você está falando sério?"

Alistair passou em segundos de hesitante a indignado. "Por quê? Você não acha que ela me receberia?"

"Acha que ela... acha..." Edward não acreditava no que estava ouvindo. Será que o mundo inteiro tinha ficado louco? O que Cartwright tinha na cabeça? Tinha dado férias para o juízo?

"Bem, eu sei, eu sei", disse Alistair, pondo o copo vazio sobre uma mesa e levantando as duas mãos, como se estivesse pronto a se proteger de golpes que Edward não tinha a menor intenção de lhe dar. "Sei que sou velho demais para ela. Mas o que são dez anos?"

"Mais para quinze", rosnou Edward.

"Vá lá, quinze, talvez. Mas acho que ela gosta de mim, Rawlings. Eu a faço rir. Portanto, se você não tiver nenhuma objeção."

"Eu tenho objeções muito fortes", Edward disse, zangado. "Você a faz rir." Ele repetiu as palavras zombeteiramente. "Que tipo de base é este para um relacionamento?"

Alistair parecia perplexo. "Uma ótima base, se quer saber a minha opinião. Você devia se lembrar de que ela não *me* esbofeteou nenhuma vez ainda."

"Ora, muitíssimo obrigado, sr. Cartwright. Eu o convido para a minha casa, ofereço-lhe as minhas melhores bebidas, os meus melhores cavalos e você se volta e me pergunta se pode cortejar a minha..."

"A sua o quê?" Os lábios de Alistair se contraíram. Ele não conseguia disfarçar um sorriso malicioso. "O que ela é para você, Edward?"

"Ela é minha concunhada", disse Edward, totalmente consciente de que estava se agarrando a qualquer argumento, no desespero, mas sem conseguir evitar. "Já que ela está sob o meu teto, está sob minha proteção e em nenhuma circunstância vou permitir que seja cortejada por um libertino como você, Cartwright."

Alistair, que geralmente era o mais afável dos companheiros, parecia aborrecido. "Por piedade, Rawlings. Eu só lhe pedi permissão por cortesia. Você não pode me impedir de vê-la se ela me receber. O que há com você, afinal de contas?"

"O que há de errado com *você?*", disparou Edward de volta. "Você tem toda a população feminina de Londres entre a qual escolher. Por que tem de cortejar a minha concunhada?"

"Porque estou encantado com ela. Você sabe que estou. Eu lhe disse desde o começo..."

"Uma fantasia passageira, como todas as outras." Edward fez um gesto descartando a idéia. "Você vai superar isso quando estivermos em Londres. Agora, pare com esta bobagem, Cartwright. Preciso me despedir dos meus hóspedes."

Edward normalmente conseguia, com persuasão, tirar o seu maleável amigo de qualquer disposição, mas dessa vez Alistair se recusava a desistir. Quando Edward tentou sair do escritório, Alistair bloqueou a porta com o braço. Edward baixou os olhos para ele, surpreso... e irritado.

"Cartwright, você está querendo morrer? Porque eu quebro este braço sem pensar duas vezes se você não o tirar do meu caminho."

"Você a quer para si, não é?" Os olhos cor de avelã estavam apertados de suspeita. "É isso, não é? Você a quer e está tentando se livrar de mim com toda essa história de Londres!"

Edward suspirou. O dia ia ser longo! "Tudo bem, Cartwright. Sim, eu a quero. Vou mantê-la aqui como minha concubina, acorrentada pelo tornozelo na coluna da minha cama." Vendo que o amigo não achava graça nenhuma naquilo, Edward suspirou novamente. "Tudo bem, Alistair. Já que você está levando isso tão a sério, tem a minha permissão para cortejá-la. Se ela quiser recebê-lo, o que sei que não vai acontecer, pois a moça tem uma idéia idiota de que o casamento é a instituição responsável pela subjugação das mulheres ao longo da história. E, agora, você pode começar a fazer as malas? Eu quero partir antes do escurecer."

Alistair, parecendo satisfeito, retirou o braço da porta. "Obrigado, Edward", disse, sorrindo. "É muito generoso da sua parte."

A resposta de Edward foi uma rosnada. Saiu do escritório e desceu para ser gentil, na esperança de que seus hóspedes fossem embora sem ficar sentidos. Foi apenas quando Alistair o lembrou, enquanto ele levava a mão enluvada da marquesa de Lynne aos lábios, que talvez devesse informar Pegeen de que iria viajar, que Edward se deu conta de que deveria vê-la uma última vez. De forma alguma seria adequado que a sra. Praehurst tocasse no assunto com Pegeen antes de ele ter uma chance de se explicar a ela.

A última pessoa que Edward queria ver era Pegeen. Mas não havia como evitá-la, com Alistair de pé ali, olhando-o na expectativa. Fazendo uma mesura relutante para a viúva Seldon e murmurando algo sobre ter uma coisa urgente de que cuidar, Edward correu para cima.

Encontrou Pegeen onde a criada lhe havia dito que a encontraria, nos aposentos de Jeremy. Depois de não receber resposta à sua batida, ele abriu a porta e viu os dois no banco junto à janela, acompanhando o intenso movimento das carruagens lá embaixo. Jeremy dizia, em tom de quem sabe do que está falando: "Aquele coche de duas rodas em que o filho do conde está viajando não é o tipo de carruagem para essas estradas acidentadas daqui de Yorkshire".

Pegeen, parecendo divertir-se, indagou: "E quem foi que lhe disse isso?".

"Bates, o cocheiro. Ele é a favor da caleche, de quatro rodas. Está fora de moda, mas agüenta firme nesta parte do país."

Pegeen riu diante do tom pretensioso do menino. Edward ficou impressionado pela rica ressonância do riso grave de Pegeen, tão diferente do risinho agudo de Arabella. Ele pigarreou. Os dois se voltaram para ele. Jeremy soltou um grito de alegria ao ver o tio e, aparentemente esquecido do fiasco da caça do dia anterior, pulou do banco e correu, entusiasmado, para Edward. Pegeen o seguiu, a um passo mais sereno.

"Tio Edward", gritou Jeremy, jogando-se contra as pernas de Edward e se agarrando à aba do casaco dele. "Tio Edward, podemos tirar os cavalos do estábulo hoje? O Rei vai precisar esticar os músculos depois de ficar confinado a noite toda."

"Não acho que Rei seja o único que precisa de uma esticada, meu jovem." Edward despenteou o cabelo do menino e Jeremy afastou a cabeça, aborrecido com o que chamava, com desprezo, de "ser tratado como um bebê". "Por que você não corre até a cozinha? Sei que a cozinheira acaba de tirar uma dúzia dos seus mundialmente famosos bolos de gengibre do forno. Se você lhe pedir com delicadeza, ela é capaz de lhe dar um deles."

Os olhos cinza de Jeremy se apertaram e ele franziu o nariz sardento. "Se o senhor quer falar com Pegeen sozinho", disse ele com dignidade ferida, "é só pedir. Não é necessário me tratar como se eu fosse bobo."

"Jeremy!"

Uma onda de rubor subiu às faces de Pegeen. Edward ficou olhando-a, fascinado com o jogo de cores no rosto da moça. Como sempre, ela usava um vestido muito na moda, que assentava perfeitamente na sua figura esguia. A não ser pelo leve rubor, não parecia diferente do normal, o longo cabelo penteado de maneira que lhe era favorável, os olhos brilhantes sem a ajuda de artifícios. Não havia nada no seu comportamento que indicasse que tinha passado a maior parte da noite anterior ofegando nos braços dele, os lábios grudados nos dele.

Pousando as mãos gentilmente nos ombros de Jeremy, Pegeen o conduziu para fora da sala. "E não volte", ela admoestou o menino, "enquanto não tiver aprendido alguns bons modos."

Contrariado, Jeremy bateu a porta atrás de si. Pegeen voltou-se para Edward, que ficou decepcionado de ver que o rubor tinha desaparecido. Ela o olhava com olhos tão verdes, frios e insondáveis como duas lagoas gêmeas na floresta. "Pois não, *my lord?*", perguntou ela com aquela voz baixa e levemente rouca.

Repentinamente cônscio ao extremo do fato de estarem juntos e sozinhos, Edward baixou os olhos e os fixou nas botas, constrangido. O que havia com ele? Nunca antes se sentira acanhado na presença de uma das suas conquistas. Será que Alistair estava certo? Poderia ele ter se apaixonado por aquela rapariga impertinente? Impossível. Ela era pouco mais do que uma criança e não era, de forma alguma, o tipo dele. Ele gostava de loiras calmas e não de morenas de temperamento forte e fogoso.

E aquela moça, quem era ela? Nem mesmo tinha um título de nobreza!

"*Lord* Edward?" Os olhos verdes o avaliavam com curiosidade diante do seu silêncio. "Algum problema?"

Edward se agitou. "Não, naturalmente que não. Por que deveria haver algum problema?"

"Não sei." Pegeen o estudava, o rosto inexpressivo. "Mas o senhor parece contrariado."

"Não estou contrariado", declarou Edward rápido demais. As coisas não estavam indo bem. Precisava assumir o controle da situação. Como estava, a moça dominava toda a conversa. Percebeu que tinha cerrado os punhos. O que estava acontecendo com ele? Talvez estivesse apenas passando pela ansiedade que é normal uma pessoa sentir depois de deflorar a sua concunhada.

"Se estou preocupado", disse Edward, dessa vez mais calmo, "é apenas porque tenho muita coisa para fazer. Viajo hoje à tarde, você entende."

Apesar de observar o rosto de Pegeen com mais atenção do que seria necessário, dado o fato de que deveria ter apenas os sentimentos mais remotos em relação a ela, Edward não viu qualquer mudança na expressão da jovem.

"Oh?", perguntou ela, delicadamente. "O senhor vai viajar?"

"Sim", disse Edward. "Para Londres. Temo que ficarei fora por um bom tempo."

"Lamento muito saber disso", disse Pegeen, não parecendo lamentar nem um pouco. "Espero que os seus negócios lá não sejam desagradáveis."

O que, em nome de Deus havia na cabeça daquela moça? Edward não conseguia entender. A noite anterior tinha sido uma das mais incríveis da vida dele. Sem dúvida, a moça deveria sentir o mesmo. Ele sabia que era um amante hábil. E, no entanto, quando sugeriu casar-se, a moça tinha recuado, horrorizada. Era muito irônico ser recusado na única vez em que pedira alguém em casamento. Bem, não iria cometer o mesmo erro duas vezes. Iria embora para não correr o risco de ficar tentado a cair na cama dela de novo.

Edward iria desempenhar o papel do amante despreocupado tão bem quanto ela.

"Oh, estou indo a Londres a negócios", disse. Ficou cansado de tentar manter a voz despreocupada, em uma imitação consciente do tom dela. "Acredito que você sabe por que estou indo. Já que se recusa a ouvir a voz da razão e fazer o que é sensato, casando-se comigo, acho melhor me retirar de Rawlings, com receio de que o acontecido na noite passada se repita."

Teve a satisfação de ver a boca de Pegeen se abrir um pouco de espanto. Ela a fechou quase imediatamente, e disse, com admirável altivez: "Achei que já tinha explicado ao senhor, *Lord* Edward, que não acredito na instituição do casamento e, mesmo que acreditasse, sem dúvida não me casaria com um homem que se sentisse na obrigação de se casar comigo..."

"*Obrigação?*", repetiu Edward.

"Sim, obrigação. É assim que o senhor vê a situação, tenho certeza. Só me pediu em casamento porque se sente responsável por manchar a minha honra. Ora, garanto-lhe que a minha honra não está nem um pouco manchada. Eu me diverti muito ontem à noite e suspeito que o senhor também. Não entendo por que isso tem de resultar no nosso casamento ou em o senhor ir embora de Rawlings."

"Você não entende..." Edward jogou a cabeça para trás e riu melancolicamente. "Como assim? Você acha que posso ficar aqui depois do que aconteceu entre nós?"

"Por que não?" Pegeen deu de ombros. "A viscondessa é sua amante há anos e o senhor não se sente obrigado a se casar com ela nem a fugir para Londres depois de fazer amor com ela."

Abruptamente, Edward parou de rir. Deu um passo à frente e agarrou um dos braços dela. "Menina ignorante!", disse, olhando-a com fúria. "Estou tentando fazer o que é honrado. Por que você não toma juízo? Já pensou que pode estar esperando um nenê?"

Pegeen deu de ombros. "Não direi que o senhor é o pai, se é isso que o preocupa."

"Meu Deus!", exclamou Edward, afastando-se dela. A moça não era normal! Deveria estar em êxtase com a sua conquista e, em vez disso, ficava ali, calma como uma gata, desobrigando-o de qualquer responsabilidade. Em qualquer outra circunstância, com qualquer outra mulher, ele não caberia em si de alegria. A moça o estava autorizando a fazer amor com ela quando bem entendesse, incondicionalmente, sem preço. Mas não era aquilo que ele queria. Ela não podia ver isso?

"O fato, *Lord* Edward", disse Pegeen, imperturbável, "é que o senhor está com medo."

Edward levantou a cabeça para olhá-la. "Como disse?"

"O senhor está com medo", repetiu ela. "É por isso que está fugindo."

"Você está certa quando diz que estou com medo", disse ele. "Nunca na vida encontrei uma mulher como você. Uma mulher que não sei o que vai fazer em seguida."

"Não é de mim que o senhor está com medo. É de si mesmo."

"Ah, entendo." Edward concordou com a cabeça, sarcástico. "Sim, estou fugindo de mim mesmo."

"Precisamente. O senhor está com medo de vir a gostar de mim e, para o Grande Destruidor de Corações, isso é uma carga e tanto para carregar."

"E foi por isso que a pedi em casamento?" Edward tinha ficado furioso. "Porque tenho medo de vir a gostar de você?"

"Não. O senhor me pediu em casamento porque achou que tinha de fazer isso. Está fugindo porque tem medo de vir a gostar de mim."

Com um altivo movimento de cabeça, Pegeen deu meia-volta e começou a caminhar para a porta a passos largos, mas Edward foi mais rápido que ela. Pegou-a pelo braço um pouco acima do cotovelo e a forçou a olhá-lo, maravilhado, como sempre acontecia, com o fato de que um corpo tão leve pudesse ter tanta força de caráter.

Ela o olhou com raiva, os lábios entreabertos, prontos para lhe dar mais uma descompostura, mas Edward pressionou um dedo longo e duro contra a boca de Pegeen e disse: "Quero que entenda uma coisa. Vou voltar e se, então, descobrir que está grávida, caso-me com você e não há nada que possa fazer para me deter."

"Sem dúvida alguma há", disse Pegeen, os lábios macios, porém insistentes, contra o dedo dele. "É só dizer 'não' ao vigário."

Ele apertou mais o dedo, sentindo a curva macia do queixo dela, consciente de que ainda havia raiva nos olhos da moça. "Estou falando sério, Pegeen."

"Ainda não vejo por que o senhor tem de ir embora."

"Vou lhe dizer por quê. Você é uma jovem não casada e sem qualquer parentesco comigo, a não ser por afinidade. Eu sou um homem não casado e não tenho nenhuma parente do sexo feminino para agir como sua acompanhante. É totalmente inapropriado que nós dois permaneçamos juntos debaixo do mesmo teto, especialmente levando-se em consideração o que aconteceu a noite passada."

"Mas..." Pegeen levantou a mão e, com força surpreendente, afastou a mão de Edward. "Ninguém sabe de ontem à noite a não ser você e eu. Ninguém vai pensar nada a respeito disso!"

"*Eu* sei", disse Edward com firmeza. "E sempre existe a possibilidade de que alguém descubra. A sua camareira quase descobriu. E se, por um lado, a minha reputação é tal que não há muito mais que eu possa fazer para prejudicá-la ainda mais, a sua, por enquanto, está imaculada..."

"Pouco me importa a minha reputação", disse Pegeen com desprezo.

"Você deveria se importar. Sei que tudo em que você pensa ultimamente é no bem-estar de Jeremy, mas, mais cedo ou mais tarde, vai ter que pensar em si mesma. Você pode querer se casar algum dia, Pegeen..."

Ela bufou, de forma indelicada.

"Apesar das suas idéias absurdas sobre o assunto", prosseguiu ele com cuidado, "você é jovem e atraente e não há motivo por que..."

"Eu lhe digo o porquê", interrompeu Pegeen, furiosa. "Eu vi o que o casamento fez com a minha irmã. Ela mudou. Ela voltou do continente dura, odiosa e vil..."

"Não foi o casamento que fez isso com a sua irmã, Pegeen", disse Edward, cansado. "Foi o meu irmão."

Pegeen balançou a cabeça com decisão. "Ela ficou presa em uma armadilha como milhões de mulheres no mundo estão presas em casamentos sem amor dos quais não podem escapar, porque as mulheres não têm cidadania plena e não podem se divorciar, mesmo quando são vítimas de abusos ou abandonadas..."

"Outra vez não." Edward virou os olhos para cima. "Pegeen, prometo-lhe que não seria assim entre você e eu..."

"Como poderia não ser? Você só me pediu em casamento porque se sente culpado. Que base é essa para um relacionamento?"

"Não foi apenas por culpa", disse Edward, hesitante. "É óbvio que sou atraído por você."

"Atraído por mim?" Foi a vez de Pegeen virar os olhos para cima. "Você parece pensar que, por ser jovem, bonita e mulher, não tenho cérebro na cabeça. Sei o que estou dizendo." Os olhos verdes, brilhando de indignação, enfrentaram o olhar dele com firmeza. "Se me casar, e isso é um enorme 'se', seria por uma e apenas por uma razão: amor. Não aceito menos que isso."

Como estava bem claro, pelo calor do seu olhar, que amor era a última coisa que ela sentia por ele, Edward disse, tenso: "Bem, nesse caso, não temos mais nada a dizer um ao outro".

"O que você vai fazer?", Pegeen o interpelou, batendo um pezinho no chão. "Ficar em Londres enquanto eu for viva?"

"Não", disse Edward. Pensou que talvez fosse prudente terminar aquela conversa antes que se tornasse ainda mais pessoal e se virou em direção à porta. "Apenas até você se casar."

Ele ouviu Pegeen bater o pé de novo. "E com quem eu supostamente me casaria? Quem?"

Realmente, com quem? Edward pensou isso, mas limitou-se a dizer, em voz alta: "Até logo, Pegeen". E foi embora sem olhar para trás, porque não estava nem um pouco certo de que, se o fizesse, manteria a determinação de ir embora.

Capítulo vinte e dois

Às cinco da tarde do dia seguinte ao baile, não havia nem um único quarto de hóspedes ocupado no Solar Rawlings. A viscondessa e seus amigos partiram pouco depois do almoço, sem deixar de lançar alguns olhares desconfiados na direção de Pegeen e trocarem resmungos mal-humorados entre si. Pegeen não se importava nem um pouco e estava muito contente de ficar livre deles.

Mas, apesar da despreocupação que havia aparentado diante de *Lord* Edward na sala onde Jeremy tinha suas aulas, Pegeen estava profundamente infeliz com o fato de ele ir embora de Rawlings. Compreendia intelectual e emocionalmente os motivos da decisão, mas estava arrasada. Nunca, mas nunca mesmo, tivera a intenção de dormir com ele e ainda não entendia como isso tinha acontecido.

Pegeen sempre se orgulhara de ser governada pela cabeça e não pelo coração, mas, na noite do baile, foi como se o corpo dela tivesse assumido o controle, deixando de lado a cabeça e o coração. Não seria exato dizer que lamentava o que acontecera, porque fora a coisa mais gloriosa já experimentada por Pegeen.

Mas lamentava as conseqüências inevitáveis dessa ação. Porque, naturalmente, Edward se sentiu na obrigação de lhe propor casamento.

E, naturalmente, ela tinha recusado.

Sabia que talvez fosse a moça mais estúpida da Inglaterra por ter feito isso. Ora, havia mães de família espalhadas por toda Londres que dariam os seus melhores broches de diamante por uma proposta de casamento de *Lord* Edward para suas filhas. E Pegeen tinha recusado uma proposta dessas como se fosse um convite para tomar chá.

Mas como poderia se casar com um homem que lhe tinha pedido a mão apenas por um absurdo senso de dever? Que casamento seria esse? O casamento já era suficientemente ruim sem que os dois parceiros estivessem cientes de que a união brotara de um momento de falta de juízo. Não, Pegeen preferia morrer a aceitar.

Mas isso não queria dizer que não se sentisse morrer naquele momento.

Porque Pegeen estava apaixonada por ele. Tinha se apaixonado no momento em que trombara com ele naquele primeiro dia em Applesby. O que acontecera na noite do baile não era resultado de um momento irrefletido de desejo. Acontecera porque Pegeen estava apaixonada de maneira irrevogável e não correspondida por Edward e os beijos dele tinham apagado toda a sua razão.

Sabia muito bem que ele não a amava. Nenhuma menção da palavra *amor* saíra dos lábios dele naqueles terríveis momentos na cama de Pegeen, quando finalmente entenderam a horripilante realidade do que haviam feito. Edward tinha dito muitas palavras contra si mesmo e xingado bastante, mas nem uma vez a tinha olhado e dito que a amava.

E era por isso que Pegeen não podia se casar com ele.

Se fosse um tipo diferente de moça, talvez se casasse de qualquer forma, na esperança de que, com os anos, ele acabasse gostando um pouco dela. Mas o orgulho de Pegeen não permitia uma coisa dessas. Se ele não a amava, não a teria novamente, não importa o quanto ela o desejasse. Ela tinha a lembrança daquela noite única e maravilhosa que os dois passaram juntos e isso seria o suficiente. O suficiente para a vida toda, esperava ela.

Os dias se tornaram semanas e os ventos gelados de dezembro golpearam repetidamente as pedras da casa, mas Pegeen mal sentia o frio. Estava determinada a, apesar de estar de coração partido, não deixar que ninguém soubesse disso. Não, Pegeen decidiu que o seu amor seria sofrido em silêncio, um segredo que nunca contaria a ninguém e muito menos para o objeto do seu afeto. Sabia perfeitamente que não era a primeira moça a se apaixonar pelo belo Destruidor de Corações e que, sem dúvida, não seria a última.

Pegeen nunca se apaixonara antes. O rosto de Edward estava para sempre incrustado no seu subconsciente e nos momentos mais estranhos aparecia como um lampejo diante dos seus olhos. Poderia estar fazendo uma visita a um dos arrendatários do Solar Rawlings e, de repente, a lembrança dos braços de Edward ao seu redor naquela noite, os lábios dele sobre os seus, a deixava como que paralisada e sem fôlego. A ânsia de sentir aqueles braços ao seu redor novamente era quase esmagadora, mas Pegeen sabia que Edward estava certo ao ir embora. Aquilo não poderia acontecer nunca mais. Um abraço de um momento poderia significar toda uma vida de arrependimento — especialmente porque não havia nenhuma razão para acreditar que Edward sentia qualquer coisa por ela, a não ser a admiração pela sua beleza, o que acontecia com quase todo homem que ela conhecera.

Pegeen guardou os seus sentimentos para si mesma, não os revelando a ninguém. Nem para *Lady* Herbert e suas filhas, que visitavam Rawlings freqüentemente durante o mês de dezembro, nem para a sra. Praehurst, em quem Pegeen havia encontrado uma companheira gentil, ainda que monótona, e de forma alguma para Lucy ou Jeremy. Guardou o seu segredo com cuidado, permitindo-se pensar nele apenas nos momentos calmos ao lado do fogo ou à noite, antes de cair no sono, apesar de que pensar em Edward, nos seus olhos cinza-claros, nos seus lábios de sorriso malicioso, muitas vezes tornava o sono impossível.

Achava que estava escondendo o seu segredo muito bem, dadas as circunstâncias. Ao contrário das heroínas dos romances que lera, Pegeen não emagrecera nem ficara pálida. Na verdade, continuava muito bem disposta, tanto que *Lady* Herbert exclamava, toda vez que se encontravam, que Pegeen estava mais bela do que da última vez que tinham estado juntas. Pegeen sabia que a outra mulher não estava tentando lisonjeá-la. Ela falava a verdade absoluta. A nova vida no Solar Rawlings combinava muito bem com Pegeen. Era uma delícia poder passar o dia recebendo socialmente as crianças do orfanato ou escrevendo cartas para membros da Câmara dos Comuns, em vez de mourejar sobre um fogão quente ou consertar buracos nas calças. Se não fosse pela sua paixão secreta pelo dono do solar, Pegeen estaria passando os dias mais felizes da sua vida. Mas, diante da situação, forçou-se a ficar satisfeita com o trabalho caritativo e em ver Jeremy ser criado adequadamente.

O Natal chegou e passou sem que o dono da casa voltasse. Mas, de qualquer forma, Edward já não era o dono do Solar Rawlings. Uma grande quantidade de presentes do tio chegou na véspera de Natal, mas Jeremy não ficou feliz com eles, queixando-se em voz alta que o que queria era Edward e não mais um batalhão de soldados de chumbo. Pegeen não ficou nem um pouco contente com o presente que Edward lhe enviou, um broche de esmeraldas, diamantes e rubis com o formato de uma rosa. Deu uma única olhadela à jóia, sem tirá-la da caixa de veludo, e a guardou em uma gaveta, tentando não pensar mais nisso.

E então, quando Pegeen tinha se convencido de que poderia viver muito bem sem ele e que, se cometera o erro de se apaixonar, poderia sem dúvida consertar as coisas, desapaixonando-se novamente, Edward voltou ao Solar Rawlings. Sozinho e sem dar nenhuma explicação. Simplesmente apareceu à mesa do jantar uma noite, como se nunca tivesse estado fora.

Àquela altura, diversas mudanças tinham acontecido na casa, todas por iniciativa de Pegeen. Jeremy já não tomava as refeições isolado nos seus aposentos. Comia à mesa de jantar, como um ser humano normal. A sra. Praehurst, apesar da sua resistência inicial, muitas vezes se juntava a eles na hora das refeições, já que Pegeen gostava de um pouco de conversa fiada junto com a sopa de tartaruga. E a qualquer momento algumas das moças Herbert poderiam estar presentes, pois Pegeen gostava da companhia delas e Anne Herbert, em particular, tinha se tornado uma parceira constante.

Quando Edward apareceu na sala de jantar, portanto, o choque de Pegeen diante do seu retorno inesperado foi de alguma forma menos evidente do que a surpresa dele de ver uma dúzia de órfãos malvestidos sentados ao redor da mesa, piscando atônitos diante da presença dele, e o seu próprio lugar usurpado por Jeremy. Afinal de contas, Pegeen tinha que disfarçar diante da sra. Praehurst e das moças Herbert. Não poderia permitir que os seus verdadeiros sentimentos fossem conhecidos por ninguém. Cumprimentou-o com calma e disse aos órfãos que ignorassem aquele homem mal-humorado e continuassem a tomar a sua sopa. Edward, desnorteado e encaixado à esquerda de Jeremy, foi deixado às suas próprias conclusões sobre a falta de entusiasmo com que a sua volta foi recebida.

Quando Pegeen falava com ele, era com uma familiaridade um pouco rude e as respostas dela às perguntas delicadas de Edward sobre a sua saúde beiravam a impertinência. Pegeen estava convencida de que não era o tipo de moça que ficava suspirando e gaguejando diante do seu amor, não quando estava tão claro que ele não tinha nenhum sentimento em relação a ela. Por isso, deu-se ao trabalho de impedir que ele pensasse que ela o amava e isso exigia ser o mais rude possível, ainda que sem chegar a ponto de insultá-lo.

A volta de Edward aconteceu logo depois do Ano-Novo — data que Pegeen e Jeremy haviam comemorado com a família Herbert, já que Edward estava "detido em Londres pelo clima inclemente que tornava impossível a sua viagem de volta a Yorkshire" — e foi na manhã seguinte ao súbito reaparecimento dele na sua vida que Pegeen, ao arrumar um vaso de flores da estufa no Grande Saguão, viu Edward, Jeremy a reboque, descendo a escadaria.

Jeremy, que se ajustara à vida no Solar Rawlings tão rapidamente que até Pegeen se surpreendera um pouco, tinha sido muito mais amistoso com Edward do que Pegeen. Ele não se conformara com a longa ausência do tio. O seu lamento — "Mas, por quê? Por que tio Edward tem que ficar tanto tempo em Londres?" — fora ouvido pela casa toda, e mais de uma vez Pegeen lhe dissera para escrever, perguntando ele mesmo a Edward, já que estava tão curioso. As respostas de Edward sobre esse assunto — ele escrevia regularmente para o menino — eram sem dúvida insatisfatórias, pois Jeremy continuava reclamando sobre o mesmo assunto.

Mas, naquele dia, parecia que Jeremy finalmente tinha tido o seu desejo satisfeito. Tio Edward se dignava a passar algumas das suas preciosas horas na companhia do sobrinho que o adorava. Os dois usavam roupas próprias para sair ao ar livre — um empreendimento que exigia coragem, já que Pegeen ouvia o vento uivar do outro lado da porta dupla. Apesar de já passar das dez horas da manhã, o sol ainda não tinha aparecido no céu, que estava muito nublado. Não obstante, os dois homens Rawlings passaram por Pegeen sem nem sequer fazerem um gesto de cabeça na sua direção.

De repente, ela perdeu a calma.

"E posso saber onde vão os dois?", interpelou ela, a voz dissimulando doçura, mas os olhos verdes soltando fogo.

Jeremy deu meia-volta, assustado. Quando viu Pegeen, o rosto sardento se abriu em um sorriso largo, todo orgulhoso. "Olá, Pegeen", disse ele, alegremente. "Tio Edward e eu vamos dar uma olhada em algumas das minhas propriedades. Preciso começar a aprender sobre os meus deveres de duque, você sabe."

Pegeen jogou uma rosa amarela de talo espinhoso dentro de um vaso que estava diante dela com mais força do que talvez fosse necessária. "Sei", disse ela, lançando um olhar carregado a Edward. "Que ótimo! E a sua aula de alemão?"

Jeremy fez a devida cara de aversão. "O alemão pode esperar", disse. "Tenho o dia inteiro para o alemão."

Edward estava de pé em silêncio ao lado do sobrinho, com o chapéu na mão, e deu um passo para a frente, como se viesse em socorro do menino. "Só vai levar uma ou duas horas, srta. MacDougal", disse ele, com grave delicadeza.

"Há um arrendatário a quem ainda não apresentei o novo duque. Ele tem um filho da idade de Jeremy e eu pensei que..."

Pegeen levantou as sobrancelhas. "E desde quando o senhor se interessa pelos assuntos dos arrendatários de Rawlings, *Lord* Edward?", perguntou ela, friamente. "Corrija-me se eu estiver errada, mas pensei que o motivo de o senhor se empenhar tanto em encontrar Jeremy era exatamente para não ter que cumprir deveres como este."

Edward enfrentou impassível o olhar dela. "Pensei que talvez estivesse na hora de fazer uma tentativa."

"Santo Deus!", disse Pegeen com suavidade. "Londres deve ter estado realmente monótona para inspirar no senhor um desejo ardente de conhecer melhor os seus arrendatários." Ela gostaria de morder a língua por ter dito isso, mas, depois que já tinha falado, não havia mais nada a fazer. Parecia uma esposa rabugenta. Um rubor subiu-lhe ao rosto, mas manteve os olhos focados nas flores.

"Sinto muito se *assuntos importantes*...", a voz de Edward, cheia de sarcasmo ao pronunciar as duas últimas palavras, "... me mantiveram afastado de Rawlings mais do que a senhorita gostaria, srta. MacDougal", disse ele. "Porém, não havia outro jeito."

"Não poderia me importar menos, *Lord* Edward, sobre as suas idas e vindas", disse Pegeen com um tom de voz que, esperava ela, fosse desdenhoso e mordaz. "A não ser no que se refere a Jeremy. Espero que o senhor não tenha se esquecido do último pequeno passeio que fizeram juntos."

Foi a vez de Edward corar. Pegeen, surpresa, observava o forte queixo dele ficar vermelho-escuro, enquanto ele se lembrava do infeliz desenlace da caçada à raposa. "Não, não me esqueci", disse Edward e a sua voz também parecia rabugenta. "Mas fazer uma visita profissional a um arrendatário não é como a caça à raposa, srta. MacDougal. Ninguém vai sair ferido."

"Diga isso ao filho do arrendatário", disse Pegeen. O duque de Rawlings, apesar do seu novo título, se sentia na obrigação de esfregar na neve o rosto de qualquer menino com quem tinha contato. Pegeen não tinha certeza se Edward estava a par desse novo hábito de Jeremy.

"Acredito ser perfeitamente capaz de refrear Sua Graça", Edward disse-lhe, "caso surja a necessidade." Pegeen não duvidava disso, mas, ao contrário de Edward, sabia que Jeremy tinha a tendência de morder. "Se o senhor tem que ir", suspirou ela, "prefiro ir com o senhor."

"Como quiser", disse Edward. Não foi tanto o tom resignado de Edward quanto o jeito com que evitava o olhar dela que fizeram Pegeen tomar aquela decisão. Ela levantou o queixo, gesto inconsciente que, quando criança, era a piada da aldeia, e o encarou.

"Então eu vou", disse Pegeen e mandou uma criada pegar o seu manto e o seu chapéu, com o coração batendo forte. Santo Deus! Ela estava muito agitada e eles só iam pegar a estrada para visitar um arrendatário! *Componha-se, Pegeen.*

Mas, quando a criada voltou com as coisas dela, Pegeen mal conseguiu amarrar as fitas do seu gorro, de tanto que os seus dedos tremiam. Felizmente, podia esconder as mãos no regalo. Acompanhou Jeremy e seu tio e, até quando Edward a ajudou a entrar na carruagem, estava certa de que ele não percebera o seu nervosismo por estar tão próxima dele. Acomodou-se no assento de couro com ar de indiferença, mantendo o rosto olhando para o outro lado. Sentiu as molas de debaixo do banco cederem sob o peso de Edward quando ele se sentou ao seu lado. Jeremy, como sempre, insistiu em se sentar com o cocheiro, de forma que, quando a carruagem passou pelo portão da casa, Pegeen encontrou-se a sós com Edward pela primeira vez em mais de um mês.

Em um momento como aquele, muito poderia ser dito. Pegeen manteve a cabeça teimosamente voltada para a janela, o rosto escondido dentro da larga aba de pele da sua toca. Jurou não dizer nenhuma palavra, a não ser que ele falasse primeiro. Edward estava sentado tão perto que Pegeen sentia o calor da coxa dele contra o seu quadril e, ocasionalmente, quando as rodas da carruagem caíam em um sulco da estrada, o ombro dele roçava o seu. Por fim, depois de quase um minuto de silêncio, Edward pigarreou e se aventurou, desajeitado: "Jeremy parece ter se adaptado bem desde que fui embora".

Pegeen, ainda sem tirar os olhos da janela, respondeu: "Sim, se adaptou mesmo".

Quando ficou claro que nenhuma nova informação seria dada, Edward pigarreou de novo e perguntou: "Desculpe, madame, mas eu a ofendi de alguma maneira?".

Isso foi o suficiente para garantir a atenção total de Pegeen. Ela girou a cabeça e olhou-o nos olhos cinza e melancólicos. Edward parecia sinceramente confuso com a atitude reservada dela. Ótimo. "Ofendeu-me?" Pegeen conseguiu parecer inocente. "Não sei do que o senhor está falando."

"Sei que fiquei fora mais tempo do que gostaria de ter ficado..."

"Ora", disse Pegeen, distraída. Voltou a atenção para a paisagem de inverno que passava pela janela. "Tenho certeza de que o senhor encontrou muita coisa para diverti-lo em Londres. Sem dúvida há mais distrações estimulantes lá do que nos ermos de Yorkshire." Deu uma olhadela clandestina para ele, para ver como reagia às suas palavras.

Edward parecia pouco à vontade. Uma das suas mãos enluvadas descansava sobre o joelho e a outra no banco, entre eles. Os dedos das duas mãos estavam cerrados com força. Pegeen afastou o olhar de novo, satisfeita porque ele estava tão nervoso quanto ela.

"Passei uma grande parte do meu tempo em Londres cuidando de negócios", disse ele, tenso.

"Sim, sim, foi o que o senhor disse. Isso deve ter sido uma grande decepção para *Lady* Ashbury." Pegeen olhou-o com um sorriso doce no rosto, atrás do qual, porém, estudava a reação dele.

Um dos músculos do queixo de Edward, aquele que sempre começava a se contrair quando ele estava aborrecido ou irritado, aquele de que Pegeen sentira falta com uma intensidade febril no período em que ele estivera em Londres, começou a pulsar. Pegeen, de sobrancelhas erguidas, observou o músculo.

"Não saberia dizer se foi ou não", afirmou Edward, e então era ele quem desviava o olhar. "Não a vi muito na cidade."

"Não viu muito a viscondessa?" Pegeen se sentiu ridiculamente feliz e, para esconder a sua alegria, bateu no teto da carruagem com os nós dos dedos e gritou: "Jeremy? Você não está com frio aí em cima?".

A voz de Jeremy, descontente, flutuou na direção deles. "Não!"

"Bem, se você ficar com frio, peça para Bates parar para você entrar."

Jeremy não respondeu. Detestava que a tia o tratasse como bebê. Dentro da carruagem, Pegeen se acomodou melhor no assento, as mãos enterradas no regalo macio de pele, o nariz e as faces rosados de frio e o coração batendo de felicidade.

"Ah, Pegeen", disse Edward. Ela o olhou e viu que ele estava virado para a janela.

Qualquer coisa poderia ter sido dita em um momento e Pegeen, intensamente consciente da proximidade dele, sentou-se na beira do banco, o coração batendo, cheio de expectativa. Será que tinha acontecido um milagre? Edward teria abandonado a viscondessa porque percebera o seu amor por Pegeen? Teria, por fim, percebido que, apesar de todas as mulheres sofisticadas e exóticas das suas relações, a que estava mais próxima do seu coração era a mais próxima, em casa? Que, apesar das diferenças de idade e experiência entre eles, os dois eram feitos um para o outro?

Edward tossiu novamente. "Quero lhe perguntar se você... ou melhor, se você ou... se..."

Pegeen, observando o quanto ele estava pouco à vontade, percebeu, horrorizada, que Edward estava na dúvida se ela estava ou não grávida. Com as faces quentes, respondeu-lhe, antes de conseguir se conter: "Você não acha que eu teria lhe contado logo se estivesse?".

Edward parecia aliviado, mas não muito. "Bem, eu não tinha certeza. Você foi tão inexorável em relação a... tudo."

Sentindo o seu rosto pegar fogo de constrangimento, Pegeen virou a maçaneta, abrindo a janela de correr mais próxima dela. O frio vento do inverno fez os seus olhos doerem, mas pelo menos estava resfriando o seu rosto carmesim.

"A minha proposta daquela noite ainda está valendo", disse Edward com voz grave. "Caso você tenha alguma dúvida."

Pegeen fechou os olhos, sentindo o gelo e a neve contra a testa. O maior desejo dela era não ter sido tão tola de insistir em ir junto naquela excursão ridícula. O único resultado seria que ela ia se sentir mais infeliz do que nunca.

"E a minha resposta continua a mesma", disse Pegeen com a voz dura. "Caso você tenha alguma dúvida."

Edward ficou calado por vários minutos depois disso, e os únicos sons eram o rangido dos bancos de couro, o tinido dos arreios dos cavalos e as rodas da carruagem triturando a neve. Pegeen rezava para que Edward não dissesse mais nada. Sentia que, apesar de sua forte resolução, poderia recuar e aceitar a proposta, mandando para o inferno as conseqüências. E daí que ele não a amava? Ela o amava o suficiente para os dois.

De repente, Edward disse: "Bem, acho que você vai rir ao ouvir isto, mas Alistair — naturalmente você se lembra de Alistair

Cartwright, não se lembra, Pegeen?". Diante do frio gesto dela indicando que se lembrava, ele continuou, falando rapidamente: "Bem, é danado de estranho, você sabe, mas Alistair está me perseguindo nessas últimas semanas. Um dos motivos por que voltei para casa foi para fugir das lamúrias incessantes dele, na verdade. Mas temo que Alistair tenha posto na cabeça que está apaixonado por você e não vai ficar satisfeito enquanto não receber permissão para fazer-lhe a corte".

Se Pegeen não tivesse passado as últimas semanas escondendo os seus sentimentos verdadeiros, não teria sido capaz de dissimular tão depressa quanto fez. Sem um segundo de vacilação, ela sorriu e disse: "Oh? Alistair Cartwright? Que engraçado!".

"Engraçado?" Os punhos de Edward, que estavam cerrados, relaxaram. Recostou-se no banco de couro e sorriu. "Não sei se Alistair vai ficar muito lisonjeado com a sua reação."

Pegeen sorriu automaticamente mais uma vez. Só havia levado alguns segundos para acostumar-se à idéia de que Alistair Cartwright a desejava. Alistair era um homem de boa aparência, bom coração e muito divertido. Não seria um mau marido. Nem um pouco. Isso se ela fosse do tipo que pensasse em se casar, o que, naturalmente, não era.

Mas por que Alistair tinha que falar a Edward sobre isso? Oh, porque, como concunhado, Edward era responsável pelo bem-estar dela. Mas Edward era mais do que apenas o seu concunhado. Será que Alistair sabia? Alarmada, Pegeen se voltou, de olhos arregalados, para o homem sentado ao seu lado.

"Ele..." Ela não conseguia tirar a ansiedade da voz. "Ele sabe? Sobre nós, quero dizer?"

Edward se sobressaltou. "Santo Deus, não! Quem você pensa que eu sou, Pegeen? Posso ser um tolo, mas não sou um cafajeste."

Aliviada, Pegeen se recostou no banco. "Bem, o que você disse a ele?"

"O que eu disse para quem?"

"Para o sr. Cartwright", disse Pegeen, de dentes cerrados. Aquele homem às vezes podia ser burro como uma porta.

"Para Alistair? Sobre cortejar você? Ora, eu o proibi, é claro. Mas o homem é uma ameaça. Ele não me deixava em paz..."

"Você o proibiu?"

Edward não deu atenção à raiva na voz de Pegeen. "É claro que proibi. É totalmente absurdo. Ora, ele tem quase o dobro da sua idade..."

"Você não acha que eu deveria ter sido consultada sobre o assunto?", ela o inquiriu.

"Você?" O rosto de Edward sc voltou para ela, as sobrancelhas escuras levantadas com expressão de incredulidade. Notando que os lábios de Pegeen estavam tensos, ele balançou a cabeça. "Estou surpreso. Quase parece que você está cogitando a idéia de permitir que ele..."

"E por que não?" Desde que mantivesse os olhos longe dele, era fácil para Pegeen manter o tom despreocupado. "Foi você mesmo quem disse, antes de ir embora, que eu deveria me casar algum dia."

"E você insistiu que o casamento era algo que nunca levaria em consideração..."

"Com alguém por quem eu não estivesse apaixonada", corrigiu-o Pegeen rapidamente. "Ou que não me amasse." Edward deu-lhe uma olhada cortante, mas, antes que ele pudesse dizer mais alguma coisa, ela acrescentou: "Além disso, tive muito tempo para pensar desde que você foi embora e decidi que talvez não fosse uma idéia assim tão má eu me casar. Seria o melhor para todos, como você disse. Silenciaria os fofoqueiros e tiraria a carga do meu sustento das suas costas".

"Carga! Eu nunca a consideraria uma carga!"

"É totalmente absurdo que você continue a sustentar uma mulher que não é nem mesmo uma parenta consangüínea. E, se eu me casasse com o sr. Cartwright, resolveria o problema de nós vivermos debaixo do mesmo teto sem uma acompanhante, exatamente como você disse no mês passado..."

"Casar-se com ele!" Edward se contorceu no banco. "Só lhe disse que ele estava interessado em lhe fazer a corte porque ele ficou insistindo..." Talvez pela primeira vez na vida, parecia que as palavras faltavam a Edward. Pegeen imaginou que ele percebeu que fora pego na própria armadilha. "Nunca pensei que você fosse levar a proposta a sério!"

"Por que não?" Pegeen tinha se recomposto o suficiente para olhá-lo, desafiadora. "A idéia de um homem me fazer a corte é assim tão cômica aos seus olhos? Eu sou por acaso alguma bruxa e você não pode imaginar que algum homem se apaixone por mim?"

"Não, é claro que não. Você é... bem, você é muito atraente. Mas é jovem demais até para pensar em casamento." Pegeen então ficou genuinamente irritada. "Jovem demais! Tenho vinte anos!"

"Vinte", repetiu Edward, rolando os olhos para cima. "Você é uma *criança*. O que sabe sobre o casamento?"

"E você, o que *você* sabe sobre isso?", provocou-o Pegeen. "Só como arruinar o de outra pessoa."

No instante em que as palavras saíram da sua boca, Pegeen se arrependeu, mas não havia nada que pudesse fazer. Edward olhava-a fixamente, de cima para baixo, o belo rosto mostrando que não acreditava no que ouvia. Dedos duros de repente cingiram um dos pulsos delgados dela, em um aperto esmagador. "Desculpe, mas o que foi que você disse?"

"Bem", explicou Pegeen, a garganta de repente seca. "A viscondessa é casada e você..."

"Basta!", Edward vociferou. Pegeen ficou tão assustada com o tom cortante da sua voz que recuou e se afundou no canto da carruagem, os olhos arregalados. Foi apenas o fato de Edward estar agarrando o braço dela que a impediu de pular da carruagem, temendo pela própria vida. "Você não sabe nada sobre mim e *Lady* Ashbury. Graças a Deus. E acho que é extremamente inapropriado que uma moça da sua idade até mesmo mencione um..."

Apesar da fúria dele, Pegeen não pôde segurar um sorriso. "Ora, você parecia não se importar com a minha tenra idade na noite do baile."

Edward olhou para ela com tanta incredulidade quanto se ela lhe tivesse cuspido. Os nós dos dedos da mão que a seguravam estavam brancos de tensão. A boca dele se abriu, mas nenhum som saiu e Pegeen riu, mas foi um riso sem humor.

"Ah! Diga-me, *Lord* Edward, por que sou jovem demais para o seu amigo, o sr. Cartwright, mas não para o senhor?"

Edward disse, com uma paciência que não condizia com o músculo que saltava no seu queixo: "Acredito ter deixado bem claro que não poderia lamentar mais do que lamento o que aconteceu entre nós. Tentei fazer o que é certo e honrado, ao lhe pedir que se casasse comigo, mas você me informou, em termos que não deixaram nenhuma dúvida, sobre o seu desprezo pelo casamento. À luz disso, eu me retirei da minha própria casa de forma a evitar que o que ocorreu entre nós voltasse a acontecer. E, no entanto, agora você diz que receberia bem a perspectiva de se casar com o meu melhor amigo!".

Pegeen deu um pulo, porque Edward chutou violentamente o banco da frente. O impacto levou Bates a parar a carruagem e perguntar, preocupado: "My *lord*? Está tudo bem aí embaixo?".

"Sim, Bates", respondeu Edward por entre os dentes, a mão apertando o pé por cima da bota e xingando baixinho sem parar. "Continue!"

"Sim, *my lord*", disse o cocheiro, e o veículo entrou em movimento novamente.

Pegeen, que tinha se encolhido no canto da carruagem o mais longe possível, estudou Edward com os olhos arregalados, sem dizer uma palavra. Não conseguia de forma alguma entender por que pensar em ela se casar com o seu amigo tinha deixado Edward assim tão desolado. Ele tinha deixado muito claro que não estava apaixonado por ela, portanto, o que isso lhe importava? A não ser que tivesse voltado para Rawlings cultivando a idéia de que poderiam retomar aquilo que tinham interrompido... mas isso não era possível. Era impossível que ele não soubesse que Pegeen não se permitiria perder a cabeça...

"Não quero ouvir nem mais uma palavra sobre você ser cortejada por qualquer pessoa", disse Edward finalmente, soltando o pé dolorido. "Vou proibir Alistair Cartwright de..."

Pegeen soltou uma exclamação indignada. "Você não pode fazer isso!"

A expressão de Edward parecia ter sido talhada em granito. "Desculpe-me, Pegeen, mas posso sim. Enquanto você estiver vivendo sob o meu teto, está sob a minha proteção e não vou permitir que seja submetida às atenções repulsivas de..."

"Pensei que ele fosse o seu melhor amigo!"

"E é." De repente, Edward pareceu perceber que estava debruçado sobre ela como um grande pássaro de rapina. Recostou-se, mas o seu olhar predatório continuou sobre ela. "Ele é o meu melhor amigo. Conheço-o melhor do que ninguém. E é por isso que proíbo. Você deve se esquecer que um dia eu toquei neste assunto."

Pegeen teve vontade de lembrar a Edward que, se ele tinha objeções tão fortes a seu amigo lhe fazer a corte, não deveria ter falado nada, para começo de conversa. Por que, então, tinha tocado no assunto?

Pegeen ficou remoendo esse problema o resto do dia. A viagem ao chalé do arrendatário transcorreu sem incidentes, a não pelo fato de que o robusto filho de doze anos do agricultor quase quebrou o nariz de Jeremy, o que cimentou para sempre os laços de amizade entre os dois meninos, já que Jeremy só conseguia ser amigo de alguém que lhe fosse superior fisicamente. Não se falou mais sobre Alistair Cartwright porque Jeremy voltou para casa dentro da carruagem junto com eles, o lenço de Pegeen comprimindo o nariz inchado.

Não foi de surpreender que *Lord* Edward não tenha recebido com muito entusiasmo a notícia comunicada por Evers enquanto lhe tirava a capa e o chapéu no Grande Saguão.

"O sr. Cartwright chegou há pouco, senhor", disse Evers. "A sra. Praehurst o colocou no Quarto Azul. Ele está agora jogando sinuca, se não me engano."

Edward praguejou. Pegeen ficou olhando-o com as sobrancelhas levantadas, mas Edward parecia esquecido da sua presença. Ele saiu pisando duro, os saltos das botas ressoando nas pedras da pavimentação, e até Jeremy, com a voz abafada por baixo do lenço de Pegeen, percebeu a sua irritação. "O que há com tio Edward?", perguntou ele, em tom queixoso.

"Não sei", suspirou Pegeen. "Se você descobrir, não deixe de me contar."

Capítulo vinte e três

Arabella Ashbury nunca seria tola a ponto de dizer em voz alta que achava Londres aborrecida sem a companhia de Edward Rawlings, mas sentia muito a ausência dele e foi ficando cada vez mais irritável por causa disso, tão irritável que suas amigas notaram e começaram a especular qual seria o motivo. Já tinha sido ruim que, quando estava na cidade, Edward se dissesse ocupado demais com "assuntos importantes" até para jantar com a viscondessa. Mas depois ele simplesmente havia fugido da cidade, de forma que não havia mais nem a possibilidade de cruzar com ele por acaso no teatro.

Não que houvesse alguma peça para ser vista, pois a temporada mal tinha começado. E, como se as coisas já não estivessem ruins o bastante, Arabella e suas amigas tinham ido a Londres mais cedo do que de costume por causa de Edward e tinham sido abandonadas por ele. "Negócios importantes." Nunca Arabella tinha sido desprezada tão óbvia e publicamente.

Agora que Edward por certo tinha voltado para Rawlings, tudo começava a fazer sentido. Ele não tinha qualquer "assunto importante" na cidade. Apenas quisera ficar livre deles — de Arabella, do conde e de Alistair. De todos eles. Por causa daquela mocinha, claro. Arabella só conseguia pensar na srta. Pegeen MacDougal como "aquela mocinha".

Aquela maldita mocinha, com malditos olhos verdes e cílios escuros como breu, cútis de seda, cabelo escuro brilhante e delgada cintura. Que homem não iria querer manter para si uma mocinha assim? Mas, nesse caso, por que Edward tinha passado tanto tempo na cidade? Por que simplesmente não se livrar dos hóspedes e voltar logo para Rawlings? Arabella não conseguia entender. De qualquer forma, Edward Rawlings sempre fora um homem complicado. Ela nunca soube dizer exatamente o que ele estava pensando.

Mas sabia que estava prestes a saber. Voltando para Rawlings, ele deixara muito claro que considerava tudo acabado com *Lady* Ashbury. Ora, nem mesmo mandara um bilhete de despedida. Até o rabo-de-saia mais sem valor normalmente recebia um bilhete — com pelo menos um bracelete de diamantes — quando o amante a trocava por outra. Edward nem mesmo tivera a decência de lhe dizer que tudo estava acabado. Bem, tinha havido aquela cena no Quarto Branco, em Rawlings. Aquilo poderia ter sido um sinal de que as coisas não andavam bem no relacionamento dos dois. Arabella não conseguia entender. Não parecia coisa de Edward, que em geral era tão arrogante e temerário.

E perguntar a Alistair não tinha ajudado em nada. Arabella nunca tinha gostado de Alistair Cartwright. Parecia-lhe que ele estava sempre lhe sorrindo com malícia, não de forma sexual, o que ela poderia entender, mas como se achasse que ela era idiota. Quando lhe perguntou, em uma noite no Palácio St. James, o que estava acontecendo com Edward ultimamente, ele havia dado aquele sorriso, ainda mais malicioso do que o normal, e dito que não tinha idéia. Arabella sabia que ele mentia e, em uma rara mostra de má avaliação, puxou a manga do seu casaco e o interpelou: "É a mocinha, não é? Ele está apaixonado pela mocinha".

Alistair havia olhado para ela, piscando os olhos, com aquele seu jeito ridiculamente lacônico, e lhe perguntado, com ar inocente: "Ora, Arabella, o que você quer dizer com isso?".

"Você sabe perfeitamente o que quero dizer. Ora, ele não pode se casar com ela. Você sabe o que as pessoas estão dizendo a respeito da irmã dela?"

O sorriso malicioso de Alistair se alargou. "Não, Arabella, por favor, me conte. O que *as pessoas* estão falando sobre a irmã dela?"

Ela não gostou da ênfase que ele pôs na palavra "pessoas", mas continuou, na esperança de que ele não soubesse que quase todos os rumores tiveram origem na sala de visitas dela.

"Que foi ela quem matou John Rawlings, como se tivesse puxado o gatilho. Que o duelo de que ele participou foi pela honra dela e que foi o seu amante que saiu vencedor. E que passou os últimos dez anos no Mediterrâneo com esse amante..."

"As *pessoas* estão falando muito sobre essas coisas, que não têm como saber, não estão, Arabella?"

O sorriso de Alistair era intolerável e foi então que Arabella percebeu que Cartwright, o tolo, também estava enfeitiçado pela moça. Não parecia possível que uma sirigaita tão enfadonha tivesse capturado os corações de dois dos solteiros mais cobiçados da Europa, mas não era exatamente isso que a irmã dela tinha feito? Qual era o nome daquele amante de Katherine Rawlings? Se pelo menos Arabella conseguisse descobrir.

Arabella não era a única pessoa que ficou tentando entender o estranho comportamento de Edward Rawlings. O conde de Derby lamentava a perda de seu parceiro de caçada e passava refeições inteiras suspirando para a sua taça de vinho, para desgosto da sua mulher. Lembrava-se de muito pouco do que acontecera na estufa na noite do baile, mas o pouco de que se lembrava o incomodava. Havia alguma coisa naquela moça, a filha do vigário. Alguma coisa que não lhe era estranha. Se pelo menos *Lord* Derby pudesse determinar o que era. Tinha certeza de que a informação, fosse qual fosse, iria animar a pobre Arabella.

Até que, uma noite, ele entendeu tudo. Apesar de ter um lado lascivo em sua natureza, o conde de Derby não era um homem cruel. Nunca lhe teria ocorrido contar a sua descoberta para alguém, se já não estivesse meio alto e não tivesse caído, como infelizmente acontecia muito, nas mãos de uma pessoa muito mais inteligente — e manipuladora — que ele.

Arabella Ashbury não tinha muito interesse no conde de Derby e sua mulher. Não fosse pelo fato de a casa deles na cidade ser vizinha da sua e de que, em certa época, antes de ele ter decaído fisicamente, *Lady* Ashbury e *Lord* Derby tiveram uma mútua inclinação, ela os teria ignorado. É verdade que eram da aristocracia rural, mas eram tão sem interesse e tinham tantos filhos! Não era decente ter tantos filhos. Quando *Lord* Derby apareceu à sua porta uma noite no começo de janeiro, porém, ele estava bêbado demais para ser mandado embora com segurança. Por isso, ela o convidou a entrar e lhe perguntou onde estivera.

"Na casa de Kathy", disse *Lord* Derby com voz estridente, entrando na casa de Arabella.

Ela virou os olhos para cima. A casa de Kathy Porter era um famoso prostíbulo de Londres. Se Derby achava que ela tinha algum interesse no que estivera fazendo lá, ia ter uma grande surpresa.

"Bem", disse ela em tom incisivo. Na verdade, Arabella tinha o seu próprio acompanhante no andar de cima, alguém que ela estava cultivando para substituir o inconstante Edward Rawlings no seu coração, e não tinha tempo para perder com condes gordos e bêbados. "Você pode passar a noite aqui, se achar necessário. Vou mandar um lacaio até a sua casa para pegar as suas coisas. Diremos a Bertha que você vai passar a noite no seu clube."

"Você é tão boazinha", disse Derby, e Arabella ficou irritada ao ver que tinham surgido lágrimas sob as pálpebras gordas do conde. Derby sempre fora um bêbado lacrimoso. "Você é tão adorável, Arabella. Quase tão adorável quanto a pequena filha do vigário."

Arabella não estava prestando muita atenção ao que ele dizia. Olhava seu próprio reflexo no espelho sobre a lareira, ajustando a gargantilha de safiras. "Que pequena filha do vigário?", perguntou ela, distraída.

"A que está em Rawlings. A que se parece tanto com Kathy."

Arabella olhou-o de uma forma que, se ele tivesse visto, se assustaria. Com três passos largos e rápidos, ela estava inclinada sobre a poltrona onde o conde se sentara, o rosto a apenas alguns centímetros do dele. "O que você quer dizer, a moça que parece com Kathy? Você está falando que Pegeen MacDougal se parece com Kathy Porter?"

Uma grossa lágrima saiu do canto de um dos olhos de *Lord* Derby. Ele fez que sim, com a expressão triste. "As duas são uma a cara da outra, só que... é menor, como uma miniatura, você entende? Poderiam ser irmãs, de tão parecidas. Kathy é uns dez anos mais velha e tem uns bons quinze a vinte quilos a mais, mas poderiam ser gêmeas, se não fosse por isso." *Lord* Derby suspirou. "Isso ficou me incomodando por muito tempo. Eu sabia que aquela moça me fazia lembrar de alguém, mas não sabia de quem. Até hoje de noite."

Os dedos de Arabella apertaram os braços da poltrona de brocado. Os seus olhos começaram a brilhar perigosamente. "Katherine Rawlings é Kathy Porter. Que coisa mais maravilhosa!"

O conde de Derby de repente ficou sóbrio. Isso ocorria de vez em quando e sempre tinha surpreendido Arabella a rapidez com que ele ficava lúcido quando queria.

"Arabella", disse ele, estendendo a mão que, apesar de gorda, era forte como um torno. "O que você está pensando? Eu disse que elas poderiam ser irmãs, e não que sei com certeza que sejam."

"Ora, cale a boca, Freddy", Arabella o interrompeu rispidamente. Os olhos azuis da viscondessa tinham ficado pensativos. *Lord* Derby tinha ficado um pouco sóbrio, mas não o suficiente para perceber o significado da descoberta que tinha feito e relaxou, já que Arabella não voltou a falar no nome de Kathy Porter. *Lord* Derby só tinha consciência de que a viscondessa estava sendo mais gentil do que de costume com ele.

Capítulo vinte e quatro

Edward Rawlings conhecia Alistair Cartwright quase a vida toda e em todo aquele tempo os dois raramente se desentendiam. A única briga de peso que tiveram foi por causa de certa jovem que tivera a audácia de entrar para um convento, escolhendo se casar com o Senhor em vez de com um deles, resolvendo assim a questão.

Na opinião de Edward, uma das características mais atraentes de Alistair era a sua maleabilidade. Ele era facilmente dissuadido de qualquer trajetória na qual tivesse embarcado e essa falta de determinação o tornava um companheiro inestimável para alguém como Edward, que precisava estar no controle de todas as situações.

Foi por essa razão que Edward ficou tão surpreso — e indignado — com a recusa de Alistair em recuar na questão de fazer a corte a Pegeen. Por que, de todas as questões do mundo, Alistair tinha de escolher justamente *aquela* para ficar irredutível era uma coisa que Edward não podia entender. De fato, não era típico de Alistair se manter tão agarrado a uma convicção. Era possível, supunha Edward, que o seu despreocupado amigo estivesse apaixonado de verdade pela moça. Nesse caso, Edward temia não ter outra alternativa a não ser pedir a Alistair que se retirasse de Rawlings para sempre.

Precisar recorrer a isso era algo que deixava Edward amargurado. Ele valorizava a amizade de Alistair. Este era uma das poucas pessoas que Edward conseguia tolerar por mais de cinco minutos. Mas não poderia permitir que o seu melhor amigo cortejasse Pegeen. Só pensar nisso o fazia sentir-se mal. Até mesmo naquele momento, observando os dois juntos discutindo um livro, Edward não tinha dúvida de que ia acabar vomitando o jantar. Bem ali, no Salão Dourado.

Parecia que os dias de senhor de sua própria casa tinham terminado. Pegeen o lembrara, com muita doçura, que ele não tinha o menor direito de proibir Alistair de cortejá-la e que, como ela não tinha objeções, Edward teria que deixar de se intrometer. E ele, totalmente de acordo com isso, bem que tinha tentado. De verdade. Mas, ver as cabeças dos dois, uma tão loira e a outra tão morena, curvadas em cima de algum ridículo livro de poesia, o deixava furioso sem que ele soubesse o motivo.

Edward achava que, até então, as coisas tinham corrido bastante bem, e os três passaram quase uma semana juntos em relativa calma. Pegeen evitava aqueles comentários ferinos que parecia compelida a fazer na sua presença, e Alistair fingia não notar os olhares hostis do seu anfitrião. Como o tempo estava horrível, não se cogitava em sair de casa. Se estivesse apenas alguns graus mais quente, Edward teria insistido em arrastar Alistair para fora para dar uns tiros — qualquer coisa para afastá-lo de Pegeen.

Talvez o mais irritante de tudo era que Edward não conseguia determinar qual o motivo exato para aquela raiva irreprimível. Era claro que achava Alistair velho demais para Pegeen. E o fato de conhecer os detalhes de muitas das conquistas de

Alistair o deixava receoso por Pegeen, que excitável como era, poderia ser seduzida por qualquer uma das manobras mais físicas de Alistair.

Só de pensar em Pegeen e o seu lacônico amigo juntos na cama o deixava enfurecido, e mais ainda porque Edward sabia que, por baixo do exterior recatado da moça, havia uma mulher extremamente sensual. Edward nunca tinha dormido com uma parceira mais ardorosa. Aquela filha de vigário de vinte anos poderia dar lições de como fazer amor para qualquer uma das cortesãs de mais sucesso em Londres.

Mas para ter nos braços aquele corpo deleitável todas as noites valia ouvir aquela língua ferina? Não.

Então, por que não deixar que Cartwright ficasse com ela? Edward acabaria encontrando a mulher dos seus sonhos. Uma moça atraente e calma, que se sentaria ao lado do fogo tricotando meias para ele, sem se queixar do custo das suas gravatas, do quanto ele bebia e das suas relações com mulheres casadas. Sem dúvida essa mulher existia e estava em algum lugar, esperando por ele. E, enquanto isso, por que não deixar Cartwright ter o que desejava? Por que um deles não poderia ser feliz?

Mas, se Pegeen era inconveniente para Edward, tampouco era adequada para Alistair. Edward não poderia esperar que Alistair percebesse isso, já que o seu tolo amigo estava enfeitiçado pela mocinha de cabelo escuro. Mas Pegeen já deveria ter percebido que aquilo nunca daria certo. Que felicidade poderia encontrar com um imprestável e vagabundo como Cartwright? Este a deixava fazer gato e sapato dele — que ele deixava, Edward já tinha visto — e parecia incapaz de dizer não para a lindinha. Era só ela bater aqueles cílios escuros na sua direção e Alistair fazia o que ela quisesse. Ora, era ridículo. Não daria certo nunca. Os dois estariam totalmente infelizes dentro de um ano. Edward precisava pôr um fim a isso tudo.

Não adiantava falar com Alistair para ter bom senso. Edward já tentara isso. Não, para conseguir algum resultado, por menor que fosse, teria de falar com Pegeen, que, apesar de danada de teimosa, pelo menos era inteligente o bastante para ser razoável. É claro que Edward precisaria ficar a sós com ela para ter essa conversa, e isso não seria fácil, já que Cartwright parecia estar sempre seguindo-a como um cachorrinho.

Por fim, Edward chegou à conclusão de que o melhor seria esperar até Pegeen se recolher à noite, e então abordá-la no seu quarto, depois que Alistair tivesse ido para a cama. Sabia que ela não ia gostar nem um pouco — Pegeen parecia tão nervosa quanto ele em relação aos dois ficarem sozinhos em um cômodo —, mas não havia o que fazer. Para impedi-la de cometer o maior erro da sua vida, ele teria que desobedecer algumas regras.

Já passava da meia-noite quando Pegeen se recolheu e não demorou nada para Edward se livrar de Alistair. Quando o deixou, ele roncava em um sofá na biblioteca, os braços ao redor de uma garrafa de conhaque e os lábios voltados para cima em um ridículo sorriso de felicidade. Edward quase sentia pena, porque o que ia fazer apagaria aquele sorriso para sempre, mas não via alternativa. Era isso ou ficar assistindo àquele sorriso se apagar aos poucos, tornando-se uma careta no correr dos anos.

De pé em frente à porta do Quarto Rosa, Edward percebeu que estava nervoso. Já tinha ficado ali em pé na frente da mesma porta dezenas de vezes quando criança, mas o nervosismo era diferente. A sua mãe sempre fora uma pessoa gentil, porém uma disciplinadora severa, e os castigos que lhe dava, ainda que menos físicos do que os do marido, foram os que se fixaram na memória de Edward. Seria nervosismo residual o que sentia naquele momento ou realmente não estava à vontade com o que ia fazer? Ele não tinha certeza e bateu à porta antes que mudasse de idéia.

A própria Pegeen atendeu. Parecia bastante surpresa em vê-lo. O longo cabelo escuro estava solto, caindo nos ombros como uma capa, e vestia o mesmo *peignoir* diáfano da noite do baile, aquele enfeitado com plumas. Parecia jovem demais, mas era inegavelmente feminina. Edward sentiu algo se contrair dentro dele e, por um momento, perdeu a coragem. Até ver a expressão de Pegeen.

"Ora, ora, ora", disse ela, com uma das sobrancelhas arqueadas. "E a que devo este prazer, *Lord* Edward?"

Ele constatou que o que ia fazer salvaria a vida de Alistair. Talvez não soubesse dar valor a isso de imediato, mas um dia agradeceria a Edward por salvá-lo dessa mocinha sarcástica.

"Preciso falar com você", disse Edward com a voz rouca.

"Ora, você pode falar comigo de manhã, no café", disse Pegeen. "Boa noite."

Ela tentou bater-lhe a porta na cara, mas Edward foi mais rápido e pôs o pé entre a porta e o batente. Apesar de empurrá-la com toda a força, Pegeen não conseguiu fechá-la.

Depois de um momento, parou de tentar. Levantou os olhos, nem um pouco impressionada com a atitude dele e com as mãos nos quadris. "Edward, você sabe que não posso deixá-lo entrar. Pense no que aconteceu da última vez."

"Estou bem lembrado do que aconteceu da última vez. Eu também estava presente, não sei se você se lembra. Mas não tem com que se preocupar. Só quero conversar."

"Era só isso que você queria da última vez", objetou Pegeen.

"É de importância vital, Pegeen, que você me deixe entrar."

"O que os criados vão pensar? A sra. Praehurst vai..."

"Dane-se a sra. Praehurst!"

Sem nenhum aviso, Edward abriu a porta com um chute, invadiu o quarto, que estava agradavelmente iluminado e aquecido pelo fogo, e bateu a porta com toda a força atrás de si. Desde que ele estivera ali, Pegeen tinha feito algumas modificações. Havia um retrato da mãe dele, pintado antes de se casar, sobre a lareira e vários vasos com flores secas estavam espalhados pelo quarto. Além disso, sobre uma mesa de canto estava o maldito livro de poemas de amor que Cartwright tinha dado a ela no dia anterior, com determinadas passagens claramente marcadas com fita. Edward foi até lá com passos largos e pegou o livro.

"Isto", disse ele, chacoalhando dramaticamente o pequeno livro encadernado em couro, "é o assunto sobre o qual quero conversar com você." Pegeen, de pé e imóvel, os braços cruzados sobre o peito, adotou um ar de superioridade. "Oh? Você deseja discutir os sonetos de amor de Shakespeare?"

"De forma alguma." Edward deu uns passos largos na direção dela, brandindo o livro. "Quero conversar sobre Cartwright."

Um dos lados da boca de Pegeen se virou num sorriso. "Ora, Edward, entendo o seu ciúme. Admito que você o viu primeiro."

O punho de Edward desabou sobre uma pequena mesa lateral, que não foi forte o bastante para resistir ao ataque e desabou, tornando-se uma pilha de madeira marchetada e latão. Pegeen olhou para o estrago com calma. Qualquer outra mulher teria saído correndo, temendo pela própria vida.

"Você se sente melhor agora?", perguntou secamente. "Há alguma outra coisa aqui que gostaria de destruir? Que tal aquele vaso ali? Se não me engano, é uma peça de herança. Ou talvez você queira na verdade é me atingir."

"Nunca bati em uma mulher na vida", retrucou Edward. Ainda estava desconcertado com o desmantelamento da pequena mesa. Não tivera intenção de bater com tanta força, mas não ia permitir que ela desviasse a sua atenção. Essa era uma das artimanhas dela e ele não iria desistir da sua missão. "Escute aqui, Pegeen..."

"Não tenho muita alternativa, tenho?" Pegeen descruzou os braços e foi para a cama, da qual havia se levantado para atender à porta. Tirando o seu chinelo de saltos altos, deslizou os pés descalços para debaixo dos pesados acolchoados. "Espero que não se importe", disse ela baixinho, sentando-se na cama e abraçando os joelhos. "Mas é que está um pouco frio, você sabe."

Ela parecia tão pequena e inocente naquela enorme cama com dossel que por um momento Edward esqueceu o que tinha para dizer. Imaginou-se subindo naquela cama com ela, como se não fosse nada de mais, como se fossem casados há muito tempo e dormissem juntos todas as noites. Imaginou-se tirando gentilmente o *peignoir* daqueles ombros brancos e macios e beijando a pele sedosa debaixo daquelas mangas...

Daí viu o livro que segurava na mão. Começou a falar, mas a voz estava tão rouca que as palavras saíram ininteligíveis. Limpou a garganta. "Pegeen, não posso permitir isso."

Ela olhou-o com cautela, o queixinho encaixado nas mãos. "Não pode permitir o quê?"

"Não posso permitir que você se case com Alistair."

"Não pode?" Ela estava em parte na obscuridade. A luz do fogo não chegava até a cabeceira da cama.

"Não, não posso. Vocês não são feitos um para o outro. Vão apenas acabar fazendo infeliz um ao outro e não quero que isso aconteça para nenhum dos dois. Portanto, vim lhe dizer que você... você deve dizer a Alistair que não pode se casar com ele."

A voz de Pegeen veio firme das sombras. "Em primeiro lugar, Edward, Alistair não me pediu em casamento. Em segundo lugar, se pedir, o que eu decidir fazer não é da sua conta."

Edward deu alguns passos para a frente, de forma a poder ver melhor a expressão do rosto de Pegeen. Chegando a apenas uns trinta centímetros da cama, viu que ela estava realmente muito brava. Os olhos verdes brilhavam como pedras preciosas.

"Mas é da minha conta, Pegeen", disse Edward, com mais calma do que até então. "Alistair é meu amigo. Não quero vê-lo infeliz."

Pegeen levantou o queixo das mãos e fitou-o com raiva. "E o que o faz ter tanta certeza de que eu o farei infeliz?"

"Você é obstinada demais para ele, para começo de conversa. Você não conhece Alistair como eu, Pegeen."

Pareceu natural a Edward sentar-se na cama ao lado de Pegeen. Ela não fez nenhuma objeção, mas talvez porque estivesse tão ocupada ficando furiosa com ele que nem tinha notado. Uma vez sentado na cama, Edward se lembrou de que, apesar da aparência macia, o colchão era bastante firme.

"Veja, Pegeen", disse Edward, jogando no chão o pequeno livro de poemas de amor, em um gesto que denotava frustração, "conheço Alistair a vida toda. E sei de que tipo de mulher ele precisa. Precisa de uma mulher calma, que cuide dele, que providencie para que as meias que esteja usando combinem."

"Pouco me importa o tipo de meias que um homem usa", disse Pegeen em voz baixa.

Edward ficou um pouco perturbado ao notar que, debaixo do roupão diáfano, ela usava apenas uma camisola fina que parecia ser totalmente feita de renda e deixava entrever as curvas dos formosos seios.

"Mas veja bem, Pegeen", disse ele, forçando-se a afastar o olhar dos seios dela e fixando-o naqueles olhos indecifráveis, que continuavam na penumbra. "Este é exatamente o problema. O que Alistair precisa é de uma mulher que se importe com as meias dele."

"Acho que Alistair é um homem bem crescidinho", murmurou Pegeen. Edward notou que as pálpebras dela tinham ficado misteriosamente pesadas e que ela o olhava através dos cílios. "Acho que Alistair pode decidir sozinho que tipo de mulher ele quer."

"É aí que você se engana."

Ocorreu a Edward que estavam sentados próximos demais um do outro. Sentia o calor do corpo praticamente nu de Pegeen e o cheiro da fragrância floral do cabelo solto. Os seus rostos estavam muito próximos. Era só se inclinar e poderia beijá-la, provar a doçura daqueles lábios rosados, enterrar o rosto na maciez daquele pescoço. A imagem o surpreendeu. Baixou os olhos para Pegeen, percebendo que ela estava falando.

"... e não acho que seja justo", dizia ela, com a voz intensa e gutural. "Você me diz para eu me casar e, quando aparece alguém que quer se casar comigo, me diz para eu não aceitar. Francamente, Edward, começo a suspeitar que você não tem a menor idéia do que quer. É como eu disse antes de sua partida para Londres. Você está com medo."

"A única coisa de que eu tenho medo", rebateu Edward, "é que vocês dois arruínem as suas vidas. Não pensei que teria que recorrer a isso, mas, já que que você vai ser teimosa, serei obrigado. Pegeen, vou contar para ele."

Os olhos verdes se arregalaram. "O *quê?*"

"Não quero fazer isso. Vai despedaçar o coração de Alistar. Mas não vejo outra alternativa."

Rápida como um gato, ela afastou as cobertas e se ajoelhou sobre a cama, ao lado dele, as duas mãos contra as maçãs do rosto. "Oh, Edward, você não pode fazer uma coisa assim! Só iria magoá-lo!"

"Sim, isso iria magoá-lo muito. Mas também o faria pensar duas vezes quanto a se casar com você."

Para seu espanto, os olhos de Pegeen se encheram de lágrimas e, quando deu por si, um pequeno punho esmurrou-o com bastante força no peito.

"Como você poderia?", gritou ela, fora de si. "Como você poderia fazer uma coisa tão odiosa?"

Edward, protegendo o seu plexo solar, respirava com dificuldade. Ele se esquecera de como o gancho direito dela era forte. "Você não pode me ter, então não me deixará ser de mais ninguém, não é mesmo?", interpelou-o Pegeen, furiosa. "Oh, que homem mais arrogante! E não sabe por que não quero me casar com você!"

Então, antes de ele ter recuperado o fôlego, ela atacou. Edward nunca tinha sido agredido a socos por uma mulher e não sabia como reagir. Um minuto ela estava chorando e, logo em seguida, estava montada nele, socando-o com punhos inusitadamente fortes. Edward, consciente do leve peso dela sobre as suas coxas, ficou deitado quieto, atordoado, por um momento ou dois, olhando aquela megera furiosa sobre ele, os olhos verdes lampejando, o longo cabelo escuro solto e caído para a frente.

Um segundo depois, ele pegou aqueles dois pulsos que o golpeavam e segurou-os firmemente. Rosnando como uma tigresa, Pegeen lutava contra os braços que a dominavam, até que Edward a imobilizou contra o colchão com o peso do seu corpo, mantendo os braços dela levantados sobre a cabeça.

"Fique quieta!", rosnou.

Com o peito arfando e tentando recuperar o fôlego, Pegeen fitou-o, o ódio brilhando nos olhos.

"Me solte", disse ela, furiosa. "Me solte ou eu grito, juro que grito."

Mas o corpo de Edward já o traía, lembrando-se de uma outra vez em que essa mesma figura macia estivera debaixo do corpo dele, sem resistência e dócil. Sentindo a firmeza dos mamilos de Pegeen através do tecido leve, Edward gemeu, sentindo que estava ficando teso contra o ventre bem definido dela.

Pegeen também sentiu e os olhos com que o fitou já não eram mais de raiva, mas de súplica.

"Não", implorou ela. "Me solte. Por favor, Edward. Me solte antes que as coisas vão longe demais..."

Mas já era tarde demais.

Capítulo vinte e cinco

Não. Não poderia acontecer de novo.

Mas estava.

Deitada embaixo do corpo duro e pesado de Edward, Pegeen lutou em vão contra a onda de paixão que a invadia. Ela o desejava tanto quanto ele a desejava. E, apesar de as cabeças lhes dizerem para não fazer aquilo, os corpos agiam de forma temerária, como se a primeira vez tivesse sido apenas um ensaio para esta.

A boca de Edward beijou-a com avidez. Era como se seus lábios e sua língua ansiassem por tomar posse dela. E não apenas da boca, mas também do pescoço e dos seios. O *peignoir* jazia em duas metades ao lado dela, depois que Edward rasgou o fino tecido na sua ânsia de desnudar a carne para a sua boca voraz. Foi fazendo uma trilha de beijos da boca ao umbigo de Pegeen, deixando um rastro de fogo por onde passava, devorando os seus seios, sugando sem piedade os seus mamilos tenros, as mãos amassando a carne macia até que ela, involuntariamente pressionou a pélvis contra ele, ardendo, desesperada para ser preenchida.

Edward mergulhou a cabeça no ninho escuro e peludo entre as coxas dela. No momento em que a sua língua banhou aqueles lábios inchados, Pegeen se arremeteu contra ele, gemendo, surpresa, agarrando-lhe os cabelos. Mas Edward agarrou com firmeza os quadris ondulantes, a boca grudada à feminilidade dela, a barba por fazer queimando a maciez da parte interna das coxas. Instintivamente, Pegeen fechou as pernas ao redor de Edward, envolvendo-o nas suas coxas, enquanto se retorcia contra o rosto dele.

E então Edward não agüentou mais. Levantando-se das sedosas pernas, abriu as calças e a ereção maciça saltou, liberta. Ele se enterrou naquele ventre apertado e molhado, murmurando o nome dela e penetrando cada vez mais fundo, perdendo todo o controle. Pegeen tinha estendido os braços para cima, como que para detê-lo, os olhos muito abertos diante do membro intumescido, mas então os dedos agarraram o bíceps duro de Edward, enquanto os quadris se levantavam, indo ao encontro de cada um dos impulsos dele. Ela arremessou a cabeça para trás, respirando com dificuldade e gemeu quando ele mergulhou dentro dela e, a cada golpe, ficava mais perto de ultrapassar os limites da sanidade. Pegeen tentava se agarrar a ele cada vez que Edward recuava, procurando impedi-lo de se afastar dela, provocando-o com os lábios, enlouquecendo-o...

E então ele pareceu explodir dentro dela, lançando fogo líquido nas suas entranhas. Pegeen soltou uma exclamação gutural, arqueando-se contra ele e se perdendo em sua própria chuva de luz dourada. As suas unhas se enterraram nos ombros de Edward, mas ele não sentiu nada, de tão concentrado que estava com o seu próprio clímax.

Quando Pegeen voltou a mergulhar nos travesseiros, exausta, respirava com dificuldade, como se tivesse corrido uma grande distância, e Edward, a cabeça caída sobre o peito dela, estava igualmente sem fôlego.

Banhados em suor, ficaram deitados à luz do fogo e ocorreu a Pegeen que ela deveria dizer alguma coisa, mas ainda estava se deleitando com as sensações deliciosas que ele havia despertado dentro dela e não quis estragar aquele momento. Fechando os olhos, acariciou gentilmente os cachos pretos de Edward até cair em um sono profundo.

Capítulo vinte e seis

O sono não encontrou Edward tão facilmente. Andando de um lado para o outro no seu quarto, agarrando uma garrafa de uísque pelo gargalo, ele passava a mão pelo longo cabelo e praguejava em voz alta.

O único motivo de ter ido a Londres, apesar de dizer que a viagem era uma forma de livrar Rawlings de seus convidados indesejados, fora esquecer aquela mocinha atrevida que estava do outro lado do corredor. A atração que sentia por ela tinha ultrapassado as proporções, culminando na noite do baile. Depois disso, tentara fazer o que é certo, primeiro lhe propondo casamento e, depois, retirando-se para ficar longe da tentação.

E tinha achado que estava curado.

Tudo não passara de uma paixão passageira, foi o que dissera a si mesmo. Era porque ela era novidade e estimulante. Pegeen o havia surpreendido com sua impertinência, impressionado com sua inteligência, encantado com sua beleza. E o deixara estonteado com sua paixão na cama. Ele só precisava de algumas semanas longe dela para recuperar o equilíbrio e algumas semanas para reordenar as suas prioridades. Tinha muita sorte por ela ter recusado sua proposta e mais sorte ainda por não ter ficado grávida.

Tinha pensado que estava curado.

Chegara mal fazia uma semana e não adiantava agora ficar se enganando com joguinhos. Ele a desejava. Não se deteria diante de nada para tê-la. Mil viagens a Londres não o curariam daquilo.

Edward andava de um lado para o outro no seu quarto, dando grandes goles na garrafa de uísque. Sua testa estava coberta de suor. Abriu todas as janelas do quarto, mas mesmo os cruéis ventos do pântano não esfriaram o seu ardor. Não sabia o que fazer. Sem dúvida, não poderia permitir que as coisas continuassem daquele jeito.

Exausto, Edward afundou em uma das poltronas de couro preto ao lado da lareira e ficou olhando as chamas, sem vê-las. Isso seria amor? Não podia pensar em outro nome para aquilo. Nunca tinha sentido nada parecido. Só conseguia pensar nela. O que ia fazer a esse respeito? Não via como contornar a situação. Teria de pensar em um jeito de convencê-la a se casar com ele.

Casar-se com a irmã da assassina do seu irmão? Essa idéia tinha algo de claramente repugnante. Mas, na verdade, ela não podia ser responsabilizada pelas ações da irmã. Quem se importava com o que a irmã dela fizera? O importante era que ele precisava se casar com ela, de um jeito ou de outro.

O que ele diria a Alistair?

Fechando os olhos, Edward recostou a cabeça e a lembrança de como deixara Pegeen apenas uma hora antes voltou-lhe à mente como uma inundação. Os lábios macios levemente separados no sono, a respiração suave, os dedos ainda no cabelo dele quando ele levantou a cabeça da pele macia do seu quadril. Pegeen tinha acariciado o seu cabelo durante horas depois de fazerem amor, provavelmente sem nem mesmo perceber. Edward, porém, percebeu o gesto e ficou pensando nele. Seria possível que, apesar de ter declarado a intenção de nunca se casar com ele, ela o amava?

Tinha consciência de que Pegeen achava que ele lhe propusera casamento por se sentir obrigado.

Na ocasião, tinha sido isso mesmo. O que mais poderia ter feito? Ela era hóspede de sua casa, uma década mais nova e ele tinha se aproveitado da situação. Não importa que ela tivesse sido uma parceira mais do que apaixonada. Cavalheiros simplesmente não dormem com suas concunhadas virgens. Não que Edward alguma vez tivesse afirmado ser um cavalheiro, nem que Pegeen algum dia tivesse dito que se considerava uma dama.

Mas ele tinha tentado acertar as coisas e ela tinha frustrado as suas melhores intenções. E depois, em um piscar de olhos, tudo tinha acontecido novamente. E havia sido ainda melhor, deixando-o suspirando por mais.

Não era de admirar que tivesse deixado a moça dormindo e saído em busca de uísque.

Foi apenas quando a aurora começou a iluminar o céu que Edward caiu em um sono agitado e o valete só o acordou na hora do almoço. E com más notícias.

"Desculpe aborrecê-lo, *my lord*", disse o valete, dando um olhar crítico para as botas que Edward não se dera ao trabalho de tirar antes de cair no sono. "Mas acho que o senhor gostaria de ser informado de que *Lady* Ashbury está lá embaixo."

Edward, que havia dormido totalmente vestido no sofá, sentou-se assustado ao ouvir essa notícia. "Arabella?" O sono tinha deixado a sua voz rouca, de forma que ela estava ainda mais profunda que o seu rosnado habitual. "Meu Deus! Arabella está aqui?"

"Sim, senhor." Daniels pegou a gravata do patrão do chão e a estudou com repugnância. "Ela pede para vê-lo. Posso sugerir que faça a barba, senhor, antes de descer?"

Edward se inclinou, apoiando os cotovelos nos joelhos e passou a mão pelo rosto áspero. Arabella, ali? Por que não estava em Londres? Maldição, era a coisa mais inconveniente que se poderia imaginar, aparecer bem naquele dia. O que Pegeen iria pensar?

Maldição! O que ia fazer a respeito de Pegeen? Levantando os olhos para o criado, Edward lhe perguntou, com uma indiferença que não sentia: "Há alguém... ahn... com a viscondessa neste momento ou ela está sozinha?".

Daniels movia-se de um lado para o outro do quarto, recolhendo as várias peças de roupa que Edward tinha esparramado durante a noite anterior. "Creio que o sr. Cartwright está neste momento recebendo *Lady* Ashbury na sala matinal."

"É? E eles estão a sós? Quero dizer... Você por acaso sabe, Daniels, se... a srta. MacDougal está com eles?"

Para imenso alívio de Edward, Daniels balançou a cabeça, mas aquilo poderia apenas significar que ele achava um absurdo ter acabado de descobrir a garrafa virada aos pés da cama. "Não, senhor", respondeu, distraído. "A srta. Anne Herbert chegou há pouco para fazer uma visita e ela e a srta. Pegeen estão na estufa, se não me engano."

Edward soltou um suspiro de alívio. Pelo menos Pegeen foi poupada da indignidade de receber sua ex-amante no dia seguinte a... bem, no dia seguinte. Talvez Alistair tivesse, de alguma forma, interceptado a mensagem de que Arabella havia chegado e a estivesse mantendo longe de Pegeen.

O que, em nome de Deus, ele ia fazer em relação a Alistair?

Dez minutos depois, banhado, barbeado e vestido com roupas limpas, Edward abriu com um empurrão a porta da sala matinal e tentou tirar a careta que havia se colado em seu rosto. Seria melhor, concluiu, não antagonizar Arabella demais. Ela podia ser implacável quando contrariada.

"Arabella", disse, sem fazer nenhuma tentativa de esconder a falta de entusiasmo. "Que prazer!" Arabella virou-se da janela, de onde olhava para fora, e sorriu para ele. Estava, como sempre, no auge da moda, com um vestido azul-celeste de gola alta cheio de babados com arremate de renda branca. A seu lado, Alistair tinha uma expressão tão infeliz que era quase cômica. Ele se animou ao ver Edward.

"Ah, Eddie!", exclamou. "Você está horrível. Exagerou um pouco no velho porto na noite passada, meu velho?"

Edward lhe deu um meio sorriso. O outro lado da boca se retorceu, em uma expressão de desânimo. Ao ver aquele rosto confiante, tinha voltado a pensar no que diabos iria dizer a Alistair. "*Escuta aqui, Cartwright. Desculpe, meu velho, mas me apaixonei pela moça que você está cortejando e você simplesmente vai ter que se afastar.*" Edward não estava certo de que Alistair recuaria sem causar problemas. Na última vez que os dois entraram em conflito por causa de uma mulher, tinham chegado às vias de fato. Dessa vez, Edward suspeitava que iria ser ainda pior. Pistolas ao amanhecer, com a maior probabilidade.

"Não é uma amabilidade da nossa velha Arabella, Edward?" Alistair sorria de forma pouco convincente na direção da viscondessa. "Ela veio fazer uma visita para Pegeen. Só que aquela moça Herbert chegou aqui primeiro e não sei onde as duas foram parar. A sra. Praehurst está tentando encontrá-las."

Edward deu um sorriso mecânico. "Quanta gentileza!"

Arabella tinha no rosto a expressão de uma gata satisfeita depois de aprontar alguma. Havia algum motivo oculto para essa pequena visita e, surpreendentemente e sem preâmbulos, Arabella o revelou, gesticulando com uma mão enluvada.

"A razão por que surgi assim tão de improviso, Edward", ronronou Arabella, "é que me sinto muito mal em relação à pobre srta. MacDougal."

Edward levantou uma sobrancelha, zombeteiro. "Oh? Como assim?"

"Ora, vivo a uma distância tão curta do Solar Rawlings e ainda não recebi a minha nova vizinha na Casa Ashbury nem mesmo para uma xícara de chá. Sinto-me muito constrangida."

Não constrangida o bastante, infelizmente, para se manter longe do Solar Rawlings. Edward se perguntou por quanto tempo ela pretendia mantê-lo ali preso na sala matinal. Ele não iria agüentar por mais de cinco minutos. Precisava conversar em particular com Alistair e depois encontrar Pegeen. *Macacos me mordam se tivesse que esconder seus verdadeiros sentimentos por muito mais tempo*, pensou Edward. Era mais do que um homem poderia tolerar.

Ignorando o silêncio pouco encorajador de Edward, Arabella começou a andar de um lado para o outro da sala, a saia balançando de lá para cá. Edward entendeu qual era o plano dela e reprimiu um bocejo. Puxa, como seria bom tomar alguma coisa como café-da-manhã! Onde estava Evers com o café?

"Então disse para mim mesma: 'Arabella, querida'", Arabella sempre se referia a si mesma em termos carinhosos, "'é melhor você fazer um convite para a srta. MacDougal jantar na Casa Ashbury com urgência'." O perambular de Arabella a havia levado para o lado de Edward. Puxou a manga do casaco dele e olhou, sedutora, para os seus olhos cinza-claros. "E aqui estou para fazer isso pessoalmente, de forma a tornar mais difícil uma recusa. E você não vai recusar alguma coisa para mim, vai, Edward?"

As pálpebras de Arabella estremeceram, em uma imitação perfeita de consternação. Edward virou os olhos para cima.

"Tudo bem, Arabella, o que você quiser. Agora volte para casa, ok? Eu quero tomar o café-da-manhã."

Arabella soltou-lhe a manga do casaco imediatamente. "Oh, Edward, você sempre foi tão grosseiro. Espero vê-los todos às oito horas em ponto. E vejam se chegam sóbrios, está bem?" Virou-se para ir embora.

"O quê?" A voz tonitroante de Edward a fez parar. Arabella virou-se da entrada, parecendo aborrecida.

"Tenha dó, Edward", disse ela, fazendo beicinho. "Já pedi para você não dizer 'o quê'. É tão vulgar!"

"Não podemos jantar com você hoje à noite", disse Edward enfaticamente.

"E por que não?" O tom de Arabella era despreocupado. "Vocês têm outros planos?"

"Sim", disse Edward. "Temos, não temos, Cartwright?"

Alistair se deixara cair em uma poltrona e olhava distraído para o fogo, fazendo fantasias, disso Edward não tinha a menor dúvida, sobre as esbeltas coxas brancas de Pegeen — o que era ridículo, já que ele nunca as tinha visto. Se já as tivesse visto, Edward seria obrigado a matá-lo.

Cruzando a sala com três passos largos e rápidos, Edward deu um chute na poltrona, assustando Alistair e tirando-o de seu devaneio de amor. "Não temos, Cartwright?", interpelou-o Edward em tom de ameaça.

"Não sei do que você está falando, velho", disse Alistair, piscando como alguém que acaba de acordar de um cochilo. "Planos para hoje à noite? Nós não temos nenhum plano, não senhor."

Arabella bateu palmas, encantada. "Maravilha! Então espero vocês pontualmente às oito. E não se esqueçam de levar o jovem duque. Quero muito conhecer melhor essa adorável criança. Até lá, então, cavalheiros."

Ela saiu pela porta antes de Edward poder recuperar o fôlego para argumentar. Não que fizesse muita diferença tentar argumentar com Arabella. Se não gostasse do que você tinha a dizer, ela simplesmente o ignorava.

Maldição, que situação inconveniente! Agora teria que ficar sentado durante todo um dos monótonos jantares dela e assistir a Cartwright admirar Pegeen com olhos melosos a noite toda. Ora, ele não ia agüentar isso. Ia resolver a questão com Cartwright ali mesmo e naquele momento e para o inferno com o jantar. Virando-se, decidido, Edward começou, com a voz rouca: "Veja bem, Cartwright...".

A porta da sala matinal se abriu com um impulso e Evers surgiu carregando uma bandeja de prata com os itens para café e fogareiros. "O seu café-da-manhã, *Lord* Edward", anunciou Evers.

"Sim, sim", disse Edward, com um gesto. "Ponha em algum lugar por aí."

Evers ignorou o patrão, que andava de um lado para o outro, e arrumou a mesa para o café-da-manhã com calma. Edward assistia aos movimentos dolorosamente lentos do seu mordomo com uma careta no rosto.

Alistair, ainda jogado na poltrona, disse, distraído: "Espero que Arabella não sirva aqueles malditos ovos de codorna cobertos de geléia de novo. Não suporto aquilo".

Os ombros de Edward tremeram, de modo desconfortável. Maldito Evers! Mas ele já tinha ouvido coisas piores. "Escute aqui, Alistair. A respeito de Pegeen."

Alistair levantou os olhos da unha que estava examinando. "Sim? E o que tem ela?" Observando a expressão de sofrimento de Edward pela primeira vez, Alistair fez uma careta: "Oh, Rawlings, por favor. Você não vai começar de novo a falar que não devo cortejá-la, vai? Porque não suporto aquele lero-lero da sua parte, todo recatado, sobre ela ser apenas uma criança e estar sob a sua proteção, e...".

"*My lord*." Evers estava de pé com as costas empertigadas. "O senhor deseja mais alguma coisa?"

Edward fez um sinal de que não com a cabeça e de agradecimento, e o velho se retirou, não, porém, sem antes dar uma risadinha muito discreta. Ou seja, agora toda a criadagem ficaria sabendo. Ora, que se dane, eles pensavam que sabiam de tudo, de qualquer forma. Edward decidiu tentar de novo.

"Escute, meu velho", começou. Então, a porta foi aberta de novo, dessa vez pela própria moça de quem falavam. Pegeen pareceu tão sobressaltada ao ver Edward quanto ele ao vê-la entrar. A face da moça imediatamente ficou toda rosada e Edward sentiu um calor subindo ao seu próprio rosto. Não conseguiu olhá-la nos olhos e ficou fitando um ponto qualquer da saia de veludo verde que ela usava.

"Oh, desculpem-me", disse ela, com uma voz gutural que parecia não combinar nem um pouco com a delicadeza de sua figura. "Eu pensei... Evers me disse que *Lady* Ashbury estava aqui e queria me ver."

"Estava sim." Alistair saíra de seu torpor na poltrona com um pulo e correra para o lado de Pegeen. "E queria vê-la. Mas Rawlings conseguiu dispensá-la prometendo jantar com ela esta noite."

Edward levantou os olhos e procurou os dela, ansioso para que Pegeen não entendesse errado. "Ela nos convidou a todos", disse.

"Para jantar na Casa Ashbury. Não consegui pensar em uma desculpa para ficar livre disso e o nosso amigo aqui..."

"O que *eu* fiz?", perguntou Alistair, parecendo ofendido. Ele tinha levado Pegeen pela mão e a puxava na direção de um divã baixo, obviamente para os dois se sentarem bem juntinhos e ficar sussurrando. Edward ficou aliviado ao ver que Pegeen apresentava uma certa resistência a esse plano.

"Na verdade, sr. Cartwright", dizia ela, puxando os dedos na tentativa de fugir ao insistente aperto de mão de Alistair. "Tenho que voltar à estufa. Anne está à minha espera..."

"Deixe aquela moça enfadonha esperar." Alistair representava o papel do pretendente perdido de amor sem nenhum disfarce. Edward deu uma olhada ameaçadora para ele e conseguiu apenas deixar Pegeen, que parecia muito consciente de cada gesto que ele fazia, ainda mais nervosa.

"Não, não posso deixá-la esperando", disse Pegeen, torcendo a mão com um pouquinho de desespero, àquela altura. "E também não posso jantar na Casa Ashbury hoje à noite porque convidei Anne para jantar aqui."

Edward não agüentava mais. Com um passo largo, chegou ao lado de Pegeen. Estendeu a mão e agarrou o punho de Alistair, torcendo o braço dele para trás com força. Alistair, que era menor que Edward, pareceu mais surpreso do que com dor. Pegeen puxou a mão e examinou os dedos de perto, como se pudessem ter sido esmagados.

Curvado devido à pressão exercida por Edward sobre seu braço, Alistair vociferou: "Rawlings! Tenha dó! O que você quer fazer, quebrar o meu braço?"

Mantendo o aperto de ferro em seu amigo, Edward grunhiu no ouvido dele: "Não seria má idéia; ensinaria você a manter as suas mãos longe dos outros, meu velho".

"Do que está falando?" A voz de Alistair falhou. Obviamente, estava sentindo um pouco de dor. "Eu só..."

"Edward." Pegeen tinha parado de afagar os dedos e colocara as mãos na cintura. Superara sua timidez inicial ao se deparar com Edward e agora sua expressão era de impaciência. "Deixe de ser idiota. Solte-o."

"Ouça o que ela diz, Eddie", disse Alistair. Ao ser chamado de "Eddie", Edward apertou mais o braço de Cartwright, com maldade, e Alistair gritou de dor.

Pegeen estava em cima deles, como uma gata repreendendo seus filhotes malcomportados.

"Edward", disse ela com rispidez, dando-lhe um forte tapa na cabeça. "Solte-o já! Honestamente, vocês dois..."

Edward ficou tão espantado com o ataque que soltou Alistair; este se afastou aos tropeções, passando a mão no braço dolorido. O que havia com aquela moça? Grande ingrata! Como se ele *gostasse* de machucar seu melhor amigo! Bem, pelo menos não muito.

Pelo menos ela não correu para confortar Alistair por seus sofrimentos. Pegeen estava quieta no meio da sala, as mãos sobre os quadris e as maçãs do rosto rosadas. Olhava os dois, as adoráveis sobrancelhas unidas em sinal de desaprovação. Edward poderia beijá-la ali mesmo, de tão encantadora que ela estava. Seu tom de voz, porém, era duro. "Com sua licença, cavalheiros, e estou usando este termo com certa liberdade, vou voltar para a estufa para conversar com a minha amiga. Não vou participar do jantar com a viscondessa, de forma que lhes desejo uma noite agradável. Passem bem."

Com uma virada insolente que fez a armação da saia subir um pouco, presenteando os dois com um vislumbre dos seus tornozelos esbeltos, Pegeen saiu da sala. Edward olhou para Alistair, viu que este ainda estava zangado devido ao braço dolorido e saiu correndo atrás dela. Alcançou-a no Grande Saguão e, pegando-a pelo braço esguio, puxou-a para uma área sombria atrás de um grande pilar de madeira.

Pegeen, os olhos verdes muito abertos, fazendo lembrar um pouco um animal encurralado, recuou, afastando-se dele até encostar no pilar. Mas procurou manter a aparência, levantando o queixo e afetando uma atitude de indiferença.

"O que você quer?", perguntou, desafiadora, cruzando os braços na frente dos pequenos, mas, como Edward sabia muito bem, perfeitos seios.

Edward pôs uma mão de cada lado da cintura de Pegeen, prendendo-a entre o pilar e os seus braços. Olhou-a e percebeu que seu coração começara a bater com força. Nenhuma mulher o tinha afetado como essa bruxa diminuta e de olhos verdes. Ele não sabia ao certo como o conseguira, mas ela havia lhe roubado o coração e Edward não se importava se nunca mais o tivesse de volta.

"Escute aqui", disse ele, a voz grave como um trovão. Sentia o cheiro do perfume que ela usava, leve, limpo e fresco, como flores silvestres. Isso desviou sua atenção. Notou que, apesar de a boca de Pegeen estar comprimida em sinal de desaprovação, os lábios eram de um vermelho encantador.

"O quê?", ela o interpelou com impaciência. "O que você quer? Anne Herbert está à minha espera na..."

"Eu sei, eu sei, na estufa." Do que, em nome de Deus, aquela moça era feita, de pedra? Como poderia ter esquecido a paixão que tinham vivido na noite anterior?

"Escute, Pegeen. Você precisa dizer algo para Alistair."

"Preciso dizer algo para Alistair?" A voz de Pegeen elevou-se uma oitava. "Ora, essa é boa!"

"Shhh!" Edward pôs um dedo sobre os lábios dela, que estavam com expressão indignada. "Não faça barulho ou ele vai ouvir..."

"Ele é seu hóspede", disse Pegeen apesar do dedo de Edward. "Por que você não diz alguma coisa para ele?"

"Eu já disse." Edward tirou a mão da boca de Pegeen e a colocou de novo ao lado da cintura dela, já que a moça fizera um movimento para fugir do seu abraço. O que havia com ela? Seria de pensar que, depois da noite passada, ela não teria nem um traço de modéstia. Por que se mostrava assim tão distante? "Alistair não me dá ouvidos, Pegeen. Eu não quero magoá-lo..."

"Nem eu."

"Mas vai ter que fazer isso. A não ser que queira que eu o esmurre até ele não se lembrar de nada."

"Não sei por que você está se comportando de forma tão infantil." Pegeen tinha baixado a voz e falava sussurrando, mas, ainda assim, parecia estar ralhando com uma criança. "O que aconteceu entre nós a noite passada não muda nada, você sabe disso."

Edward ficou olhando para ela, sem acreditar. "Não muda nada? Do que você está falando? Muda tudo!"

"Não muda nada." O queixo dela estava empinado de forma ainda mais atrevida do que antes. "Nós meramente perdemos a cabeça de novo. É melhor esquecer isso tudo e continuar com a vida como sempre."

"Continuar com a vida? Pegeen, você ficou louca? Você não entende? Eu a amo..."

Ele foi surpreendido. Como um lampejo saindo das sombras, a mão dela surgiu, virada para cima, e ela o esbofeteou com força, um golpe que feriu a dignidade dele mais do que a mandíbula. Olhando fixamente, sem acreditar, para aquela moça irascível, Edward ficou em silêncio, atordoado. Tentara lhe dizer que a amava e ela tinha lhe dado um tapa! A moça seria desequilibrada mental? Os olhos dela estavam cheios de lágrimas, porém, e não de ódio, e tinha soltado um soluço. Qual era, por Deus, o problema dela? O que ele tinha feito de errado?

Pegeen não conseguia falar, de tão extenuada. Edward estendeu os braços para pegá-la pelos ombros e impedi-la de fugir, mas ela foi mais rápida. Foi embora, como uma lufada de veludo e renda, os sapatos de salto alto fazendo barulho pelo corredor. Completamente perplexo, Edward ficou parado olhando aquela figura em fuga, uma mão sobre a bochecha esbofeteada. A moça estava fora de si. Ele lhe daria um tempo para ficar sozinha e daí tentaria de novo.

O que mais poderia fazer?

Capítulo vinte e sete

Pegeen se jogou na cama, depois de se certificar de que a porta do quarto estava trancada e que Lucy não estava por perto. Oh, meu Deus! O que ia fazer? Mal conseguia respirar entre as lágrimas. Por que estava se comportando de forma tão ridícula?

Não era aquilo o que tinha esperado, com que tinha sonhado, durante semanas e semanas? Edward Rawlings estava apaixonado por ela e o que é que ela fizera?

Tinha lhe dado uma bofetada!

Soluçando com o rosto enterrado nos travesseiros, Pegeen tentou pensar racionalmente. Não havia explicação para seu comportamento, a não ser medo. Ela estava com medo. Mas medo de quê? É claro que não era de Edward. Afinal de contas, vinha sonhando com aquele momento durante toda a vida, ou pelo menos era o que parecia. Pelo menos desde a primeira vez que o vira, naquele dia em Applesby, havia muito tempo. E agora ele dissera o que esperava tanto ouvi-lo dizer e ela tinha fugido, como uma tola. Oh, Deus!

Depois de chorar convulsivamente por vários minutos, Pegeen se levantou, tentando recompor-se, e enxugou os olhos com a manga de veludo. Sabia naquele momento por que tinha medo e esse conhecimento lhe apertava o coração como tentáculos gelados.

Teria que lhe contar o seu segredo, o segredo terrível que ninguém, nem mesmo Jeremy, sabia. O segredo que faria que Edward a odiasse, em vez de amá-la, quando ficasse sabendo. E, ainda por cima, odiá-la com razão.

Se, pelo menos, nunca tivesse ido para Rawlings. Se, pelo menos, nunca tivesse ouvido falar de Rawlings! Se, pelo menos, ela e Jeremy tivessem ficado quietos em Applesby, nada disso teria acontecido. Lamentou o dia em que pôs os olhos pela primeira vez em *Sir* Arthur Herbert. Agora, o que faria?

Pegeen ouviu uma batida leve na porta. Assustada e com medo de que fosse Edward, respondeu baixinho, a voz áspera de tanto chorar: "Vá embora!".

"Pegeen?" A voz delicada e preocupada de Anne Herbert veio através da porta pesada. "Você está bem? *Lord* Edward me mandou ver se precisa de alguma coisa. Ele disse que você não estava se sentindo bem."

Dando um último soluço, Pegeen se levantou da cama e destrancou a porta. Anne tentou não parecer assustada com a imagem do rosto infeliz e marcado pelas lágrimas de Pegeen.

"Desculpe, Anne", disse Pegeen, sem conseguir olhar sua amiga mais velha nos olhos. "Hoje não é o meu dia, acho." E começou a chorar de novo.

Anne Herbert, a bondosa, sensata, simples e com ares de solteirona Anne, provou ser uma companhia de valor inestimável. Sem perguntar o motivo do sofrimento de Pegeen, cuidou dela, garantiu-lhe que tudo iria dar certo e a encorajou a tomar uma pequena quantidade de láudano do frasco que o médico, o sr. Parks, tinha deixado quando Pegeen tivera o acidente de carruagem.

O láudano teve um efeito calmante e Pegeen parou de chorar. Desculpou-se com sua hóspede tão atenciosa, que sorriu tristemente e disse: "Tenho quatro irmãs mais novas, Pegeen. Sei muito sobre enxugar lágrimas".

"Desculpe", disse Pegeen mais uma vez. Estava muito melhor. Era o láudano, por certo, mas quase sentia que tudo iria dar certo. "Não sei o que deu em mim. Estou me sentindo uma tola. Meu aspecto é muito ruim?"

"Você está linda, como sempre." Anne sorriu para ela. "Por que não pedimos que a sra. Praehurst nos traga chá e nos sentamos ao lado do fogo para discutir o que você vai usar hoje à noite na Casa Ashbury?"

Pegeen soltou um gemido. "O quê? Você deve estar brincando. Eu não vou para a Casa Ashbury!"

"Vai, claro que vai." A boca de Anne tinha uma expressão determinada. "*Lord* Edward me disse que a viscondessa convidou todos vocês e que não há como ficar livre disso."

"Aposto que ele lhe disse mesmo. Quanta desfaçatez!" O medo de Pegeen se tornou indignação. Ela estava desesperadamente apaixonada por ele, mas admitia o fato de que Edward podia ser um completo canalha manipulador. Imagine, dizer a sua hóspede que a anfitriã tinha outros planos para o jantar! E ainda mandando a pobre moça ao quarto de Pegeen para fazê-la parar de chorar! Ora, ela não lamentava nem um pouco aquele tapa.

"Bem, não vou à Casa Ashbury sem você", disse Pegeen com lealdade. Anne pareceu alarmada.

"Oh, nada disso, Pegeen. Não poderia de modo algum. Não fui convidada..."

"Eu a estou convidando."

"Mas não tenho nada para vestir e..."

"Você pode usar um dos meus vestidos."

"Não servem. A sua cintura é muito menor que a minha."

"Lucy pode soltar o cós. Você pode usar o meu tafetá azul. Vai combinar muito bem com os seus olhos." Pegeen estava decidida. Não ia ficar sozinha com Edward e Alistair na carruagem, nem mesmo no curto percurso até a propriedade vizinha. Manteria Anne Herbert a seu lado a noite toda, e até o fim do mês também, se isso fosse necessário. Não estava nem um pouco disposta a agüentar os ataques de ciúmes dos dois homens. E, quanto a lidar com cada um deles em separado, ora, isso também estava fora de questão. Ela estava no fim de suas forças.

Pegeen descartou todos os argumentos de Anne e mandou um lacaio informar a Casa Ashbury para esperar uma pessoa a mais do Solar Rawlings. Depois ela e Lucy se dedicaram a fazer uma verdadeira transformação na aparência de Anne, de uma solteirona respeitável para uma dama elegante e muito atraente.

Quando Edward mandou dizer-lhe que ele e Alistair estavam esperando havia meia hora e que, se Pegeen não se apressasse, eles se atrasariam para o jantar, Anne Herbert estava radiante e Pegeen quase havia recuperado a sua calma. As duas moças, Anne em um vestido de tafetá azul-turquesa, e Pegeen de verde-maçã, chegaram simultaneamente no alto da escadaria dupla e desceram juntas, Pegeen um pouco atrás de sua hóspede, com medo de olhar Edward nos olhos.

Mas não havia necessidade de se preocupar com isso. Edward parecia tão relutante quanto ela em repetir algum dos infelizes procedimentos daquela tarde. Ele apenas olhou-a criticamente, como que absorvendo o rosado não muito natural de seu rosto e o brilho febril dos seus olhos. Pegeen manteve a vista baixa e só a levantou quando Edward, sem uma palavra, empurrou Alistair para o lado, tirando-o do caminho e pegando a mão enluvada dela.

Estava quase censurando-o por aquele comportamento rude quando viu Jeremy com suas melhores calças de veludo recostado contra o pilar do corrimão.

"Jeremy!", exclamou ela, a voz ainda rouca do choro. "O que está fazendo vestido assim? Não está na hora de ir para a cama?"

"É claro que não." Jeremy parecia escandalizado com a ignorância dela. "Eu vou jantar com todos vocês na Casa Ashbury."

O despropósito dessa idéia e a forma pomposa com que Jeremy a tinha anunciado foi como um golpe para Pegeen. Ela começou a rir. "Você não vai de jeito nenhum", disse ela entre gargalhadas. "Suba imediatamente e vá para a cama!"

Jeremy ficou olhando-a com ar furioso, as mãos pequenas de punhos cerrados ao lado do corpo, e então Edward disse, com voz baixa: "Sinto muito, mas ele vem conosco, Pegeen. Arabella solicitou especialmente a presença dele".

Pegeen parou de rir. "Ora, não me importo com o que Arabella diz. Jeremy é um menino e deve estar na cama a esta hora."

"Ora, Pegeen!", protestou Jeremy. Ele perdeu o ar arrogante e bateu o pé, mal-humorado. "Como é que posso comer com os adultos aqui em Rawlings, mas não tenho modos o suficiente para comer com vocês na Casa Ashbury?"

"Não é isso, querido, é só que..."

"Ora, deixe-o vir conosco, Pegeen." Alistair, por delicadeza, tinha oferecido o braço a Anne Herbert. Ele estava se divertindo com o fato de Pegeen não parecer nem um pouco à vontade com a escolta de Edward. "Ele vai ter que se acostumar com isso, mais cedo ou mais tarde."

Edward também falou a favor do sobrinho. "Não é muito mais tarde do que o horário de ele ir para a cama, Pegeen", disse com a voz rouca, naquele tom que ressoava tão baixo no peito dele. "E isso vai agradar Arabella, fazendo com que fique longe de... de outros assuntos."

Pegeen teve de admitir que a presença de Jeremy garantiria que, pelo menos, a conversa à mesa não resvalaria para o obsceno, como parecia ser a tendência toda vez que a viscondessa estava presente. Apertou os lábios e, finalmente, deu de ombros. "Está bem", disse. "Jeremy, você pode ir, mas tem que se comportar muito bem, está entendido?"

O menino fez que sim vigorosamente e, depois de se submeter a uma busca nos bolsos da calça, em que foram confiscados um estilingue e o seu bicho de estimação, um furão, Jeremy desafiou os adultos para ver quem chegava primeiro à carruagem que estava à espera.

Pegeen não demorou a descobrir que, apesar de Edward não parecer ter intenção de renovar os seus protestos de amor daquela tarde, tampouco parecia disposto a ceder a mão dela para ninguém mais. Manteve a mão dela sobre o braço direito dele, colocando-a pessoalmente dentro do veículo e sentando-se, possessivamente, a seu lado. Se Pegeen tivesse qualquer dúvida quanto à profundidade dos sentimentos de Edward, seu comportamento a teria dissipado.

Alistair ficou desconcertado com aquela exibição e passou todo o percurso olhando com ressentimento para seu anfitrião, mas não havia nada que pudesse fazer para mudar a situação. Pegeen estava contente com a presença de Anne, que, de boa vontade, fingiu não perceber que havia alguma coisa errada. Jeremy, como sempre, viajou do lado de fora, junto com o cocheiro, apesar do frio quase ártico.

Quando pararam na entrada circular para veículos da Casa Ashbury, uma mansão de tijolos de aparência lúgubre, Pegeen ficou aliviada ao ver que a deles não era a única carruagem. Um outro veículo, uma geringonça enfeitada demais que, segundo lhes informou Jeremy, batendo os dentes, quando Bates o desceu, era um *brougham* de quatro cavalos de Londres, estava estacionado ali perto. Pegeen se perguntou, despreocupada, quem a viscondessa infligiria a eles. Sem dúvida não seria ninguém respeitável, a julgar pelos ornamentos vermelhos do *brougham*.

O lacaio que foi receber o grupo de Rawlings usava um uniforme azul e prateado e peruca branca, à moda antiga, o que fez Jeremy rir até Pegeen lhe dar um leve puxão de orelha. As mulheres foram admitidas em um quarto do primeiro andar, para tirar os agasalhos e corrigir algum dano que a curta viagem através do pântano pudesse ter feito às suas toaletes. Enquanto beliscava as maçãs do rosto para deixá-las mais rosadas, Pegeen notou um manto forrado de arminho estendido sobre a cama, que deveria pertencer à dona do enfeitado *brougham*. O manto era roxo-escuro, um traje caro e vulgarmente ostentoso. Sem dizer nada para a amável Anne, Pegeen começou a suspeitar que os outros hóspedes da viscondessa talvez não fossem aristocratas.

Anne talvez não tivesse notado o manto vulgar, mas notara o estranho comportamento de Edward e, para desalento de Pegeen, fez um comentário sobre isso, ainda que da forma mais indireta possível.

"Srta. MacDougal", disse Anne, fingindo estar absorvida no seu próprio reflexo em um espelho de corpo inteiro do quarto de hóspedes. "Sinceramente espero que, se alguma vez a senhorita sentir a necessidade de, digamos, se afastar de... do Solar Rawlings por algum tempo, a senhorita considere a possibilidade de ficar conosco no Parque Herbert." Anne enrubesceu, o que a embelezou. Ela queria dizer "se afastar de Edward Rawlings", mas havia encontrado uma forma mais delicada de se exprimir.

Pegeen ficou comovida com a percepção da moça. Sorriu-lhe com afeição e disse: "Sabe que isso pode ser uma boa idéia? Talvez amanhã, quando o seu pai mandar a carruagem para pegá-la, eu faça uma mala pequena e vá junto com você. Apenas por alguns dias".

"Isso mesmo", disse Anne, afastando-se do espelho com um amplo sorriso. "Poderíamos nos divertir muito, como quando vocês tinham acabado de chegar, você e Jeremy, e estavam a caminho de Rawlings."

Pegeen apertou o braço da moça com gratidão. Como era bom ter uma amiga tão terna. Sim, aquilo era exatamente o que Pegeen faria, afastar-se do Solar Rawlings por alguns dias. Talvez um período longe lhe desse a chance de pensar para valer. Ela precisava encontrar alguma forma de convencer Edward de que se casar com ela seria o pior erro da sua vida. A não ser que lhe contasse a verdade, mas Pegeen sabia que nunca o conseguiria — preferiria voltar para Applesby.

Depois que terminaram de se arrumar, as duas moças saíram do quarto de hóspedes e voltaram para o saguão. Edward, Alistair e Jeremy as esperavam no pé da escada com o mordomo de

Ashbury. Mais uma vez, Edward Rawlings tomou a mão de Pegeen e ela não conseguiu evitar um sorriso com seu comportamento ciumento. Ele ficou olhando-a, o rosto como pedra, e o sorriso dela desapareceu. Pobre homem! O que deveria pensar dela? Ele tentava lhe propor casamento e a pretendida fugia como se ele fosse um criminoso condenado! Se, pelo menos, ela pudesse lhe contar o porquê!

"Sua Graça, o duque de Rawlings", anunciou o mordomo de Ashbury, e Jeremy, o peito estufado com orgulho infantil, entrou todo emproado na sala de estar em que a viscondessa e seus hóspedes estavam reunidos. Pegeen teve que reprimir outro sorriso.

O mordomo fez uma pausa e em seguida disse: "*Lord* Edward Rawlings e srta. Pegeen MacDougal".

Pegeen sentiu o braço de Edward ficar tenso por baixo dos dedos enluvados dela e em seguida ele a guiou através da entrada larga, que dava para uma sala de estar branca e cor de pêssego um pouco aquecida demais. Pegeen já tinha colado um sorriso cortês no rosto e se virava para oferecer a mão a Arabella Ashbury, que por alguma razão era toda sorrisos, quando seu olhar caiu sobre a única outra mulher que estava na sala, uma mulher que havia ficado de pé abruptamente à entrada de Pegeen.

Ela por certo era a dona do manto roxo do quarto de hóspedes. Seu vestido tinha estilo, mas era um pouco vistoso demais, uma confecção cor de fúcsia com um decote muito ousado. Seu cabelo negro estava enfeitado com penas cor de fúcsia combinando com o vestido e as esmeraldas ao redor de seu pescoço branco e rechonchudo apareciam com tanto brilho quanto os penetrantes olhos verdes. Aqueles olhos se arregalaram quando se encontraram com os de Pegeen e, de repente, pareceu a Pegeen que a sala tinha ficado escura, como se alguém tivesse apagado todas as luzes e ela estivesse sozinha, um som estrondoso nos ouvidos.

Porque a mulher que a olhava fixamente era sua irmã, Katherine.

Capítulo vinte e oito

Edward sentiu os dedos de Pegeen apertarem o seu braço convulsivamente e, quando se deu conta, ela estava caindo para a frente, desmaiada.

Pegou-a antes de ela atingir o tapete e, com precisão atlética, levantou o corpo leve nos braços. Então se dirigiu para um dos sofás, onde a colocou gentilmente sobre as almofadas brancas e se ajoelhou ao lado. Não tinha a menor idéia da causa do desmaio, mas sabia que Pegeen não era das que desmaiam por qualquer coisa. Ela não havia ficado inconsciente no dia em que ele se apresentou nem quando se feriu com gravidade no acidente da carruagem e, apesar da aparência delicada, era tão forte como um pônei. Ele era testemunha disso. Sua mandíbula ainda estava dolorida do golpe que ela lhe dera algumas horas antes.

Jeremy, naturalmente, no instante seguinte já estava ao lado dela, os olhos cinza arregalados de medo. "O que há com Pegeen?", perguntou ele, trêmulo, agarrando as lapelas do casaco de Edward. "O que ela tem? Ela está morta?"

"Não, Jeremy." Edward pôs a mão na testa macia e branca de Pegeen. Estava gelada. "Ela apenas desmaiou. Arabella, os seus sais..."

"Que estupidez a minha!", disse Arabella, mordendo o lábio. Examinava a forma imóvel de Pegeen com deleite. "Eu deveria ter previsto isso."

Um homem alto que Edward nunca havia visto antes perguntava se deveriam mandar buscar um médico. Alistair apanhara um copo de conhaque e insistia em virar um pouco pela garganta de Pegeen. A mulher de cabelo escuro e vestido espalhafatoso recuara para um canto e ficou lá, parecendo com raiva. Apenas Anne Herbert parecia capaz de se comportar racionalmente. Pegou um fósforo na lareira, acendeu um graveto e balançou-o embaixo do nariz de Pegeen.

Depois de um momento, as pálpebras de Pegeen tremeram e, com um suspiro, ela recuperou a consciência e olhou para Edward, piscando, com uma expressão de perplexidade no rosto bonito.

"Você desmaiou, querida", murmurou Edward, roçando a testa dela com os lábios. Já não se importava nem um pouco com o que os outros pensavam. "Me dê aquele conhaque, Cartwright."

Alistair, porém, tinha visto o beijo e ouvido o tom carinhoso. Ficou olhando para Edward, as bonitas feições do rosto retorcidas de espanto.

"Valha-me Deus!", exclamou. "Eu deveria ter entendido! Não era à toa que você resistia tanto à idéia de eu cortejá-la! Você a queria para si o tempo todo!"

Edward levantou os olhos para ele. "Agora não, Cartwright. Me entregue o conhaque e pare de agir como uma criança."

Virando os olhos para cima, Alistair passou-lhe o copo de conhaque. Edward encostou a beira do copo nos lábios de Pegeen e ela afastou a cabeça, fazendo uma careta quando o cheiro do destilado atingiu os seus sentidos.

"Beba", mandou Edward. Ele se lembrou de uma outra vez, parecia que há muitos meses, em que tinha dado uma ordem parecida a Pegeen. Como da primeira vez, ela se recusou a obedecer, mantendo o rosto virado para o outro lado, o nariz voltado para cima.

"Beba", Edward rosnou de novo. "É conhaque. Você gostou, lembra-se?"

"Que história é esta?" A voz soou do canto mais afastado da sala, uma voz estranhamente familiar, apesar de Edward ter certeza de nunca a ter ouvido antes. Virou a cabeça e viu que a mulher vestida de forma espalhafatosa se agarrava ao encosto da cadeira coberta de cetim e ria, um pouco histérica, segundo pareceu a Edward.

"Você desmaiar?", inquiriu a estranha. Seu sotaque, como o de Pegeen, tinha um leve toque escocês. Parecia estar achando alguma coisa muito divertida. "Como você se tornou uma dama refinada!"

Edward viu que, depois de ouvir aquela voz, Pegeen virou o conteúdo do copo de uma só vez. Pôs o copo de lado e ficou olhando para a mulher, com uma expressão de horror. Jeremy havia recuado contra o sofá e apertava a mão de Pegeen com tanta força que os nós dos dedos estavam brancos. Ele murmurou alguma coisa e Pegeen fez que sim com a cabeça. O rosto de Jeremy ficou tão branco quanto a neve do lado de fora. O que ele havia cochichado, Edward sabia, foram as palavras: "É ela?".

Percebendo que tinha sido a presença daquela mulher que fizera Pegeen desmaiar, Edward se levantou com raiva e interpelou Arabella, que também olhava para sua convidada com um sorriso afetado no rosto: "Você poderia fazer a gentileza de me apresentar à sua encantadora convidada, Arabella?".

"Com muito prazer, *Lord* Edward." O sorriso de Arabella se tornou diabólico. Ele já tinha visto aquele sorriso, antes de a viscondessa soltar uma de suas esmeradas peças em cima de alguma pobre alma que não suspeitava de nada.

Arabella fez um pequeno floreio com a mão enluvada e, com calma enfurecedora, disse: "*Lord* Edward Rawlings, gostaria de lhe apresentar...".

"Não!"

Edward se virou e olhou para baixo. Miraculosamente, Pegeen estava de pé, pálida como a morte, mas com um olhar determinado no rosto encantador. O queixo estava empinado, os punhos cerrados e os braços soltos ao longo do corpo. Ela ofegava e os olhos verdes ardiam. Edward nunca a tinha visto tão brava — se é que, de fato, ela estava com raiva e não demente. Até Jeremy se afastou dela, encolhendo-se, e agarrou as saias de Anne Herbert, os olhos cinza arregalados.

"Você", disse Pegeen para a mulher de fúcsia. Sua voz era dura como uma rocha. "Uma palavra. Em particular."

A mulher tinha parado de rir e olhava para a moça furiosa com sobrancelhas levantadas — sobrancelhas, percebeu Edward, que tinham sido totalmente depiladas e redesenhadas com lápis preto.

"Está bem", disse ela com voz estranhamente baixa, depois da estridente risada. Edward percebeu que a criatura estava um pouco intimidada com a expressão ameaçadora de Pegeen.

Ele também ficou alarmado. Quando Pegeen se virou na direção da porta, ele a segurou pelo braço, inclinou-se e disse em seu ouvido: "Pegeen... Que história é esta? Quem é ela? Deixe-me ir com você...".

Mas Pegeen, com um movimento elegante e feito no momento mais oportuno, libertou-se da mão de Edward e desapareceu pela porta aberta. A outra mulher saiu saracoteando atrás dela, a cabeça alta, mas olhando furtivamente para o estranho, que continuava a insistir para que mandassem buscar um médico. As sobrancelhas do homem alto também estavam levantadas, mas com expressão de ceticismo e não de alarme. Quando as duas mulheres desapareceram porta afora, Edward se voltou para Arabella, e a agarrou pelo braço com dedos que machucaram a carne macia.

"O que significa isto, Arabella?" Ele mal reconhecia a sua própria voz. "Diga-me agora ou, valha-me Deus, eu torço esse seu pescoço fino."

Arabella soltou-se dele, o rosto de repente cheio de medo. "Edward, você está me machucando!"

"Eu arranco o seu maldito braço se descobrir que você fez alguma coisa para magoar Pegeen." Sacudiu-a para mostrar que estava falando sério. "Agora, me diga quem..."

"Edward!", exclamou Alistair puxando-o. "Edward, solte-a. Você está fora de si."

"Ela é Kathy Porter", disse Arabella, ofegando e levantando o rosto, que estava tão furioso quanto o de Edward. Os olhos azul-claros dela ardiam como safiras. "Você se lembra de Kathy Porter, não se lembra, Edward?" O sorriso de Arabella era amargo. "Você visitou o estabelecimento dela em Londres diversas vezes, se não estou enganada."

Edward fez uma careta. Era bem típico de Arabella anunciar uma coisa daquelas na frente de alguém como Anne Herbert, cujos olhos tinham ficado tão arregalados quanto os de Jeremy, apesar de, felizmente, ela parecer não ter a menor idéia de que Kathy Porter dirigia um dos mais caros e mais movimentados bordéis de Londres. Edward nunca havia visto a proprietária, a sra. Porter, mas dizia-se que ela era muito qualificada no entretenimento de cavalheiros. Por que Arabella se sentira compelida a convidá-la para o jantar era uma coisa que Edward não conseguia imaginar. E como Pegeen poderia conhecê-la?

Edward sentiu um puxão forte no paletó e, olhando para baixo, viu o rosto pálido de Jeremy perto de seu cotovelo.

"Por favor, tio Edward." Lágrimas corriam pelo rosto do menino. Ele chorava pateticamente. "Por favor, tio Edward. O senhor não vai permitir que ela me leve embora, vai? Por favor, não a deixe me levar embora."

Edward soltou bruscamente a viscondessa, que caiu para trás, nos braços do estranho alto, desfazendo o seu penteado e parecendo começar a lamentar ter armado aquele esquema. Inclinando-se, Edward pegou os dois ombros de Jeremy e o sacudiu.

"O que é isso, Vossa Graça?" Ele falou com um tom de desafio e provocação que não sentia. "Por que tantas lágrimas?"

Jeremy mal conseguia falar, de tanto soluçar. "Ela veio para me levar embora. Eu sempre soube que ela viria."

"Quem veio para levá-lo embora, Jeremy? Do que você está falando?"

"Minha m-mãe." Jeremy soluçou. "Oh, tio Edward, o senhor não vê? Aquela s-senhora é a minha m-mãe!"

Os dedos de Edward apertaram os ombros do menino e Jeremy estremeceu de dor, mas não disse nada. Foi Alistair quem agarrou os pulsos de Edward e afastou as mãos dele do menino.

"Calma, meu velho." A voz de Cartwright, porém, não estava muito firme. "Tenho certeza de que existe alguma explicação razoável..."

"Sem dúvida há." Arabella tinha se recomposto, alisado o vestido e rearrumado o cabelo, e falava com autoridade, animação e uma certa satisfação. "Katherine Rawlings se casou com o assassino do seu falecido irmão, um certo Thomas Porter, e se tornou ninguém menos do que Katherine Porter, uma das mais famosas damas da noite..."

Edward sentiu como se alguém tivesse virado um balde de água gelada em suas costas. "Isso é mentira", disse com voz espremida. "Você inventou isso, Arabella, com o objetivo de magoar Pegeen!"

Arabella riu, um som tilintante e frio, como o som de um sino feito de vidro. "Não seja vaidoso, Edward. Você acha que eu me incomodo que você esteja levando aquela putinha para a cama? Não é da minha conta se você decide se associar com a irmã de uma prostituta."

"Basta, Arabella", berrou Edward. Ele olhou para o estranho que tinha insistido em mandar chamar o médico.

"Você", disse ele para o estranho. "Você é Porter?"

"O matador do seu irmão?" O homem riu, como se achasse essa idéia muito engraçada. "Você espera, de verdade, que eu responda afirmativamente a essa pergunta, *Lord* Edward? O senhor me dilaceraria, não tenho a menor dúvida."

Arabella ainda estava sorrindo como uma gata que tinha conseguido derrubar o pote de nata. "Thomas Porter morreu há anos, Edward, em uma briga de bar. Este é o sr. Clyde Stephens. Ele é o... contador de Kathy Porter."

Stephens bateu os tornozelos e fez uma mesura zombeteira. "Seu criado, senhor."

"Bem..." Arabella suspirou, satisfeita. "O jantar será servido em alguns minutos. Alguém gostaria de tomar alguma coisa?" Edward fitou-a, perguntando-se como ele tinha descido tão baixo a ponto de tê-la como amante. Alistair também olhava para a víbora loira como se ela fosse um ser bizarro exibido como atração nos parques de diversões. Sem dizer uma palavra, Edward saiu da sala em busca de Pegeen.

Capítulo vinte e nove

Pegeen nem olhou por cima do ombro para ver se Kathy a estava seguindo ou não. Nunca estivera na Casa Ashbury antes, portanto não tinha a menor idéia de para onde estava indo. Apenas continuou andando, o coração batendo forte, a visão falha. Uma parte dela queria dar meia-volta, ir para a porta da frente e continuar andando, através do pântano, de volta à Estrada Post, até chegar em Applesby. A única coisa que a deteve era saber que se sentia mal e que cairia depois de apenas alguns metros.

Foi em uma galeria escura na parte de trás da casa que Pegeen ficou sem energia para prosseguir. De um lado, a parede era coberta com retratos da família Ashbury e, do outro, com janelas que davam para o gramado coberto de neve do Parque Ashbury. A luz da lua passava através das cortinas, fornecendo uma luz acinzentada que era apenas o suficiente para Pegeen ver que o rosto da sua irmã tinha um sorriso. Pegeen segurou o impulso de apagá-lo do rosto de Kathy com os punhos.

"Então..." Katherine passou por Pegeen, foi direto para uma das janelas e olhou para a neve varrida pelo vento.

Katherine MacDougal Rawlings Porter era dez anos mais velha e quase 15 centímetros mais alta que a irmã. Tinha uma figura voluptuosa, beirando à obesidade, mas ainda era considerada uma grande beldade em certos círculos. Dez anos antes, quando conseguira convencer *Lord* John Rawlings a se casar com ela, era ainda mais bonita. O tempo, viu Pegeen mesmo no escuro, a tratara com delicadeza, apesar da vida que tinha escolhido. Considerando sua profissão, era um milagre que ainda estivesse viva, quanto mais sem ter perdido a boa aparência.

Katherine olhou para fora da janela por um momento e então voltou os olhos verdes para Pegeen.

"Olá, Peggy." Os olhos não eram calorosos. Nem um pouco. Pegeen não esperava que fossem. "Você cresceu desde a última vez que a vi."

"Da última vez que me viu eu tinha dez anos." A voz de Pegeen era baixa devido à emoção e à dor.

"De verdade? Foi assim há tanto tempo?" Katherine, porém, não parecia se importar com aquilo. "Eu não pensei..."

"Foi na noite em que trouxe Jeremy. Você e aquele homem." A amargura da sua própria voz surpreendeu Pegeen. Não sabia que ainda nutria tanto ódio por sua única irmã.

"Oh, não pode ser..."

"Você não esperou para me ver de manhã. Eu estava na escola e você e aquele homem voltaram apressados para a cidade, deixando Jeremy para trás, como se ele fosse um pacote, e foram embora, como almas levadas pelo diabo."

"Por favor, Peggy. Não vamos nos rebaixar a xingamentos."

"Ora, não?" Pegeen ouviu a sua própria voz se levantar. *Não fique histérica, Pegeen. Mantenha a calma, essa é a única esperança.* "Tudo bem, então. Eu *não* vou chamar você de cadela depravada e sem coração."

A mão de Katherine voou, vinda da sombra, mas Pegeen esticou a sua e pegou o gorducho pulso antes que as garras de sua irmã lhe pudessem arranhar o rosto. Katherine pareceu surpreendida com os reflexos da sua irmã caçula.

"Veja bem", disse Pegeen, torcendo o pulso macio, fazendo sua irmã uivar de dor. "Aprendi muita coisa desde que você fugiu. Tive que aprender a tomar conta de mim mesma, assim como do seu filho."

Katherine soltou a mão com um puxão e a manteve longe de Pegeen, olhando para o pulso sem acreditar. Deu um passo para trás e Pegeen sabia que ela pensaria duas vezes antes de atacar de novo.

"Você está sendo ridícula", disse Kathy, mas a voz tremeu um pouco. "Você fala como se o papai não estivesse por lá para cuidar de vocês dois..."

"Papai?" Pegeen riu de repente. "Oh, sim, papai estava fisicamente, pelo menos. Você partiu o coração dele, sabe, Kathy? Você partiu o coração de todos." Balançou a cabeça. "Como pôde fazer isso, Kathy? Posso entender que quisesse sair de Applesby, mas como pôde abandonar Jeremy daquele jeito?"

Katherine parecia pouco à vontade. "Eu mandei dinheiro..."

"Sei que mandou, no começo. Papai mandou tudo de volta, lembra-se? Papai não iria aceitar dinheiro de uma prostituta, como você deveria saber. Se tivesse se dado ao trabalho de me escrever, de me dizer como poderia entrar em contato com você, eu teria lhe contado..."

Katherine balançou a cabeça e os cachos negros — cachos postiços, Pegeen tinha certeza, já que seu cabelo nunca tinha sido cacheado assim — se moveram de um lado para o outro. "Não é minha culpa, Peggy. Eu tentei, você sabe."

"Tentou?" Pegeen balançou a cabeça novamente, não acreditando no que ouvia.

"Qual era a alternativa que eu tinha?", Katherine perguntou em tom dramático. "Eu nunca quis ter um filho. E Deus sabe que John também não. Ninguém poderia ser uma mãe tão ruim como eu; até mesmo papai, cuja cabeça estava sempre enterrada em um livro, cuidaria melhor dele. E eu sabia que *você* estava lá, Peggy. Sabia que você tomaria conta de Jeremy. Você estava sempre achando animais doentes e perdidos, cuidando deles até que recuperassem a saúde. Era da sua natureza tomar conta das coisas, eu sabia disso, apesar de você ser apenas uma menininha. Portanto, não foi como se eu não achasse que Jerry seria bem cuidado..."

"Certo." Pegeen cruzou os braços sobre o peito. "A boa e velha Peggy ia criar o seu filho para você. E, quando papai morreu, suponho que achou que eu me viraria sem a ajuda de ninguém."

"Peggy, eu nunca soube de sua morte. Ele não tinha nem cinqüenta anos! Como poderia saber que ele tinha morrido?"

"Você poderia ter escrito."

"Poderia." Katherine fez um movimento com os ombros arredondados e que se derramavam por cima do decote. "Mas você sabe que nunca fui boa para escrever, Peggy."

Pegeen jogou as mãos ao ar. Não sabia o que tinha esperado. Sua irmã nunca tinha mostrado muito bom senso antes. Por que começaria a ter agora? Pondo as mãos nos quadris, Pegeen enfrentou a mulher mais velha, a cabeça inclinada para um lado. "Então o que está fazendo aqui, Kathy? Veio apenas para me humilhar? Veio para arruinar a vida do seu filho?"

"Claro que não." Katherine examinava o pulso que Pegeen tinha agarrado. Havia marcas vermelhas de dedos ao redor da pele clara, como um bracelete. "Acontece que sou amiga do conde de Derby..."

"Não me diga!" Pegeen virou os olhos para cima.

"Sou sim. E ele e *Lady* Ashbury me informaram que havia um novo duque de Rawlings. Nem me passou pela cabeça que o velho mudaria o seu testamento, passando o título para Jeremy. Mas, quando Arabella me garantiu que foi isso que aconteceu, ora, eu não podia deixar de vir." Kathy sorriu, toda maternal. "Eu tinha que ver o meu menino uma última vez."

"Oh, sim! Agora que ele é um duque, é o que você quer dizer!"

Foi a vez de Pegeen de andar de um lado para o outro. Ela se virou e rapidamente andou até o extremo da galeria e voltou, os punhos cerrados.

"O que você quer dizer com isso?", interpelou-a Kathy. "Não gosto do que o seu tom sugere."

"Não estou sugerindo nada, Kathy. Só acho interessante que, quando Jeremy e eu vivíamos da caridade da Igreja, sob a ameaça diária de sermos enviados para o asilo, não tivemos nenhuma notícia sua. Mas, agora que ele é o dono de uma das maiores fortunas da Inglaterra, você aparece em jantares!"

Kathy torceu o nariz. "Ora, mas que..."

Pegeen parou de andar de um lado para o outro e se virou para enfrentar a irmã. "Jeremy é tudo o que tenho, Kathy. Eu não queria que ele descobrisse sobre você. Afinal de contas, Kathy, você se casou com o homem que matou o pai dele!"

"Shh!" Katherine levantou um dedo gordo e o pôs sobre os lábios de Pegeen. "Não diga isso tão alto, por favor."

"É, mas foi o que você fez. Parecia melhor que eu fingisse que você estava morta."

Katherine olhou-a fixamente. "Suspeito que você esteja certa", disse ela, depois de um momento. Essa reação surpreendeu Pegeen. "Bem, você sem dúvida se saiu melhor do que eu pensei. Na verdade, você é bonita."

Pegeen fez uma careta. "Obrigada", disse, apenas por educação. Ela não dava muito valor aos elogios da sua irmã.

"Mais do que bonita, na verdade." Os olhos de Katherine estavam calculando enquanto se moviam por Pegeen, dos seus sapatos de cetim e salto alto ao estilo de cabelo simples, porém elegante. "Você poderia ganhar um bom dinheiro no meu lugar, sabe?"

O rosto de Pegeen começou a arder. "Kathy! Pelo amor de Deus!"

"Esta idéia a choca, não é?" Katherine deu a volta ao redor da irmã, sem tirar os olhos da cintura fina e do busto perfeito de Pegeen. "Mas conheço homens que pagariam uma pequena fortuna pela oportunidade de... Você não deixou aquele Edward Rawlings... você não abriu as pernas para ele, abriu?"

"Kathy!" O rosto de Pegeen ficou extremamente vermelho. Ela estava perdendo a vantagem na conversa. Isso não podia ser...

"Não, posso ver pelo seu rubor virginal que não deixou. Bem, sempre teve mais autocontrole do que eu. Devo dizer que Edward se saiu muito bem, levando-se em consideração o que o pai dele era. E o irmão também, para dizer a verdade. Impossível encontrar um par de bastardos mais cruéis. Se Thomas não tivesse matado John, eu provavelmente teria."

Essa declaração, feita no mesmo tom suave empregado por Katherine em quase toda a conversa, era assustadora na sua crua honestidade. Pegeen olhou para a irmã e ocorreu-lhe que não a conhecia de forma alguma. Sempre pensara que Katherine era capaz de muita coisa, mas de assassinato? Nunca tinha pensado que chegaria a tanto. Naquele instante, percebeu que teria de reconsiderar a questão.

Ignorando o choque de Pegeen, Katherine disse, em tom casual: "Edward é muito bonito. Mais bonito que John, sem dúvida. E mais civilizado, dá para ver imediatamente. Ele está apaixonado por você?" Sem esperar pela resposta de Pegeen, Katherine fez que sim com a cabeça. "Foi o que pensei. E você? Você o ama?"

Pegeen bateu o pé. Já era demais. "Kathy, pare com isso!"

"Parar com o quê? Você acha que sou uma cadela depravada e sem coração e talvez eu seja, mas pelo menos conheço o meu lugar. Você não acha que, depois de tudo isso, Edward Rawlings vai se casar com você, acha?"

Pegeen engoliu em seco. Era como se o seu coração tivesse sido trespassado por um caco de vidro. "Não acho."

"Ótimo. Fico contente de ver que pelo menos você tem um pouco de bom senso. Aquela mulher. A viscondessa. Ela o ama e sabe que ele ama você. É por isso que montou essa pequena charada, você não acha? É uma pena, mas é a natureza da besta. Temos que conhecer o nosso lugar. Agora que você foi posta de volta ao seu, devia ir para Londres comigo."

As sobrancelhas de Pegeen se juntaram, em uma expressão de espanto. "Você não pode estar falando sério."

"Claro que estou. Sou uma mulher de negócios, Peggy. Conheço um bom investimento quando estou diante de um. Você juntaria uma fortuna. E sem dúvida não pode ficar aqui. Jeremy vai se dar bem. É com você que estou preocupada."

Pegeen soltou uma risada de incredulidade. "E então vai tomar conta de mim transformando-me em uma prostituta?" Katherine fechou a cara. Carrancuda, ela mostrava a idade que tinha. "Não gosto da palavra 'prostituta', Peggy. É tão vulgar. Prefiro 'cortesã'. E eu não riria tanto, se fosse você. Que outra opção você tem? Não tem instrução suficiente para se tornar preceptora ou tutora e é cabeçuda demais para ser criada. Você tem talento para números, pelo que fiquei sabendo, mas isso não é trabalho de mulher." Katherine suspirou e baixou os olhos para um dos muitos grandes anéis dos seus dedos. "Você poderia se casar, acho, mas o casamento não é em si uma forma de servidão? E, de qualquer forma, quem a aceitaria? Você não tem dote, não tem renda nenhuma. E a sua irmã é uma prostituta. Não, Peggy." Ela levantou os olhos e sorriu de forma muito convincente, quase — mas não exatamente — com afeto. "Venha comigo para Londres. Poderíamos ir ainda hoje. Prometo que vai ganhar mais dinheiro do que possa imaginar."

"Eu não quero dinheiro", disse Pegeen.

"O que você quer? Amor?" Katherine deu uma risada fria. "Peggy, querida, você vai ter tantos homens aos seus pés que nem saberá o que fazer com eles. Escolha o que quiser: dinheiro, jóias e o seu próprio coche, um par de cavalos castrados, uma casa na cidade..."

"Tudo isso parece muito tentador." A voz rouca e masculina parecia vinda do nada. Pegeen virou-se, reconhecendo-a. Em um feixe de luz dos candelabros de mesa do corredor, viu a grande figura de Edward Rawlings recostada contra o arco de pedra que levava à galeria. Estava evidente, pela sua postura à vontade — ele estava curvado contra a parede, os braços cruzados sobre o peito forte — que estava ali havia algum tempo.

Pegeen ainda tentava encontrar sua voz quando Katherine disse, com arrogância: "O senhor deveria ter anunciado sua presença!".

"E perder o seu eloqüente discurso sobre os benefícios da prostituição?" Deu uma risadinha. "O meu irmão talvez tivesse interrompido um discurso desses, mas não eu. Não, devo confessar que eu a acho uma oradora muito inspiradora, sra. Porter. Ou eu a deveria chamar de Katherine? Você é, afinal de contas, minha cunhada."

Katherine olhou-o com cautela. "O senhor pode me chamar do que quiser. Peço desculpas se pareço rude, *Lord* Edward, mas, neste momento, estou falando com a minha irmã, não com o senhor. Eu agradeceria se guardasse as suas opiniões para si."

"Minhas opiniões? Oh, você quer dizer as minhas opiniões sobre a sua profissão." Edward fez que sim com a cabeça, passando a mão no queixo com os dedos longos e de pontas quadradas. "Bem, posso entender que queira que eu mantenha minha boca fechada. Afinal de contas, você se esqueceu de dizer a Pegeen o que acontece com as — como você se classifica mesmo? Ah, sim — *cortesãs* que ficam velhas demais para trabalhar."

"Não acho que..."

"Você sabe, não sabe, Pegeen, que a maioria das *cortesãs* não passa dos trinta anos? Você não falou nada das doenças em seu pequeno discurso, sra. Porter. Ou de gravidez. Ou do fato de que a prostituição é ilegal. Quantas de vocês foram presas no último mês, sra. Porter? E quantas contraíram doenças? E quantas morreram em conseqüência de abortos auto-induzidos, ao tentar se livrar de um bebê indesejado e..."

Pegeen não agüentava mais. Pôs as mãos no rosto e disse, com uma voz muito controlada: "Edward, pelo amor de Deus! Por favor, pare!"

Edward se afastou da parede em que estava encostado e foi para o lado de Pegeen. Pôs o braço pesadamente ao redor dos seus ombros nus, que tremiam. "Vamos, Pegeen", disse ele, os lábios roçando o cabelo dela. "Vamos para casa."

O coração de Pegeen de repente recuperou a vida de um pulo, batendo com força. Levantou o rosto manchado de lágrimas e o olhou, pensando que tivesse ouvido mal e rezando para que não. Mas foi Katherine quem falou.

"Você não pode estar falando sério." Katherine ria, sem acreditar. "Você não sabe quem ela é?"

"Ela é a tia do duque de Rawlings." O rosto de Edward estava tão inexpressivo que parecia ter sido esculpido em pedra. "Ela o criou desde que era um bebê de colo porque ele foi abandonado pela mãe, se entendi corretamente."

"Ela é irmã de uma prostituta!", disse Katherine, com uma risada que mais parecia um cacarejo. "E o seu querido duque de Rawlings é filho de uma prostituta! O que você tem a dizer, hein? O que você tem a dizer sobre o fato de que o duque de Rawlings tem uma prostituta como mamãe?"

"Apenas o seguinte", disse Edward com uma voz calma como a morte. Fez uma pausa debaixo do arco de pedra, o braço ainda ao redor de Pegeen. "Se você algum dia chegar perto de Pegeen ou do meu sobrinho de novo, vou fazer com que vá para a cadeia, sra. Porter. Vou providenciar para que a senhora seja encarcerada pelo resto da sua vida. Estamos entendidos?"

Pegeen viu a boca pintada da irmã abrir-se de espanto e continuar assim. "O quê?", ofegou ela.

"Passe bem, sra. Porter", disse Edward baixinho. E em seguida guiou Pegeen para longe dali.

"O quê?", gritou Katherine novamente. "Pegeen? Você vai com ele? Você é boba? Perdeu o bom senso que Deus lhe deu, menina? Ele não presta, Peggy! Vai arruinar você da mesma forma que o irmão dele me arruinou!" A voz de Katherine foi ficando mais alta e no fim ela já estava gritando, pois Edward tinha levado Pegeen para fora da galeria. Mas ela não conseguia se livrar daquela voz aguda.

"Ele me arruinou e depois me abandonou pela bebida, pelo jogo e pelas prostitutas. Espere para ver, Peggy! O irmão dele vai fazer a mesma coisa com você e daí o que lhe restará? Estará sozinha, como eu fiquei, a não ser que ele a deixe com um pequeno presente, um presentinho que chora e vaza, como John me deixou. Vamos ver então como a pequena Pegeen toma conta dela mesma, não vamos?"

Pegeen notou que as sombras dos dois à luz do candelabro que estava sobre a mesa no corredor eram longas no chão de pedra e, como ela e Edward caminhavam muito juntos um do outro, as duas sombras pareciam uma só.

Os gritos furiosos de Katherine os seguiram pela galeria. "Vamos ver então o que será feito da bela e patética Pegeen, não vamos?"

Capítulo trinta

As brasas da lareira no Quarto Rosa estavam se apagando. Pegeen, vestida apenas com uma das suas camisolas de musselina com arremates de renda, tentava reavivar o fogo, usando o atiçador e o soprador, mas seu coração estava em outro lugar. Nem mesmo percebeu quando as chamas finalmente acariciaram as novas toras que tinha posto sobre as brasas. Estava sentada na frente da lareira, os braços ao redor dos joelhos, abraçando-os de encontro ao peito, com o olhar perdido em um ponto do tapete. Não havia esperança, percebeu. Ela precisava ir embora.

Tinha ido diretamente para o seu quarto quando chegaram a Rawlings. Suportara a viagem de carruagem da Casa Ashbury em silêncio, os braços ao redor de Jeremy, que chorava. Ela se recusara a encontrar o olhar de Alistair ou de Anne, mantendo a vista fixa em cima da cabeça morena de Jeremy, sem arriscar dar nem mesmo uma olhadela para Edward, que, meditabundo, se sentou no lugar ao lado dela em silêncio, uma figura descomunal na escuridão do veículo.

Ninguém tinha dito nenhuma palavra quando ela e Edward voltaram da galeria de retratos. Quando Edward ordenou que pegassem os seus casacos só a viscondessa, tomando fôlego, exigiu uma explicação de por que eles não poderiam ficar para o jantar. Edward apenas lhe dera uma olhada. Os seus mantos apareceram como que por encanto nos braços dos lacaios de peruca e o grupo de Rawlings deixou a Casa Ashbury em silêncio, silêncio que se estendeu por toda a jornada para casa.

Apenas Jeremy falou, o pobre e inconsolável Jeremy, que se agarrava a Pegeen como se a tia fosse a corda de segurança e perguntou várias vezes se ela iria deixar que a mãe o levasse embora. Pegeen só conseguia beijar a sua testa e lhe garantir que a mãe queria que ele permanecesse em Rawlings.

"Ela só queria ver você, Jeremy", disse-lhe Pegeen. "Ela só queria ver como você se tornou um menino crescido e forte." Mas não conseguia convencê-lo de que não havia perigo de a mãe levá-lo embora.

Quando entraram no Grande Saguão em Rawlings, Alistair pareceu recuperar um pouco do seu irreprimível bom humor e sugeriu que fossem todos saquear as cozinhas em busca de algo para comer — ainda não tinham jantado, afinal de contas. Pegeen, porém, declinou, dirigindo-se com Jeremy diretamente para os aposentos deste. Lá, ficou aliviada ao vê-lo mais animado, com uma xícara de chocolate e um dos famosos pudins da cozinheira. Se pelo menos, pensou ela com tristeza, observando o rosto do sobrinho enquanto ele adormecia, os seus próprios problemas também pudessem ser resolvidos com sobremesa!

Ela sabia que evitaria todo tipo de confronto se permanecesse no santuário dos aposentos de Jeremy. Na casa estavam Anne Herbert, para cujo pai Pegeen tinha mentido intencionalmente ao lhe dizer que Katherine Rawlings estava morta; Alistair, para quem ela não apenas tinha mentido como também enganado, fazendo-o pensar que havia uma chance de retribuir seus sentimentos de admiração por ela, quando na verdade Pegeen sabia que estava apaixonada por Edward Rawlings; e, naturalmente, Edward.

Bem, ela não havia mentido para Edward, apesar de ter tentado muito, como Deus era testemunha. Com ele, seu pecado não era a mentira, mas a omissão. Tinha contado que Katherine Rawlings não estava morta, mas deixara de dizer que era dona de um bordel e responsável pelo assassinato do irmão dele. Como poderia um homem amar uma mulher cuja irmã, carne de sua carne, era capaz de tanto mal? Mesmo no melhor dos mundos, em um mundo em que as pessoas fossem julgadas por seus próprios méritos e não por quem eram seus parentes, Pegeen não podia imaginar que algum homem conseguisse perdoar alguma coisa assim. Nem mesmo um homem como Edward.

Das três pessoas que acreditava ter mais magoado — e nem estava contando pessoas como a sra. Praehurst e Lucy, que ficariam chocadas e magoadas quando a verdade viesse à tona (e a viscondessa providenciaria para que a verdade fosse conhecida o mais rapidamente possível) —, supunha que a pessoa com menos razão para ficar ofendida era Anne Herbert. Para ter certeza disso, Pegeen tinha passado pelo quarto da amiga a caminho do seu, depois que Jeremy tinha caído no sono.

Anne atendera imediatamente a batida leve de Pegeen e deixou claro que não importaria nem que ela fosse irmã do próprio Satã. Pegeen era amiga de Anne e sempre seria, disse. Pegeen achou que devia uma explicação para a moça, mas, quando tentou apresentá-la, Anne não quis ouvir. Tomou as mãos de Pegeen e disse apenas: "Não importa, Pegeen. Nada disso importa. O que você fez, foi porque ama Jeremy e queria o melhor para ele. Todos vão compreender isso".

Alívio e gratidão a invadiram, como se tivesse tomado um banho de água fresca da chuva. Mas Pegeen ainda precisava pedir um favor para Anne, um grande favor, levando em consideração tudo o que tinha acontecido...

Ela pediu e, quando Anne riu e disse que "naturalmente, não seja boba", Pegeen sabia que na singela e gentil Anne Herbert tinha encontrado uma amiga que valia muito mais do que o seu peso em ouro.

Mas ainda tinha que enfrentar Edward. E isso, Pegeen sabia, não seria fácil.

Ele tinha ido ao quarto dela várias vezes depois que chegaram da Casa Ashbury. Inicialmente, bateu à porta e, depois que ela lhe tinha dito para ir embora pela terceira vez, experimentou a maçaneta e chutou a porta ao ver que estava trancada. Mas Pegeen se recusava a abrir e rudemente lhe dizia que, se quisesse chutar uma porta em bom estado até reduzi-la a pedacinhos, que fizesse o que bem entendesse, mas que ela não o aconselhava a fazer isso. Edward havia tentado argumentar com ela, falando em uma voz tão gentil e persuasiva que a certa altura Pegeen quase fraquejou, mas daí, lembrando-se do que tinha acontecido nas vezes em que permitira que ele entrasse no seu quarto, fez ouvidos moucos às súplicas.

Quase duas horas depois, porém, ela se sentia mais preparada para enfrentá-lo. Os criados já deviam ter todos ido para a cama, de forma que não havia perigo de ela se encontrar com a sra. Praehurst, Lucy ou Evers e agüentar a compaixão ou o desdém deles, como poderia muito bem acontecer. Alistair, disso ela estava certa, já estaria bêbado e letárgico havia muito. Havia uma chance de que o mesmo pudesse ter acontecido com o dono da casa, mas Pegeen achava que a maior probabilidade seria encontrar Edward na biblioteca e que ali poderiam ter uma conversa civilizada, que não terminasse com uma bofetada ou com eles se jogando loucamente na cama.

Pôs um roupão de seda de corte masculino e bem gasto, que não tivera ocasião de usar desde a época de Applesby. Naquela noite, pensou Pegeen, uma roupa assim lhe daria mais proteção contra o olhar de cio de Edward do que o *négligée* com plumas, que havia sido usado tão mal. Destrancou a porta do quarto e olhou com cuidado a galeria escura e fria.

Ali, sentado em frente à porta dela, estava Edward, as longas pernas esticadas, uma garrafa de conhaque no chão ao lado da cadeira que havia trazido da biblioteca.

"Boa noite, srta. MacDougal", disse ele em tom casual, como se costumasse ficar sentado em frente das portas dos quartos de jovens mulheres. Mas Pegeen percebeu imediatamente que havia nervosismo sob o tom de brincadeira.

"Se a senhorita está procurando a sua camareira, eu a mandei dormir há horas. Se a senhorita precisar de alguma coisa, eu ficaria muito feliz em ir buscar-lhe. Do que, exatamente, a senhorita necessita neste momento? Um copo de leite quente, talvez? Um livro da biblioteca para acalmar os seus nervos em frangalhos? Ou talvez um ombro masculino no qual chorar?" Ele fez um gesto amplo com uma mão. Na outra, Pegeen notou um copo de conhaque vazio. "Seja qual for o seu desejo, será um prazer satisfazê-lo."

Pegeen se apoiou contra a porta e o estudou. Ele não tinha tirado o traje de noite, mas a gravata tinha desaparecido e a camisa estava aberta até a cintura. O pêlo escuro do peito se destacava em contraste com a brancura imaculada da camisa e Pegeen reprimiu o impulso de ir até ele ali mesmo e apoiar a cabeça nos convidativos ombros largos. Ela disse, com a voz rouca de emoção: "Eu ia procurar você".

Ele levantou uma sobrancelha escura, ironicamente. "Mas veja que auspicioso! Parece que me encontrou."

"Há quanto tempo você está sentado aqui?"

"O suficiente para começar a suspeitar que você não iria sair nunca." Ele esticou as longas pernas e as juntas estalaram em protesto. "Não suponho que você me deixaria entrar, deixaria? Está muito frio aqui fora e a cadeira fica mais desconfortável a cada segundo que passa."

Pegeen olhou, nervosa, sobre o ombro. Seu quarto, como sempre, estava agradável e quente, e sem dúvida mais propício a uma conversa confortável do que o corredor ou mesmo, pensou, a biblioteca de Edward, que era um pouco masculina demais, com toda aquela decoração em couro. Mesmo assim, a última coisa que queria era repetir a performance da noite anterior — tinha realmente sido apenas na noite anterior?

Como se estivesse lendo os pensamentos na preocupada expressão de Pegeen, Edward pousou o copo vazio e se levantou, um pouco instável. "Por favor, permita-me que lhe assegure, madame, que essas mãos", ele as estendeu para que Pegeen as examinasse, jogando os enormes e calejados dedos embaixo do nariz dela, "permanecerão abaixadas o tempo todo. A não ser, quer dizer, que a senhorita exija os seus serviços para alguma coisa."

Pegeen não quis se arriscar a imaginar qual seria a "alguma coisa" que ele poderia ter em mente, mas, depois de uns poucos segundos de hesitação, suspirou e abriu a porta totalmente para que ele entrasse. Edward não parecia satisfeito de ter vencido esse pequeno *round*. Parecia nervoso de um modo pouco usual. Talvez, supôs Pegeen, porque iria pedir que ela deixasse Rawlings. Sem dúvida, tinha dado aquela pequena demonstração de solidariedade, na Casa Ashbury, para manter as aparências, mas, no frigir dos ovos, viver com uma parenta da assassina do seu irmão era pedir um pouco demais. Ora, ele podia ficar tranqüilo quanto a isso.

"Não quer se sentar?", convidou Pegeen, tensa, indicando uma das macias poltronas diante do fogo, que crepitava alegremente.

"Não, obrigado." Edward se balançou uma ou duas vezes nas pontas dos pés. Ela sempre ficava impressionada com seu tamanho, mas nunca tanto como quando ele estava em seu quarto. Diante de seu tamanho, a mobília parecia de brinquedo, inclusive a grande cama com dossel, na mesma proporção que ela era muito maior que os brinquedos de Jeremy. "Prefiro ficar de pé, se você não se importa. Já fiquei sentado por muito tempo."

"É sua culpa se está todo dolorido", disse Pegeen, um pouco aborrecida. "Ninguém lhe pediu para manter guarda no meu quarto como se fosse um covil de ladrões. O que fazia do lado de fora? Estava com medo de que a criminosa fugisse durante a noite?"

Mesmo enquanto dizia essas palavras, Pegeen percebeu que estava sendo injusta, mas a indignação tinha deixado rosado o seu rosto e provocado aquele ataque. Edward ficou olhando-a quieto, com expressão de quem estava se divertindo.

"Na verdade", disse ele, pondo as duas mãos atrás das costas e assumindo uma postura descontraída, "eu queria o seu conselho."

"*Meu* conselho?"

"Você me disse que não seria prudente derrubar a porta e eu concordei. Era muito mais inteligente simplesmente esperar até você abrir a porta e sair. Você teria que fazer isso mais cedo ou mais tarde. A sua camareira me disse que você não tinha nenhuma comida aqui dentro." Ele sorriu, satisfeito de si. "E você saiu. Acabou saindo."

"Você poderia ter passado a noite toda ali", disse ela, balançando a cabeça sem entender.

"Já passei muitas noites em cadeiras, minha cara. Não faz diferença para mim." Ele estava olhando-a e Pegeen viu que suas sobrancelhas se juntaram, em uma expressão de censura.

"Por que está usando esse trapo velho e horrível?" Ela viu que ele se referia ao roupão. "O que aconteceu com aquela coisa cheia de plumas? Por que não põe aquilo em vez disso?"

Pegeen, o longo cabelo solto nos ombros, balançou a cabeça. "De jeito nenhum. Você se lembra do que aconteceu da última vez que usei aquela roupa?"

"Sem dúvida que lembro." Ele deu um sorriso malicioso. "Com prazer."

Pegeen imediatamente corou e abaixou a cabeça para que o cabelo escondesse o rosto em chamas. Aquilo não parecia nem um pouco o prólogo para uma dispensa. Mas, de qualquer forma, talvez fosse porque ele tinha bebido. Portanto, o melhor era ela resolver logo a situação e ficar livre.

Pegeen também não estava com vontade de se sentar e começou a andar de um lado para o outro, as mãos enfiadas nos bolsos do roupão para que Edward não visse que estavam tremendo. Depois de respirar fundo várias vezes e fazer tentativas de começar a falar, ela disse, como que se dirigindo aos vidros da janela, açoitados pelo vento: "Edward, eu não posso ficar aqui."

"Para onde você quer ir? Há um bom fogo na biblioteca."

Ela balançou a cabeça, sem tirar os olhos da neve que redemoinhava na noite escura. "Não, nada disso. Quero dizer que não posso ficar aqui em Rawlings."

"Ah." Edward também começou a andar de um lado para o outro. Ela ouvia as tábuas do chão rangendo sob seu considerável peso. "E precisamente por que você não pode ficar aqui em Rawlings?"

Diante disso, ela se virou, sem acreditar no que ouvia. "Você está falando sério?", perguntou ela, ofegante. "Existe, digamos, uma miríade de razões." Seus olhos verdes se apertaram, com suspeita. "Edward, por favor, não seja condescendente comigo. E também não tenha pena de mim. Eu me viro. Já falei com Anne Herbert e posso ficar com *Sir* Arthur e a família dele até encontrar uma solução..."

"Uma solução?" As mãos de Edward já não estavam mais nas costas. Ele tinha dado vários passos, afastando-se dela, mas daí se voltou e agarrou uma coluna da cama com força. "Pelo que parece, você sem dúvida pensou muito nisso, não é?" Sua voz pingava sarcasmo. "Já encontrou um lugar para ficar até encontrar uma solução! E qual, exatamente, é essa *solução*?"

Ela ficou olhando-o. "Você sabe muito bem o que eu quero dizer. Um emprego, um cargo. Como preceptora, tutora ou algo assim."

"Ou algo assim." Edward se soltou da coluna da cama com o ímpeto de uma mola que se desenrola. Pegeen recuou contra as cortinas, mas ele andou na direção da lareira e não na dela. "Por favor, me esclareça, porque ainda não entendi, por que você não pode simplesmente ficar aqui."

Pegeen estendeu as mãos, viradas para cima, como que em uma súplica. "Edward, é claro que não posso ficar aqui. Não depois de tudo isso. *Lady* Ashbury vai contar a todos..."

"Claro que vai. E daí? O que é uma fofoca a mais ou uma fofoca a menos sobre a família Rawlings? Deus sabe que já houve muitas durante todos esses anos."

"Isso não é apenas uma fofoquinha, Edward. Eu sou irmã da mulher que fez seu irmão ser morto, uma mulher que é dona de um bordel..."

"Na verdade, a sra. Porter tem mais de um estabelecimento", disse Edward secamente.

Pegeen ficou olhando-o, sem entender. Por que ele estava levando tudo isso tão na brincadeira? Não percebia que seu lugar na sociedade estaria ameaçado se ela ficasse ali? Não percebia que a reputação dele seria arruinada?

"Eu menti para você", disse Pegeen, desesperada. "Menti para todos. *Sir* Arthur, a sra. Praehurst — todos. Não posso de forma alguma ficar aqui depois disso. As pessoas vão falar."

Edward não a estava olhando. Ele pegou um atiçador de ferro e ficou arrumando a lenha na lareira. Quando falou, a voz estava tão baixa que ela mal o ouviu. "E Jeremy?"

Pegeen inspirou e se surpreendeu quando sua voz saiu com um soluço. Ela tentou se controlar. "Jeremy estará bem com você. Ele vai ter que compreender."

"Ele já foi abandonado uma vez pela mãe. E agora você também vai embora?"

Pegeen deu um passo à frente, as mãos no peito, os dedos entrelaçados, em total desalento. "Oh, Edward! Por favor, não torne isso ainda mais difícil do que já é. Jeremy vai ser um duque algum dia. Não posso ficar aqui e arruinar qualquer chance dele de obter todas as vantagens da sua posição na sociedade."

Edward continuava sem a olhar. Tinha posto um de seus grandes pés no piso da lareira e cruzara os braços em frente do peito largo e nu. "Nem parece que estou ouvindo a minha liberal de fogo nas ventas. Nunca pensei que você fosse tão preocupada com o que a 'sociedade' pensa. A minha impressão era que você na verdade desprezava a 'sociedade'."

"Detesto os seus amigos", disse Pegeen, sucinta. "Mas não é a eles que me refiro quando falo em sociedade. Estou falando de, ora, não sei. De gente de verdade. Gente boa. Pessoas como *Sir* Arthur e a esposa dele."

Edward então olhou-a com um lampejo estranho nos olhos cinza. "Você não me disse há pouco que os Herbert vão lhe dar guarida até você encontrar a sua mítica 'solução'?"

"Bem... Disse sim."

"E se os Herbert são da 'sociedade' e ainda assim valorizam a sua companhia o suficiente para recolhê-la até você encontrar algum lugar para ficar, por que está tão preocupada com a minha reputação?"

Pegeen abriu a boca para responder, mas fechou-a ao perceber que ele tinha razão. Ela não se incomodava com o que pessoas como a viscondessa pudessem falar a seu respeito. Era com pessoas como os Herbert e a sra. Praehurst que se importava. E eram exatamente essas pessoas que provavelmente não a desprezariam pelo que tinha feito. Ora, *Lady* Herbert talvez fizesse a mesma coisa em iguais circunstâncias.

Derrotada, Pegeen percebeu que nenhuma das razões que tinha apresentado a Edward para sair de Rawlings iria satisfazê-lo. E ela não podia lhe contar a razão verdadeira, que não poderia ficar porque o amava perdidamente e sem ser correspondida, de forma que não poderia permanecer debaixo do mesmo teto sem, mais cedo ou mais tarde, voltar a ir para a cama com ele. Porque ele não iria renovar aquela proposta de casamento. Não depois de tudo o que acontecera. Não depois de saber tudo o que sabia sobre ela.

A advertência da irmã ecoou em sua cabeça a noite toda: *Vamos ver então o que será feito da bela e patética Pegeen, não vamos?* E era verdade, pois mesmo ali, naquela situação, Pegeen se sentia tentada, diante do peito nu e dos pêlos grossos de Edward, a barriga dura e bem definida, o contorno dos músculos dos braços debaixo do casaco de corte perfeito. Pegeen sabia que, dada a força de seus sentimentos, não conseguiria se controlar, e que a única forma de escapar de um destino semelhante ao da irmã era ir embora para sempre do Solar Rawlings.

Mas não poderia dizer nada disso a Edward. Que iria pensar dela? Ele já sabia que ela não tinha mais controle sobre si mesma que um animal ou um homem. Não se esperava que as mulheres nutrissem sentimentos de desejo pelos homens — na verdade, isso era coisa de mulheres como Kathy, mas jamais de mulheres como ela. Edward devia pensar que Pegeen não era melhor do que a irmã. E estava certo. Mordendo o lábio e olhando, constrangida, para as botas dele, Pegeen tentou pensar em algo para dizer, qualquer coisa, menos a verdade. Não conseguia pensar em nada. Edward foi ficando impaciente com o silêncio dela e de repente tirou o pé de perto da lareira. Virou uma das poltronas para que o assento ficasse virado para Pegeen.

"Venha aqui", disse ele, com uma voz profunda e ameaçadora. "Sente-se. Quero lhe dizer uma coisa."

Pegeen relutou em se aproximar, já que os seus olhos tinham um brilho perigoso. Mas também não ousava desobedecê-lo, não quando o músculo do queixo dele tremia tão violentamente. Ela apertou o roupão mais firmemente ao redor do corpo magro, deu alguns passos hesitantes para a frente e se sentou, o corpo tenso sobre as almofadas macias.

Edward deu a volta ao redor da poltrona e se dirigiu à outra, mas não se sentou. Foi até a lareira e se agachou ali, de costas para o fogo. Estava tão perto que ela sentia o seu cheiro de couro e tabaco, e, apesar de ele ter bebido, não havia dúvida de que não estava bêbado, pois ela não sentia nenhum cheiro de álcool no seu hálito.

Edward se sentou e pôs os cotovelos sobre os joelhos, os dedos entrelaçados e tensos. O olhar estava voltado para o bico das botas.

"Vou lhe contar uma coisa sobre a minha reputação", começou ele, com sua voz profunda e o habitual tom sarcástico. "A sua irmã não exagerou quando disse que seria difícil encontrar um par de bastardos mais cruéis do que meu pai e meu irmão. As palavras são dela, e não minhas, mas tenho os mesmos sentimentos. Sei que tive muitos privilégios em relação à maioria dos homens e não estou de modo algum me queixando. Ser o segundo filho de um duque não é exatamente a pior coisa deste mundo. Mas, e agradeço a Deus por isso, você nunca conheceu meu pai e meu irmão. Se tivesse conhecido, talvez entendesse por que não culpo totalmente a sua irmã por fazer as escolhas que fez."

Pegeen começou a dizer alguma coisa — o que, exatamente, não sabia —, mas Edward levantou a mão e ela ficou quieta.

Edward continuou. "Acredito que tive uma infância feliz e idílica, até minha mãe morrer. Com ela morreu qualquer vestígio de civilidade que meu pai porventura tivesse. Não havia afeto nesta casa, compaixão por ninguém, criado ou cachorro, e nem um pouco de moralidade depois que minha mãe faleceu. Meu pai deixava que meu irmão e eu nos comportássemos como dois selvagens, chegava a nos encorajar a fazer o que quiséssemos, fosse seduzir as auxiliares de cozinha ou torturar os gatos da fazenda. Lamento se a estou deixando perturbada, mas essa é a verdade."

"John sempre foi mais inteligente do que eu e também mais criativo, e acho que é por isso que ele era mais perigoso e mais cruel do que se possa imaginar. Não vou escandalizá-la contando os detalhes do comportamento desumano que ele tinha normalmente. Basta dizer que ninguém e nada estava a salvo a seu redor."

"Quando atingi idade suficiente para perceber que o jeito de viver que o meu pai nos havia ensinado estava errado, eu já era velho demais para mudar. Mas tentei. Convenci o duque a me mandar para a universidade e, depois de formado, fiquei em Londres pelo maior tempo possível. Mas a reputação da minha família tinha chegado muito antes de mim. Não havia uma mãe de família na cidade que me permitisse chegar perto de suas filhas e a maioria dos pais não ficava muito satisfeito quando seus filhos começavam a andar comigo. O único amigo verdadeiro que já tive é Alistair, que não tinha família para proibi-lo de sair comigo."

"Enquanto isso, o duque e John espalhavam o seu reino de terror por Yorkshire, até não haver uma família no condado disposta a mandar os filhos para trabalhar aqui nem um criador que nos vendesse um cavalo ou um cão de caça... Meu pai e John tinham matado muitos. Os cavalos eles matavam de tanto cavalgar e os cães, de tanto bater... Pegeen, não olhe assim para mim."

Pegeen olhava-o fixamente, os olhos cheios de lágrimas, a mão sobre a boca, com uma expressão de horror. Ela sabia que o velho duque tinha uma reputação pavorosa... a própria sra. Praehurst mal conseguia falar dele e ninguém no Solar Rawlings mencionava o nome de John. Mas que o pai e o irmão de Edward fossem culpados de crimes tão monstruosos, disso ela não tinha a menor idéia.

Não pôde deixar de sentir pena dele, apesar de saber que isso era a última coisa que Edward queria. Viver por tanto tempo privado de amor parecia a ela uma coisa terrível. Nunca tivera que tolerar uma coisa assim. Pois, até onde iam suas lembranças, sempre tivera seu pai e Jeremy. E eles tinham sido o suficiente. Isso a tinha salvado.

"Sinto muito", disse, tirando os dedos dos lábios. Limpou as lágrimas com a ponta da manga esfarrapada. "Não tinha a menor idéia de que viver aqui tinha sido assim para você."

"Não estou contando isso por querer a sua simpatia, maldição!" Edward ficou de pé e se afastou a passos largos. Quando se virou e a enfrentou, ela viu que seus olhos estavam perturbados por uma emoção que ela não conseguiu identificar. "Estou contando para que você saiba que o que as pessoas falam a meu respeito, a respeito da minha família, não pode ser pior do que a verdade. E a verdade é que, por pior que eles fossem, eu não era muito melhor."

Ele soltou um suspiro e Pegeen percebeu que o que estava prestes a ouvir era algo difícil para Edward dizer, algo profundo e muito íntimo.

"Eu estive nas casas da sua irmã, Pegeen. Estive em muitos lugares de que me arrependo, estive com muitas pessoas de que me arrependo. Poderia dizer que era por causa da minha família que todos da sociedade civilizada se recusavam a me admitir em sua casa. Mas o fato, Pegeen, é que eu me liguei a pessoas como Arabella e *Lord* Derby porque são as únicas em relação às quais eu poderia me sentir superior. E, pelo fato de saber que sou tão inferior à sociedade decente, para mim é importante me sentir melhor que alguém."

Edward virou-lhe as costas, os ombros tensos. Em seguida, em três passos rápidos e largos, estava diante dela. Inclinando-se e apoiando as duas mãos nos braços da poltrona em que Pegeen estava sentada, ele a olhou com uma expressão impenetrável. Quando voltou a falar, sua voz estava muito controlada. "E foi assim que vivi durante anos e assim teria vivido por mais trinta anos se um dia não tivesse estado à porta de um chalé em uma pequena aldeia chamada Applesby, quando fui atropelado por você."

Pegeen havia se encolhido contra as almofadas macias da poltrona, consciente do calor do corpo de Edward, que era muito mais intenso que o calor que vinha da lareira. Ele estava tão próximo que Pegeen via as pontas da barba em seu rosto, o estranho pulsar dos músculos no queixo, as veias latejando no lado do pescoço, onde o cabelo longo, escuro e ondulado se encontrava com a gola da camisa.

Pegeen estava mais assustada do que nunca. Era um medo selvagem, mas estranhamente agradável, um tipo de expectativa dolorida por algo que não podia explicar. Levantou os olhos verdes, arregalados, a respiração subitamente curta. Sua garganta tinha ficado seca. Pegeen não conseguiria pronunciar uma palavra mesmo que pensasse em algo para dizer.

"Você se lembra quando nós nos conhecemos?", ele perguntou, os dentes muito brancos e regulares à luz do fogo. "Você se lembra de todos os sermões que me fez sobre os males da minha classe social? Você me informou, com a voz tão clara e franca como a de uma criança, que eu era responsável por subjugar as massas e impedir que as mulheres obtivessem a igualdade com os homens na nossa sociedade." Ele levantou uma sobrancelha. "Para meu completo espanto, aquele anjo pequeno e de pele de porcelana abriu a boca e começou a me censurar com uma língua tão cheia de veneno que pensei: 'Esta moça... Esta moça é diferente'."

Pegeen engoliu em seco e disse com toda a despreocupação que conseguiu reunir: "Você deveria ter me mandado plantar batatas na mesma hora".

"Ah, não. Porque, no minuto em que você começou a falar, eu soube que ali estava alguém que não poderia deixar escapar. Eu não conseguia entender como uma criatura tão adorável poderia abrigar uma mente tão deturpada. Mas mal tínhamos trocado umas três frases quando me dei conta de que corria o grave risco de me apaixonar perdidamente."

O queixo de Pegeen caiu. Ficou olhando-o, os lábios úmidos abertos, o coração batendo com força debaixo da musselina fina da camisola. Sabia que não deveria dizer nada, mas nunca conseguira segurar a língua.

"Mas isso é impossível", disse ela, sentando-se mais reta na poltrona, de modo que seu rosto ficou a apenas alguns centímetros do dele. "Você não pode estar apaixonado por mim."

"Não posso?" O sorriso de Edward era caído de um lado, contrastando fortemente com os olhos cheios de paixão. "E por que não?"

Pegeen começou a enumerar as razões nos dedos. "Você passou todo um mês em Londres..."

"Você se recusou a se casar comigo. Eu não conseguia viver com você, ver você ao alcance da mão toda noite ao jantar e saber que não podia tocá-la. Sabia que precisava tê-la, mas você estava tão inflexível..."

Pegeen explodiu de indignação, agarrando os braços da poltrona. "Você só me pediu para me casar por um absurdo senso de dever!"

"É claro que sim. Mas não pense que não fiquei contente com o que aconteceu entre nós. Passei todos os dias em Londres rezando para que você estivesse grávida, sendo então obrigada a se casar comigo. Você tinha aquela idéia ridícula de nunca se casar..."

"Mas eu não podia me casar com você!", exclamou Pegeen com raiva. "A minha irmã matou o seu irmão e se tornou uma prostituta! Além disso, você nunca falou a palavra amor!"

"Nem você."

"Mas é claro que eu o amava! Eu dormi com você, não dormi?"

"Realmente, Pegeen, você me deixa sem ação. Aqui estou eu, tentando propor-lhe casamento e você fica me interrompendo."

"Propor?" Pegeen agarrou os braços da poltrona com tanta força que os nós dos dedos ficaram brancos, a voz falhando. "Propor casamento?"

Edward ergueu uma das mãos dela do braço da poltrona e a pegou com tanta força que doeu. Levantando os olhos para examinar seu rosto, Pegeen viu que ele a fitava com atenção, a mandíbula determinada, os olhos cinza parecendo aço de tanta resolução e acesos com uma estranha luz que reluzia com intensidade febril.

"Sim, propor casamento", disse ele rindo, levando a mão dela aos lábios e arranhando a pele macia com a barba por fazer. "Não ouso propor mais nada, sabendo como você é rápida com os punhos. Pegeen, você realmente é a mulher mais irritante, teimosa, de língua afiada, bela e encantadora que já conheci, e, se você não concordar em se casar comigo, serei infeliz pelo resto dos meus dias. Por favor, diga que sim."

Antes de Pegeen poder dizer alguma coisa, ele pegou os braços dela e a puxou contra si. Ela pôs as mãos abertas contra o peito nu de Edward, sentindo, através dos pêlos emaranhados e grossos, as batidas do seu coração. A cabeça de Pegeen caiu para trás, contra o braço dele, o cabelo fluindo como um córrego marrom-avermelhado à luz do fogo, e então os lábios dele estavam sobre os dela, roçando a sua boca com um ardor que mostrava a intensidade de sua emoção. Os beijos insistentes limparam a cabeça de Pegeen de tudo, sobrando apenas uma coisa: Ele a amava. Ele a amava. Ele a amava.

Parecia incrível, mas ele a amava, amava o suficiente para querer se casar com ela. E então Pegeen deixou-o beijar o seu pescoço, deixou que os dedos rápidos desabotoassem os botões da camisola, deixou que ele sussurrasse o seu nome muitas vezes, a respiração quente contra a sua pele.

"Diga sim", murmurou Edward, os lábios saboreando a pele macia de trás de uma das orelhas. A carícia provocou arrepios febris na espinha de Pegeen, fazendo as pontas dos seus seios pressionar com força o tecido da camisola. "Diga sim", ele sussurrou novamente.

"Sim", disse ela, tão cheia de paixão que mal reconhecia sua própria voz. E então começou a beijá-lo com tanta audácia quanto ele e com quase tanta violência. Ela sentia como se alguma coisa dentro de si tivesse sido liberada, alguma coisa indistinta, porém maravilhosa, alguma coisa que de repente fazia que não houvesse problema se ele lhe arrancasse o roupão fora de moda pelos ombros. Ele a havia puxado para cima, de forma que ela estava ajoelhada sobre o assento da poltrona, os dedos abertos contra o muro duro dos músculos do ventre de Edward, o pescoço na altura da cintura dele. Quando ele finalmente a libertou do roupão, jogou aquela indesejável peça de roupa no chão e Pegeen riu da veemência dele.

Mas parou de rir quando seus olhos se encontraram. Os olhos cinza de Edward, semicerrados de paixão, brilhavam de forma estranha. Havia uma luz intensa nos seus traços morenos e sua respiração estava tão rápida e curta quanto a dela. Suas mãos estavam no cabelo escuro dela e, apesar de Pegeen não perceber, a luz do fogo mostrava a sua silhueta magra através do tecido fino da camisola.

Não era apenas desejo o que levou seus dedos até os botões das calças dele. Havia também a feminina curiosidade sobre o seu poder sobre ele e, apesar de Edward protestar através dos dentes quando os nós dos dedos de Pegeen roçaram o pêlo que cercava a virilidade tesa, ela ignorou a advertência. Segurou o órgão pulsante em suas mãos pequenas e ficou admirando aquele instrumento de prazer, observando de perto as veias e a ponta do falo à luz do fogo antes de vagarosa e delicadamente provar a carne intumescida com a língua.

O contato fez Edward, cativo pelo toque, gemer, os dedos fechando-se e agarrando o longo cabelo dela. Encorajada com a reação, os lábios de Pegeen acompanharam a língua e ela acolheu o máximo dele que pôde, os lábios formando um estojo macio ao redor da lança palpitante. Os dedos de Edward afundaram no cabelo dela e Pegeen passou a língua ao longo do músculo duro, fazendo mais um gemido escapar dos lábios dele.

Com uma rapidez que tirou o fôlego de Pegeen, Edward se afastou, pôs uma mão embaixo dos joelhos dela e a levantou da poltrona. Instantaneamente, ela rodeou o pescoço dele com os braços, os dedos enredados no seu cabelo. Sem tirar os olhos dos dela, Edward a carregou para as sombras da cama de dossel.

Colocando-a sobre o colchão com tanta delicadeza como se ela fosse feita da mais delicada porcelana, Edward deu um passo para trás e, com os olhos na feminina curva dos quadris, tirou o casaco e a camisa, ficando de peito nu à luz do fogo. As botas pretas saíram em seguida, jogadas sem cuidado para os lados. Pegeen ficou observando enquanto ele tirava com impaciência a roupa.

E então lá estava ele, nu a seu lado, os braços fortes puxando-a para si, os lábios capturando os dela. A respiração de Pegeen foi ficando curta ao sentir os dedos de Edward navegarem com sucesso pelos múltiplos botões de sua camisola. Até aquela leve proteção que a roupa lhe tinha proporcionado deixou de existir e ele puxou a camisola por sobre a cabeça dela e a jogou de lado. A beleza da pele de marfim da moça à luz do fogo, contrastando fortemente com o cabelo escuro dela, era quase demais para Edward. Ele escondeu os olhos deslumbrados contra o pescoço de cisne de Pegeen, as mãos movendo-se para envolver a perfeição dos seus seios redondos e de bicos espetados, saboreando a delicada tensão dos mamilos.

Em cada lugar que Edward tocava, Pegeen sentia como se tivesse sido marcada a fogo. Ela mergulhou nos travesseiros de penas, atordoada de tanto desejo, puxando Edward para baixo, contra si. Vendo que ela tremia, ele cobriu o leve corpo com o seu, muito maior, e o fogo iluminou a curtida pele masculina sobre a palidez da moça.

A pele delicada do rosto de Pegeen estava em brasa devido ao contato com a barba por fazer de Edward e, ao sentir a boca dele queimando uma trilha de beijos que descia pelo seu pescoço, ela sabia que a pele de porcelana dos seus peitos sofreria um destino semelhante. Seus dedos puxavam a cabeça de Edward para mais perto enquanto os lábios dele brincavam com um mamilo e correntes de desejo passavam pelo corpo dela, fazendo o seu corpo se arquear contra o dele. A mão livre de Edward alcançou a parte interna das suaves coxas, os dedos como que sondando sua sedosa porta de entrada. Pegeen ofegava diante da ousadia da exploração, mas só conseguia se agarrar ainda mais a ele, ao mesmo tempo que a sua própria mão se fechava ao redor do membro viril. Edward estremeceu e pressionou a boca asperamente contra a dela, abrindo as coxas de cetim de Pegeen com um movimento brusco do joelho.

Ela sabia que Edward queria ser gentil, mas que a paixão superava a intenção e, de repente, ele estava dentro dela, preenchendo-a com sua sólida virilidade. Pegeen não conseguiu deixar de gritar quando ele a penetrou, com medo, como na primeira vez em que tinham feito amor, de não conseguir abrigá-lo. Suas unhas cravaram-se nos músculos firmes dos ombros de Edward, enquanto se contorcia debaixo dele. Os lábios dele silenciaram o seu protesto inarticulado.

O corpo de Pegeen formou um arco de encontro ao dele quando Edward a penetrou profundamente. A necessidade que sentia por ele só poderia ser satisfeita pressionando-se mais e mais ao corpo dele. Ela sentiu como se estivesse navegando sobre a crista de uma onda de desejo que crescia cada vez mais, uma onda que ameaçava jogá-la para alguma praia deserta, deixando-a perdida e desamparada. Agarrando-se aos farrapos de sanidade que ainda tinha, Pegeen percebeu que os movimentos de Edward tinham se acelerado, tornando-se mais exigentes, e ela foi ao encontro dele todas as vezes, impulso por impulso, instintivamente apertando aquela parte dela dentro da qual ele pressionava.

De repente, a onda em que Pegeen navegava, em vez de a jogar para o lado, cresceu até o clímax e arrebentou em cima dela, inundando-a com uma intensa sensação de prazer. Gritando pelo bombardeio sofrido pelos seus sentidos, Pegeen se agarrou a Edward, a única coisa estável no redemoinho sem controle daquele vertiginoso universo. Vagamente, teve consciência de que Edward também havia gritado e então, depois de um forte golpe final, o corpo dele afrouxou pesadamente sobre o dela. Ela sentia o coração de Edward bater tão rápido contra seu corpo como se ele tivesse corrido e o ritmo forte, porém irregular, dessas batidas a fez sorrir.

Os dois ficaram deitados, ofegando, ao resplandecer do fogo, os corpos deliciosamente relaxados um contra o outro. Demorou vários minutos até que Pegeen se sentisse capaz de falar e mesmo assim porque achou que o peso do corpo de Edward poderia esmagá-la. Ele riu com o pedido sussurrado dela e a beijou com ardor, como alguém que tinha ganho um prêmio extremamente valioso. Virando-se para sair de cima dela, Edward empurrou o corpo lânguido de Pegeen e o pôs de lado, contornando-o com o seu, o peito aquecendo as costas dela.

"É assim que quero passar todas as noites pelo resto da minha vida", sussurrou no ouvido dela. "Bem aqui, com você nos meus braços. Amanhã iremos a Londres para tirar a licença especial para nos casar imediatamente. Não quero esperar."

"Isso ficou bem evidente", riu Pegeen, sonolenta. Edward se inclinou para a frente e beijou-lhe a têmpora. "Desculpe-me, moça, mas foi você quem me atacou há pouco. Fiquei muito chocado com o seu comportamento extremamente ardente."

"Eu? Atacar você? Esta é boa." Pegeen estava tão feliz que nem mesmo engoliu a isca que ele tinha lhe posto. "Não pode passar a noite aqui, você sabe."

"O que você quer dizer?" Edward a puxou ainda mais firmemente contra si. "Eu não vou a lugar nenhum desta vez."

"Oh, Edward! O que os criados vão pensar de manhã?"

"Vão pensar que eu sou um homem de muita sorte e que você é uma jovem absolutamente incorrigível."

"Oh, Edward", suspirou Pegeen. Mas era impossível ficar brava com ele, pelo menos quando a puxava para tão perto. Ele adormeceu pensando nos filhos que teriam, que seriam realmente muito bonitos se se parecessem com ela. É melhor ter muitos meninos, foi o último pensamento consciente antes de o sono tomar conta dele. Muitos meninos para enfrentarem as hordas de pretendentes que as suas irmãs atrairiam.

Pegeen, entregando-se ao lânguido torpor que o amor tinha provocado, fechou os olhos contra a luz rosada do fogo. Seu último pensamento consciente, antes de adormecer, foi que *Kathy estava errada.*

Epílogo

O verão tinha sido curto, porém agradável, e setembro trouxe, junto com as brisas refrescantes do pântano, uma trouxinha que exigia cuidados, com o queixo teimoso de Pegeen, os olhos cinza de Edward e uma massa de cachos loiros na cabeça. Deram-lhe o nome de Elizabeth, em homenagem à mãe de Edward, de quem ela tinha herdado o cabelo dourado. Passavam horas olhando para ela e depois um para o outro, felizes e sem poder acreditar que algo tão infinitamente precioso pudesse ter nascido do seu amor.

Jeremy não estava tão encantado assim com a priminha, mas tolerava a sua presença como um mal necessário para, finalmente, ver a sua Pegeen feliz. O encargo de sustentar a tia tinha sido tirado por Edward dos ombros de Jeremy e o duque estava livre para vagar pela zona rural de Yorkshire, à procura de meninos para esmurrar e carruagens para inspecionar. O único desgosto de sua existência era a jovem Maggie Herbert, que visitava com freqüência o Solar Rawlings e que, apesar de ser vários anos mais jovem que o duque, era uma cabeça mais alta e vivia caçoando dele por isso.

Edward estava sentado na biblioteca, com a filha de um mês dormindo profundamente no seu ombro enquanto Pegeen folheava o jornal local, em busca de histórias sobre pequenos delitos que poderiam muito bem ter sido cometidos pelo seu sobrinho, quando Alistair Cartwright entrou a passos largos por uma das portas francesas que davam para os perfumados jardins.

"Olá", ele cumprimentou a família Rawlings alegremente. Pegeen levantou-se de um pulo, jogando o jornal no chão e correndo para dar um beijo no rosto de Alistair.

"Olá!", exclamou ela, toda feliz. "O que você está fazendo, já de volta? Pensei que iriam passar duas semanas em Florença..."

"Iríamos, iríamos", suspirou Alistair, afundando-se em um dos bancos de ferro lavrado e com almofadas que Edward tinha encomendado para a biblioteca para que ele e Pegeen pudessem passar as longas horas do verão de maneira mais confortável. "Mas por acaso bati os olhos em uma cópia do *Times* e vi que uma certa propriedade estava à venda..."

Edward, consciente do doce peso da cabeça da sua filha, resmungou: "Se você está falando da Casa Ashbury, ela está mesmo à venda. Arabella se casou com um príncipe italiano e, se entendi direito, os dois foram correndo para a Toscana ou algum outro lugar".

"E com o visconde ainda quente no túmulo", disse Alistair. "Que coisa!", acrescentou, em tom de desagrado.

Pegeen fora até as portas francesas e olhava com curiosidade para a noite quente e com cheiro de lavanda. "Alistair", disse, desconfiada. "O que você fez com a sua esposa?"

"Esposa?" Alistair entrelaçou os dedos atrás da cabeça e se inclinou para trás, olhando o céu rosado através do teto de vidro. "Que esposa?"

Pegeen lhe deu um tapinha na cabeça. "Aquela com quem você se casou no mês passado. Não negue porque eu estava presente. O que você fez com Anne?"

"Ah, a minha esposa", disse Alistair. "Bem, acredito que ela esteja em casa, medindo as coisas."

Pegeen voltou para o banco onde estivera sentada antes, a saia verde-clara fazendo um grande volume a seu redor. "Em casa? Você quer dizer que a deixou em Londres?"

"Não." Alistair piscou indolentemente contra o sol poente. "Ela está na casa ao lado. Eu não contei para vocês? A Casa Ashbury não está mais à venda: eu a comprei."

A exclamação de felicidade de Pegeen e as calorosas congratulações de Edward acordaram a bebê, mas ela apenas suspirou com desdém para o comportamento estranho dos pais e voltou a dormir.

"Mas isso é maravilhoso!", exclamou Pegeen, os olhos verdes brilhando. "Somos vizinhos! *Sir* Arthur deve estar muito satisfeito."

Alistair levantou uma sobrancelha, cético. "Ora, a felicidade do meu sogro não foi a minha principal consideração quando decidi comprar o local, mas suponho que, se você quiser ver a coisa por esse ângulo..."

"Uma distância tão curta para a família de Anne, Cartwright." O tom de Edward era seco. "Muito atencioso da sua parte, meu velho."

Alistair começou a ficar cada vez mais desanimado. "Puxa, não tinha pensado nisso. É melhor eu conversar com Anne. Os pais dela não podem dar uma passadinha sempre que tiverem vontade. Eu vou perder a cabeça."

"Não se preocupe, meu velho", disse Edward com afetação. "Você sempre pode fugir pela porta dos fundos e procurar conforto aqui em Rawlings."

"Maldição!", disse Alistair. Ficou de pé de um pulo, murmurou alguma coisa sobre ter que conversar com "a esposa" e desapareceu no crepúsculo púrpura.

Ainda sorrindo, Pegeen se levantou e foi até onde estavam o seu marido e a menina, muito satisfeitos. Inclinou-se sobre as costas da poltrona de Edward, envolvendo-lhe o pescoço com seus braços, e encostou o rosto contra o dele.

"Olá", disse Edward, acariciando afetuosamente a pele sedosa dos braços de Pegeen. "Agora você está feliz, sua bruxinha? Não apenas conseguiu que ele se casasse com Anne como vai poder vê-la todos os dias. Você tem certeza de que é da Escócia e não da Irlanda? Porque eu poderia jurar que você é uma bruxa daquelas terras..."

"Não sou bruxa", disse Pegeen rindo e beijando-lhe o rosto. "Ultimamente não transformei nenhum sapo em príncipe."

"Você tem certeza? Porque você me enfeitiçou." Edward irradiava alegria. "Não sei não se vou gostar de ter aquele imprestável vivendo na casa ao lado. Afinal de contas, ele esteve apaixonado por você durante algum tempo."

Pegeen riu gentilmente e passou a mão pelo cabelo da sua filha. "O senhor não tem nada com que se preocupar, *my lord*. Estou tão presa no feitiço do nosso amor quanto o senhor..."

E eles se beijaram à luz inconstante do sol poente, sentindo a forte fragrância de rosas no ar.

Este livro foi composto em GoudyOlSt BT
para a Editora Planeta do Brasil
em abril de 2011